MAURICE DRUON | La Loba de Francia
Los Reyes Malditos V

byblos

Título original: *La Louve de France*

Traducción: M.ª Guadalupe Orozco Bravo

1.ª edición: agosto 2003

3.ª reimpresión: septiembre 2008

© 1966 by Maurice Druon, Librairie Plon et Editions Mondiales
© Ediciones B, S.A., 2003
    Bailén, 84 - 08009 Barcelona (España)
    www.edicionesb.com
    www.edicionesb.com.mx

Diseño e imagen de portada: Alejandro Colucci / Estudio Ediciones B
Diseño de colección: Ignacio Ballesteros

ISBN: 84-666-1767-1

Impreso por Quebecor World.

MAURICE DRUON | La Loba de Francia
Los Reyes Malditos V

Quiero expresar de nuevo mi más sincero agradecimiento a mis colaboradores, Pierre de Lacretelle, Georges Kessel, Christiane Grémillon y Madeleine Marignac, por la inestimable ayuda que me han prestado durante la redacción de este volumen. Asimismo quiero dar las gracias al brigadier L. F. E. Wieler, C. B., C. B. E., gobernador residente de la Torre de Londres, que me guió en el estudio de este monumento, y al señor J. A. F. Thomson, del Balliol College de Oxford, que tuvo la amabilidad de corregir los capítulos relativos a la historia de Inglaterra. Gracias también, como siempre, a los servicios de la Biblioteca Nacional y de los Archivos Nacionales, cuya ayuda ha sido indispensable para nuestras investigaciones.

M. D.

Prólogo

Los castigos anunciados, las maldiciones lanzadas desde lo alto de la hoguera por el gran maese de los templarios habían continuado extendiéndose por el suelo de Francia. El destino abatía a los reyes como si fueran piezas de ajedrez.

Tras caer fulminado Felipe el Hermoso, a lo que siguió el asesinato de su primogénito, Luis X, dieciocho meses después, todo indicaba que su segundo hijo, Felipe V, iba a tener un largo reinado. Pero apenas cinco años después, Felipe también moría, antes de cumplir los treinta.

Detengámonos un instante en este reinado, que no parece una tregua de la fatalidad mas que en comparación con los dramas y desastres que lo seguirían. Parece un reinado poco destacado al que ojea el libro distraídamente, sin duda porque en sus páginas no se tiñe las manos de sangre. Y sin embargo... veamos cómo se desarrollan los días de un gran rey, cuando la suerte le es adversa.

Porque Felipe V el Largo, podía contarse entre los grandes reyes. Por la fuerza y por la astucia, por la justicia y por el crimen, joven aún, se había apropiado de la corona, puesta a subasta de las ambiciones. Un cónclave sin escapatoria, un palacio real tomado por asalto, una ley sucesoria inventada, una revuelta baronial desbaratada en una campaña de diez días, un gran señor encarcelado y un infante real muerto en la cuna —al menos así se creía— habían jalonado las rápidas etapas de su carrera hacia el trono.

Cuando una mañana de enero de 1317 salió de la catedral de Reims, con todas las campanas al vuelo, el segundo hijo del Rey de Hierro podía creerse triunfante y libre de volver a emprender la gran política que había admirado en su padre. Su turbulenta familia se había doblegado por obligación; los barones, dominados, se resignaban a la obediencia; El Parlamento soportaba su influencia y la burguesía lo aclamaba, entusiasmada de haber vuelto a encontrar un príncipe fuerte. Su esposa había lavado las manchas de la torre de Nesle; su descendencia parecía asegurada por el hijo que acababa de tener; finalmente, la consagración lo había revestido de una intangible majestad. Nada le faltaba a Felipe V para disfrutar de la relativa felicidad de los reyes, ni siquiera la prudencia de querer la paz y de conocer su precio.

Tres semanas después moría su hijo. Era su único heredero varón, y la reina Juana, estéril a partir de entonces, no podría darle ninguno más.

A principios de verano el hambre se abatía sobre el país, cubriendo las ciudades de cadáveres.

Al poco tiempo, un viento demencial sopló por toda Francia.

¿Qué impulso ciego y vagamente místico, qué ingenuos sueños de santidad y aventura, qué exceso de miseria, qué deseo de aniquilación empujaron de repente a los jóvenes y las muchachas del campo, a pequeños artesanos e hilanderas, casi todos entre los quince y los veinte años, a dejar de improviso sus familias, sus pueblos, y reunirse en bandas errantes, descalzas, sin dinero ni alimentos? Una cierta idea de Cruzada servía de pretexto a este éxodo.

En realidad, la locura había nacido de los restos del Temple. Eran numerosos los templarios a los que las cárceles, los procesos, las torturas, las confesiones arrancadas a hierro candente y el espectáculo de sus hermanos entregados a las llamas habían vuelto medio locos. El deseo de venganza, la nostalgia de su antiguo poderío y la posesión de algunas fórmulas mágicas, obtenidas en Oriente, los habían convertido en fanáticos temibles, a pesar de que se escondían bajo el humilde hábito del clérigo o la blusa del destajista. Clandestinamente asociados, obedecían las órdenes, misteriosamente transmitidas, del gran maestre que había sustituido al gran maestre quemado en la hoguera.

Fueron estos hombres los que, en invierno, se convirtieron de pronto en predicadores y, como el flautista de las leyendas del Rin, arrastraban tras de sí a la juventud de Francia. Hacia Tierra Santa, decían; pero su verdadero deseo era la pérdida del reino y la ruina del papado.

Y Papa y rey se veían impotentes ante aquellas hordas de fanáticos que recorrían los caminos, ante aquellas riadas humanas que crecían a cada encrucijada, como si estuvieran hechizadas las tierras de Flandes, Normandía, Bretaña y Poitou.

Diez mil, veinte mil, cien mil «pastorcillos» marchaban hacia misteriosas citas. A sus bandas se unían sacerdotes excomulgados, monjes apóstatas, bandidos, ladrones, mendigos y prostitutas. Una cruz iba a la cabeza de estos cortejos en los que jóvenes y muchachas se entregaban a la más desenfrenada conducta, al mayor libertinaje. Cien mil de estos harapientos caminantes entraban en una ciudad para pedir limosna y acto seguido la saqueaban. El crimen, que al principio no es más que el complemento del robo, no tarda en convertirse en la satisfacción de un vicio.

Los «pastorcillos» devastaron Francia durante un año, con cierto método a pesar de su desorden, sin perdonar iglesias ni monasterios. París, enloquecido, vio invadidas sus calles por aquel ejército de ladrones. El rey

Felipe V les dirigió palabras de apaciguamiento desde una ventana de su palacio. Exigían que el monarca fuera su cabecilla. Asaltaron el Châtelet, mataron a golpes al preboste y saquearon la abadía Saint-Germain-des-Prés. Luego, una nueva orden, tan misteriosa como la que los había agrupado, los lanzó por los caminos del sur. Los parisinos todavía temblaban cuando los «pastorcillos» invadieron Orleáns. Tierra Santa estaba lejos; fueron Bourges, Limoges, Saintes, el Périgord, Burdeos, Gascuña y Argen los que tuvieron que sufrir su furor.

El papa Juan XXII, inquieto al ver que la oleada se acercaba a Aviñón, amenazó con la excomunión a aquellos falsos cruzados. Necesitaban víctimas, y las encontraron en los judíos. A partir de entonces las poblaciones urbanas aplaudieron las matanzas y confraternizaron con los «pastorcillos». Los guetos de Lectoure, Auvillar, Castelsarrasin, Albi, Auch, Toulouse: aquí ciento quince cadáveres, allí ciento cincuenta y dos... Ni una sola ciudad del Languedoc se salvó de su carnicería expiatoria. Los judíos de Verdun-sur-Garonne emplearon como proyectiles a sus propios hijos y luego se estrangularon mutuamente para no caer en manos de aquellos locos.

Entonces el Papa ordenó a sus obispos y el rey a sus senescales que protegieran a los judíos, cuyo comercio les era necesario. El conde de Foix, que había ido en auxilio del senescal de Carcasona, libró una batalla campal con los «pastorcillos» y los hizo retroceder hasta las ciénegas de Aigues-Mortes, donde murieron a millares, apaleados, acuchillados, enterrados en la arena, ahogados. La tierra de Francia se bebía su propia sangre, se tragaba a su propia juventud. El clero y los oficiales reales se unieron para perseguir a los que conseguían escapar. Les cerraron las puertas de las ciudades, les negaron comida y alojamiento, los acosaron en los pasos de los Cévennes y colgaron en las ramas de los árboles, en grupos de veinte y treinta, a todos los que capturaron. Las bandas siguieron su vagabundeo durante casi dos años más y, desperdigándose, llegaron hasta Italia.

Francia estaba enferma: apenas aplacada la fiebre de los «pastorcillos», apareció la de los leprosos.

¿Eran responsables de la contaminación de las aguas aquellos desgraciados de carnes corroídas, cara de muerto, manos transformadas en muñones; aquellos parias encerrados en las leproserías, poblados infectos y pestilentes donde procreaban entre sí y de los que no podían salir mas que batiendo las tarreñas? Porque en verano de 1321, en numerosos sitios, fueron envenenados los manantiales, arroyos, pozos y fuentes. El pueblo de Francia aquel año jadeaba sediento ante sus generosos ríos y bebía con espanto, esperando la agonía a cada trago. ¿Había intervenido también el Temple en fabricar el extraño veneno —compuesto de sangre humana, orina, hierbas mágicas, cabezas de culebra, patas de sapo machacadas, hostias pasadas y vello de mujeres impúdicas— que aseguraban que contenían las aguas? ¿Habían empujado a la revuelta al pueblo maldito, inspirándole, según habían confesado algunos leprosos en la tortura, el deseo de que todos los cristianos perecieran o se convirtieran en leprosos?

El asunto había comenzado en el Poitou, donde descansaba el rey Felipe V. Pronto se extendió a todo el país. La gente de las ciudades y del campo se arrojó sobre las leproserías para exterminar a los enfermos, que se habían convertido en enemigos públicos. Sólo perdonaban a las mujeres encintas, pero únicamente hasta que daban a luz. Después las entregaban a las llamas. Los jueces reales legalizaban con sus sentencias estas hecatombes, y la nobleza prestaba sus hombres de armas. Después el odio se volvió una vez más contra los judíos, acusados de complicidad en una tan vasta como imprecisa conjura, inspirada, según se aseguraba, por los reyes moros de Granada y de Túnez. Parecía que Fran-

13

cia, con estos gigantescos sacrificios humanos, intentaba apaciguar sus angustias, sus terrores.

El viento de Aquitania estaba impregnado del atroz olor de las hogueras. En Chinon todos los judíos de la bailía fueron echados a un gran foso de fuego; en París fueron quemados frente al castillo real, en la isla que llevaba su triste nombre, donde Molay había pronunciado su fatal anatema.

Y el rey murió. Murió de la fiebre y del desgarrador mal de entrañas que había contraído en Poitou, en sus tierras de dote. Murió por haber bebido agua de su reino.

Tardó cinco meses en extinguirse, en medio de terribles sufrimientos, consumido hasta los huesos.

Todas las mañanas hacía abrir las puertas de su habitación, en la abadía de Longchamp, donde se había hecho llevar, y dejaba que quienes pasaban se acercaran a su lecho para decirles: «Ved aquí al rey de Francia, vuestro soberano señor, el hombre más pobre de todo el reino, ya que no hay ninguno entre vosotros con el que no quisiera cambiar mi suerte. Mirad, hijos míos, a vuestro príncipe temporal, y pensad sólo en Dios, en el modo en que se complace jugando con sus criaturas.»

El día siguiente de la Epifanía del año 1322 fue a reunirse con los huesos de sus antepasados, sin que nadie, excepto su esposa, lo llorara.

Sin embargo, había sido un buen rey, preocupado por el bien público. Declaró infalible cualquier parte del dominio real; es decir, de Francia propiamente dicha; unificó las monedas, pesos y medidas; reorganizó la justicia para que fuera administrada con más equidad; prohibió la acumulación de funciones públicas y que los prelados ocuparan sitios en el Parlamento; dotó las finanzas de una administración peculiar. Se le debía también el haber incrementado la manumisión de los siervos. Deseaba que la servidumbre desapareciera por completo de sus estados; quería reinar sobre un pueblo de hombres

14

que disfrutaran de la «verdadera libertad», tal como los había hecho la naturaleza.

Resistió a la tentación de la guerra, suprimió muchas guarniciones del interior para reforzar las fronterizas y prefirió siempre la negociación a las estúpidas y dudosas empresas bélicas. Sin duda era demasiado pronto para que el pueblo admitiera que la justicia y la paz costaban muy caras. «¿Dónde han ido a parar las rentas, los diezmos y las anatas, las subvenciones de los lombardos y de los judíos, si se han distribuido menos limosnas, no ha habido expediciones ni se han construido edificios?», decían. «¿En qué se ha empleado todo eso?», se preguntaban.

Los grandes barones, sometidos temporalmente, y que, a veces, ante las revueltas campesinas, se habían agrupado alrededor del soberano, esperaban pacientemente que llegara la hora de su desquite y contemplaban con satisfacción la agonía de aquel joven monarca al que no querían.

Felipe V el Largo, hombre solitario, demasiado avanzado para su tiempo, había pasado en medio de la incomprensión general.

No dejaba más que hijas; la «ley de los varones», que había promulgado él mismo en su propio beneficio, las excluía del trono. La corona venía a recaer en su hermano menor, Carlos de la Marche, tan mediocre de inteligencia como agraciado de rostro. El poderoso conde de Valois, el conde Roberto de Artois, todo el parentesco capetino y los barones reaccionarios triunfaban de nuevo. Podía volverse a hablar de Cruzada, mezclarse en intrigas del Imperio, traficar con el oro y burlarse de las dificultades del reino de Inglaterra.

Allá, en aquel país, un monarca inconstante, falaz, inepto, dominado por la pasión amorosa que sentía hacia su favorito, se batía contra sus barones y obispos y regaba también la tierra de su reino con la sangre de sus súbditos.

Allá una princesa de Francia vivía humillada y escarnecida, sentía que su vida corría peligro y conspiraba para protegerse, sumida en sueños de venganza.

Diríase que Isabel, hija del Rey de Hierro y hermana de Carlos IV de Francia se había llevado consigo al otro lado del canal de la Mancha la maldición de los templarios...

PRIMERA PARTE

DEL TÁMESIS AL GARONA

1

«Nadie se evade de la Torre de Londres...»

Un cuervo reluciente, monstruoso, tan grande como un ganso, daba saltos ante el tragaluz. A veces se detenía, con las alas bajas y los párpados entornados sobre los ojos pequeños y redondos, como si fuera a dormirse. Después, de repente, levantaba el pico e intentaba golpear los ojos del hombre que se encontraba tras los barrotes del tragaluz. Aquellos ojos grises, del color del pedernal, parecían atraer al pájaro. Pero el prisionero apartaba rápidamente el rostro y el cuervo reanudaba su paseo, a saltos torpes y cortos.

El hombre sacaba entonces por entre los barrotes una mano hermosa, ancha y larga, nerviosa; la adelantaba apenas, la dejaba inerte como una rama extendida sobre el polvo del suelo, y esperaba el momento de apresar al cuervo por el cuello.

El pájaro, rápido a pesar de su tamaño, se apartaba de un salto con un ronco graznido. «Ten cuidado, *Eduardo*, ten cuidado —decía el hombre, detrás de la reja del tragaluz—. Un día conseguiré estrangularte.»

Porque el prisionero había bautizado al taimado pájaro con el nombre de su enemigo, el rey de Inglaterra.

Hacía dieciocho meses que duraba el juego, dieciocho meses que aquel prisionero deseaba estrangular al negro pajarraco, dieciocho meses que Rogelio Mortimer, octavo barón de Wigmore, gran señor de las Marcas galesas y antiguo lugarteniente del rey de Irlanda, permanecía encerrado, en compañía de su tío Rogelio

Mortimer de Chrik, antiguo gran juez del país de Gales, en un calabozo de la Torre de Londres. La costumbre establecía que los prisioneros de categoría, pertenecientes a la más antigua nobleza del reino, debían tener un alojamiento decente. Pero el rey Eduardo II, que había capturado a los dos Mortimer en enero de 1322 tras su victoria en la batalla de Shrewsbury sobre los barones rebeldes, les había asignado una celda estrecha y baja, a ras del suelo, en los nuevos edificios que acababan de construir a la derecha del campanario. El rey, que por las presiones de la corte, de los obispos y del propio pueblo se había visto obligado a conmutar por cadena perpetua la pena de muerte que había decretado contra los Mortimer, confiaba que esa celda malsana, esa cueva en la que se podía tocar el techo con la frente, hiciera, con el tiempo, el trabajo del verdugo.

De hecho, si bien los treinta y seis años de Rogelio Mortimer de Wigmore habían podido resistir semejante prisión, por el contrario, los dieciocho meses de bruma que se colaba por el tragaluz, de humedad que rezumaban las paredes o de espeso tufo estancado durante la época de calor parecían haber hecho mella en el viejo señor de Chirk. Perdidos los dientes y el cabello, hinchadas las piernas, agarrotadas las manos por el reumatismo, apenas se levantaba de la tabla de encina que le servía de lecho, mientras su sobrino permanecía junto al tragaluz con la mirada fija en lo alto.

Era el segundo verano que pasaban en aquella covacha.

Hacía dos horas que había amanecido sobre la más célebre fortaleza de Inglaterra, corazón del reino y símbolo del poder de sus príncipes; sobre la Torre Blanca construida por Guillermo el Conquistador y apoyada en los cimientos mismos del antiguo *castrum* romano; sobre el inmenso torreón cuadrado, ligero a pesar de sus gigantescas proporciones; sobre las torres del recinto y las murallas almenadas de Ricardo Corazón de León; sobre la Morada del Rey, la capilla de San Pedro y la puerta de los Traidores. El día se presentaba caluroso, pesado como la víspera; se adivinaba en el sol que daba un tono rosado a las piedras, así como en el nauseabundo olor a cieno que subía del Támesis, cuyas aguas bañaban el lecho de los fosos.[1]

Eduardo se había unido a otros gigantescos cuervos en el tristemente famoso Green, el césped donde se instalaba el tajo en los días de ejecución; los pájaros picoteaban la hierba empapada de sangre de los patriotas escoceses, los criminales de Estado y los favoritos caídos en desgracia.

Se recortaba el césped y se barrían los caminos empedrados que lo bordeaban, sin asustar a los cuervos; porque nadie se hubiese atrevido a tocar aquellos animales, que vivían allí desde tiempos inmemoriales, rodeados de una vaga superstición.

Los soldados de la guardia, al salir de sus alojamientos, se sujetaban apresuradamente el cinturón o las polainas, se calaban el casco y se agrupaban para la parada diaria que aquella mañana tenía particular importancia, ya que era primero de agosto, día de San Pedro ad Vincula —a quien estaba dedicada la capilla— y fiesta anual de la Torre.

Rechinaron los cerrojos en la puerta baja que cerraba la celda de los Mortimer; abrió el carcelero, echó una mirada al interior y dejó entrar al barbero, un hombre de ojos pequeños, larga nariz y boca redonda, que iba una vez por semana a afeitar al joven Rogelio Mortimer. Durante los meses de invierno esta operación era un suplicio para el prisionero, ya que el condestable Esteban Seagrave, gobernador de la Torre,[2] había dicho que si el señor Mortimer quería seguir afeitándose, le enviaría al barbero, pero que no tenía obligación de suministrarle agua caliente.

El señor Mortimer se había mantenido firme, primero para desafiar al condestable, después porque su execrado enemigo, el rey Eduardo, llevaba una hermosa barba rubia y, por último y principalmente, por sí mismo, porque sabía que si cedía en esto se dejaría arrastrar por el abandono físico. Ante sí tenía el ejemplo de su tío, que no prestaba ningún cuidado a su persona; el señor de Chirk, con su barba crecida y su melena, parecía un viejo anacoreta. Gemía sin cesar por las múltiples dolencias que le agobiaban y susurraba a veces que por el dolor de su pobre cuerpo era por lo único que se sentía vivo todavía.

El joven Mortimer recibía semana tras semana al barbero Ogle, incluso cuando tenía que romper el hielo en la bacía y las mejillas le quedaban ensangrentadas. Este sufrimiento tuvo su recompensa, ya que al cabo de unos meses se dio cuenta de que Ogle podía servirle de enlace con el exterior. El hombre tenía un carácter extraño; era ávido y, al mismo tiempo, capaz de sacrificio; sufría por su situación subalterna, que juzgaba inferior a su mérito; la intriga le ofrecía la ocasión de desquitarse y de sentirse más importante por el hecho de participar en los secretos de los grandes. El barón de Wigmore era sin duda el hombre más noble, tanto por nacimiento como por naturaleza, de cuantos conocía. Además, un prisionero que se empeñaba en hacerse afeitar, aun cuando el agua estuviese congelada, era digno de admiración.

Gracias al barbero, Mortimer había establecido una relación, ligera pero regular, con sus partidarios, especialmente con Adán Orleton, obispo de Hereford; por el barbero había sabido que podía ganar para su causa al teniente de la Torre, Gerardo de Alspaye; y también por mediación del barbero había trazado lentamente su plan de evasión. El obispo le había asegurado que sería liberado en verano. Y el verano estaba allí...

Por la mirilla de la puerta, el carcelero lanzaba de vez

en cuando una ojeada desprovista de toda sospecha, por simple costumbre profesional.

El prisionero, con una escudilla de madera bajo la barbilla —¿volvería a usar algún día la bacía de fina plata labrada de otros tiempos?—, escuchaba las frases hechas que el barbero pronunciaba en voz alta para no despertar sospechas. El sol, el verano, el calor... Era cosa digna de observar que siempre hacía buen tiempo el día de San Pedro...

Inclinándose sobre la navaja, Ogle le susurró:

—Esté preparado para esta noche, señor.

Rogelio Mortimer no se estremeció. Sus ojos del color del pedernal se volvieron hacia los pequeños ojos negros del barbero, quien confirmó sus palabras con un movimiento de párpados.

—¿Alspaye...? —murmuró Mortimer.

—Vendrá con nosotros —respondió el barbero mientras pasaba al otro lado de la cara de Mortimer.

—¿Y el obispo? —preguntó el prisionero.

—Nos esperará fuera, después de que anochezca —dijo el barbero, y reanudó enseguida en voz alta la conversación sobre el sol, la exhibición que se preparaba, los juegos que se celebrarían por la tarde...

Terminado el afeitado, Rogelio Mortimer se secó la cara con un paño sin sentir siquiera su contacto.

Cuando el barbero Ogle salió en compañía del guardián, el prisionero se apretó el pecho con las dos manos y aspiró una gran bocanada de aire. Se contuvo para no gritar: «Estad preparado para esta noche.» Estas palabras le bailaban en la cabeza. ¿Habría llegado por fin el momento?

Se acercó a la tarima sobre la que dormitaba su compañero de calabozo.

—Esta noche, tío —susurró.

El viejo señor de Chirk se dio la vuelta entre gemidos, elevó hacia su sobrino las pupilas descoloridas, que tenían un brillo verdoso en la penumbra de la celda, y respondió cansado:

—Nadie se evade de la Torre de Londres, pequeño. Nadie... Ni esta noche, ni nunca.

El joven Mortimer se irritó. ¿Por qué aquella obstinada negativa? ¿Por qué evitaba el riesgo un hombre al que, en el peor de los casos, le quedaba tan poca vida que perder? No quiso responder para no encolerizarse. Aunque hablaban en francés, como toda la corte y la nobleza, mientras que los servidores, soldados y el pueblo hablaban en inglés, temían siempre que los entendieran.

Volvió junto al tragaluz y miró desde abajo la parada militar, con la agradable sensación de que quizás asistiera a ella por última vez.

A la altura de sus ojos pasaban y volvían a pasar las polainas de la tropa y los gruesos zapatos de cuero golpeaban el pavimento. Rogelio Mortimer no tuvo más remedio que admirar las precisas evoluciones de los arqueros, de aquellos hábiles arqueros ingleses, los mejores de Europa, que disparaban hasta doce flechas por minuto.

En medio del Green, el teniente Alspaye, tieso como una estaca, daba las órdenes en voz alta y presentaba la guardia al condestable. Era difícil comprender por qué aquel joven rubio y de tez rosada, tan atento a su deber, tan visiblemente animado por el deseo de hacer bien las cosas, había aceptado la traición. Seguramente tenía otros motivos, aparte del incentivo del dinero. Gerardo de Alspaye, teniente de la Torre de Londres, deseaba, al igual que muchos oficiales, *sherifs*, obispos y señores, ver Inglaterra libre de los malos ministros que rodeaban al rey; soñaba con desempeñar un gran papel; además, odiaba y despreciaba a su jefe, el condestable Seagrave.

Éste, un tuerto de flácidas mejillas, bebedor e indolente, debía precisamente su alto cargo a la protección de los malos ministros. Practicando con descaro las costumbres de las que hacía gala el rey Eduardo ante la corte, se servía de la guarnición como si fuera un harén. Sus preferidos eran los hombres fuertes y rubios; por eso la existencia del teniente Alspaye, muy devoto y apartado del vicio, se había convertido en un infierno. Por haber rechazado los tiernos asaltos del condestable, Alspaye sufría un acoso constante. Seagrave, para vengarse, le infligía toda clase de vejaciones. El tuerto tenía muchas ocasiones para ensañarse. Mientras pasaba revista a los hombres, abrumaba a su segundo con toda clase de burlas groseras por motivos insignificantes: por un defecto en la alineación, por una mella en un cuchillo, por un minúsculo desgarrón en el cuero de una aljaba. Su único ojo sólo buscaba los defectos.

Aunque era día festivo, en el que según la costumbre se levantaban los castigos, el condestable ordenó que azotaran a tres soldados debido al estado deplorable de su equipo. Se trataba de tres de los mejores arqueros. Un sargento fue a buscar el látigo y los castigados tuvieron que bajarse las calzas delante de todos sus compañeros puestos en fila. El condestable parecía divertirse mucho con el espectáculo.

—Si la guardia no se presenta mejor, la próxima vez sufriréis vos el castigo, Alspaye —dijo.

Toda la guarnición, a excepción de los centinelas, entró en la capilla para oír misa y entonar cánticos.

Las voces rudas y de falsete llegaban hasta el prisionero, al acecho detrás de la reja. «Estad preparado para esta noche, señor...» El antiguo delegado del rey en Irlanda no dejaba de pensar en que tal vez aquella noche estaría libre. Le quedaba una jornada de espera y de temor... Temor de que Ogle cometiera una tontería en la ejecución del plan; temor de que Alspaye recobrara, en el último momento, su sentido del deber... Toda una jornada para prever los obstáculos fortuitos, los elementos del azar que pueden hacer fracasar una fuga.

«Es mejor no pensar en ello y creer que todo irá bien. Siempre ocurre lo que uno no se imagina.» Sin embargo, su pensamiento volvía a las mismas preocupaciones. «Habrá guardias en los caminos de ronda...»

Dio un rápido salto hacia atrás. El cuervo había avanzado a escondidas a lo largo del muro, y poco faltó para que le alcanzara el ojo.

—¡Ah, *Eduardo, Eduardo*! Esto es demasiado —dijo Mortimer entre dientes—. Uno de los dos ha de triunfar hoy.

La guarnición acababa de salir de la capilla y entraba en el refectorio para la comilona tradicional.

El carcelero reapareció en la puerta de la celda, acompañado de un guardián encargado de la comida de los prisioneros. Como excepción, el guiso de habas llevaba un poco de carnero.

—Haced un esfuerzo para levantaros, tío —le rogó Mortimer.

—Incluso nos impiden oír misa, como si fuéramos excomulgados —dijo el anciano sin moverse de su camastro.

Los guardianes se habían retirado. Los prisioneros no tendrían más visitas hasta la noche.

—Así, tío, ¿estáis decidido a no acompañarme? —preguntó Mortimer.

—¿Acompañarte? ¿Adónde, muchacho? Nadie se fuga de la Torre. Nadie lo ha conseguido jamás. Nadie se rebela tampoco contra su rey. Cierto que Eduardo no es el mejor soberano que haya tenido Inglaterra, y que sus dos Le Despenser merecerían estar en nuestro lugar; pero no se elige al rey, se le sirve. No debería haberos escuchado, a Tomás de Lancaster y a ti, cuando tomasteis las armas. A Tomás lo decapitaron y nosotros mira dónde estamos...

Porque era la hora en que, después de comer unos bocados, se decidía a hablar en voz monótona y gimiente para repetir lo mismo que su sobrino escuchaba desde hacía dieciocho meses. A sus sesenta y siete años nada quedaba del antiguo Mortimer, del apuesto gran señor que había sido, famoso por los fabulosos torneos celebrados en el castillo de Kenilworth, de los que todavía hablaban tres generaciones. Su sobrino se esforzaba vanamente en reavivar las brasas en el corazón de aquel anciano agotado.

—Para empezar, las piernas no me sostendrían... —agregó.

—¿Por qué no os esforzáis en intentarlo? Salid del lecho. Además, yo os llevaré, ya os lo he dicho.

—¡Eso es! Vas a llevarme por encima de las murallas, y luego por el agua, pues yo no sé nadar. Vas a llevar mi cabeza al tajo, y la tuya también. ¡Eso es lo que vas a hacer! Tal vez Dios quiera salvarnos, y tú lo vas a estropear todo por esa loca tozudez. Siempre ha sido así; la rebelión está en la sangre de los Mortimer. Recuerda al primer Rogelio de nuestro linaje, hijo del obispo y de la hija del rey Herfast. Había derrotado a todo el ejército del rey de Francia bajo las murallas de su castillo de Mortimer-en-Bray.[3] Y sin embargo, ofendió tan gravemente al Conquistador, su primo, que le confiscaron tierras y bienes.

El joven Rogelio, sentado en el escabel, cruzó los brazos, cerró los ojos y se inclinó un poco hacia atrás hasta apoyar la espalda en la pared. Debía soportar la evocación diaria de los antepasados, escuchar por centésima vez cómo Raúl *el Barbudo*, hijo del primer Rogelio, había desembarcado en Inglaterra junto al duque Guillermo, cómo había recibido el feudo de Wigmore y por qué, desde entonces, los Mortimer eran poderosos en cuatro condados.

Del refectorio llegaban las canciones de borrachera y los gritos de los soldados al término de la comida.

—Por lo que más queráis, tío, olvida por un momento a nuestros antepasados —exclamó Mortimer—. Yo no tengo tanta prisa en volverlos a encontrar como vos. Sí, ya sé que descendemos de un rey. Pero la sangre de los reyes no vale para nada en una prisión. ¿Nos va a liberar la espada de Herfast de Dinamarca? ¿Dónde están nuestras tierras, y para qué nos sirven nuestras rentas en este calabozo? Y si me citáis a nuestras antepasadas, Hadewige, Melisenda, Maltilde *la Mezquina*, Walcheline de Ferrers, Gladousa de Braose, os preguntaré si éstas son las únicas mujeres en las que debo soñar hasta que exhale mi último suspiro.

El viejo se quedó cortado un momento, mirando distraídamente su mano hinchada, de uñas demasiado largas y melladas. Luego dijo:

—Cada uno está en prisión como puede, los viejos recordando su pasado perdido, los jóvenes soñando en un mañana que no vendrá jamás. Tú crees que toda Inglaterra te quiere y trabaja en tu favor, que el obispo Orleton es tu amigo fiel, que la misma reina se esfuerza en salvarte y que vas a partir de inmediato para Francia, Aquitania o Provenza... ¡Qué sé yo! Y que a lo largo del camino las campanas te darán la bienvenida. Y verás, esta noche no vendrá nadie.

Se pasó, con gesto cansado, los dedos por los párpados; luego se volvió hacia la pared.

El joven Mortimer regresó junto al tragaluz, deslizó una mano entre los barrotes y la arrastró como muerta por el polvo.

«Ahora se dormirá hasta la noche —pensó—. Luego se decidirá en el último momento. Desde luego no será fácil la huida con él. ¿No la hará fracasar? ¡Ah, aquí está *Eduardo*! —El pájaro se había detenido a poca distancia de la mano inerte y se frotaba su gran pico con la pata—. Si te estrangulo, mi evasión tendrá éxito. Si no lo consigo, no podré escapar.»

Ya no se trataba de un juego, sino de una apuesta

con el destino. Para entretener su espera y engañar su ansiedad, el prisionero necesitaba inventarse presagios, mientras acechaba al enorme cuervo. Pero éste, como si hubiera adivinado la amenaza, se apartó.

Los hombres salían del refectorio con la cara enrojecida. Se dividieron en pequeños grupos por el patio para los juegos, las carreras y luchas tradicionales en esa festividad. Durante dos horas, con el torso desnudo, sudaron bajo el sol haciendo alardes de fuerza para derribar al contrario o de destreza para lanzar mazas contra una estaca.

Se oía gritar al condestable:

—¡El premio del rey! ¿Quién lo ganará? ¡Un chelín![4]

Más tarde, cuando empezó a declinar el día, los soldados fueron a lavarse a las cisternas y entraron en el refectorio, con más alboroto que por la mañana, comentando sus hazañas o derrotas, para seguir comiendo y bebiendo. Quien no se emborrachaba el día de San Pedro ad Vincula merecía el desprecio de sus compañeros. El prisionero los oía abalanzarse sobre el vino. La oscuridad, la azulada oscuridad de las noches de verano, descendía sobre el patio, y el olor a cieno que provenía de las zanjas y del río se hacía más penetrante.

De repente, delante del tragaluz desgarró el aire un furioso graznido, ronco, prolongado, uno de esos gritos animales que producen malestar.

—¿Qué es eso? —preguntó el viejo señor de Chirk desde el fondo de la celda.

—He fallado —dijo el sobrino—. Lo he agarrado por el ala en lugar de por el cuello.

Le habían quedado entre los dedos unas cuantas plumas negras que contemplaba apenado a la incierta luz del crepúsculo. El cuervo había desaparecido y ya no volvería.

«Es una tontería propia de un niño conceder importancia a esto —se dijo Mortimer—. Vamos, se acerca la hora.»

Sin embargo, estaba obsesionado por un lúgubre presentimiento.

Se distrajo con el extraño silencio que, desde hacía unos instantes, rodeaba la Torre. Ningún ruido salía del refectorio; las voces de los bebedores se habían apagado; había cesado el choque de platos y jarras. No se oía más que un ladrido en alguna parte de los jardines y el lejano grito de un barquero en el Támesis... ¿Había fracasado el complot de Alspaye y el silencio de la fortaleza se debía al estupor que sigue al descubrimiento de las grandes traiciones?

El prisionero, con la frente pegada a las rejas del tragaluz y conteniendo la respiración, escudriñaba la oscuridad y se esforzaba por oír el más leve ruido. Un arquero cruzó el patio con paso vacilante, vomitó contra la pared, se desplomó y ya no se movió. Mortimer distinguía su cuerpo inmóvil sobre la hierba. Ya habían aparecido las primeras estrellas y la noche sería clara.

Salieron dos soldados más del refectorio, apretándose el vientre con ambas manos, y se desmoronaron al pie de un árbol. No se trataba de una borrachera corriente, ya que los hombres caían como si les hubieran dado con una estaca.

Mortimer buscó a tientas sus botas en un rincón del calabozo y se las puso; pudo calzarse con facilidad, ya que sus piernas habían adelgazado.

—¿Qué haces, Rogelio? —preguntó Mortimer de Crirk.

—Me preparo, tío; se acerca el momento. Parece que nuestro amigo Alspaye ha hecho bien las cosas; es como si toda la Torre estuviera muerta.

—Es cierto; no nos han traído nuestra segunda comida —observó con inquietud el anciano señor.

Rogelio Mortimer se remetió la camisa en los calzones y se ató el cinturón por encima de la cota de malla. Sus prendas estaban muy gastadas, ya que desde hacía dieciocho meses no le habían proporcionado otras, y llevaba su equipo de batalla tal como lo habían apresado cuando le habían sacado la armadura abollada y le habían curado el labio inferior herido por el choque de la babera.

—Si logras escapar, me quedaré solo y sobre mí caerán todas las venganzas.

Había una gran parte de egoísmo en la vana obstinación del anciano por apartar al sobrino de su proyecto de fuga.

—Escuchad, tío, alguien viene. Esta vez, levantaos.

Resonaron unos pasos sobre las losas; se acercaron a la puerta. Una voz llamó:

—¡Señor!

—¿Eres tú, Alspaye?

—Sí, señor, pero no tengo la llave. Vuestro carcelero, con su borrachera, ha perdido el llavero; ahora, en el estado en que se encuentra, no se puede sacar nada de él. He buscado por todas partes.

Del camastro donde reposaba el tío surgió una risita burlona.

El joven Mortimer lanzó un juramento de despecho. ¿Sentía miedo Alspaye en el último momento y por eso mentía? Pero en tal caso, ¿por qué había venido? ¿O aquello era obra del azar absurdo, ese azar que el prisionero había imaginado durante todo el día y que se presentaba ahora bajo esta forma?

—Todo está preparado, señor, os lo aseguro —continuó Alspaye—. Los polvos del obispo mezclados con el vino han obrado maravillas. Todos han caído en un pesado sueño, están como muertos. Las cuerdas están preparadas, la barca os espera; pero no tengo la llave.

—¿De cuánto tiempo disponemos?

—Los centinelas no se moverán antes de media

hora larga. También ellos han celebrado la fiesta antes de montar guardia.

—¿Quién te acompaña?

—Ogle.

—Envíalo a buscar una maza, una cuña y una palanca, y haced saltar la piedra.

—Voy con él y vuelvo enseguida.

Los dos hombres se alejaron. Los acelerados latidos del corazón de Rogelio Mortimer marcaban el paso del tiempo. ¡Todo por una llave perdida! Bastaba que un centinela abandonara la guardia con un pretexto cualquiera para que todo fracasara... El viejo señor estaba callado, y su fatigosa respiración llegaba desde el fondo del calabozo.

Pronto un hilo de luz se filtró por debajo de la puerta; Alspaye volvía con el barbero, quien llevaba las herramientas y una vela. Golpearon la piedra del muro en el que la cerradura estaba hundida unos dos dedos. Se esforzaron en amortiguar los golpes, pero aun así tenían la impresión de que el eco llegaba a todos los rincones de la Torre. Cayeron al suelo trozos de piedra. Por último, el bloque cedió, y abrieron la puerta.

—Deprisa, señor —dijo Alspaye. Su cara sonrosada, iluminada por la vela, estaba cubierta de sudor, y le temblaban las manos.

Rogelio Mortimer de Wigmore se acercó a su tío y se inclinó hacia él.

—No, vete solo, hijo mío —dijo el anciano—. Es preciso que escapes. ¡Que Dios te proteja! Y no me guardes rencor por ser viejo.

El anciano Mortimer atrajo a su sobrino por la manga y le trazó con el pulgar la señal de la cruz en la frente.

—Vénganos, Rogelio —murmuró.

Rogelio Mortimer de Wigmore salió, agachándose, de la celda.

—¿Por dónde pasaremos? —preguntó.

—Por las cocinas —respondió Alspaye.

El teniente, el barbero y el prisionero subieron unos escalones, siguieron por un corredor y atravesaron varias piezas oscuras.

—¿Vas armado, Alspaye? —susurró de pronto Mortimer.

—Llevo mi daga.

—¡Allí hay un hombre!

Mortimer había visto una persona apoyada en la pared. El barbero tapó con la palma la débil llama de la vela; el teniente sacó la daga y avanzaron con más lentitud.

El hombre no se movió en la oscuridad. Tenía la espalda y los brazos pegados a la pared y las piernas separadas, y parecía que apenas podía mantenerse en pie.

—Es Seagrave —dijo el teniente.

El tuerto condestable, dándose cuenta de que lo habían drogado al mismo tiempo que a sus hombres, había conseguido llegar hasta allí y luchaba contra un invencible entumecimiento. Veía que su prisionero se escapaba y que su teniente le había traicionado, pero de su boca no salía ningún sonido, sus miembros eran incapaces de todo movimiento y en su único ojo, bajo el párpado que se le caía, se adivinaba una angustia de muerte. El teniente le pegó un puñetazo en la cara, la cabeza del condestable dio contra la pared y se desplomó.

Los tres hombres pasaron ante la puerta del gran refectorio, donde humeaban las antorchas; toda la guarnición estaba allí, dormida. Los arqueros estaban apoyados en las mesas, en grotescas posturas, como si un mago los hubiera sumido en un sueño de cien años. El mismo espectáculo ofrecían las cocinas, iluminadas solamente por las brasas sobre las que los enormes calderos olían a grasa quemada. También los cocineros habían probado el vino de Aquitania en el que el barbero Ogle había mezclado la droga, y yacían sobre la tabla del carnicero o entre los jarros, boca arriba y con los brazos abiertos. Sólo se movía un gato, harto de carne cruda, que caminaba cautelosamente por entre las mesas.

—Por aquí, señor —dijo el teniente, conduciendo al prisionero hacia un lugar que servía de letrina y vertedero de aguas sucias.

En aquel lugar había una lumbrera, la única abertura en ese lado de los muros, que permitía el paso de un hombre.[5]

Ogle sacó una escalera de cuerda que había escondido en un cofre y acercó un escabel. Sujetaron la escalera en el borde de la lumbrera, el teniente pasó el primero, luego Mortimer y, por último, el barbero. Agarrados a la escalera se deslizaron los tres a lo largo de la muralla, a diez metros del agua reluciente de los fosos. La luna aún no se había levantado.

«Es cierto que mi tío no habría podido huir», pensó Mortimer.

Una masa negra se movió a su lado y se oyó un leve roce de plumas. Era un gran cuervo que anidaba en una tronera. Mortimer, instintivamente, alargó la mano y palpó el caliente plumaje hasta que encontró el cuello del pájaro, que lanzó un graznido de dolor, casi humano. El fugitivo apretó los dedos con toda su fuerza hasta que sintió el crujido de los huesos.

El cuerpo del animal cayó al agua con un ruido seco.

—¿Quién hay ahí? —gritó un centinela.

Y un casco se asomó por una tronera del campanario.

Los tres fugitivos, aferrados a la escalera, se apretaron contra la muralla.

«¿Por qué habré hecho eso? —se decía Mortimer—. ¿Qué estúpida tentación me ha empujado a hacerlo? ¡Como si no hubiera ya bastantes peligros para inventar otros!»

Pero el centinela, tranquilizado por el silencio, prosiguió su ronda, y sus pasos fueron alejándose en la noche.

Continuó el descenso. En esa época el agua era poco profunda en los fosos. Los tres hombres se sumergieron en ella hasta los hombros y bordearon la fortaleza palpando con las manos las piedras del muro romano. Dieron la vuelta al campanario y luego atravesaron el foso intentando hacer el mínimo ruido. El talud era limoso y resbaladizo; los fugitivos lo subieron ayudándose mutuamente y luego corrieron, agachados, hasta la orilla del río. Allí los esperaba una barca oculta entre la hierba. Dos remeros sujetaban los remos. Un hombre envuelto en una gran capa oscura, con la cabeza cubierta por una caperuza de orejeras y sentado en la popa, emitió por tres veces un débil silbido. Los fugitivos saltaron a la barca.

—Señor Mortimer —dijo el hombre de la capa tendiéndole las manos.

—Señor obispo —respondió el evadido, haciendo el mismo gesto.

Sus dedos encontraron el cabujón de un anillo sobre el que inclinó los labios.

—¡Adelante, aprisa! —ordenó el prelado a los remeros.

Y los remos entraron en el agua.

Adán Orleton, obispo de Hereford, nombrado por el Papa contra la voluntad del rey, y jefe de la oposición del clero, acababa de liberar al más importante señor del reino. Orleton lo había organizado y preparado todo: convenció a Alspaye asegurándole que iba a ganar el Paraíso y una fortuna, y suministró el narcótico que sumió en el mayor sopor a la Torre de Londres.

—¿Ha ido todo bien, Alspaye? —preguntó.

—Todo lo bien que cabía esperar, señor —respondió el teniente—. ¿Cuánto tiempo durará el sueño?

—Dos días, sin ninguna duda... Tengo aquí lo que os prometí —dijo el obispo, sacando una pesada bolsa que llevaba bajo la capa—. Y también para vos, señor, tengo lo necesario para vuestros gastos, al menos para unas semanas.

En este momento se oyó gritar a un centinela:

—¡Haced sonar la alarma!

Pero la barca se había adentrado ya mucho en el río y ningún grito de los centinelas lograría despertar a la Torre.

—Os lo debo todo, empezando por la vida —dijo Mortimer al obispo.

—Esperad a darme las gracias cuando estéis en Francia. Os aguardan los caballos en la otra orilla, en Bermondsey. Hay una nave cerca de Douvres, dispuesta a hacerse a la mar.

—¿Venís conmigo?

—No, señor, no tengo ningún motivo para huir. En cuanto hayáis embarcado, volveré a mi diócesis.

—¿No teméis por vuestra persona, tras lo que acabáis de hacer?

—Soy eclesiástico —respondió el obispo con ironía—. El rey me odia, pero no se atreverá a tocarme.

Aquel prelado de voz tranquila, que charlaba en medio del Támesis tan sosegadamente como si estuviera en el palacio episcopal, tenía mucho valor y Mortimer lo admiraba sinceramente.

Los remeros estaban en el centro de la barca; Alspaye y el barbero se habían situado a proa.

—¿Y la reina? —preguntó Mortimer—. ¿La habéis visto últimamente? ¿La siguen atormentando?

—La reina, por el momento, está en Yorkshire, por donde viaja el rey, lo cual ha facilitado nuestra empresa. Vuestra esposa... —El obispo acentuó ligeramente esta palabra—. Vuestra esposa me envió el otro día noticias de la soberana.

Mortimer notó que se ruborizaba y se alegró de estar en la oscuridad, que ocultaba su turbación. Se había preocupado por la reina antes de preguntar por los suyos y por su propia mujer. ¿Había pensado solamente en la reina Isabel durante sus dieciocho meses de prisión?

—La reina os aprecia mucho —continuó el obispo—. Ha sacado del pequeño tesoro que le dejan nuestros buenos amigos los Le Despenser lo que os voy a entregar, para que podáis vivir en Francia. Los gastos de Alspaye, el barbero, los caballos y el barco que os espera van por cuenta de mi diócesis. —Había puesto la mano sobre el brazo del evadido—. ¡Estáis mojado! —agregó.

—¡Bah! —exclamó Mortimer—. El aire de la libertad me secará rápidamente.

Se levantó, se quitó la cota y la camisa, y permaneció en pie, desnudo el torso, en medio de la barca. Tenía un cuerpo hermoso y fuerte, de poderosos hombros y espalda ancha y musculosa. El cautiverio lo había adelgazado, sin disminuir la impresión de fuerza que daba su persona. La luna, que acababa de salir, dibujaba los relieves de su pecho.

—Propicia para los enamorados, funesta para los fugitivos —dijo el obispo señalando la luna—. Lo hemos hecho a la hora precisa.

Rogelio Mortimer sentía en la piel y en los cabellos mojados el aire de la noche, cargado del olor de la hierba y del agua. El Támesis, liso y negro, huía a lo largo de la barca, y los remos levantaban lentejuelas de plata. Se acercaba a la orilla opuesta. El gran barón se volvió para mirar por última vez la Torre, alta, inmensa, apoyada en sus fortificaciones, murallas y espolones. «Nadie se evade de la Torre...» Era el primer prisionero desde hacía siglos que se escapaba; calibraba la importancia de su acto y el desafío que lanzaba al poder de los reyes.

Detrás de ellos se perfilaba en la noche la ciudad dormida. En las dos orillas, y hasta el gran puente protegido por sus altas torres, oscilaban lentamente los apretujados y numerosos mástiles de los navíos de las ligas londinense, teutónica, parisiense, de toda Europa, que traían los paños de Brujas, el cobre, la brea, los cuchillos, los vinos de Saintonge y de Aquitania, el pescado seco, y que cargaban para Flandes, Ruán, Burdeos y Lisboa, trigo, cuero, estaño, queso y, sobre todo, la mejor lana del mundo, la de las ovejas inglesas. Por su forma y su ornamentación se distinguían las grandes galeras venecianas.

Pero Rogelio Mortimer de Wigmore pensaba en Francia. Iría a pedir asilo al Artois, a su primo Juan de Fiennes... Extendió los brazos en un gesto de libertad.

El obispo Orleton, que lamentaba no haber nacido agraciado ni gran señor, contemplaba con cierta envidia aquel gran cuerpo firme, dispuesto a saltar en la montura, aquel ancho y bien formado torso, la altiva barbilla, los ondulados cabellos que iban a decidir en su destierro el destino de Inglaterra.

NOTAS

1. La Torre de Londres constituía todavía en el siglo XIV el límite oriental de la ciudad, y estaba separada de la City, propiamente dicha, por los jardines de los monasterios. El puente de la Torre no existía, naturalmente; se atravesaba el Támesis por un único puente situado más arriba de la Torre.

Si bien el edificio central, la White Tower, comenzado hacia 1078 por encargo de Guillermo el Conquistador a su arquitecto el monje Gandolfo, se nos presenta ahora, al cabo de novecientos años, casi con su apariencia primitiva —la restauración de Wren lo modificó poco, a pesar del ensanchamiento de las ventanas—, por el contrario, el aspecto general del conjunto fortificado era bastante diferente en la época de Eduardo II. Las obras del actual recinto no estaban construidas aún, con excepción de la torre Saint Thomas y de la Middle Tower, debidas respectivamente a Enrique III y a Eduardo I. Las murallas exteriores eran lo que hoy día forman el segundo recinto, conjunto pentagonal de doce torres, construido por Ricardo Corazón de León y retocado constantemente por sus sucesores.

Se puede observar la asombrosa evolución del estilo medieval durante un siglo, comparando la White Tower (de fines del siglo XI), que, a pesar de la enormidad de su masa, conserva en su forma y proporciones el recuerdo de las antiguas villas galorromanas, con la fortificación de Ricardo Corazón de León (de fines de siglo XII) que la rodea. Esta segunda obra tiene ya las características del clásico castillo-fuerte, como el Château-Gaillard de Francia, edificado por el mismo Ricardo I, o de las posteriores construcciones angevinas de Nápoles.

La White Tower es el único monumento prácticamente intacto porque ha sido utilizado constantemente en el curso de los siglos, que testimonia el estilo de construcción del año 1000.

2. El comandante de la Torre era el condestable, lo que en la actualidad se conoce como oficial de policía. El condestable contaba con la asistencia de un teniente, segundo al mando. Estas dos funciones siguen existiendo, aunque a título puramente honorífico. Las desempeñan los militares ilustres al final de su carrera. El mando efectivo de la Torre es ejercido actualmente por el *major*, que es un comandante. Como se ve, esta jerarquía es inversa a la del Ejército.

El *major* reside en la Torre, en la Morada del Rey —o de la reina—, construcción de la época Tudor, apoyada en la Bell Tower. La primera Morada del Rey, de tiempos de Enrique I, fue demolida por Cromwell. En la época de nuestro relato —1323—, la capilla de San Pedro estaba formada solamente por la parte romana del actual edificio.

3. En 1054, contra el rey Enrique I de Francia. Rogelio [Roger] Mortimer, nieto de Herfast de Dinamarca, era sobrino de Ricardo I Sin Miedo, tercer duque de Normandía, abuelo de Guillermo I el Conquistador.

4. El chelín era en esta época una unidad monetaria, no una moneda propiamente dicha. Lo mismo ocurría con la libra

o el marco. El penique era la moneda de más valor en circulación. Hasta el reinado de Eduardo III no aparecieron monedas de oro, como el florín y el noble. El chelín de plata se comenzó a acuñar en el siglo XVI.

5. Muy probablemente en la torre de Beauchamp, que aún no tenía este nombre. Se empezó a llamar así a partir de 1397 a causa de Tomás [Thomas] de Beauchamp, conde de Warwich, que fue encarcelado allí y que era, curiosa coincidencia, nieto de Rogelio Mortimer. Este edificio era una construcción de Eduardo II, muy reciente, por tanto, en la época de Mortimer.

Las lumbreras de las letrinas eran con frecuencia el punto débil de los edificios fortificados. Por una de estas aberturas, los soldados de Felipe Augusto, después de un asedio que amenazaba con ser un fracaso, pudieron introducirse una noche en Château-Gaillard, la gran fortaleza francesa de Ricardo Corazón de León.

2

La reina ultrajada

El rojo cojín de terciopelo sobre el que la reina Isabel apoyaba sus pequeños pies estaba desgastado hasta la trama; las borlas de oro de las cuatro puntas habían perdido el brillo; los lises de Francia y los leones de Inglaterra, bordados en el tejido, se deshilachaban. Pero ¿para qué cambiarlo y pedir otro, si el nuevo, en cuanto apareciera, serviría de apoyo a los zapatos bordados de perlas de Hugo Le Despenser, el amante del rey? La reina miraba aquel viejo cojín que había arrastrado por el suelo de todos los castillos del reino, una temporada en Dorset, otra en Norfolk, el invierno en Warwick y aquel verano en Yorkshire, sin permanecer más de tres días en el mismo lugar. El primero de agosto, hacía menos de una semana, la corte estaba en Cowick; el día anterior se había detenido en Eserick; actualmente acampaban, más que se alojaban, en el priorato de Kirkham; al cabo de dos días partirían para Lockton, para Pickering. Los escasos y polvorientos tapices, la abollada vajilla, los gastados vestidos que formaban el equipo de viaje de la reina Isabel serían amontonados de nuevo en los cofres; desmontarían la cama de cortinas para volver a montarla en otra parte; aquella cama tan deteriorada por el continuo transporte, que amenazaba derrumbarse y en la que la reina hacía dormir a veces a su dama de compañía, lady Mortimer y, en ocasiones, a su primogénito, el príncipe Eduardo, temerosa de que si se quedaba sola pudieran asesinarla. Los Le Despenser no se atreverían a apuña-

41

larla ante los ojos del príncipe heredero...Y seguía el recorrido por el reino, los verdes campos y los tristes castillos.

Eduardo II quería darse a conocer a todos sus vasallos.

Creía honrarlos con su visita, y con algunas palabras amistosas intentaba ganarse su fidelidad contra los escoceses o el partido galés. La verdad es que hubiera ganado más mostrándose menos. Un leve desorden acompañaba sus pasos. Su ligereza al hablar de los asuntos de gobierno, que consideraba como una actitud de desprendimiento soberano, contrariaba a los señores, abades y notables, que iban a exponerle los problemas locales. La intimidad de que hacía gala con su todopoderoso chambelán, cuya mano acariciaba en pleno consejo y durante la misa, sus risas escandalosas, su repentina generosidad con un empleado sin importancia o un joven palafrenero confirmaban los rumores escandalosos que habían llegado hasta las provincias, donde, al igual que en todas partes, los maridos engañaban a sus esposas, pero con mujeres. Y lo que se murmuraba antes de su llegada, se decía en voz alta en cuanto se marchaba. Bastaba que aquel hermoso hombre de barba rubia y voluntad débil hiciera su aparición con la corona en la cabeza, para que se hundiera todo el prestigio de la majestad real. Y los ambiciosos cortesanos que lo rodeaban conseguían hacerlo aún más odioso.

La reina asistía impotente a esta decadencia ambulante. Participaba de sentimientos contradictorios: por una parte, su sangre real, de atavismo capetino, se rebelaba, se indignaba, sufría con esa degradación continua de la autoridad soberana; pero, al mismo tiempo, la esposa ofendida, amenazada, herida, se regocijaba secretamente por cada enemigo que se creaba el rey. No comprendía cómo había podido amar en otro tiempo, o al menos esforzarse en amar, a un ser tan despreciable, que la trataba de forma tan odiosa. ¿Por qué la obligaban a realizar esos viajes y la mostraban, escarnecida como se veía, a todo el reino? ¿Creían el rey y su favorito que engañaban a alguien y que la presencia de la reina daba a su relación un aspecto inocente, o bien deseaban tenerla bajo vigilancia? ¡Cuánto hubiera preferido Isabel vivir en Londres o en Windsor, o incluso en uno de los castillos que le habían concedido teóricamente, para esperar un cambio de la suerte o simplemente la vejez! Y sobre todo, ¡cuánto lamentaba que Tomás de Lancaster y Rogelio Mortimer, grandes barones que eran verdaderos hombres, no hubieran salido triunfantes de su rebelión del año anterior...!

Levantó sus hermosos ojos azules hacia el señor de Bouville, enviado de la corte de Francia, y le dijo en voz baja:

—Desde hace un mes observáis mi vida, señor Hugo. Os pido que no contéis estas miserias a mi hermano, ni a mi tío Carlos de Valois. Cuatro reyes se han sucedido en el trono de Francia: mi padre, el rey Felipe, que me casó por interés de la corona...

—¡Que Dios guarde su alma, señora, que Dios la guarde! —dijo con convicción, pero sin levantar el tono, el grueso Hugo de Bouville—. A ningún otro hombre he querido más, ni he servido con tanta alegría.

—Luego mi hermano Luis, que ocupó el trono pocos meses; después mi hermano Felipe, con el que no me llevaba bien, pero a quien no le faltaba talento... —El conde se enfurruñó un poco, como siempre que le hablaban del rey Felipe el Largo—. Y, por último, mi hermano Carlos, que reina actualmente —prosiguió la reina—. Todos han estado al corriente de mi situación, y no han podido o no han querido hacer nada. Inglaterra sólo interesa a los reyes de Francia en lo tocante a Aquitania. Una princesa de Francia en el trono inglés, porque al mismo tiempo se convierte en duquesa de Aquitania, les supone una garantía de paz. Y si la Guyena está en calma, poco les importa que su hija o su hermana muera de vergüenza y de abandono al otro lado del mar. Se lo digáis o no, todo seguirá igual; pero los días que habéis pasado a mi lado han sido muy felices, ya que he podido hablar con un amigo, y bien habéis visto qué pocos tengo. Sin mi querida Juana, que se muestra constante en compartir mi infortunio, no tendría ninguno.

La reina pronunció estas palabras volviéndose hacia su dama de compañía, que estaba sentada a su lado. Era lady Mortimer, sobrina nieta del famoso senescal de Joinville, una gran mujer de treinta y siete años, de franca mirada y limpias acciones.

—Señora —respondió lady Mortimer—, más hacéis vos por mantener mi valor que yo por aumentar el vuestro. Y os habéis expuesto mucho conservándome a vuestro lado desde que está mi esposo en la cárcel.

Los tres interlocutores continuaron hablando a media voz, ya que los susurros y la conversación aparte se habían hecho costumbre necesaria en aquella corte, en la que nunca se podía estar a solas y donde la reina vivía rodeada de malquerencias.

En ese momento, tres doncellas, situadas en un rincón de la pieza, bordaban una colcha destinada a Eleonora Le Despenser, mujer del favorito, que jugaba al ajedrez con el príncipe heredero junto a una ventana abierta. Un poco más lejos, el segundo hijo de la reina, que había cumplido siete años hacía tres semanas, se fabricaba un arco con una vara de avellano, y las dos hijas, Isabel y Juana, de cinco y dos años, sentadas en el suelo, se entretenían con muñecas de trapo.

Mientras movía las piezas en el ajedrez de marfil, lady Le Despenser no dejaba de espiar a la reina y se esforzaba en adivinar de qué hablaba. Aquella mujer, de frente lisa y baja, ojos ardientes y juntos y boca irónica, sin ser desagradable físicamente, estaba marcada por la fealdad que proviene de un alma perversa. Era descendiente de la familia De Clare, y su trayectoria había sido bastante extraña: cuñada del antiguo amante del rey, el caballero Gaveston, al que los barones dirigidos por Tomás de Lancaster habían ejecutado hacía once años, era esposa del amante actual. Sentía un morboso placer en favorecer los amores masculinos para satisfacer su deseo de dinero y sus ambiciones de poder. Además, era tonta: iba a perder su partida de ajedrez por el simple placer de gritar en tono provocativo: «¡Jaque a la reina... jaque a la reina!»

Eduardo, príncipe heredero, que tenía once años, de cara fina y alargada, de carácter reservado más que tímido y que casi siempre tenía los ojos bajos, aprovechaba los menores fallos de su contrincante y se esforzaba para vencer.

La brisa de agosto enviaba por la estrecha ventana ráfagas de polvo caliente; cuando el sol desapareciera, un húmedo frescor se instalaría de nuevo entre los espesos y sombríos muros del priorato de Kirkham.

De la gran sala del cabildo, donde el rey celebraba su consejo itinerante, surgía el alboroto de numerosas voces.

—Señora —prosiguió el conde de Bouville—, de buen grado os dedicaría todos los días que me quedan de vida si os pudiera ser de alguna utilidad. Me complacería, os lo aseguro. Siendo viudo y teniendo a mis hijos colocados, ¿qué me queda por hacer en este bajo mundo sino emplear mis últimas fuerzas en servir a los descendientes del rey que fue mi bienhechor? Y a vuestro lado, señora, es donde me encuentro más cerca de él. Tenéis su grandeza de alma, su manera de hablar y su belleza inmarcesible. Cuando murió, a los cuarenta y seis años, apenas aparentaba más de treinta. Vos seréis igual. Nadie diría que habéis tenido cuatro hijos...

Una sonrisa iluminó las facciones de la reina. Rodeada de tantos odios, le parecía agradable ver en Hugo de Bouville tal devoción hacia ella; humillada como mujer, escuchaba complacida alabar su belleza, aunque el elogio viniera de un hombre grueso, canoso y con ojos de viejo perro fiel.

—Tengo ya treinta y un años, y he pasado quince de la manera que veis —dijo ella—. Esos años tal vez no se marcan en la cara, pero dejan arrugas en el alma... También a mí, Bouville, me gustaría teneros a mi lado, si fuera posible.

—¡Ay, señora! Veo que mi misión toca a su fin, y sin gran éxito. El rey Eduardo me lo ha dado a entender dos veces, y se ha sorprendido de que estuviera todavía aquí, ya que había entregado al lombardo al Parlamento del rey de Francia.

Porque el pretexto oficial de la embajada de Hugo de Bouville era solicitar la extradición de un tal Thomas Henry, miembro de la importante compañía de los Scali de Florencia. El banquero había arrendado ciertas tierras de la corona de Francia y obtenido considerables rentas sin pagar lo que debía al Tesoro y, por último, se había refugiado en Inglaterra. El asunto era grave, pero se podía haber arreglado por carta o enviando a una persona de menos categoría sin que fuera necesario el desplazamiento de un antiguo gran chambelán que tenía un puesto en el consejo privado. La verdad era que el conde de Bouville tenía el encargo de proseguir otra negociación más difícil. El año anterior, a Carlos de Valois, tío del rey de Francia y de la reina Isabel, se le había metido en la cabeza casar a una de sus últimas hijas, María, con el príncipe Eduardo, heredero de Inglaterra. El conde de Valois —¿quién lo podía ignorar en Europa?— tenía siete hijas, cuyo casamiento había sido para él motivo de grave preocupación. Sus siete hijas eran de tres esposas, ya que Carlos de Valois, en el curso de su agitada existencia, había tenido la desgracia de enviudar dos veces.

Era necesario tener la cabeza muy despejada para no confundirse con su descendencia y saber, por ejemplo, cuando se hablaba de la señora Juana de Valois, si se trataba de la condesa de Hainaut o de la condesa de Beaumont, es decir, de la que era mujer de Roberto de Artois desde hacía cinco años. Porque, para complicarlo más, dos de sus hijas llevaban el mismo nombre. En cuanto a Catalina, heredera del trono fantasma de Constantinopla, hija del segundo matrimonio, estaba casada con el príncipe de Acaya, Felipe de Tarento, hermano mayor de la primera mujer de su padre. ¡Un verdadero rompecabezas!

Ahora, el conde de Valois proponía la boda de la hija mayor de su tercer matrimonio con su sobrino nieto de Inglaterra. Con tal fin había enviado a principios de año una delegación compuesta por el conde Enrique de Sully, Raúl Sevain de Jouy y Roberto Bertrand, conocido como el Caballero del Verde León. Estos embajadores, para granjearse la amistad del rey Eduardo II, lo habían acompañado en una expedición contra los escoceses. En la batalla de Blackmore, los ingleses emprendieron la fuga y los embajadores franceses cayeron en manos del enemigo. Cuando, después de tan desagradables aventuras, se vieron libres, Eduardo les respondió con evasivas, para sacárselos de encima, que el matrimonio de su hijo no podía decidirse tan rápidamente, que era algo demasiado importante para acordarlo sin el consejo del Parlamento, y que éste se reuniría en junio para discutirlo. Quería relacionar aquel asunto con el homenaje que debía rendir al rey de Francia por el ducado de Aquitania... Luego, el Parlamento ni siquiera se había ocupado de la cuestión.[1]

El conde de Valois, impaciente, aprovechó la primera oportunidad que se le presentó para enviar al conde de Bouville, cuya devoción hacia la familia capetina no podía ponerse en duda y que, a falta de talento, tenía experiencia en misiones como ésa. Siguiendo las instrucciones de Carlos de Valois, Hugo de Bouville había negociado en Nápoles el segundo matrimonio de Luis X con Clemencia de Hungría; después de la muerte de Luis el Obstinado había sido curador del vientre de la reina, aunque no le gustaba hablar de ese tema. Había llevado a cabo también varias misiones en Aviñón, ante la Santa Sede, y su memoria era excelente en lo relativo a los lazos familiares, infinitamente complicados, que formaban la red de alianzas de las casas reales. El buen conde de Bouville se sentía muy decepcionado por tener que regresar con las manos vacías.

—Mi señor de Valois —dijo— se va a encolerizar, puesto que ya ha solicitado dispensa a la Santa Sede para este matrimonio...

—He hecho lo que he podido, Bouville —declaró la reina—, y de ello podéis deducir la importancia que me conceden. Sin embargo, siento menos pesar que vos; no deseo que otra princesa de mi familia sufra lo que yo sufrí aquí.

—Señora —dijo Hugo de Bouville bajando aún más la voz—, ¿dudáis de vuestro hijo? Gracias a Dios, parece haber salido más a vos que a su padre. Os vuelvo a ver a su misma edad, en el jardín del palacio de la Cité, o en Fontainebleau...

Lo interrumpieron. Se abrió la puerta para dar paso al rey de Inglaterra. Entró presuroso con la cabeza echada hacia atrás y acariciándose la rubia barba con gesto nervioso, lo cual en él era señal de irritación. Le seguían sus consejeros habituales, es decir, los dos Le Despenser, padre e hijo, el canciller Baldock, el conde de Arundel y el obispo de Exeter. Los dos hermanastros del rey, los condes de Kent y de Norfolk, jóvenes por los que corría sangre francesa, ya que su madre era hermana de Felipe el Hermoso, formaban parte de su séquito, pero a desgana. La misma impresión causaba Enrique de Leicester, personaje bajo y cuadrado, de grandes ojos claros, apodado *Cuello Torcido* a causa de una deformación en la nuca y los hombros que le obligaba a llevar la cabeza completamente de lado y que dificultaba enormemente la labor de los armeros encargados de forjar sus corazas.

En el vano de la puerta se apretujaban algunos eclesiásticos y dignatarios locales.

—¿Sabéis la noticia, señora? —exclamó el rey Eduardo dirigiéndose a la reina—. Seguro que os va a alegrar. Vuestro Mortimer se ha escapado de la Torre.

Lady Le Despenser se sobresaltó ante el tablero del ajedrez y soltó una exclamación, indignada, como si la fuga del barón de Wigmore fuera para ella un insulto personal.

La reina Isabel no cambió de actitud ni de expresión; solamente parpadeó un poco más deprisa de lo acostumbrado, y su mano buscó furtivamente, a lo largo de los pliegues de su vestido, la de lady Mortimer, como para invitarla a mantenerse firme y en calma. El grueso Hugo de Bouville se había levantado y se mantenía aparte, ajeno a aquel asunto que concernía únicamente a la corona inglesa.

—No es «mi» Mortimer, señor —respondió la reina—. Rogelio Mortimer es súbdito vuestro, creo yo, antes que mío, y no soy responsable de los actos de vuestros barones. Vos lo teníais en prisión y él ha procurado escapar; es lo habitual.

—¡Ah! Con esas palabras demostráis que aprobáis su proceder. ¡Dejad, pues, que vuestro júbilo se manifieste, señora! Desde que ese Mortimer se dignó a mostrarse en mi corte, no tuvisteis ojos más que para él. No cesasteis de alabar sus méritos, y todas las felonías que cometía contra mí las considerabais como prueba de su nobleza de alma.

—¿No fuisteis vos mismo, esposo mío, quien me enseñasteis a quererlo cuando conquistaba, en vuestro lugar y con peligro de su vida, el reino de Irlanda, que al parecer, vos tenéis tanta dificultad en mantener sin su ayuda? ¿Era eso felonía?[2]

Desarmado por este ataque, Eduardo lanzó a su mujer una mirada rencorosa y no supo qué responder.

—Sin ninguna duda, vuestro amigo corre ahora hacia vuestro país.

El rey, mientras hablaba, recorría la pieza para dar salida a su inútil agitación. Las joyas que llevaba sujetas al traje bailoteaban a cada paso, y los presentes movían la cabeza de izquierda a derecha, como en un partido de pelota, para seguir sus desplazamientos. El rey Eduardo era ciertamente un hombre muy hermoso. Musculoso, ágil, flexible, de cuerpo habituado al ejercicio y a los juegos, llevaba muy bien sus casi cuarenta años: una constitución de atleta. Sin embargo, al observarlo con más atención, sorprendía la falta de arrugas en su frente, como si las preocupaciones del poder no hubieran hecho mella en él; las bolsas que comenzaban a formarse bajo sus ojos, el dibujo borroso de las fosas nasales, la forma alargada de la barbilla bajo la barba rizada, ni enérgica ni autoritaria, ni siquiera sensual sino simplemente demasiado grande y caída: había veinte veces más voluntad en la pequeña mandíbula de la reina que en la del monarca, cuya debilidad ni la sedosa barba lograba disimular. La mano, fofa, que deslizaba por la cara, palmoteaba el aire sin motivo alguno y volvía a tirar de una perla cosida en los bordados de la cota. Su voz, que creía imperiosa, sólo daba la impresión de falta de control. Su ancha espalda tenía desagradables ondulaciones desde la nuca hasta los riñones, como si la espina dorsal careciera de consistencia. Eduardo no perdonaba a su mujer que le hubiera aconsejado un día no mostrar la espalda a los barones si quería inspirarles respeto. Sus rodillas estaban bien formadas; sus piernas eran bellas. Esto era lo mejor que poseía aquel hombre tan poco hecho para su cargo, sobre quien había caído una corona por verdadero descuido de la suerte.

—¿No tengo bastantes inquietudes, no tengo bastante tormento? —continuó—. Los escoceses amenazan sin cesar mis fronteras, invaden mi reino, y cuando les hago frente mis ejércitos huyen. ¿Cómo voy a vencerlos si mis obispos se alían para tratar con ellos sin mi consentimiento, si tengo tantos traidores entre mis vasallos, si mis barones de las Marcas levantan tropas contra mí, basándose siempre en el principio de que poseen sus tierras por su espada, siendo así que desde hace veinticinco años la cuestión fue juzgada y reglamentada de distinta manera por el rey Eduardo, mi padre? Pero ya se ha visto en Shrewsbury y en Boroughbridge lo caro que cuesta rebelarse contra mí, ¿verdad, Leicester?

Enrique de Leicester asintió con la cabeza; era una manera poco cortés de recordarle la muerte de su hermano Tomás de Lancaster, decapitado dieciséis meses antes, al mismo tiempo que eran colgados veinte grandes señores.

—En efecto, señor, esposo mío, por lo visto las únicas batallas que podéis ganar son las que libráis contra vuestros propios barones —le espetó Isabel.

Eduardo le dirigió de nuevo una mirada de odio. «¡Qué valor! —pensó el conde de Bouville—. ¡Qué valor tiene esta noble reina!»

—Y no es justo decir que se os opusieron por el derecho de su espada —prosiguió Isabel—. ¿No fue más bien por los derechos del condado de Gloucester, que vos quisisteis entregar a Hugo Le Despenser?

Los dos Le Despenser se acercaron el uno al otro como para acometer. Lady Le Despenser se irguió; era hija del difunto conde de Gloucester. Eduardo II golpeó el suelo con el pie. La reina era demasiado irritante; no abría la boca más que para señalarle sus errores de gobierno.[3]

—Yo entrego los grandes feudos a quien me place, señora. Los entrego a quien me quiere y me sirve —exclamó Eduardo, poniendo la mano sobre el hombro del joven Hugo—. ¿En quién otro me podría apoyar? ¿Dónde están mis aliados? Vuestro hermano de Francia, señora, que debería comportarse como si fuera el mío, ya que, después de todo, con esta esperanza me comprometí a tomaros como esposa, ¿qué ayuda me aporta? Me necesita para que le rinda homenaje por Aquitania, ésa es toda su ayuda... ¿Y dónde me envía su requerimiento? ¿A la Guyena? ¡No! Me lo envía aquí, a mi reino, como si despreciara las costumbres feudales o quisiera ofenderme. ¿No cabe pensar que se considera soberano de toda Inglaterra? Demasiadas veces he rendido ese homenaje. La primera a vuestro padre, cuando faltó poco para que me asara en el incendio de Maubuisson; luego, a vuestro hermano Felipe, cuando fui a Amiens. Dada la frecuencia, señora, con que mueren los reyes de vuestra familia, tendré que instalarme en el continente.

Al fondo de la habitación, los señores, obispos y notables de Yorkshire se miraban, aterrados de esta cólera sin fuerza que se alejaba tanto de su finalidad y que les revelaba, al mismo tiempo que las dificultades del reino, el carácter del rey. ¿Era éste el soberano que les pedía subsidios para el Tesoro, aquel a quien debían obediencia en todo y por quien tenían que arriesgar su vida cuando los requería para combatir? Lord Mortimer había tenido desde luego razones de peso para rebelarse...

Los propios consejeros íntimos estaban incómodos, a pesar de que conocían esa costumbre del rey, de la que había ejemplos incluso en su correspondencia, de pasar lista a todas las dificultades del reino a cada nuevo trastorno que sobrevenía.

El canciller Baldock se frotaba maquinalmente la nuez allí donde terminaba su traje de arcediano. El obispo de Exeter, el tesorero, se mordía la uña del pulgar y observaba a sus vecinos con mirada taimada. Sólo el joven Hugo Le Despenser, demasiado ensortijado, engalanado y perfumado para un hombre de treinta años, parecía satisfecho. La mano del rey sobre su hombro probaba claramente a todos su importancia y poder.

Con su nariz pequeña y los labios marcados, bajando y levantando la mandíbula como un caballo a punto de piafar, aprobaba cada declaración de Eduardo con un pequeño carraspeo, y su rostro parecía decir: «Esta vez el vaso está colmado y vamos a tomar severas medidas.» Era delgado, alto, bastante estrecho de pecho, y tenía una piel delicada, propensa a las inflamaciones.

—Señor de Bouville —dijo de repente el rey Eduardo, volviéndose hacia el embajador—, decid a mi señor de Valois que el matrimonio que nos ha propuesto, y cuyo honor apreciamos, decididamente no se celebrará. Tenemos otros proyectos para nuestro primogénito. Así se terminará de una vez con la deplorable costumbre de que los reyes de Inglaterra elijan sus esposas en Francia, sin que ello les reporte beneficio alguno.

El gordinflón Hugo de Bouville palideció por la afrenta y se inclinó. Dirigiendo a la reina una mirada desolada, salió de la estancia.

Primera y completamente imprevista consecuencia de la evasión de Rogelio Mortimer: el rey de Inglaterra rompía las alianzas tradicionales. Con esta decisión quiso herir a su esposa, pero al mismo tiempo hirió a sus hermanastros de Norfolk y Kent, cuya madre era francesa. Los dos jóvenes se volvieron hacia su primo Cuello Torcido, quien se encogió ligeramente de hombros con un movimiento de resignada indiferencia. El rey, irreflexivamente, acababa de granjearse para siempre la enemistad del poderoso conde de Valois, de quien todos sabían que gobernaba Francia en nombre de su sobrino Carlos el Hermoso.

El joven príncipe Eduardo, que continuaba junto a

la ventana, inmóvil y silencioso, observaba a su madre y juzgaba a su padre.

Después de todo, se trataba de su matrimonio, y no podía hacer nada. Pero si le hubieran pedido que eligiera entre su sangre inglesa y su sangre francesa, se hubiera inclinado por esta última.

Los otros tres infantes, más jóvenes, habían dejado de jugar, y la reina hizo una seña a las doncellas de que se los llevaran.

Después, con la mayor calma, mirando al rey a los ojos, dijo:

—Cuando un esposo odia a su esposa, es natural que la haga responsable de todo.

Eduardo no era hombre capaz de responder directamente.

—¡Toda la guardia de la Torre está borracha; el teniente ha huido con ese traidor y mi condestable está gravemente enfermo a causa de la droga que le han dado! —gritó—. ¡A no ser que el traidor finja la enfermedad para evitar el castigo que merece! Porque su misión era vigilar que mi prisionero no se escapara. ¿Lo oís, Winchester?

Hugo Le Despenser, el padre, que era responsable del nombramiento del condestable Seagrave, se inclinó al paso de la tormenta. Tenía el espinazo estrecho y delgado, con cierto arqueo en parte natural y en parte adquirido en su larga carrera de cortesano. Sus enemigos lo llamaban la Comadreja. La codicia, la envidia, la cobardía, el egoísmo, las trapacerías, sumadas a la delectación que proporcionan estos vicios parecían haberse alojado en las arrugas de su rostro y bajo sus párpados enrojecidos. Sin embargo, no carecía de valor, aunque no tenía buenos sentimientos más que para su hijo y algunos escasos amigos, entre los cuales se contaba, precisamente, Seagrave.

—Señor —dijo con calma—, estoy seguro de que Seagrave no es culpable de nada...

—Es culpable de negligencia y pereza; es culpable de haberse dejado engañar; es culpable de no haber adivinado el complot que se tramaba en sus narices; tal vez es culpable de tener mala suerte... Yo no perdono la mala suerte. Winchester, aunque Seagrave sea uno de vuestros protegidos, será castigado; así no se dirá que no mantengo en equilibrio la balanza y que sólo concedo mis favores a vuestros amigos. Seagrave reemplazará a Mortimer en la prisión; de este modo sus sucesores aprenderán a vigilar con más celo. Hijo mío, así se gobierna —agregó el rey deteniéndose ante el heredero del trono.

El niño levantó la vista hacia él y la bajó enseguida.

El joven Hugo, que sabía desviar la cólera del rey, inclinó la cabeza hacia atrás y, mirando las vigas del techo, dijo:

—Quien de verdad se burla de vos, señor, es el otro traidor, el obispo Orleton, que lo ha preparado todo y parece temeros tan poco que ni siquiera se ha tomado la molestia de huir o de esconderse.

Eduardo miró al joven Hugo con reconocimiento y admiración. ¿Cómo no iba a emocionarse al ver el perfil de Hugo, las hermosas actitudes que adoptaba para hablar, su voz alta y bien modulada, y aquella manera a la vez tierna y respetuosa de decir «señor», a la francesa, como hacía en otro tiempo el gentil Gaveston, a quien habían matado los barones y obispos...? Sin embargo, Eduardo era ahora un hombre maduro, conocedor de la maldad de los hombres y que sabía que nada ganaba con transigir. No lo separarían de Hugo, y todos los que se le opusieran serían castigados, uno a uno, sin piedad.

—Os anuncio, mis señores, que el obispo Orleton será llevado ante el Parlamento para su juicio y condena.

Eduardo se cruzó de brazos y levantó la cabeza para comprobar el efecto de sus palabras. El arcediano-canciller y el obispo-tesorero, aunque eran los peores enemigos de Orleton, se sobresaltaron por solidaridad de eclesiásticos.

Cuello Torcido, hombre prudente y ponderado, que pensando en el bien del reino no podía dejar de intentar llevar al rey a la senda de la razón, le hizo observar que un obispo sólo podía ser llevado ante la jurisdicción eclesiástica constituida por sus iguales.

—Todo es cuestión de empezar, Leicester. Que yo sepa, los Santos Evangelios no enseñan a conspirar contra los reyes. Puesto que Orleton olvida lo que hay que dar al César, el César se acordará por él. Esto es también uno de los favores que debo a vuestra familia, señora —continuó el rey, dirigiéndose a Isabel—, ya que fue vuestro hermano Felipe V quien, contra mi voluntad, hizo nombrar por su Papa francés a Orleton obispo de Hereford. ¡Está bien! Será el primer prelado condenado por la justicia real, y su castigo servirá de ejemplo.

—En otro tiempo, Orleton no os fue hostil, primo —insistió Cuello Torcido—, y no hubiera tenido motivo para serlo sin vuestra oposición, o la de vuestro consejo a que el Santo Padre le concediera la mitra. Es hombre sabio y fuerte de espíritu. Tal vez ahora podríais, puesto que es culpable, ganarlo más fácilmente con un acto de clemencia que con una acción justiciera, la cual sumará a todas vuestras dificultades la hostilidad del clero.

—¡Clemencia, misericordia! Siempre que se burlan de mí, cada vez que me provocan, cada vez que me traicionan, vos no pronunciáis otras palabras, Leicester. Me suplicaron, y cometí una gran equivocación al escucharlos, me suplicaron que perdonara a Wigmore. Confesad que si me hubiera comportado con él como lo hice con vuestro hermano, ese rebelde no estaría ahora recorriendo los caminos.

Cuello Torcido se encogió de hombros, cerró los ojos e hizo un gesto de cansancio. Era irritante aquella costumbre de Eduardo, que él creía propia de reyes, de llamar a los miembros de su familia o a sus principales consejeros por el nombre de sus condados, y de dirigirse a su primo hermano gritándole «Leicester», en lugar de decirle simplemente «primo», como hacía toda la familia real, incluso la propia reina. Y era de pésimo gusto recordar a cada momento la muerte de Tomás de Lancaster como si fuera una medalla. ¡Ah, qué extraño hombre y qué mal rey, que imaginaba poder decapitar a sus parientes sin despertar resentimientos; que creía que un abrazo bastaba para hacer olvidar una muerte; que exigía devoción a los que había herido y quería la fidelidad de todos cuando él rezumaba cruel inconsecuencia!

—Sin duda tenéis razón, mi señor —dijo Cuello Torcido—, y puesto que reináis desde hace dieciséis años debéis saber lo que haréis. Entregad, pues, a vuestro obispo al Parlamento. Yo no opondré ningún obstáculo. —Y entre dientes, para que sólo lo oyera el joven conde de Norfolk, añadió—: Tengo la cabeza torcida, es verdad, pero quiero conservarla.

—Porque es burlarse de mí, estaréis de acuerdo conmigo —continuó Eduardo abanicando el aire con las manos—, horadar los muros y evadirse de una torre que yo mismo hice construir para que no se escapara nadie.

— Tal vez, mi señor esposo —dijo la reina—, cuando la construíais estabais más atento a la gentileza de los albañiles que a la solidez de la piedra.

Cayó un repentino silencio sobre los asistentes. La puñalada era imprevista y brutal. Todos contuvieron la respiración y miraron, unos con deferencia, otros con odio, a aquella mujer de frágiles formas, erguida en su asiento, sola, que atacaba de tal manera. Con la boca entreabierta descubría sus finos dientes, apretados dientes carniceros y cortantes. Isabel estaba visiblemente satisfecha del golpe que había asestado.

El joven Hugo enrojeció; su padre fingió no haber oído.

Eduardo se vengaría, desde luego; pero ¿de qué manera? La respuesta tardaba en llegar. La reina observaba las gotas de sudor que perlaban las sienes de su marido. Nada repugna tanto a una mujer como el sudor de un hombre a quien ha dejado de querer.

—Kent —gritó el rey—, os hice guardián de los Cinco Puertos y gobernador de Douvres. ¿Qué vigiláis en este momento? ¿Por qué no estáis en las costas que se hallan bajo vuestro mando, desde las que nuestro traidor intentará escapar?

—Señor, hermano —dijo el conde de Kent, estupefacto—, vos me ordenasteis acompañaros en vuestro viaje...

—Pues bien, ahora os ordeno salir hacia vuestro condado, dar una batida por los burgos y campos en busca del fugitivo y velar vos mismo para que se inspeccionen todos los barcos que se hallan en los puertos.

—Que pongan espías en los buques y que apresen al mencionado Mortimer, vivo o muerto, si sube a uno de ellos —dijo el joven Hugo.

—Buen consejo, Gloucester —aprobó Eduardo—. En cuanto a vos, Stapledon...

El obispo de Exeter se quitó el pulgar de los dientes y murmuró:

—Señor...

—Volveréis de inmediato a Londres. Iréis a la Torre a comprobar el Tesoro y la tomaréis bajo vuestro mando y vigilancia hasta que se nombre un nuevo condestable. Baldock extenderá ahora mismo, para uno y otro, las órdenes que harán que os obedezcan.

Cuello Torcido, con la mirada puesta en la ventana y la oreja apoyada en el hombro, parecía soñar.

Calculaba... Calculaba que habían pasado seis días desde la evasión de Mortimer; que serían necesarios al menos ocho más para que empezaran a ejecutarse las órdenes, y que, de no ser loco, y evidentemente Mortimer no lo era, seguramente habría salido ya del reino.[4] Se alegraba de haberse solidarizado con la mayoría de los obispos y señores que después de Boroughbridge, consiguieron salvar la vida del barón de Wigmore. Porque ahora que Rogelio se había escapado, tal vez la oposición a los Le Despenser volvería a tener el jefe que le faltaba desde la muerte de Tomás de Lancaster, un jefe todavía más eficaz, más hábil y más fuerte de lo que había sido éste...

La espalda del rey se curvó; Eduardo giró sobre sus talones para enfrentarse de nuevo a su mujer.

—Sí, señora, os considero con toda justicia responsable... ¡Y en primer lugar, dejad esa mano que no habéis dejado de apretar desde que he entrado! ¡Dejad la mano de lady Juana! —gritó Eduardo dando una patada en el suelo—. Mantener a vuestro lado tan descaradamente a la esposa de un traidor es apoyar a éste. Los que han ayudado a escapar a Mortimer sabían bien que contaban con la aprobación de la reina... Además, nadie escapa sin dinero; las traiciones se pagan, los muros se horadan con oro. El camino es fácil: de la reina a su dama de compañía, de la dama al obispo, del obispo al rebelde. Tendré que examinar más de cerca vuestro tesoro particular.

—Esposo mío, me parece que mi tesoro está bien vigilado —dijo Isabel, señalando a lady Le Despenser.

El joven Hugo parecía haberse desinteresado de repente del asunto. La cólera del rey se volvía, como de costumbre, contra la reina, y Hugo se sentía un poco más triunfante. Tomó un libro que la señora Mortimer leía a la reina antes de que entrara el conde de Bouville. Era una colección de endechas de María de Francia; la cinta de seda señalaba esta estrofa:

> *Ni en Lorena ni en Borgoña,*
> *ni en Anjou ni en la Gascuña,*
> *encontrar se podía*
> *caballero de tanta valía.*

Ni existía bajo el cielo
tierna doncella o gran dama,
por noble o bella que fuera
que amores de él no quisiera...[5]

«Francia, siempre Francia... No leen más que cosas de ese país —se decía Hugo—. ¿Y quién es ese caballero con el que sueñan? Mortimer, sin duda...»

—Señor, yo no vigilo limosnas —dijo Eleonora Le Despenser.

El favorito levantó la vista y sonrió. Felicitaría a su mujer por aquella observación.

—Veo que también habré de renunciar a las limosnas —dijo Isabel—. Pronto no me quedará nada de reina, ni siquiera la caridad.

—Y deberéis también, señora, por el amor que me tenéis, y que todos ven —prosiguió Eduardo—, separaros de la señora Mortimer, ya que ahora nadie en el reino comprendería que se quedara junto a vos.

Esta vez, la reina palideció y se apoyó ligeramente en su asiento. Las bellas manos de la señora Mortimer comenzaron a temblar.

—Una esposa, Eduardo, no puede creerse que participe en todos los actos de su esposo. Yo soy un claro ejemplo. Creed que lady Mortimer está tan apartada de las faltas de su marido como yo lo estoy de vuestros pecados, si los cometierais.

Pero esta vez el ataque no tuvo éxito.

—Juana irá al castillo de Wigmore, donde quedará bajo la vigilancia de mi hermano Kent hasta que decida el uso que haré de los bienes de un traidor, cuyo nombre sólo se pronunciará ante mí para dictar su sentencia de muerte. Confío, Juana, en que preferiréis retiraros voluntariamente que por la fuerza.

—Ya veo que me quieren dejar completamente sola —dijo Isabel.

—¿Sola, señora? —dijo el joven Hugo con su hermosa voz—. ¿No somos todos vuestros fieles amigos, siéndolo del rey? Y lady Eleonora, mi devota esposa, ¿no es vuestra constante compañera? Tenéis aquí un bonito libro —añadió, mostrando el volumen—, y bellamente iluminado. ¿Me haréis la gracia de prestármelo?

—Naturalmente, naturalmente, la reina os lo presta —dijo el rey—. ¿No es verdad, señora, que nos hacéis el placer de prestar este libro a nuestro amigo Gloucester?

—De buen grado, esposo mío, de buen grado. Cuando se trata de nuestro amigo Le Despenser, ya sé lo que significa prestar. Hace diez años que le presté mis perlas y podéis ver que las lleva todavía al cuello.

No se intimidaba, pero el corazón le latía con fuerza en el pecho. En adelante tendría que soportar sola las continuas vejaciones. Si un día conseguía vengarse, no se olvidaría de nada.

El joven Hugo puso el libro sobre un cofre, e hizo una señal de inteligencia a su mujer. Las endechas de María de Francia irían a reunirse con el broche de oro con leones de pedrería, las tres coronas de oro, las cuatro coronas con rubíes y esmeraldas, las ciento veinte cucharas de plata, las treinta fuentes, los diez jarros de oro, los adornos de habitación en paño de oro, el carro de seis caballos, la ropa blanca, las fuentes de plata, los arneses, los ornamentos de la capilla, objetos todos ellos maravillosos, obsequio paterno o de la familia, que habían formado parte del ajuar de la reina y que habían pasado a manos de los amantes del rey, primero a las de Gaveston y luego a las de Le Despenser. ¡Hasta el gran manto de paño de Turquía, todo bordado, que había lucido el día de su boda, le habían arrebatado!

—Vamos, mis señores —dijo el rey palmoteando—, a las tareas que os he dado, y que cada uno cumpla con su deber.

Era la expresión habitual, una fórmula que creía propia de un rey, con la que finalizaba sus consejos. Salió, seguido de su séquito, y la estancia quedó vacía.

Las sombras comenzaban a cernirse sobre el claustro del priorato de Kirkham y, con ellas, entraba un poco de frescor por las ventanas. La reina Isabel y lady Mortimer no se atrevían a decir palabra por temor a echarse a llorar. ¿Volverían a verse? ¿Y qué suerte les depararía el destino?

El joven príncipe Eduardo, con los ojos bajos, fue a colocarse silenciosamente detrás de su madre, como si quisiera reemplazar a la amiga que quitaban a la reina.

Lady Le Despenser se acercó a buscar el libro que había complacido a su marido, un hermoso volumen encuadernado en terciopelo realzado con pedrería. Hacía tiempo que la obra excitaba su codicia. Cuando iba a tomarlo, el joven príncipe Eduardo le apartó la mano.

—¡Ah, no, mala mujer, no lo tendréis todo! —exclamó.

La reina separó la mano del príncipe, tomó el libro y lo tendió a su enemiga. Luego, se volvió a su hijo y le dedicó una furtiva sonrisa que descubrió sus dientes de pequeño carnívoro. Un niño de once años no era todavía de gran ayuda; pero, de todas maneras, se trataba del príncipe heredero.

NOTAS

1. La palabra Parlamento, que significa exactamente «reunión», se aplica en Francia e Inglaterra a instituciones de origen común, es decir, a una extensión de la *curia regis*, pero rápidamente adoptaron formas y atribuciones completamente diferentes.

El Parlamento francés, primero itinerante, después fijo en París antes de que se instituyeran los Parlamentos secundarios en provincias, era una asamblea que ejercía el poder judicial por orden y en nombre del soberano. Al principio sus miembros eran designados por el rey y por la duración de una sesión judicial, pero a partir de fines del siglo XIII y comienzos del XIV, es decir, del reinado de Felipe el Hermoso, los maestros del Parlamento fueron nombrados con carácter vitalicio. El Parlamento francés se ocupaba de los grandes conflictos de intereses privados, de los procesos que enfrentaban a los particulares con la corona, de procesos criminales que afectaban al funcionamiento del Estado, de disputas sobre la interpretación de las costumbres y, en suma, de todo lo tocante a la legislación del reino, incluida la ley de sucesión al trono, como se vio al comienzo del reinado de Felipe V. Sin embargo, el papel y atribuciones del Parlamento fueron un tiempo únicamente judiciales o jurídicas.

El único poder político del Parlamento francés estribaba en que ninguna acta, ordenanza, edicto o gracia real era válido sin haber sido registrado y ratificado por él; sin embargo, sólo comenzó a usar de este poder de veto hacia fines del siglo XIV y comienzos del XV, cuando se debilitó la monarquía.

El Parlamento inglés era una asamblea judicial, puesto que ante ella se llevaban los grandes procesos del Estado, al mismo tiempo que una asamblea política. Nadie se sentaba allí por derecho propio; era siempre una especie de gran consejo ampliado para el que el soberano llamaba a quien quería, es decir, a los miembros de su pequeño consejo, a los grandes señores del reino, tanto laicos como eclesiásticos, y a los representantes de los condados y ciudades elegidos generalmente por los *sherifs*.

El papel político del Parlamento inglés se limitaba inicialmente a una doble misión de información del rey a los representantes de su pueblo, elegidos por él, sobre las disposiciones generales que iba a adoptar, y de información de los representantes al soberano por la vía de petición o exposición oral, sobre los deseos de clase o de las regiones administrativas a las que pertenecían.

En teoría, el rey de Inglaterra era el único dueño de su Parlamento, que constituía una muestra de adhesión simbólica y pasiva a los actos de su política. Pero cuando los reyes de Inglaterra se encontraban en graves dificultades, o bien cuando fueron débiles, los Parlamentos que ellos habían nombrado se mostraron más exigentes, adoptaron actitudes francamente deliberativas e impusieron su voluntad al soberano; o al menos el soberano tuvo que contar con las voluntades expresadas.

El precedente de la Carta Magna de 1215, impuesta a Juan Sin Tierra por los barones, que contenía en esencia el reglamento de las libertades inglesas, continúa presente en el espíritu de los Parlamentos. El que se celebró en 1311 obligó a Eduardo II a aceptar una carta que instituía alrededor del rey un consejo de «ordenadores» compuesto por los grandes barones elegidos por el Parlamento, que ejercían verdaderamente el poder en nombre del soberano.

Eduardo II luchó toda su vida contra estas disposiciones, que había rechazado primero y a las que se sometió después de la derrota de 1314 ante los escoceses. No se libró de estas disposiciones, para su desgracia, hasta 1322, cuando los conflictos de influencias dividieron a los «ordenadores» y logró aplastar en las batallas de Shrewsbury y Boroughbridge al partido de Lancaster-Mortimer, que se había alzado en armas contra él.

Recordemos, por último, que el Parlamento inglés no tenía sede fija, sino que podía ser convocado por el soberano en cualquier ciudad del reino donde éste se encontrara.

2. En 1308, por lo tanto cinco años antes, Rogelio [Roger] Mortimer de Wigmore, nombrado gran juez y teniente del rey de Inglaterra en Irlanda, había vencido, a la cabeza de un ejército de barones de las Marcas, a Eduardo Bruce, rey de Irlanda y hermano del rey Roberto Bruce de Escocia. La captura y ejecución de Eduardo Bruce señalaron el fin del reino irlandés. Sin embargo, la autorizad real inglesa fue tenida allí en jaque durante largo tiempo.

3. El asunto del condado de Gloucester, muy oscuro y embrollado, se planteó por las fabulosas pretensiones que tenía sobre este condado el joven Hugo [Hugh] Le Despenser, pretensiones que no hubieran prosperado de no haber sido el favorito del rey. Hugo, no contento con haber recibido todo

el Glamorgan como herencia de su mujer, exigía, en contra de sus cuñados, y en particular de Mauricio [Maurice] de Berkeley, todas las posesiones de su difunto suegro el conde. La nobleza del sur y del oeste de Inglaterra se alarmó y Tomás [Thomas] de Lancaster se puso a la cabeza de la oposición con tanto más ardor cuando que en el clan contrario se encontraba su peor enemigo, el conde de Warenne, que le había quitado a su mujer, la hermosa Alice. Los Le Despenser, desterrados un tiempo por una orden del Parlamento, promulgada por la presión de los Lancaster levantados en armas, no tardaron en regresar, ya que Eduardo no podía vivir sin su amante, ni sin la tutela de su primo Tomás. La vuelta de los Le Despenser al poder dio pie a que se reanudara la rebelión, pero Tomás de Lancaster, tan infortunado en el combate como en el matrimonio, dirigió mal la coalición. No habiendo llegado a tiempo para ayudar a los barones de las Marcas galesas, éstos tuvieron que batirse solos en el oeste, en Shrewsbury, en enero de 1322, donde fueron hechos prisioneros los dos Mortimer; el propio Tomás de Lancaster, a la espera de refuerzos escoceses en Yorkshire, fue derrotado dos meses después en Boroughbride y condenado inmediatamente a muerte.

4. La comisión del obispo de Exeter fue dada, según el *Calendar of close rolls*, el 6 de agosto de 1323. Sobre el asunto Mortimer se dieron otras órdenes, principalmente la del 10 de agosto a los *sherifs* del condado de Kent y la del 26 de agosto al mismo conde de Kent. Parece que el rey Eduardo no supo el destino del fugitivo antes del primero de octubre.

5. María de Francia, la más antigua de las poetisas francesas, vivió en la segunda mitad del siglo XII en la corte de Enrique II Plantagenêt, donde había sido llevada o llamada por Eleonora de Aquitania, princesa infiel al menos a su primer esposo el rey de Francia, pero verdaderamente exquisita, y que había creado a su alrededor, en Inglaterra, un verdadero centro de arte y poesía. Eleonora era nieta del duque Guillermo IX, también poeta. Las obras de María de Francia tuvieron una inmensa popularidad, no sólo en vida de su autora, sino también durante todo el siglo XIII y principios del XIV.

3

Un nuevo cliente para maese Tolomei

El viejo Spinello Tolomei, en su gabinete de trabajo situado en el primer piso, apartó los bajos de un tapiz y, empujando un pequeño postigo de madera, descubrió una abertura secreta que le permitía vigilar a sus dependientes en la gran galería del piso bajo. Por esta mirilla de invención florentina, disimulada entre las vigas, maese Tolomei veía cuanto pasaba y oía todo lo que se decía en su establecimiento de banca y comercio.

En ese momento observó señales de cierta confusión. Las llamas de las lámparas de tres brazos vacilaban en los mostradores y los empleados habían dejado de poner las pesas de cobre sobre los tableros que les servían para calcular. Una ana para medir tela cayó al suelo con gran estrépito; las balanzas oscilaban sobre las mesas de los cambistas sin que nadie las hubiera tocado; los empleados se habían vuelto hacia las puertas y los dependientes mayores se llevaban la mano al pecho, inclinados ya para hacer una reverencia.

Maese Tolomei sonrió, adivinando que todo aquel trastorno se debía a que el conde de Artois acababa de entrar en su casa. Inmediatamente, vio aparecer por la mirilla una inmensa caperuza crestada de terciopelo rojo, guantes rojos, botas rojas que hacían sonar las espuelas y un manto escarlata que se desplegaba sobre los hombros del gigante. Sólo el conde de Artois tenía esa ruidosa manera de entrar, esa forma de pellizcar los senos de las burguesas al pasar por su lado sin que los maridos se atrevieran a moverse, y esa forma de estremecer las paredes, al parecer con su sola respiración.

Todo ello asombraba bien poco al viejo banquero. Conocía al conde de Artois desde hacía mucho tiempo. Lo había observado demasiadas veces y, examinándolo así desde lo alto, distinguía todo lo que había de excesivo, forzado y ostentoso en los gestos de aquel señor. Como la naturaleza le había dotado de proporciones físicas excepcionales, Roberto de Artois jugaba a hacerse el ogro. En realidad, no era más que un astuto bribón. Además, Tolomei llevaba sus cuentas...

El banquero estaba más interesado por el personaje que acompañaba a Roberto, un señor vestido completamente de negro, de paso seguro, aspecto reservado, distante y bastante altivo.

Los dos visitantes se habían detenido ante el mostrador de armas y arneses, y Roberto de Artois paseaba su enorme guante rojo entre los puñales, las dagas y los modelos de guarnición de espadas, empujando los tapetes de las sillas de montar, los estribos, los bocados del freno y las riendas recortadas, dentadas y bordadas. El empleado tardaría una hora larga en volver a poner en orden el género. Roberto eligió un par de espuelas de Toledo de largas puntas, cuya talonera era alta y curvada hacia atrás con el fin de proteger el talón de Aquiles cuando el pie ejerciera una presión violenta sobre el flanco del caballo; invento juicioso y, con seguridad, muy útil en los torneos. Las espuelas estaban decoradas con flores y cintas, y en el acero dorado se veía grabada en letras redondas la divisa: «Vencer.»

—Os las regalo, señor —dijo el gigante al hombre vestido de negro—. Sólo os falta una dama que os las sujete a los pies. No tardará en aparecer; las damas de Francia se inflaman enseguida con lo que viene de lejos. Podéis encontrar aquí todo lo que deseéis —continuó, mostrándole la galería—. Mi amigo Tolomei, maestro de la usura y zorro de los negocios, os proporcionará de todo; tiene cualquier cosa que se le pida. ¿Queréis regalar una casulla a vuestro capellán? Tenéis treinta para elegir... ¿Una sortija para vuestra amada? Tiene los cofres llenos de piedras preciosas... ¿Os complace perfumar a las jóvenes antes de llevarlas a la diversión? Os dará un almizcle procedente de los mercados de Oriente... ¿Buscáis una reliquia? Tiene tres armarios llenos... Y además, vende oro para comprar todo eso. Posee monedas acuñadas en todos los rincones de Europa, cuyos cambios podéis ver allí, marcados en aquellas pizarras; vende cifras, sobre todo cuentas de arriendo, intereses de préstamos y rentas de feudos... Detrás de cada una de estas puertecitas hay empleados que suman y restan. ¿Qué haríamos sin este hombre que se enriquece con nuestra poca habilidad para contar? Subamos a verlo.

Los peldaños de la escalera de madera en forma de caracol gimieron bajo el peso del conde de Artois. Maese Tolomei cerró el postigo y dejó caer el tapiz.

La pieza donde entraron los dos señores era oscura, suntuosamente amueblada con pesados muebles, grandes objetos de plata y alfombras de dibujos que ahogaban los ruidos; olía a velas, incienso, especias y hierbas medicinales. Entre las riquezas que llenaban la habitación estaban acumulados todos los perfumes de una vida.

El banquero se adelantó. Roberto de Artois, que no lo había visto desde hacía muchas semanas —casi tres meses, durante los cuales había tenido que acompañar a su primo el rey de Francia, primero a Normandía a finales de agosto, y luego a Anjou durante todo el otoño—, encontró envejecido al sienés. Sus cabellos blancos estaban más claros, más ligeros sobre el cuello de su vestido. El tiempo había dejado sus huellas en el rostro de Tolomei.

Los pómulos estaban marcados como si un pájaro

hubiera puesto en ellos las patas; su piel se bamboleaba debajo de la mandíbula, a manera de papada; el pecho estaba más delgado y el vientre más gordo; llevaba las uñas muy cortas y rotas. Solamente el ojo izquierdo, el famoso ojo izquierdo de maese Tolomei, siempre cerrado en sus tres cuartos, daba al rostro una expresión de vivacidad y malicia; pero el otro, el abierto, parecía un poco distraído, ausente, fatigado, propio de un hombre gastado y menos preocupado por el mundo que lo rodea que atento a los trastornos y cansancios que anidan en un viejo cuerpo próximo a su fin.

—Amigo Tolomei —exclamó Roberto de Artois, tirando el guante sobre la mesa—, os traigo una nueva fortuna.

—¿Cuánto me va a costar, mi señor? —respondió el viejo.

—Vamos, vamos, banquero —dijo Roberto de Artois—. ¿Os he hecho hacer alguna vez malas inversiones?

—Nunca, mi señor, nunca, lo reconozco. A veces los vencimientos se han retrasado un poco; pero Dios ha querido concederme una vida bastante larga para que pudiera recoger los frutos de la confianza con que me habéis honrado. Pero, imaginad, mi señor, que hubiera muerto, como tantos otros, a los cincuenta años. Entonces, gracias a vos, hubiera muerto arruinado.

La broma divirtió a Roberto de Artois, y en su ancha cara la sonrisa descubrió sus cortos, sólidos y sucios dientes.

—¿Habéis perdido alguna vez conmigo? —replicó—. Recordad que os hice tomar partido por mi señor de Valois en contra de Enguerrando de Marigny, y ya veis dónde está ahora Carlos de Valois y cómo ha terminado sus días Marigny. ¿No os he reintegrado totalmente lo que me adelantasteis para mi guerra en el Artois? Sí, os lo agradezco, banquero, os agradezco haberme ayudado siempre y en lo peor de mis miserias. Porque hubo un momento en que estuve lleno de deudas —continuó dirigiéndose al señor vestido de negro—. No me quedaba más tierra que ese condado de Beaumont-le-Roger del que el Tesoro no me pagaba las rentas, y mi amado primo Felipe el Largo, ¡cuya alma guarde Dios en el infierno!, me encerró en el Châtelet. Pues bien, este hombre que veis aquí, señor, este usurero, este hombre que es el más granuja de todos los granujas que ha dado Lombardía, y que tomaría en garantía a un hijo en el vientre de su madre, no me ha abandonado jamás. Por eso mientras viva, y vivirá largo tiempo... —Maese Tolomei hizo los cuernos con los dedos de la mano derecha, y tocó la madera de la mesa—. Sí, sí, usurero de Satanás, os digo que viviréis muchos años... Por eso este hombre será siempre mi amigo, a fe de Roberto de Artois. Y no se ha equivocado, ya que ahora me ve convertido en yerno del conde de Valois, sentado en el consejo del rey y recibiendo las rentas de mi condado. Maese Tolomei, el gran señor que tenéis ante vos es lord Mortimer, barón de Wigmore.

—Evadido el primero de agosto de la Torre de Londres —dijo el banquero, inclinando la cabeza—. Un gran honor, señor, un gran honor.

—¿Cómo? —exclamó de Artois—. ¿Lo sabíais?

—Mi señor —dijo Tolomei—, el barón de Wigmore es un personaje demasiado importante para que no estemos informados. Incluso sé, señor, que cuando el rey Eduardo dio a sus *sherifs* de costas la orden de buscaros y deteneros, vos ya habíais embarcado y os encontrabais fuera del alcance de la justicia inglesa. Sé que cuando hizo controlar todas las salidas de los barcos para Irlanda, y apresar a los correos que llegaban de Francia, vuestros amigos de Londres y de toda Inglaterra conocían ya vuestra llegada a casa de vuestro primo hermano Juan de Fiennes, en Picardía. Sé también que cuando el rey Eduardo ordenó al señor de Fiennes que le fuerais entregado, amenazándole con confiscar las tierras que posee al otro lado de la Mancha, dicho señor, fiel partidario y apoyo de mi señor Roberto, os puso de inmediato en contacto con él. No esperaba que vinierais, sabía que vendríais, pues mi señor de Artois me es fiel, como os ha dicho y nunca deja de pensar en mí cuando tiene un amigo en apuros.

Rogelio Mortimer había escuchado al banquero con gran atención.

—Veo, maese —respondió—, que los lombardos tienen buenos espías en la corte de Inglaterra.

—Para serviros, señor... Vos no ignoráis que el rey Eduardo tiene una fuerte deuda con nuestras compañías. Cuando se tiene un crédito, hay que vigilarlo. Y desde hace mucho tiempo vuestro rey ha dejado de honrar su sello, al menos en nuestra opinión. Por mediación del obispo de Exeter, su tesorero, nos ha respondido que los exiguos ingresos de los impuestos, las pesadas cargas de la guerra y las intrigas de sus barones no le permiten hacer otra cosa. Sin embargo, el impuesto con que ha gravado nuestras mercancías, sólo en el puerto de Londres, le bastaría para pagar.

Un criado acababa de traer el hipocrás y las almendras garrapiñadas que se ofrecían siempre a los visitantes de importancia. Tolomei escanció en los cubiletes el vino aromático, sirviéndose un dedo para humedecerse apenas los labios.

—Parece que por el momento el Tesoro de Francia se encuentra en mejor estado que el de Inglaterra —agregó—. ¿Se sabe ya, mi señor Roberto, cuál será aproximadamente el saldo de este año?

—Si en el presente mes no sobreviene alguna repentina calamidad, peste, hambre, matrimonio o funerales de alguno de nuestros reales parientes, los ingresos superarán en doce mil libras los gastos, según las cifras que el señor Miles de Noyers, maestro de la Cámara de

Cuentas, ha dado esta mañana en el consejo. ¡Doce mil libras! En tiempo de Felipe IV y Felipe V, ¡y quiera Dios que la lista haya terminado!, no estaba el Tesoro en tan buen estado.

—¿Cómo conseguís, mi señor, tener un Tesoro con superávit? —preguntó Mortimer—. ¿Se debe a que no hay guerra?

—Por una parte, a que no hay guerra y, al mismo tiempo, a la guerra que se prepara y que no se hace. Mejor dicho, la Cruzada. Debo decir que mi primo y suegro Carlos de Valois la utiliza mejor que nadie. No vayáis a creer que lo tengo por mal cristiano. La verdad es que desea de todo corazón librar a Armenia de los turcos, al igual que restablecer el imperio de Constantinopla, cuya corona llevó hace tiempo, sin poder ocupar el trono. Pero una Cruzada no se organiza en un día. Hay que fletar los navíos, forjar las armas; es preciso, sobre todo, encontrar cruzados, negociar con España, con Alemania... y para eso el primer paso es obtener del Papa un diezmo del clero. Mi querido suegro ha conseguido el diezmo y ahora, en nuestras dificultades con el Tesoro, es el Papa quien paga.

—Me interesa mucho lo que decís, mi señor. Yo soy banquero del Papa... en una cuarta parte, con los Bardi; pero en fin, esta cuarta parte es ya crecida. Y si el Papa se empobreciera demasiado...

Roberto de Artois, que estaba bebiendo un buen trago de hipocrás, sopló en el cubilete como si se fuera a atragantar.

—¿Empobrecerse el Santo Padre? —exclamó cuando hubo tragado—. Pero si tiene una fortuna de centenares de miles de florines. Ahí tenéis un hombre que os podría aleccionar, Spinello. ¡Qué gran banquero hubiera sido de no haber entrado en el clero! Porque encontró el Tesoro pontificio más vacío que mi bolsillo hace seis años...

—Lo sé, lo sé —murmuró Tolomei.

—Es que los curas, ¿sabéis? Son los mejores recaudadores de impuestos que Dios haya puesto sobre la Tierra, y eso lo ha comprendido muy bien el conde de Valois. En lugar de aumentar los impuestos, cuyos recaudadores son detestados, hace pedir a los curas y cobra el diezmo. ¡Se hará la Cruzada, se hará la Cruzada... algún día! Mientras llega, es el Papa quien paga, después de esquilar las ovejas.

Tolomei se frotaba suavemente la pierna derecha; desde hacía algún tiempo tenía una sensación de frío en aquella pierna, y algunos dolores al caminar.

—Decíais, pues, mi señor, que ha habido consejo esta mañana... ¿Se han adoptado acuerdos de interés? —preguntó.

—¡Oh, como de costumbre! Se ha debatido el precio de las velas y se ha prohibido mezclar el sebo con la cera, así como las confituras viejas con las nuevas. Para las mercancías vendidas con envoltorio, habrá que deducir el peso de los sacos, sin contarlos en el precio; esto para complacer al pueblo y demostrarle que se preocupan por él.

Tolomei, mientras escuchaba, observaba a sus dos visitantes: ambos le parecían muy jóvenes. ¿Cuántos años tenía Roberto de Artois? Treinta y cinco o treinta y seis... y el inglés no aparentaba más. Todos los hombres por debajo de los sesenta le parecían asombrosamente jóvenes. ¡Cuántas cosas les quedaban por hacer, cuántas emociones por sentir, cuántos combates por librar, cuántas esperanzas por perseguir y cuántas mañanas conocerían que no vería él! ¡Cuántas veces esos dos hombres se despertarían y respirarían el aire de un nuevo día, mientras él estaría bajo tierra!

¿Qué clase de personaje era Mortimer? La cara bien proporcionada, los párpados que caían sobre los ojos color de piedra, y también las ropas oscuras, la manera de cruzar los brazos, la seguridad altiva y silenciosa de un hombre que ha llegado a la cumbre del poder y que conserva toda su dignidad en el destierro, incluso el gesto maquinal de pasar el dedo sobre la pequeña cicatriz que le marcaba el labio, todo agradaba al viejo sienés. Y Tolomei deseó que aquel señor fuera feliz. Desde hacía algún tiempo, Tolomei gustaba de pensar en los demás.

—¿Se promulgará próximamente, mi señor, la ordenanza sobre la salida de moneda? —preguntó.

Roberto de Artois vaciló.

—A no ser que no os lo hayan advertido... —agregó Tolomei.

—Sí, sí, me han informado. Bien sabéis que no se hace nada sin que el rey y, sobre todo, mi señor de Valois soliciten mi consejo. La ordenanza será sellada dentro de dos días: nadie podrá sacar del reino moneda de oro o plata acuñada en Francia. Sólo los peregrinos podrán llevar algunas piezas acuñadas en Tours.

El banquero fingió no conceder a esta noticia más importancia que a las del precio de las velas o a la de la mezcla de las confituras. Pero ya había pensado: «Puesto que sólo las monedas extranjeras podrán salir del reino, van a aumentar de valor... ¡Cuánto nos ayudan en nuestro oficio los habladores, y cómo los vanidosos nos ofrecen por nada lo que podrían vendernos tan caro!»

—Así es, señor, que pensáis estableceros en Francia —continuó, volviéndose hacia Mortimer—. ¿Qué deseáis de mí?

Roberto respondió:

—Lo que necesita un gran señor para mantener su rango. Tenéis bastante experiencia sobre eso, Tolomei.

El banquero hizo sonar una campanilla. Entró un criado, al que le pidió su gran libro.

—Si maese Boccaccio no ha salido aún —agregó—, dile que me espere.

Le llevaron el libro, una gruesa compilación con cubierta de cuero negro, manoseada por el uso, y cuyas hojas de papel vitela estaban unidas por broches extraíbles. Este sistema permitía a maese Tolomei añadir nuevas páginas y agrupar las cuentas de sus grandes clientes por orden alfabético para no tener que buscar saltando hojas. El banquero se puso el libro sobre las rodillas y lo abrió con cierta ceremonia.

—Vais a encontraros en buena compañía, señor —dijo—. Ved: a tal señor, tal honor... Mi libro comienza por el conde de Artois... Tenéis muchas hojas, mi señor —agregó, dedicando una risita a Roberto—. Luego está el conde de Bouville, el conde de Boulogne, mi señor de Borbón, la señora reina Clemencia... —El banquero inclinó respetuosamente la cabeza—. ¡Ah! Nos ha dado muchas preocupaciones desde la muerte de Luis X —agregó—; el luto parece haberle despertado el ansia de gastar. El Santo Padre le recomendó, en una carta especial, moderación, y tuvo que depositar sus joyas como garantía en mi casa con el fin de pagar sus deudas. Ahora vive en el palacio del Temple, que le cambiaron por el de Vincennes; cobra su viudedad y parece haber encontrado la paz.

Continuaba pasando páginas, que parecían vibrar bajo sus manos.

Tenía una manera muy hábil de enseñar los nombres ocultando la cifra con el brazo. Era parcialmente discreto.

«Ahora soy yo quien se comporta como un vanidoso —pensaba—. Pero hay que hacer valer un poco los servicios que presto, y demostrar que no pierdo los papeles por un nuevo prestatario.»

En verdad, su vida entera estaba en aquel libro, y aprovechaba cualquier ocasión para hojearlo. ¡Cada nombre, cada suma representaba tantos recuerdos, tantas intrigas y secretos confiados, tantas súplicas dirigidas a él que le habían permitido calibrar su poder! Cada suma le recordaba una visita, una carta, una hábil jugada comercial, un movimiento de simpatía, el apremio a un deudor negligente... Hacía casi cincuenta años que Spinello Tolomei, a su llegada de Siena, después de haber comenzado por recorrer las ferias de Champaña, se había instalado allí, en la calle Lombards, para abrir la banca.[1]

Pasó una página, y otra, que se enganchó en sus uñas rotas. Una raya negra tachaba el nombre.

—¡Mirad, aquí consta Dante Alighieri, el poeta... por una pequeña suma, de cuando vino a París a visitar a la reina Clemencia, después del duelo de ésta! Era muy amigo del rey Carlos de Hungría, padre de la reina Clemencia. Me acuerdo que estaba sentado en el mismo sillón que ocupáis vos, señor. Hombre nada bondadoso. Era hijo de un cambista, y me habló durante una hora con gran desprecio del oficio de banquero. Pero él bien podía ser malo, e ir a emborracharse con las muchachas en los peores lugares. ¿Qué importa? Ha hecho cantar nuestra lengua como nadie. ¡Y cómo ha descrito los infiernos! Uno se estremece al pensar que eso puede ser así. ¿Sabéis que en Rávena, donde maese Dante vivió sus últimos años, la gente se apartaba temerosa a su paso, porque creía que había bajado de verdad a los abismos? Murió hace dos años; pero todavía ahora mucha gente no quiere creer que ha muerto y asegura que volverá... No sentía simpatía por la banca ni tampoco por mi señor de Valois, que lo había desterrado de Florencia.

Todo el rato que habló de Dante, Tolomei hacía los cuernos y tocaba con los dedos la madera del sillón.

—Ya está, vos estaréis aquí, señor —prosiguió, poniendo una señal en el grueso libro—, después de Monseñor de Marigny. Tranquilizaos, no el ahorcado del que hace poco hablaba mi señor de Artois, sino de su hermano, el obispo de Beauvais. Desde hoy tenéis una cuenta abierta en mi casa por valor de siete mil libras. Podéis disponer de ella a vuestra conveniencia y considerad mi modesta casa como vuestra. Con este crédito podéis llevaros las telas, armas, alhajas y todos los suministros que os hagan falta. —Tenía mucha práctica en el oficio; prestaba a gente que pudiera comprarle lo que vendía—. ¿Y el proceso contra vuestra tía, mi señor? ¿No pensáis iniciarlo de nuevo, ahora que sois tan poderoso? —preguntó a Roberto de Artois.

—Todo se andará, todo se andará; pero a su hora —respondió el gigante, levantándose—. Nada de prisas; me he dado cuenta de que demasiado apresuramiento es malo. Dejo envejecer a mi amada tía; la dejo desgastarse en pequeños pleitos contra sus vasallos, echarse encima cada día nuevos enemigos con sus embrollos y poner en orden sus castillos, que dejé un tanto maltrechos en mi última visita a sus tierras, es decir, las mías. ¡Ahora comienza a saber lo que cuesta retener mis bienes! Ha tenido que prestar a Carlos de Valois cincuenta mil libras que no volverá a ver, porque fueron la dote de mi esposa, y con ellas os pagué. Ya veis que no es una mujer tan mala como se dice, la muy zorra. Únicamente me guardo de verla demasiado, porque me quiere tanto que podría obsequiarme con algún plato azucarado de los que producen la muerte a su alrededor. ¡Tendré mi condado, banquero; estad seguro de que lo tendré, y ese día os prometo que seréis mi tesorero!

Maese Tolomei, acompañando a sus visitantes, bajó con paso cauto la escalera tras ellos y los condujo hasta la puerta que daba a la calle Lombards. Cuando Rogelio Mortimer le preguntó a qué interés le prestaba el dinero, el banquero descartó la pregunta con un gesto de la mano.

—Hacedme solamente la gracia de subir a verme cuando vengáis a mi banca —dijo—. Seguramente tendréis muchas cosas acerca de las que informarme, señor.

Acompañó estas palabras con una sonrisa y un parpadeo en el que se sobreentendía: «Hablaremos solos, no delante de personas indiscretas.»

El aire frío de noviembre que llegaba de la calle hizo estremecer un poco al anciano. En cuanto cerró la puerta, Tolomei pasó detrás de sus mostradores y entró en una pequeña sala de espera donde se encontraba Boccaccio, socio de la compañía Bardi.

—Amigo Boccaccio —le dijo—, compra todas las monedas que encuentres de Inglaterra, Holanda y España; florines de Italia, doblones, ducados, todo lo que halles en monedas de países extranjeros; ofrece un denario e incluso dos o más por cada pieza. En unos días aumentarán un cuarto de su valor. Todos los viajeros tendrán que conseguirlas en nuestra casa, ya que no podrá salir el oro acuñado en Francia. Haremos este negocio a medias.[2]

El oro extranjero que compraría, unido al que guardaba en sus cofres, le reportaría, según sus cálculos, un beneficio de quince a veinte mil libras. Acababa de prestar siete mil; ganaba el doble, y con esas ganancias podría hacer nuevos préstamos. ¡La rueda de siempre!

Como Boccaccio lo felicitó por su habilidad y le dijo que no sin razón las compañías Lombardas de París lo habían elegido como su capitán general, Spinello Tolomei respondió:

—Después de cincuenta años de oficio, no tiene ningún mérito; eso viene por sí solo. ¿Sabes qué hubiera hecho si de verdad fuera hábil? Te hubiera comprado todas tus reservas de florines y todo el beneficio hubiera sido para mí. Pero ¿para qué me serviría? Ya verás, Boccaccio, tú eres muy joven todavía... —Sin embargo, Boccaccio tenía las sienes canosas—. Cuando no se trabaja más que para uno mismo, llega un momento en que se tiene la sensación de que el trabajo no sirve para nada. Necesito a mi sobrino. Ahora sus problemas se han resuelto; estoy seguro de que no corre peligro si vuelve. Pero ese diablo de Guccio se niega, se obstina en no regresar, y creo que por orgullo. Por las noches, cuando se han ido los dependientes y se han acostado los criados, esta gran casa me parece muy vacía y algunos días siento añoranza de Siena.

—Tu sobrino debería haber hecho lo que hice yo con una dama de París en situación semejante a la suya. Le quité a mi hijo y lo llevé a Italia.

Maese Tolomei movió la cabeza y pensó en la tristeza de un hogar sin hijos. El hijo de Guccio cumpliría siete años uno de esos días y Tolomei no lo había visto aún. La madre se oponía...

El banquero se frotó la pierna derecha; la sentía fría y torpe, como si se le hubiera dormido. La muerte tira así de los pies, a pequeños empujones, durante años... Enseguida, antes de meterse en cama, se haría llevar una vasija apropiada, llena de agua caliente, para poner en ella la pierna.

NOTAS

1. La compañía de los Tolomei, una de las más importantes bancas sienesas junto con la de los Buonsignori, era poderosa y célebre desde comienzos del siglo XIII. Su principal cliente era el papado. Su fundador, Tolomeo Tolomei, había participado en una embajada ante el papa Alejandro III. Durante el pontificado de Alejandro IV, los Tolomei fueron banqueros exclusivos de la Santa Sede. Urbano IV los exceptuó de la excomunión general decretada contra Siena entre 1260 y 1273. Hacia esta época (fin del reinado de san Luis, comienzos del de Felipe III) los Tolomei comenzaron a aparecer en las grandes ferias de Champaña y que Spinello fundó la rama francesa de la compañía. Todavía existe en Siena la plaza y un palacio Tolomei.

2. La ordenanza de Carlos IV sobre prohibición de salida de moneda francesa dio lugar sin duda al tráfico ilegal, ya que otra ordenanza publicada cuatro meses después prohibía comprar oro y plata a precio más alto que el de las monedas del reino. Un año después les retiraron a los mercaderes italianos el derecho de vecindad, lo que no implicaba abandonar Francia sino, sencillamente, volver a comprar la autorización para comerciar en el país.

4

La falsa Cruzada

—Mi señor de Mortimer, voy a necesitar caballeros valientes y esforzados como vos para mi Cruzada —declaró Carlos de Valois—. Vais a juzgarme orgulloso al oírme decir «mi Cruzada», cuando en realidad se trata de la de Dios Nuestro Señor; pero debo confesar, y todo el mundo me lo reconoce, que si esta gran empresa, la más amplia y gloriosa que se pueda requerir a las naciones cristianas, se realiza, será porque yo la he organizado con mis propias manos. Por lo tanto, mi señor Mortimer, os lo propongo directamente con mi natural franqueza, que iréis conociendo: ¿Queréis ser de los míos?

Rogelio Mortimer se incorporó en el asiento; su rostro se contrajo ligeramente y entornó a medias los párpados sobre los ojos de color de piedra. ¡Le ofrecían mandar un pendón de veinte corazas, como si fuera un pequeño castellano de provincia, o un soldado aventurero que hubiera caído allí por infortunio! ¡Aquella proposición era una limosna!

Por primera vez, Mortimer era recibido por el conde de Valois, que hasta entonces había estado siempre ocupado con sus tareas en el consejo, retenido por las recepciones de embajadores extranjeros o en viajes por el reino. Mortimer veía por fin al hombre que gobernaba Francia, que acababa aquel mismo día de situar a uno de sus protegidos, Juan de Cherchemont, en el cargo de canciller.[1] Mortimer estaba en una situación envidiable para un antiguo condenado a cadena perpetua, pero penosa para un gran señor, la de un desterrado que iba a pedir, que nada podía ofrecer y que lo esperaba todo.

La entrevista se celebraba en el palacio del rey de Sicilia, que Carlos de Valois había recibido de su primer suegro, Carlos de Nápoles, llamado el Cojo, como regalo de boda. En la gran sala reservada a las audiencias, una docena de escuderos, cortesanos y secretarios hablaban en voz baja, en pequeños grupos, volviendo frecuentemente la mirada hacia el señor que recibía, como un verdadero soberano, en una especie de trono adoselado. El conde de Valois lucía un atuendo de terciopelo bordado con la inicial «V» y flores de lis, abierto por delante, que dejaba ver el forro de piel. Tenía las manos cargadas de anillos; llevaba su sello privado, grabado en una piedra preciosa y colgado de la cintura por una cadenita de oro, y se tocaba con una especie de bonete de terciopelo sujeto por un aro de oro cincelado; una corona para andar por casa. Junto a él estaban su primogénito, Felipe de Valois, joven bien plantado, de gran nariz, que se apoyaba en el respaldo del trono, y su yerno Roberto de Artois, sentado en un escabel, con sus grandes botas de cuero rojo extendidas ante sí.

—Mi señor —dijo lentamente Mortimer—, si la ayuda de un hombre que es el primero entre los barones de las Marcas galesas, que ha gobernado el reino de Irlanda y ha dirigido diversas batallas puede serviros de algo, aportaré de buen grado esa ayuda para la defensa de la cristiandad, y mi sangre está, desde ahora, a vuestra disposición.

Valois comprendió el orgullo de aquel personaje que hablaba de sus feudos de las Marcas como si los siguiera teniendo y al que sería necesario manejar bien para sacarle partido.

—Tengo el honor, señor barón —respondió—, de ver agrupados bajo el pendón del rey de Francia, es decir el mío, ya que se ha acordado desde ahora que mi sobrino continuará gobernando el reino mientras yo dirijo la Cruzada, a príncipes soberanos de Europa: mi pariente Juan de Luxemburgo, rey de Bohemia; mi cuñado Roberto de Nápoles y Sicilia; mi primo Alfonso de España; así como las repúblicas de Génova y Venecia, que, a petición del Santo Padre, nos prestarán apoyo con sus galeras.

»No estaréis en mala compañía, señor barón, y haré que todos os respeten y honren como persona de alcurnia que sois. Francia, de donde provienen vuestros antepasados y lugar de nacimiento de vuestra madre, apreciará mejor vuestros méritos de lo que parece haberlo hecho Inglaterra.

Mortimer inclinó la cabeza en silencio. Esa promesa valía algo; pero vigilaría que no se quedara en simple cortesía.

—Porque hace más de cincuenta años —continuó Carlos de Valois— que no se hace nada grande en Europa en favor de Dios; exactamente desde mi abuelo san Luis, que con ello se ganó el cielo y perdió la vida. Los infieles, envalentonados con nuestra ausencia, han levantado cabeza y se creen dueños de todo: saquean las costas, asaltan los barcos, ponen trabas al comercio y, con su sola presencia, profanan los Santos Lugares. Y nosotros, ¿qué hemos hecho? Año tras año nos hemos replegado de todas nuestras posesiones, de todos nuestros establecimientos; hemos abandonado las fortalezas que construimos y hemos olvidado defender los sagrados derechos adquiridos. Vivimos tiempos revueltos. A comienzos de año, embajadores de la pequeña Armenia vinieron a pedirnos ayuda ante el avance de los turcos. Doy gracias a mi sobrino el rey Carlos IV por haber comprendido el interés de la petición y haber apoyado los pasos que he dado, a tal extremo que ahora se atribuye la idea. Pero, en fin, bueno es que crea en ella. Por lo tanto, dentro de poco, y una vez reunidas nuestras fuerzas, partiremos a atacar a los berberiscos en tierras lejanas.

Roberto de Artois, que escuchaba esta arenga por centésima vez, movía la cabeza con gesto de aprobación, divirtiéndose interiormente con el ardor que ponía su suegro en la exposición de la hermosa causa. Porque Roberto conocía los secretos del juego. Sabía que, efectivamente, tenía el proyecto de atacar a los turcos, pero atropellando un poco a los cristianos que estaban al paso; porque el emperador Andrónico Paleólogo, que reinaba en Bizancio, no era exactamente un defensor de Mahoma, que se supiera. Sin duda su Iglesia no era la legítima, pues hacía el signo de la Cruz al revés, pero de todas formas era el signo de la Cruz. Ahora bien, Carlos de Valois seguía con la idea de reconstruir en provecho propio el famoso imperio de Constantinopla, que se extendía no solamente sobre los territorios bizantinos, sino sobre Chipre, Rodas, Armenia y los antiguos reinos de las dinastías Courtenay y Lusignan. Y cuando llegara allá el conde Carlos, con todas sus mesnadas, Andrónico Paleólogo no sería presa difícil. Carlos de Valois tenía sueños de César...

Vale decir que empleaba con bastante habilidad la técnica que consiste en pedir lo máximo para obtener un poco. Así, había intentado cambiar su mando de la Cruzada y sus pretensiones al trono de Constantinopla por el pequeño reino de Arlés, a orillas del Ródano, a condición de que se le agregara Vienne. La negociación, entablada a principios de año con Juan de Luxemburgo, fracasó por la oposición del conde de Saboya y, sobre todo, por la del rey de Nápoles, que poseía las tierras de Provenza y no quería, de ningún modo, que su turbulento pariente formara un reino independiente en sus fronteras. Después de eso el conde de Valois se dedicó con más ahínco a la santa expedición. Por lo visto tendría que ir a buscar al otro lado del mundo la corona que se le había escapado en España, en Alemania, e incluso en Arlés.

—Cierto es que no se han superado todavía los obstáculos —continuó Carlos de Valois—. Aún estamos discutiendo con el Santo Padre sobre el número de caballeros y la soldada que se les ha de dar. Queremos ocho mil caballeros y treinta mil hombres de a pie, y que cada barón reciba veinte sueldos diarios, y cada caballero diez; siete sueldos y seis denarios, los escuderos, y dos sueldos los hombres de a pie. El papa Juan quiere que reduzca mi ejército a cuatro mil caballeros y quince mil hombres de a pie; me promete, sin embargo, doce galeras armadas. Nos ha autorizado el diezmo, pero pone mala cara ante la cifra de un millón doscientas mil libras por año, durante los cinco que durará la Cruzada, tal como le hemos solicitado, y sobre todo, a las cuatrocientas mil libras que necesita el rey de Francia para los gastos suplementarios...

«De las cuales, trescientas mil serán para el buen Carlos de Valois —pensó Roberto de Artois—. ¡A ese precio ya se puede dirigir una Cruzada! No debo burlarme, ya que yo tendré mi parte.»[2]

—¡Ah! Si yo hubiera estado en Lyon, en lugar de mi difunto sobrino Felipe, cuando el último cónclave —exclamó el conde de Valois—, sin pretender hablar mal del Santo Padre, hubiera elegido a un cardenal capaz de comprender más claramente los intereses de la cristiandad y que se hiciera menos de rogar.

—Sobre todo después de que colgáramos a su sobrino en Montfaucon el pasado mes de mayo —observó Roberto de Artois.

Mortimer dio media vuelta en el asiento y, mirando a este último, dijo sorprendido:

—¿Un sobrino del Papa? ¿Qué sobrino?

—¿Cómo, primo mío, no lo sabéis? —dijo Roberto de Artois, aprovechando la ocasión para levantarse ya que no podía estar mucho tiempo inmóvil. Con la bota empujó los leños que ardían en el hogar.

Mortimer había dejado de ser «mi señor» para convertirse en «primo mío» debido a un parentesco lejano que habían descubierto por los Fiennes; dentro de poco sería «Rogelio» a secas.

—No, claro, ¿cómo ibais a saberlo? Estabais encarcelado gracias a vuestro amigo Eduardo... Se trata de un barón gascón, Jourdian de l'Isle, a quien el Santo Padre había dado una sobrina suya en matrimonio, y que cometió unas cuantas fechorías: robos, homicidios, violación de damas, desfloramiento de doncellas, además de algunas bribonadas con jovencitos. Estaba rodeado de ladrones, asesinos y demás gente de esa ralea, que despojaban por su cuenta a laicos y clérigos. Como el Papa lo protegía, se le perdonaban esos pecadillos si prometía enmendarse. Jourdain no tuvo nada mejor que hacer, para probar su arrepentimiento, que apresar al sargento real que le habían enviado para entregarle un requerimiento y hacerlo empalar... ¿Sobre qué? Sobre el mismo bastón flordelisado que llevaba el sargento. —Roberto soltó una carcajada que puso de manifiesto su natural inclinación por lo canallesco—. A decir verdad, no se sabe qué crimen fue mayor —prosiguió—: si matar a un oficial del rey o embadurnar la flor de lis con los excrementos del sargento. El señor Jourdain fue colgado en el patíbulo de Montfaucon. Lo podéis ver todavía si pasáis por allí; los cuervos le han dejado poca carne. Desde entonces, nuestras relaciones con Aviñón son frías.

Y Roberto volvió a reír mirando al techo y con los pulgares en la cintura, y su alegría era tan sincera que también Rogelio Mortimer se echo a reír por contagio y lo mismo hicieron Carlos de Valois y su hijo Felipe...

La risa los había unido más. Mortimer se veía de repente admitido en el grupo del poderoso Carlos de Valois y se tranquilizó un poco. Miraba con simpatía el rostro de Carlos, una cara grande, rubicunda, de hombre que come demasiado y a quien el poder priva de hacer suficiente ejercicio. Mortimer no había vuelto a verlo desde sus dos fugaces encuentros, uno en Inglaterra durante los festejos de la boda de Isabel, y otro en 1313, cuando acompañó a París a los soberanos ingleses para ir a rendir el primer homenaje. Todo aquello, que parecía que hubiese sucedido ayer, estaba ya muy lejos. ¡Diez años! Carlos de Valois, hombre todavía joven en aquella época, se había convertido en ese personaje macizo, imponente... ¡Vamos! No podía perder el tiempo ni desperdiciar la ocasión de aventuras. Después de todo, aquella Cruzada comenzaba a gustarle a Rogelio Mortimer.

—¿Y cuándo levarán anclas nuestras naves, mi señor? —preguntó.

—Dentro de dieciocho meses —respondió Valois—. Voy a enviar a Aviñón una tercera embajada para arreglar definitivamente la cuestión de los subsidios, las indulgencias y la orden de combate.

—Será una hermosa cabalgada en la que hará falta bravura y en la que los vanidosos tendrán que demostrar algo más que en las justas —dijo Felipe de Valois, que no había hablado hasta entonces y cuyo rostro se ruborizó levemente.

El primogénito de Carlos de Valois veía ya las velas hinchadas de las galeras, el desembarco en las lejanas costas, los pendones, las corazas, la carga de los caballeros franceses contra los infieles, la Media Luna pisoteada por las herraduras de los corceles, las jóvenes moriscas capturadas en el fondo de los palacios y las bellas esclavas desnudas que llegaban encadenadas... Nada impediría que Felipe de Valois saciara sus deseos con esas rameras. Se le ensanchaban las aletas de la nariz, ya que Juana la Coja, su esposa, que estallaba en celos en cuanto él miraba el pecho de otra mujer, se quedaría en Francia. ¡Ah! No tenía buen carácter la hermana de Margarita de Borgoña. Se puede querer a la propia esposa y verse empujado por una fuerza natural a desear a otras mujeres. Por lo menos era necesaria la Cruzada para que el gran Felipe se atreviera a engañar a la Coja.

Mortimer se irguió ligeramente y estiró su negra cota. Quería volver al tema que le interesaba, y que no era el de la Cruzada.

—Mi señor —dijo a Carlos de Valois—, podéis considerarme unido a vuestras filas. Pero yo he venido también a solicitar de vos...

Dicho estaba. El antiguo juez supremo de Irlanda había pronunciado la palabra sin la que ningún peticionario recibe nada, sin la que ningún hombre poderoso concede su apoyo. Solicitar, pedir, rogar... Por otra parte, no hacía falta más.

—Lo sé, lo sé —respondió Carlos de Valois—; mi yerno Roberto me ha puesto al corriente. Vos deseáis que abogue por vuestra causa ante el rey Eduardo. Pues bien, mi muy leal amigo... —De repente, porque había «solicitado», se había convertido en amigo—. Pues bien, no lo haré; sólo serviría para que me infligiera un nuevo ultraje. ¿Sabéis la respuesta que vuestro rey Eduardo me ha dado por mediación del conde de Bouville? Sí, seguramente lo sabéis... ¡Y yo había solicitado ya dispensa matrimonial al Santo Padre! ¡Fijaos en qué situación he quedado! No puedo pedirle ahora que os restituya vuestras tierras, os restablezca en vuestros títulos y expulse a sus vergonzosos Le Despenser.

—Y que de este modo, conceda la razón a la reina Isabel...

—¡Mi pobre sobrina! —exclamó Carlos de Valois—. ¡Lo sé todo, leal amigo, lo sé todo! ¿Creéis que yo puedo, o que el rey de Francia puede, hacer cambiar al rey Eduardo de costumbres y de ministros? Sin embargo, no debéis ignorar que cuando nos ha enviado al obispo Rochester a reclamar vuestra extradición nos hemos negado, e incluso hemos rehusado recibir siquiera a su obispo. Es la primera afrenta que hago a Eduardo en respuesta a la suya. Estamos ligados, vos, lord Mortimer, y yo, por los ultrajes que nos ha infligido. Y si llega la ocasión de vengar a uno u otro, os aseguro, querido señor, que nos vengaremos juntos.

Mortimer sintió, sin manifestarlo, que lo invadía el desánimo. La entrevista de la que Roberto le había prometido milagros... «Mi suegro Carlos lo puede todo; si se hace amigo vuestro, y así será, sin duda, podéis estar seguro de triunfar...» La entrevista parecía terminada. ¿Y con qué resultado? Nulo. La vaga promesa de un mando, dentro de dieciocho meses, en los países de los turcos. Rogelio Mortimer pensó en abandonar París y visitar al Papa y, si por ese lado no obtenía nada, ir a ver al emperador de Alemania... ¡Ah, eran amargas las decepciones del destierro! Su tío de Chirk se lo había predicho...

Entonces Roberto de Artois rompió el incómodo silencio que se había hecho:

—¿Por qué no buscar esa ocasión de venganza de que habláis, Carlos?

Era la única persona de la corte que llamaba por su nombre al conde de Valois, siguiendo su costumbre del tiempo en que solamente eran primos; además, su estatura, fuerza y truculencia le concedían derechos que únicamente podía tener él.

—Roberto tiene razón —dijo Felipe de Valois—. Se podría, por ejemplo, invitar al rey Eduardo a la Cruzada, y allí...

Acabó su pensamiento con un gesto vago. Decididamente, Felipe era imaginativo. Veía el paso de un vado, o mejor aún el encuentro en pleno desierto con una partida de infieles. Dejaban que Eduardo saliera a la carga y lo abandonaban en manos de los turcos... ¡Era una hermosa venganza!

—¡Jamás! —exclamó Carlos de Valois—. Jamás unirá Eduardo su estandarte al mío. De entrada, ¿se le puede considerar un príncipe cristiano? ¡Sólo los moros tienen costumbres iguales a las suyas!

A pesar de esta indignación, Mortimer se sintió inquieto; sabía demasiado bien el valor que se podía conceder a las palabras de los príncipes, y que los enemigos de ayer se reconcilian a la mañana siguiente, aunque sea falsamente, cuando les interesa. Si al conde de Valois se le ocurría la idea de invitar a Eduardo para reforzar su Cruzada, y si éste fingía aceptar...

—Aunque lo invitarais, mi señor —dijo Mortimer—, hay pocas posibilidades de que el rey Eduardo acepte vuestra invitación. Le gustan los juegos físicos, pero detesta las armas, y os aseguro que no fue él quien me venció en Shrewsbury. Eduardo se excusará, y con justa razón, alegando los peligros que corre debido a los escoceses...

—¡Pero yo quiero escoceses en mi Cruzada! —declaró el conde de Valois.

Roberto daba golpecitos con un puño contra el otro. La Cruzada le era completamente indiferente y, a decir verdad, no la deseaba. En primer lugar, se mareaba en el mar. En tierra, todo lo que quisieran, pero en el mar un niño de pecho era más fuerte que él. Además, su pensamiento estaba puesto en la recuperación de su condado del Artois, y la estancia de cinco años en el otro extremo del mundo no le ayudaría a arreglar sus asuntos. El trono de Constantinopla no era su herencia y no le agradaba la idea de verse un día mandando cualquier isla perdida en medio de aguas remotas. Tampoco estaba interesado en el comercio de especias, ni necesitaba ir a robar mujeres a los turcos. París estaba rebosante de huríes por cincuenta sueldos y de burguesas que aún costaban menos, y la señora de Beaumont, su esposa, hija de Carlos de Valois, cerraba los ojos a todas sus andanzas.

Por lo tanto, Roberto deseaba aplazar lo más posible aquella Cruzada y, fingiendo alentarla, no hacía más que retardarla. Tenía sus planes y no en vano había llevado a Rogelio Mortimer ante su suegro.

—Me pregunto, Carlos —dijo—, si será prudente dejar durante tanto tiempo el reino de Francia desprovisto de hombres, privado de su nobleza y de vuestro mando, a merced del rey de Inglaterra, quien nos demuestra no querernos bien.

—Los castillos quedarán bien provistos, Roberto; dejaremos en ellos guarniciones suficientes —respondió Valois.

—Pero, repito, sin la nobleza, sin la mayoría de los caballeros y sin vos, que sois nuestro gran guerrero, ¿quién defenderá el reino en nuestra ausencia? ¿El condestable que pronto cumplirá setenta y cinco años, y que es un milagro que se mantenga en la montura? ¿Nuestro rey Carlos? Si a Eduardo, como dice lord Mortimer, le gustan poco las batallas, a nuestro gentil primo le agradan menos. ¿No se dedica solamente a mostrarse fresco y sonriente ante su pueblo? Sería una locura dejar el campo libre a las maldades de Eduardo sin haberlo debilitado antes con una derrota.

—Ayudemos, pues, a los escoceses —propuso Felipe de Artois—. Desembarquemos en sus costas y apoyemos su lucha. Por mi parte, estoy dispuesto.

Roberto de Artois bajó la cabeza para disimular lo que pensaba. Se verían cosas muy divertidas si el bravo Felipe tomaba el mando de un ejército en Escocia. El heredero de los Valois había demostrado ya sus aptitudes en Italia, donde lo enviaron para ayudar al legado del Papa contra los Visconti de Milán. Felipe había llegado con sus pendones, se había dejado maniobrar y engañar por Galeazzo Visconti, a quien cedió en todo pensando haber ganado en todo, y volvió sin haber librado ni una batalla.

Rogelio Mortimer, por su parte, se sintió herido ligeramente al escuchar la proposición de Felipe de Valois. Era adversario y enemigo del rey Eduardo, pero Inglaterra era su patria.

—Por el momento —dijo—, los escoceses están bastante calmados y parecen decididos a respetar el tratado que nos impusieron el año pasado.

—Además Escocia, Escocia... —protestó Roberto—, hay que cruzar el mar. Reservemos nuestras naves para la Cruzada. Tenemos un lugar mejor para desafiar a ese bribón de Eduardo. No ha rendido homenaje por Aquitania. Si le obligamos a venir a defender sus derechos en Francia, en su ducado, y aprovechamos para aplastarlo, quedaremos todos vengados y además se mantendrá en calma durante nuestra ausencia.

Carlos de Valois daba vueltas a sus anillos y reflexionaba. Una vez más, Roberto demostraba ser buen consejero. La idea era vaga todavía, pero el conde vislumbraba su posible desarrollo. Para empezar, Aquitania no era para él tierra desconocida; en ella había hecho su primera gran campaña victoriosa, en el año 1294.

—Sin ninguna duda, sería un buen entrenamiento para nuestra caballería, que no ha luchado desde hace largo tiempo, y una ocasión para probar esa artillería de pólvora que empiezan a usar los italianos y que nuestro viejo amigo Tolomei se ofrece a proporcionarnos. Cierto, el rey de Francia puede poner el ducado de Aquitania bajo su mando por falta de homenaje... —Permaneció pensativo un instante—. Pero no habrá forzosamente guerra —concluyó—. Se negociará como de costumbre; se convertirá en asunto de parlamentos y embajadas. Y después, a regañadientes, rendirá homenaje. No es suficiente motivo.

Roberto de Artois volvió a sentarse, apoyando los codos en las rodillas y la barbilla en los puños.

—Se puede encontrar un pretexto más eficaz que la

falta de homenaje —dijo—. No es a vos, primo Mortimer, a quien he de informar sobre las dificultades, pleitos y batallas surgidos por Aquitania desde que la duquesa Eleanor, después de decorar con unos hermosos cuernos la frente de su primer marido, nuestro rey Luis VII, entregó por su segundo matrimonio su cuerpo retozón, así como su ducado, a vuestro Enrique II de Inglaterra. Ni voy tampoco a informaros del tratado por el que el buen rey san Luis, a quien se le metió en la cabeza arreglar todas las cosas con equidad, quiso poner fin a cien años de guerra.[3] Pero la equidad no vale nada para arreglar las diferencias entre los reinos. El tratado de 1259 no fue más que un nido de embrollos. El propio senescal de Joinville, tío abuelo de vuestra esposa, primo Mortimer, que era muy devoto del santo rey, le aconsejó que no lo firmara. Reconozcámoslo con toda franqueza: aquel tratado fue una tontería. Desde la muerte de san Luis, no hay más que disputas, discusiones, tratados concluidos, tratados propuestos, homenajes rendidos pero con reservas, audiencias de parlamentarios, querellas denegadas, querellantes condenados, sangrientas revueltas y nuevas audiencias de justicia. Vos mismo, Carlos —prosiguió Roberto volviéndose hacia Carlos de Valois—, cuando fuisteis enviado por vuestro hermano Felipe el Hermoso a Aquitania, donde restablecisteis el orden tan bellamente, ¿cuál fue el motivo de vuestra ida?

—Una gran revuelta que estalló en Bayona, en la que marineros de Francia e Inglaterra llegaron a las manos y corrió la sangre.

—Pues bien —dijo Roberto—, sólo nos falta provocar otra revuelta como la de Bayona. Basta influir en cualquier lugar para que los partidarios de los dos reyes se peleen y se maten. Y me parece que ya he encontrado el lugar apropiado. —Apuntó a sus interlocutores con su enorme índice, y prosiguió—: En el tratado de París, confirmado por la paz del año 1303 y revisado en Périgueux en el año 1311, se recoge el caso de ciertos señoríos llamados privilegiados que, aun encontrándose en tierra de Aquitania, están sometidos directamente al rey de Francia. Ahora bien, estos mismos señoríos tienen tierras vasallas en Aquitania. No se ha determinado nunca si estas tierras vasallas dependen también del rey de Francia o bien del duque de Aquitania. ¿Comprendéis?

—Comprendo —dijo el conde de Valois.

Su hijo Felipe no comprendía. En sus grandes ojos azules había un gesto de sorpresa, y su incomprensión era tan manifiesta que su padre le explicó:

—Está claro, hijo mío. Imagina que te concedo este palacio como si fuera un feudo, pero me reservo el uso y disposición de la sala en que estamos. Ahora bien, de esta sala depende el gabinete de paso que domina esta puerta. ¿Quién de los dos disfruta del gabinete de paso y ha de suministrar el mobiliario y realizar la limpieza? Lo importante —agregó Carlos de Valois volviéndose hacia Roberto— es encontrar una dependencia suficientemente importante para que la acción que intentamos lleve a Eduardo a actuar.

—Vos tenéis una dependencia señalada: la tierra de Saint-Sardos, que depende del priorato de Sarlat, en la diócesis de Périgueux. Su situación fue debatida ya cuando Felipe el Hermoso concluyó con el prior de Sarlat un tratado de condominio que declaraba al rey de Francia dueño de ese señorío. Eduardo I apeló al Parlamento de París, pero no se resolvió nada.[4] ¿Qué hará el rey de Inglaterra, duque de Aquitania, si en la dependencia de Saint-Sardos, el rey de Francia, copropietario de Sarlat, establece una guarnición y construye una fortaleza que amenace los contornos? Ordenará a su senescal que se oponga, y querrá a su vez establecer su guarnición. Al primer altercado entre dos soldados, al primer oficial del rey que maltrate o simplemente insulte...

Roberto abrió sus grandes manos, como si la conclusión cayera por su propio peso. El conde de Valois, envuelto en terciopelo azul bordado de oro, se levantó de su trono. Ya se veía sobre la montura, a la cabeza de sus mesnadas, volviendo a la Guyena, donde hacía treinta años había hecho triunfar al rey de Francia.

—Admiro de verdad, hermano mío —exclamó Felipe de Valois—, que un gran caballero como vos conozca los procedimientos tan bien como un clérigo.

—¡Bah!, hermano mío, no tiene ningún mérito. No ha sido la afición, sino el proceso del Artois, lo que me ha obligado a informarme de las costumbres de Francia y de las sentencias de los parlamentos. Y aunque hasta ahora no me ha servido de nada, espero que al menos sirva a mis amigos —concluyó Roberto de Artois, inclinándose ante Rogelio Mortimer como si la vasta maquinación proyectada no tuviera otro motivo ni finalidad que complacer al refugiado.

—Vuestra llegada nos es de gran ayuda, señor barón —dijo Carlos de Valois—, ya que nuestras causas están unidas y no dejaremos de solicitar celosamente vuestros consejos en esta empresa... que Dios quiera proteger. Puede suceder que dentro de poco marchemos juntos hacia Aquitania.

Mortimer se sintió desorientado, superado. No había hecho nada, no había dicho ni sugerido nada; su sola presencia había dado motivo a que los otros concretaran sus aspiraciones. Y ahora le invitaban a participar en una guerra contra su propio país, sin posibilidad de elección.

Así, si Dios no lo remediaba, los franceses iban a hacer la guerra en Francia a los súbditos franceses del rey de Inglaterra, con la participación de un gran señor inglés y con el dinero proporcionado por el Papa para liberar Armenia de los turcos.

NOTAS

1. 19 de noviembre de 1323. Juan de Cherchemont, señor de Venours en Poitou, canónigo de Notre-Dame de París, tesorero de la catedral de Laon, había sido ya canciller al final del reinado de Felipe V. Carlos IV, a su llegada al trono, lo reemplazó por Pedro Rodier. Pero Carlos de Valois, cuyo favor había sabido ganarse, lo repuso en su cargo en esta fecha.

2. El reglamento propuesto al Papa, después de un consejo general celebrado en Gisors en julio de 1323, preveía que el rey obtendría un beneficio de trescientas mil libras de las cuatrocientas mil de los gastos suplementarios. Pero se especificaba también —y en esto se veía la mano del conde de Valois— que si el rey de Francia, por la razón que fuera, no se ponía a la cabeza de la expedición, esa función pasaría por derecho a Carlos de Valois, quien se beneficiaría entonces a título personal de los subsidios proporcionados por el Papa.

3. Se suele olvidar que hubo dos guerras de los Cien Años entre Inglaterra y Francia. A la primera, de 1152 a 1259, se la dio por terminada con el Tratado de París, acordado por san Luis y Enrique III Plantagenêt. De hecho, entre 1259 y 1338, los dos países entraron en conflicto armado dos veces más, siempre por la cuestión de Aquitania: en 1294 y, como se verá, en 1324. La segunda guerra de los Cien Años, que empezó en 1328, no tuvo por origen la disputa de Aquitania, sino la sucesión al trono de Francia.

4. Esto constituye una muestra de lo mucho que había llegado a complicarse el sistema feudal, sistema que generalmente se presenta como muy sencillo, y que, efectivamente, lo era en su origen, pero que acabó por ahogarse en las complicaciones derivadas de su uso. Hay que darse cuenta de que la cuestión de Saint-Sardos o el asunto de Aquitania en general no eran excepciones, sino que lo mismo ocurría con el Artois, Flandes, las Marcas galesas, los reinos de España, el de Sicilia, los principados alemanes, Hungría y toda Europa.

5

La espera

Acabó el otoño, pasaron todo el invierno y la primavera y comenzó el verano. Rogelio Mortimer vio pasar sobre París las cuatro estaciones, espesarse la nieve de las estrechas calles, cubrirse de nieve los tejados y los prados de Saint-Germain, abrirse las yemas de los árboles de las orillas del Sena, y brillar el sol en la torre cuadrada del Louvre, en la redonda torre del Nesle y en la aguda flecha de la Sainte-Chapelle.

Un emigrado espera. Diríase que ése es su papel, casi su función. Espera que pase la mala suerte, espera que la gente del país donde se ha refugiado termine de arreglar sus asuntos para que finalmente se preocupe de los suyos. Pasados los primeros días de su llegada, en los que sus reveses suscitaban la curiosidad y todos querían apoderarse de él como si fuera un animal de feria, la presencia del emigrado se hizo molesta, casi fastidiosa. Parecía ser portador de un mudo reproche. No podían atenderlo en todo momento; después de todo, él era quien solicitaba y debía tener paciencia.

Por tanto, Rogelio Mortimer esperaba, como lo había hecho durante dos meses en Picardía, en casa de su primo Juan de Fiennes, que la corte de Francia volviera a París; como había esperado que Carlos de Valois encontrara, entre todas sus ocupaciones, un rato para recibirlo... ahora esperaba una guerra en la Guyena, lo único que podía cambiar su destino.

El conde de Valois no había tardado en dar las órdenes. Oficiales del rey de Francia, tal como había aconsejado Roberto, habían comenzado a construir una fortaleza en Saint-Sardos, en las dependencias en litigio del señorío de Sarlat. Pero una fortaleza no se levantaba en un día, ni siquiera en tres meses, y la gente del rey de Inglaterra no parecía haberse alarmado, al menos al principio. Había que esperar que se produjeran incidentes.

Rogelio Mortimer aprovechaba su ocio para recorrer aquella capital que apenas había entrevisto en un viaje realizado diez años antes, y para observar al gran pueblo de Francia, que conocía tan mal. ¡Qué nación tan rica y poblada, y cuán diferente de Inglaterra! A ambos lados del mar la gente se creía semejante porque en los dos países la nobleza pertenecía al mismo trono; pero viendo las cosas de cerca se observaban muchas disparidades. La población del reino de Inglaterra, con sus dos millones de almas, no llegaba a la décima parte del total de los súbditos del rey de Francia, que alcanzaba la cifra de casi veintidós millones. Sólo París tenía trescientos mil habitantes, mientras que Londres no contaba más que cuarenta mil.[1] ¡Y qué bullicio en sus calles, qué actividad comercial e industrial, qué gasto! Para convencerse bastaba pasearse por el Pont-au-Change o a lo largo del muelle Des Orfèvres y oír el ruido que producían en las tiendas los pequeños martillos que batían el oro; atravesar, tapándose la nariz, el barrio de la Grande Boucherie, detrás de Châtelet, donde trabajan los triperos y los matarifes; seguir la calle Saint-Denis, donde se encontraban los merceros; ir a palpar las telas en los grandes mercados de los pañeros... En la calle Lombards, más silenciosa, que el señor Mortimer ahora conocía bien, se trataban los grandes asuntos.

Cerca de trescientos cincuenta gremios y corporaciones reglamentaban el ejercicio de todos estos oficios; cada uno tenía sus leyes, costumbres y fiestas, y prácticamente no había día del año en que, después de oír misa y discutir en el locutorio, no se reunieran en un gran banquete maestros y colegas, ya se tratase de sombrereros, fabricantes de cirios o de curtidores. En la montaña de Sainte-Geneviève, multitud de clérigos y doctores con bonete disputaban en latín, y el eco de sus controversias sobre apologética o sobre los principios de Aristóteles iba a originar nuevos debates en toda la cristiandad.

Los grandes barones y prelados, y muchos reyes extranjeros, tenían residencia en la ciudad, constituyendo una especie de corte. La nobleza frecuentaba las calles de la Cité, la galería Mercière del palacio real, los alrededores de los palacios de Valois, de Artois, de Borgoña y de Saboya. Cada uno de esos palacios era como una representación permanente de los grandes feudos; los intereses de cada provincia se concentraban allí. Y la ciudad crecía, crecía sin cesar, empujando sus arrabales sobre huertos y campos, fuera del recinto amurallado de Felipe Augusto, que comenzaba a desaparecer tragado por las nuevas construcciones.

Si se salía un poco de París, se veía que la campiña era próspera. Simples porqueros o vaqueros poseían su propia viña o un campo. Las mujeres empleadas en los trabajos agrícolas y en otros libraban el sábado por la tarde, con descanso que les pagaban. Por otra parte, en casi todas partes el trabajo del sábado terminaba al tercer toque de vísperas. Las numerosas celebraciones religiosas eran festivas, al igual que las fiestas de las corporaciones. Y sin embargo, la gente se quejaba. ¿Cuáles eran los principales motivos de queja?

Las tasas, los impuestos, como en todo tiempo y en todos los países, y también el hecho de estar siempre bajo alguien de quien dependían. Tenían la sensación de trabajar solamente para provecho del prójimo, sin poder disponer verdaderamente de sí mismos o del fruto de su esfuerzo. A pesar de las ordenanzas de Felipe V, que no se observaban de manera estricta, había en Francia muchos más siervos que en Inglaterra, donde la mayoría de los campesinos eran hombres libres, obligados, por otra parte, a formar en el Ejército, y tenían cierta representación en las asambleas reales. Esto ayudaba a comprender mejor que el pueblo de Inglaterra hubiera exigido cartas a sus soberanos.

Por el contrario, la nobleza de Francia no estaba tan dividida como la de Inglaterra; había en ella muchos enemigos por cuestiones de intereses, como el conde de Artois y su tía Mahaut, y se formaban clanes y camarillas, pero la nobleza se unía cuando se trataba de sus intereses generales o de la defensa del reino. La idea de nación era más concreta y más fuerte entre la nobleza francesa.

Verdaderamente, la única semejanza que había en aquel tiempo entre los dos países se debía al carácter de los dos reyes.

Tanto en Londres como en París las coronas habían recaído sobre hombres débiles, ignorantes de la verdadera responsabilidad de gobernar, sin la cual el príncipe sólo lo es de nombre.

Mortimer había sido presentado al rey de Francia, y lo había vuelto a ver en varias ocasiones; no le fue posible formarse una buena opinión de aquel hombre de veintinueve años, a quien los señores solían llamar Carlos el Hermoso debido a que se parecía bastante a su padre, pero que bajo esa noble apariencia no tenía ni pizca de talento.

«¿Habéis encontrado alojamiento apropiado, lord Mortimer? ¿Está con vos vuestra esposa? ¡Ah, cómo debéis de sentir estar sin ella! ¿Cuántos hijos os ha dado?»

Poco más o menos, éstas eran las palabras que le había dirigido el rey al desterrado, y cada vez que lo veía volvía a preguntarle «¿Está con vos vuestra esposa? ¿Cuántos hijos habéis tenido?», ya que había olvidado la respuesta. Sus preocupaciones parecían ser únicamente de orden doméstico y conyugal. Su triste matrimonio con Blanca de Borgoña, cuya decepción aún sentía, había quedado disuelto por una anulación en la que no quedó en muy buen papel. Lo habían vuelto a casar enseguida con María de Luxemburgo, joven hermana del rey de Bohemia, con quien Carlos de Valois estaba intentando precisamente aquellos días entenderse a propósito del reino de Arlés. Ahora María de Luxemburgo estaba encinta, y Carlos el Hermoso la rodeaba de atenciones un poco tontas.

La incompetencia del rey no impedía que Francia se ocupara de los asuntos del mundo entero. El consejo gobernaba en nombre del rey, y Carlos de Valois en el del consejo. Se aconsejaba de continuo al papado, y varios correos, que ganaban ocho libras y algunos denarios por viaje —una verdadera fortuna—, tenían por única misión llevar las cartas a Aviñón. Había otros para Nápoles, Aragón o Alemania. Se prestaba gran atención a los asuntos de Alemania, ya que Carlos de Valois y su cómplice, Juan de Luxemburgo, habían logrado que el Papa excomulgara al emperador Luis de Baviera, con el fin de que la corona del Sacro Imperio pudiera ofrecerse... ¿a quién? ¡A Carlos de Valois, naturalmente! Ése era su viejo sueño. Cada vez que el trono del Sacro Imperio quedaba vacante, Carlos de Valois presentaba su candidatura. ¡Cómo se acrecentaría el prestigio de la Cruzada si su organizador se veía convertido en emperador!

Pero no había que olvidar los problemas de Flandes, de ese Flandes que causaba constantes preocupaciones a la corona, fuese porque la población se rebelaba contra su conde cuando éste se mostraba fiel al rey de Francia, fuese porque el propio conde se oponía al rey para satisfacer a la población. Por último, estaba Inglaterra, y Carlos de Valois llamaba a Rogelio Mortimer cada vez que se planteaba un problema por ese lado.

Mortimer había alquilado su residencia cerca del

palacio de Roberto de Artois, en la calle de Saint-Germain-des-Prés, delante del palacio de Navarra. Gerardo de Alspaye, que lo seguía desde su evasión de la Torre, gobernaba la casa, donde el barbero Ogle hacía las veces de ayuda de cámara y cuyo número de ocupantes aumentaba poco a poco con la incorporación de otros desterrados ingleses que habían tenido que salir de Inglaterra debido al odio de los Le Despenser. Uno era Juan Maltravers, señor inglés del partido de Mortimer, descendiente como él de un compañero del Conquistador. Aquel Maltravers tenía la cara larga y sombría, dientes enormes y cabellos lacios; se parecía a su caballo. No era un compañero muy agradable y sobresaltaba a la gente con su risa nerviosa, un relincho sin motivo aparente. Pero en el destierro no se puede elegir a los amigos: el infortunio común los impone. Por Maltravers supo Mortimer que habían trasladado a su mujer al castillo de Skipton, en el condado de York, acompañada de un séquito formado solamente por una dama, un escudero, una lavandera, un criado y un paje, y que recibía trece chelines y cuatro denarios por semana para su manutención y la de su gente; era casi como estar en prisión...

En cuanto a la reina Isabel, su situación era cada día más penosa. Los Le Despenser le robaban, la despojaban, la humillaban con metódica crueldad. «Lo único que me queda es la vida, y temo que se preparen a quitármela. Dad prisa a mi hermano para que me defienda», le mandaba decir a Mortimer.

Pero el rey de Francia —«¿Está con vos vuestra esposa? ¿Tenéis hijos?»— se remitía a la opinión del conde de Valois, que lo supeditaba todo al resultado de sus acciones en Aquitania. ¿Y si mientras tanto los Le Despenser asesinaban a la reina? «No se atreverán», respondía Valois.

Mortimer iba a relatar noticias a casa del banquero

Tolomei, quien le hacía pasar su correo al otro lado del canal de la Mancha. Los lombardos tenían mejor red de comunicaciones que la corte, y sus viajantes eran más hábiles disimulando los mensajes. De esta manera la correspondencia entre Mortimer y el obispo Orleton era casi regular.

El obispo de Hereford había pagado caro su papel de promotor de la evasión de Mortimer, pero era valeroso y se mantenía firme ante el rey. Primer prelado de Inglaterra a quien juzgaba un tribunal laico, y apoyado además por todos los arzobispos del reino que veían amenazados sus privilegios, se había negado a responder a sus acusadores. Eduardo continuó el proceso, hizo condenar a Orleton y ordenó la confiscación de sus bienes. Eduardo acababa de escribir al Papa para solicitarle la destitución del obispo por rebelde; era preciso que Carlos de Valois intercediera ante Juan XXII para impedir tal medida, cuya consecuencia hubiera sido la decapitación de Orleton.

La situación de Cuello Torcido era incierta. Eduardo lo había nombrado conde de Lancaster en marzo y le había devuelto los títulos y bienes de su hermano ejecutado, entre ellos el gran castillo de Kenilworth. Poco después, al enterarse de la existencia de una carta dirigida a Orleton en la que daba a éste ánimos y pruebas de amistad, Eduardo había acusado a Cuello Torcido de alta traición.

Cada vez que Mortimer visitaba a Tolomei, éste no dejaba de decirle:

—Puesto que veis con frecuencia a mis señores de Valois y de Artois, recordadles, os ruego, esas piezas de artillería que se acaban de probar en Italia y que serán de gran utilidad en el asedio de las ciudades. Pueden proporcionarlas mi sobrino desde Siena y los Bardi desde Florencia. Son piezas de artillería más fáciles de colocar que las grandes catapultas de balancín, y producen más estragos. Mi señor de Valois haría bien en equipar con ellas su Cruzada.

Al principio, las mujeres se habían interesado bastante por Mortimer, aquel extranjero de bella estampa, vestido siempre de negro, austero, misterioso, que mordisqueaba la blanca cicatriz que tenía en el labio. Le habían hecho contar veinte veces su evasión y, mientras hablaba, los hermosos senos femeninos se levantaban bajo las transparentes gorgueras de lino. Su voz grave, casi ronca, que acentuaba inesperadamente ciertas palabras, emocionaba los corazones ociosos. Repetidas veces Roberto de Artois había deseado lanzar al barón inglés entre aquellos brazos que sólo deseaban abrirse; le había ofrecido también, si es que sentía preferencia por ellas, algunas mujeres de mala fama, por pares o tríos, para que distrajeran sus preocupaciones. Sin embargo, Mortimer no había cedido a ninguna tentación, y comenzaron a preguntarse cuál era la causa de aquella virtud y si no tenía las costumbres de su rey.

Nadie podía imaginar la verdad: que aquel hombre que había apostado su salvación contra la muerte de un cuervo, había prometido no tocar mujer alguna hasta haber vuelto a Inglaterra y recobrado sus tierras, títulos y poder. Era un voto de caballero, como hubiera podido serlo de un Lanzarote, un Amadís o un caballero del rey Arturo. Sin embargo, Rogelio Mortimer había hecho el voto un poco a la ligera, y ello contribuía a agriarle el humor.

Por fin llegaron buenas noticias de Aquitania. El senescal del rey de Inglaterra en la Guyena, el señor Basset, tanto más puntilloso cuanto que su nombre daba risa, puesto que era el de una raza de perros de patas cortas, comenzó a inquietarse por la fortaleza que se levantaba en Saint-Sardos. Vio en ello una usurpación de los derechos de su dueño, el rey de Inglaterra, y un insulto a su propia persona. Reunió tropas y entró de improviso en Saint-Sardos, saqueó la aldea, apresó a los oficiales encargados de vigilar los trabajos y los colgó de los postes flordelisados que indicaban la soberanía del rey de Francia. Raúl Basset no iba solo en esta expedición; le acompañaban varios señores de la región.

En cuanto se enteró, Roberto de Artois fue a buscar a Mortimer y lo llevó a casa de Carlos de Valois. Roberto desbordaba alegría y orgullo; reía más fuerte que de costumbre y daba a sus familiares amigables manotazos que los enviaban contra la pared. ¡Al fin tenían un pretexto, y surgido de su inventivo cerebro!

Inmediatamente se trató el asunto en el consejo privado; se hicieron las diligencias de costumbre, y se convocó a los culpables del saqueo de Saint-Sardos ante el Parlamento de Toulouse. ¿Irían a reconocer sus fechorías y a someterse? Eso era lo que temían.

Por suerte, uno de ellos, Raimundo Bernard de Montpezat, se negó a acudir a la convocatoria. No hacía falta más. Se le declaró en rebeldía y Juan de Roye, que había sucedido a Pedro-Héctor de Galard en el cargo de gran maestre de los ballesteros, fue enviado a la Guyena con una pequeña escolta a detener al señor de Montpezat, hacerse con sus bienes y desmantelar su castillo. Sin embargo, fue el señor de Montpezat quien se impuso; hizo prisionero al oficial real y exigió rescate para entregarlo. El rey Eduardo permanecía ajeno a todo, pero el caso se agravaba por momentos. Y Roberto de Artois exultaba. ¡No se podía hacer desaparecer a un gran maestre de ballesteros sin que eso tuviera graves consecuencias!

Se tramitaron nuevas diligencias, esta vez ante el propio rey de Inglaterra, acompañadas de una amenaza de confiscación del ducado. A principios de abril, París vio llegar al conde de Kent, hermanastro del rey Eduardo, acompañado por el arzobispo de Dublín; venían a proponer a Carlos IV, para el arreglo de sus diferencias, que renunciara sencillamente al homenaje que le debía

Eduardo. Mortimer, que vio a Kent en aquella ocasión (sus entrevistas fueron corteses a pesar de la difícil situación de ambos), le hizo ver la completa inutilidad de su embajada. El mismo conde de Kent estaba convencido de ello, y se había hecho cargo de su misión a disgusto. Regresó con la negativa del rey de Francia, transmitida de manera despectiva por Carlos de Valois. La guerra maquinada por Roberto de Artois estaba a punto de estallar.

Pero he aquí que en aquellos días la nueva reina, María de Luxemburgo, murió de improviso en Issouidon, tras un aborto espontáneo.

No era decente declarar la guerra durante un duelo, y más teniendo en cuenta que el rey Carlos estaba muy abatido y era casi incapaz de presidir los consejos. La desgracia perseguía sin duda su destino de esposo. Primero engañado, luego viudo... Fue preciso que el conde de Valois abandonara todos sus asuntos y se dedicara a encontrarle una tercera esposa al rey, que se mostraba inquieto, malhumorado y reprochaba a todos la falta de heredero para el reino.

Mortimer tuvo que esperar, pues, a que se arreglara este asunto...

Carlos de Valois le hubiera propuesto de buen grado a su sobrino una de sus hijas solteras, si su edad hubiera sido apropiada. Desgraciadamente, la mayor, la que había propuesto en matrimonio al príncipe heredero de Inglaterra, no contaba aún doce años. Y Carlos el Hermoso no estaba dispuesto a esperar.

Quedaba otra prima hermana, hija de Luis de Evreux, ya fallecido, y sobrina de Roberto de Artois. Esta Juana de Evreux no era una mujer espléndida, pero estaba bien formada y en edad de ser madre. El conde de Valois, para librarse de largas y difíciles tentativas más allá de las fronteras, indujo a toda la corte a que empujara a Carlos a aquella unión. Tres meses después de la muerte de

María de Luxemburgo se solicitó una nueva dispensa al Papa.

La boda se celebró el 5 de julio. Cuatro días antes, Carlos había decidido confiscar Aquitania y Ponthieu por rebelión y falta de homenaje. El papa Juan XXII, que creía que su misión era siempre resolver los conflictos entre dos soberanos, escribió al rey Eduardo solicitándole que fuera a prestar homenaje para eliminar al menos uno de los puntos en litigio. Pero las tropas de Francia se encontraban ya en pie de guerra y se concentraban en Orleáns mientras en los puertos se equipaba una flota para atacar las costas inglesas.

Al mismo tiempo, el rey de Inglaterra había ordenado algunas levas en Aquitania y Raúl Basset reunía sus mesnadas; el conde de Kent volvía a Francia, por mar esta vez, para ejercer en el ducado el gobierno que le había encomendado su hermanastro.

¿Se ponían en marcha? No todavía. Antes era necesario que Carlos de Valois corriera a Bar-sur-Aube para tratar con Leopoldo de Habsburgo acerca de la elección al trono del Sacro Imperio, y a cerrar un tratado por el cual Leopoldo se comprometía a no presentar su candidatura, mediante determinadas sumas de dinero, pensiones y rentas fijadas ya para el caso de que Valois fuera elegido emperador. Rogelio Mortimer seguía esperando...

Por fin, el primero de agosto, con un calor sofocante que cocía a los caballeros en sus corazas como en una marmita, Carlos de Valois, soberbio, pesado, con cimera y cota de oro por encima de su armadura, se hizo subir al caballo. A su lado llevaba a su segundo hijo, el conde de Alençon, a su sobrino Felipe de Evreux, nuevo cuñado del rey, al condestable Gaucher de Châtillon, a lord Mortimer de Wigmore y a Roberto de Artois, que, montando en un caballo adecuado a su estatura, sobresalía por encima de toda la tropa.

El conde de Valois, en el momento de partir para esta campaña que había querido, decidido y casi inventado, no estaba alegre, ni feliz, ni siquiera satisfecho. Nada de eso. Estaba furioso, ya que Carlos IV se había negado a firmar su nombramiento como lugarteniente del rey en Aquitania. Si alguno tenía derecho a este título, ¿no era Carlos de Valois? ¡Y en qué situación quedaba ante el conde de Kent, ese niñato, ese bebé... que había recibido el mando del rey Eduardo!

Carlos el Hermoso que era incapaz de decidir nada, tenía también negativas bruscas y obstinadas para rehusar lo que se le pedía como más claramente necesario. Carlos de Valois echó pestes aquel día y no ocultaba a sus acompañantes la pobre opinión que tenía de su sobrino y soberano. En realidad, ¿valía la pena tomarse tanto trabajo en gobernar el reino en nombre de aquel bobo coronado, de aquel ganso?

El anciano condestable Gaucher de Châtillon, que mandaba teóricamente el ejército, ya que el conde de Valois no poseía ningún nombramiento oficial, entornaba sus párpados de tortuga bajo el yelmo pasado de moda. Era un poco sordo, pero a los setenta y cuatro años todavía tenía buena planta sobre el caballo.

Lord Mortimer había comprado las armas en casa de Tolomei. Bajo la visera levantada del casco se veían brillar sus ojos duros, de reflejos acerados. Como marchaba, por culpa de su rey, en contra de su país, llevaba una cota de guerra de terciopelo negro en señal de luto. Jamás olvidaría la fecha de partida: era el primero de agosto de 1324, festividad de San Pedro, y hacía un año, día por día, que se había escapado de la Torre de Londres.

NOTAS

1. Estas cifras han sido calculadas por los historiadores a partir de documentos del siglo XIV, basándose en el censo de parroquias, y de los difuntos de cada parroquia, a razón de cuatro habitantes por difunto. Corresponden al período alrededor de 1328. Durante la segunda guerra de los Cien Años, los combates, el hambre y las epidemias acabaron con más de un tercio de la población; tuvieron que pasar cuatro siglos para que Francia volviera a alcanzar el índice demográfico y de riqueza que tuvo con Felipe el Hermoso y sus hijos. A comienzos del siglo XIX, en cinco departamentos franceses, la densidad media de la población no había llegado a las cifras de 1328. Incluso en nuestros días, algunas ciudades, prósperas en la Edad Media y arruinadas por la guerra de los Cien Años, están por debajo de su situación de entonces. Esto da una idea de lo que costó a Francia la guerra inglesa.

6

Las bocas de fuego

La alarma sorprendió al joven conde Edmundo de Kent echado sobre el enlosado de una habitación del castillo, donde buscaba en vano encontrar algún frescor. Estaba medio desnudo, solamente con calzas de seda, el torso al descubierto, los brazos apartados, inmóviles, abatido por el calor bordelés. Su galgo favorito jadeaba a su lado.

El primero en oír el toque de alarma fue el perro. Se levantó sobre las patas delanteras, con el hocico hacia arriba, moviendo las orejas. El joven conde de Kent despertó de su duermevela, se desperezó y comprendió enseguida que el alboroto lo producían todas las campanas de La Réole al vuelo. Se puso de pie, tomó la camisa de batista que había echado en una silla y se la puso rápidamente.

Oyó pasos que se acercaban apresuradamente a la puerta.

Raúl Basset, el senescal, entró seguido de varios señores locales: el señor de Bergerac, los barones de Budos y de Mauvezin, y el señor de Montpezat, por causa de quien —así al menos lo creía él, y de ello se vanagloriaba— había estallado la guerra.

El senescal Basset era realmente muy pequeño; el joven conde de Kent se sorprendía cada vez que lo veía aparecer. Era orondo como un tonel y estaba siempre a punto de encolerizarse, hinchado el cuello y saltones los ojos.

El senescal no era del agrado del galgo que, en cuanto lo veía, comenzaba a ladrar.

—¿Se trata de un incendio o de los franceses, señor senescal? —preguntó el conde de Kent.

—¡Los franceses, los franceses, mi señor! —exclamó el senescal, casi asombrado por la pregunta—. Venid a ver; ya se los divisa.

El conde de Kent se inclinó hacia un espejo de estaño para poner en orden su cabello rubio sobre las orejas, y siguió al senescal. Con su camisa blanca abierta sobre el pecho, sin espuelas ni sombrero, entre los barones vestidos con mallas de hierro y completamente armados, daba una extraña impresión de intrepidez y gracia, incluso de falta de seriedad.

El intenso alboroto de las campanas le sorprendió al salir del torreón y el fuerte sol de agosto lo deslumbró. El galgo se puso a dar aullidos.

Subieron hasta la cima de la Thomasse, gran torre circular construida por Ricardo Corazón de León. ¿Qué no había construido aquel antepasado? El recinto de la Torre de Londres, el Château-Gaillard en Normandía, la fortaleza de La Réole...

El Garona, ancho y reluciente, corría al pie del barranco casi cortado a pico, y su curso dibujaba meandros a través de la gran llanura fértil, donde la mirada se perdía hasta la lejana línea azul de los montes de Agen.

—No distingo nada —dijo el conde de Kent, que esperaba ver las vanguardias francesas en los alrededores de la ciudad.

—Sí, mi señor —le respondieron gritando para dominar el ruido de las campanas—. A lo largo del río, arriba, hacia Sainte-Bazeille.

El conde de Kent, con los ojos entornados y la mano de visera, consiguió distinguir una cinta centelleante paralela a la del río. Le dijeron que era el reflejo del sol en las corazas y en las armaduras de los caballos.

¡Y continuaba el estrépito de campanas! Los campaneros debían de tener los brazos molidos. En las calles de la ciudad, y sobre todo alrededor del Ayuntamiento, la población se agitaba hormigueante. ¡Qué pequeños parecían los hombres desde las almenas de la ciudadela! Eran como insectos. Por todos los caminos que conducían a la ciudad se apresuraban los campesinos atemorizados: unos tirando de su vaca, otros empujando sus cabras o azuzando los bueyes de sus yuntas. Abandonaban los campos corriendo; enseguida llegaría la gente de los pueblos con sus bultos cargados a la espalda o apretados en las carretas, y se alojarían como pudieran en una ciudad superpoblada por la tropa y los caballeros de la Guyena...

—No podremos empezar a contar a los franceses hasta dentro de dos horas y no estarán delante de las murallas antes de la noche —dijo el senescal.

—Es mala época para hacer la guerra —dijo el señor de Bergerac que, ante el avance francés, había tenido que huir unos días antes de Sainte-Foy-la-Grande.

—¿Por qué no es buena época? —preguntó el conde de Kent, señalando el limpio cielo y la campiña que se extendía a sus pies.

Hacía un poco de calor, cierto, pero ¿no era eso mejor que la lluvia y el barro? Si esa gente de Aquitania hubiera estado en las guerras de Escocia, se habría guardado muy bien de quejarse.

—Porque está cerca la vendimia, mi señor —dijo el señor de Montpezat—; porque los villanos gemirán al ver pisoteadas sus cosechas y nos tendrán mala voluntad. El conde de Valois sabe lo que se hace; ya en 1294 actuó de esta manera: lo devastó todo para cansar al país lo más pronto posible.

El duque de Kent se encogió de hombros. Burdeos no producía sólo unas cuantas barricas y, hubiera o no guerra, se podía seguir bebiendo clarete. En lo alto de la Thomasse corría una leve brisa inesperada que hinchaba la camisa abierta del joven príncipe y se deslizaba agradablemente por su piel. ¡Qué maravillosa sensación podía proporcionar a veces el mero hecho de vivir!

Acodado en las tibias piedras de la almena, el conde de Kent se sumió en sus ensueños. A los veinte años era lugarteniente del rey para todo un ducado; es decir, poseía todos los poderes reales, y encarnaba al mismo rey. Si decía «quiero», nadie le replicaba. Podía ordenar: «¡Ahorcadlo!» No tenía intención de decirlo, pero podía hacerlo. Y sobre todo estaba lejos de Inglaterra, de la corte de Westminster, de su hermanastro Eduardo II y de sus caprichos, cóleras y sospechas; lejos de los Le Despenser. Aquí era por fin dueño de sí mismo y de cuanto lo rodeaba. A su encuentro venía un ejército, sobre el que cargaría y al que vencería sin ninguna duda. Un astrólogo le había anunciado que entre los veinticuatro y los veinticinco años realizaría las más brillantes acciones, que le darían gran notoriedad... Sus sueños de la infancia se convertían de pronto en realidad. Una gran llanura, corazas y poder soberano... No, nunca se había sentido tan feliz. La cabeza le bailaba un poco debido a la embriaguez de sí mismo, de la brisa que rozaba su pecho y de aquel amplio horizonte...

—¿Vuestras órdenes, mi señor? —preguntó Basset, que comenzaba a impacientarse.

El conde de Kent se volvió y miró al pequeño senescal con incrédula altivez.

—¿Mis órdenes? —dijo—. Haced sonar las trompas,[1] señor senescal, y que todo el mundo monte a caballo. Vamos a adelantarnos y cargar.

—Pero ¿con qué, mi señor?

—¡Pues con nuestras tropas, Basset!

—Mi señor, apenas contamos con doscientas armaduras y, según nuestros informes, nos vienen al encuentro más de mil quinientas. ¿No es verdad, señor de Bergerac?

El señor Reginaldo de Pons de Bergerac afirmó con la cabeza. El rechoncho senescal tenía el cuello más hinchado y rojo que nunca. Estaba tremendamente inquieto, a punto de estallar por tanta inconsciencia y tanta ligereza.

—¿No hay noticia de los refuerzos? —dijo el conde de Kent.

—No, mi señor, nada se sabe. Vuestro hermano el rey, perdonad mi frase, nos deja colgados.

Hacía cuatro semanas que esperaban aquellos famosos refuerzos de Inglaterra, y el condestable de Burdeos, que tenía tropas, no las movía pretextando que había recibido órdenes del rey Eduardo de ponerse en camino en cuanto llegaran los refuerzos. El joven conde de Kent no era tan soberano como parecía...

Esta espera y esta falta de hombres —cabía pensar si los refuerzos anunciados habían embarcado siquiera— permitieron al conde de Valois pasearse por el país, desde Agen a Marmande y desde Bergerac a Durás como por un parque de recreo. ¡Y ahora que estaba allí, a la vista, con su gran desfile de acero, ya no había nada que hacer!

—¿Ésa es también vuestra opinión, Montpezat? —preguntó el conde de Kent.

—Con pesar debo deciros que sí, mi señor, con todo pesar —respondió el barón de Montpezat mordiéndose los negros bigotes.

—¿Y vos, Bergerac? —preguntó de nuevo Kent.

—Estoy llorando de rabia —dijo el señor de Bergerac con el fuerte acento, muy cantarín, propio de los señores de la región.

Edmundo de Kent se abstuvo de interrogar a los barones de Budos y de Fargues de Mauvezin, ya que éstos no hablaban francés ni inglés, sino solamente gascón, y Kent no entendía una palabra. Sus rostros, por otra parte, expresaban bien a las claras su pensamiento.

—Entonces, haced cerrar las puertas, señor senescal, e id preparándoos para el asedio. Cuando lleguen los refuerzos atraparán a los franceses por la espalda, y tal vez mejor así —dijo el conde de Kent para consolarse.

Acarició con la punta de los dedos la frente de su galgo y volvió a acodarse en las tibias piedras para observar el valle. Según un viejo dicho: «Quien tiene La Réole, tiene la Guyena.» La conservaría el tiempo que hiciera falta.

Para la tropa, el avance demasiado fácil es casi tan agotador como la retirada. El ejército de Francia, sin resistencia que lo obligara a detenerse, aunque fuera sólo una jornada, para recobrar el aliento, marchaba sin descanso desde hacía más de tres semanas, exactamente veinticinco días. El gran ejército, con sus pendones, armaduras, escuderos, arqueros, carretones, forjas y cocinas, además de los mercaderes y rameras que lo seguían, se extendía a lo largo de más de una legua. Los caballos sangraban en la cruz, y no pasaba un cuarto de hora sin que se desherrara alguno. Muchos caballeros habían tenido que renunciar a llevar coraza, que, por efecto del calor, les producía llagas o furúnculos en las junturas. La gente de a pie arrastraba sus pesados zapatos claveteados. Además, las hermosas ciruelas de Agen, que en los árboles parecían maduras, habían purgado a los sedientos soldados; se les veía abandonar la columna a cada momento, obligados a bajarse las calzas a lo largo del camino.

El condestable Gaucher de Châtillon dormitaba sobre el caballo. Sus cincuenta años de oficio en las armas y ocho guerras y campañas le habían dado experiencia.

—Voy a dormir un poco —decía a sus dos escuderos.

Y éstos ajustaban el paso de sus monturas y se colocaban a ambos lados del condestable para sostenerlo en caso de que se deslizara de lado, y el viejo jefe, apoyando los riñones en el arzón, roncaba bajo el yelmo.

Roberto de Artois sudaba sin adelgazar y extendía a veinte pasos su olor a fiera. Había hecho amistad con uno de los ingleses que seguían a Mortimer, con aquel caballero barón de Maltravers, a quien había ofrecido marchar bajo su pendón, ya que el barón era muy jugador y estaba siempre dispuesto, en las paradas, a manejar el cubilete de los dados.

Carlos de Valois seguía encolerizado. Rodeado de su hijo de Alençon, de su sobrino de Evreux, de los dos mariscales Mateo de Trye y Juan des Barres, y de su primo Alfonso de España, echaba pestes contra todo: contra el clima intolerable, el tufo de las noches y el insoportable calor de los días, las moscas y la comida demasiado grasienta. El vino que le servían no era más que aguapié propio de villanos. ¿No estaban en un país famoso por sus caldos? ¿Dónde escondía, pues, la gente, sus buenas barricas? Los huevos tenían mal gusto, la leche estaba agria. El conde de Valois sentía a veces náuseas y, desde hacía unos días, notaba en el pecho un dolor sordo que lo inquietaba. Además, la gente de a pie no avanzaba, ni tampoco las grandes bocas de fuego suministradas por los italianos, cuyos patines parecían pegarse en el suelo. ¡Ah, si pudiera hacer la guerra solamente con caballería!

—Parece que me he consagrado al sol —decía Carlos de Valois—. Mi primera campaña, cuando tenía quince años, fue también bajo un calor asfixiante, en vuestro pelado Aragón, primo Alfonso, donde fui por un momento rey, en contra de vuestro abuelo.

Se dirigía a Alfonso de España, heredero del trono de Aragón, recordándole sin miramientos las luchas que habían dividido a sus familias. Podía permitírselo, ya que Alfonso, muy bondadoso, estaba dispuesto a aceptarlo todo para contentar a todo el mundo, a participar en la Cruzada porque se lo habían pedido y a combatir contra los ingleses a modo de entrenamiento para la Cruzada.

—¡Ah, la toma de Gerona! —continuó el conde de Valois—. ¡Me acordaré siempre! ¡Qué lío! El cardenal de Cholet, como no tenía corona a mano para mi consagración, me caló su sombrero. Me ahogaba bajo aquel fieltro rojo. Sí, tenía quince años... Mi noble padre, el rey Felipe el Temerario, murió en Perpiñán de las fiebres que contrajo allá abajo...

Se entristeció al hablar de su padre. Había muerto a los cuarenta años. Su hermano mayor, Felipe el Hermoso, a los cuarenta y seis, y su hermanastro, Luis de Evreux, a los cuarenta y tres. Él había cumplido cincuenta y cuatro en marzo; había demostrado ser el más fuerte de la familia. Pero ¿cuánto tiempo le concedería todavía la Providencia?

—El calor será peor en la Cruzada, Carlos —dijo burlón Roberto de Artois—. ¿Os imagináis arremetiendo contra el sultán de Egipto? Y por lo visto allí no se cultivan muchos viñedos. Habrá que tragar arena.

—¡Oh, la Cruzada, la Cruzada...! —respondió el conde de Valois irritado por el cansancio—. Con todos los obstáculos que me ponen, no sé si se podrá hacer. Es hermoso consagrar la vida al servicio de los reinos y de la Iglesia, pero uno llega a cansarse de gastar su fuerza en provecho de ingratos.

Los ingratos eran el papa Juan XXII, que rehusaba conceder los subsidios, como si quisiera entorpecer la expedición, y sobre todo el rey Carlos IV, que no solamente retrasaba el envío a Carlos de Valois del nombramiento de teniente real, sino que aprovechaba la ausencia de su tío para presentar candidatura a la corona imperial. Por lo tanto, toda la maquinación del conde de Valois con Leopoldo de Habsburgo de nada valía, y acababa de recibir la noticia aquel mismo día 25 de agosto. ¡Mal día de San Luis!

Estaba de tan mal humor y tan ocupado en espantarse las moscas, que se le olvidó mirar el paisaje. Sólo vio La Réole cuando la tuvo ante las narices, a cuatro o cinco tiros de ballesta.

La Réole, erigida sobre un espolón rocoso y rodeado de un círculo de verdes colinas, dominaba el Garona. Recortada sobre el cielo pálido, cercada de murallas de piedra ocre que el sol doraba en el ocaso, mostrando sus campanas, las torres del castillo, la alta estructura del Ayuntamiento, con su campanario y sus rojos tejados, parecía una de estas miniaturas de los devocionarios que representan Jerusalén. Verdaderamente, una hermosa ciudad. Además, su posición elevada la hacía una plaza ideal de guerra; el conde de Kent no había sido tonto al encerrarse en ella. No sería fácil apoderarse de aquella fortaleza.

El ejército se había detenido a la espera de órdenes, pero Carlos de Valois no las daba. Estaba mohíno. Que el condestable y los mariscales tomaran las decisiones que creyeran oportunas. Él no era teniente del rey, no tenía ningún poder y no quería cargar con ninguna responsabilidad.

—Venid, Alfonso, vamos a refrescarnos —dijo a su primo de España.

El condestable volvía la cabeza dentro de su yelmo para escuchar lo que decían sus jefes de pendón. Envió de reconocimiento al conde de Bolonia, que volvió al cabo de una hora después de haber dado un rodeo a la ciudad por las colinas. Todas las puertas estaban cerradas y la guarnición no daba ninguna señal de intentar la salida. Se decidió, pues, acampar, y las mesnadas se instalaron un poco como quisieron. Las viñas, que estiraban sus sarmientos entre los árboles y los altos rodrigones, constituían agradable refugio en forma de cenadores. Los soldados estaban extenuados y se durmieron, bajo el claro crepúsculo, al aparecer las primeras estrellas.

El joven conde de Kent no pudo resistir la tentación.

Después de una noche de insomnio, pasada jugando al trémerel con sus escuderos,[2] hizo venir al senescal Basset y le ordenó que armara su caballería y que, antes del alba, sin hacer sonar la trompa, saliera de la ciudad por una poterna baja.

Los franceses, que roncaban en las viñas, sólo se despertaron cuando tuvieron encima a los caballeros gascones. Levantaron sus asombradas cabezas y las bajaron enseguida al ver los cascos de los caballos pasarles junto a la frente. Edmundo de Kent y sus compañeros acometieron a placer entre los grupos adormilados, tajando con sus espadas, golpeando con sus mazas, abatiendo sus pesados martillos sobre piernas y costados desprotegidos, sin mallas ni corazas. Se oía la rotura de los huesos y una algarabía de alaridos se elevaba del campo francés. Las tiendas de algunos grandes señores se desplomaron. Pero pronto una ruda voz dominó la refriega, una voz que gritaba: «¡A mí, Châtillon!» Y la bandera del condestable, de gules con tres palos de vero con cabeza dorada, un dragón por cimera y dos leones de oro, ondeó al sol naciente. Era el viejo Gaucher, que prudentemente había hecho acampar a sus caballeros vasallos un poco a la retaguardia y corría ahora en ayuda de sus compañeros. A derecha e izquierda respondieron las llamadas: «¡Adelante, Artois!», «¡A mí, Valois!». Los caballeros franceses, medio equipados, unos a caballo y otros a pie, se lanzaron contra el adversario.

El campamento era demasiado extenso y diseminado, y los caballeros franceses demasiado numerosos para que el conde de Kent pudiera continuar sus estragos. Los gascones vieron ante sí un movimiento de tenaza y Kent no tuvo tiempo más que para retirarse y pasar al galope las puertas de La Réole. Luego, después de felicitar a todos y desatarse la armadura, se fue a dormir con su honor a salvo.

La consternación reinaba en el campamento francés, donde se oía gemir a los heridos. Entre los muertos, que eran casi sesenta, se encontraba Juan des Barres, uno de los mariscales, y el conde de Bolonia, comandante de la vanguardia. Todos deploraban que aquellos dos señores, valientes guerreros, hubieran tenido un fin tan repentino y absurdo. ¡Abatidos al despertar!

La proeza de Kent inspiró respeto. El propio Carlos de Valois, que la víspera declaraba que el joven no duraría nada en campo cerrado, adoptó un tono concentrado y de cierto orgullo para comentar: «¡Eh, mis señores, no olvidéis que es mi sobrino!»

Y olvidando de golpe su amor propio herido, su malestar y la desazón del calor, después de rendir solemnes honores fúnebres al mariscal Des Barres, se puso a preparar el asedio de la ciudad. Mostraba tanta actividad como competencia, ya que, a pesar de su gran vanidad, era un notable guerrero.

Cortaron todos los caminos de acceso a La Réole, y la región quedó vigilada por puestos colocados estratégicamente. A corta distancia de las murallas hicieron fosas, terraplenes y otras obras para la defensa de los arqueros. En los lugares más apropiados construyeron plataformas para instalar las bocas de fuego. Al mismo tiempo, levantaron andamios para los ballesteros. El conde de Valois estaba en todas partes inspeccionando, ordenando y activando las obras. En la retaguardia, en el anfiteatro de colinas, los caballeros habían levantado sus tiendas circulares, en cuya cima ondeaban los pendones. La tienda de Carlos de Valois, colocada en un sitio que dominaba el campamento y la ciudad asediada, era un verdadero castillo de tela bordada.

El 30 de agosto, Valois recibió por fin su tan esperado nombramiento. Entonces su humor acabó de cambiar y pareció no tener la más pequeña duda de que la guerra estaba ya ganada.

Dos días después, el mariscal superviviente Mateo de Trye, Pedro de Cugnières y Alfonso de España, precedidos de trompas y del pendón blanco de parlamentarios, avanzaron hasta el pie de las murallas de La Réole para pedir al conde de Kent, por orden del poderoso y gran señor Carlos, conde de Valois, teniente del rey de Francia en Gascuña y Aquitania, a que se rindiera y entregara el ducado por no haber prestado homenaje.

El senescal Basset, levantándose de puntillas para asomarse por las almenas, respondió por orden del conde Edmundo de Kent, teniente del rey de Inglaterra en Aquitania y Gascuña, que el requerimiento era inadmisible y que el conde no abandonaría la ciudad ni entregaría el ducado más que por la fuerza.

Una vez hecha la reglamentaria declaración de asedio, cada uno volvió a su tarea.

El conde de Valois ordenó que empezaran su trabajo los treinta zapadores que le había prestado el obispo de Metz. Estos zapadores debían practicar una galería subterránea hasta el pie de la muralla y colocar barriles de pólvora para prenderles fuego. El *ingeniator* Hugo, dependiente del duque de Lorena, prometía milagros de esta operación. Los muros se abrirían como flores en primavera.

Pero los asediados, alarmados por los golpes sordos que oían, dispusieron recipientes de agua en los caminos de ronda; y allí donde veían arrugarse la superficie, comprendían que los franceses estaban haciendo debajo una labor de zapa. Ellos hicieron lo mismo por su parte, trabajando de noche, mientras que los de Lorena trabajaban de día. Una mañana, al juntarse las dos galerías, se originó a la luz de los candiles una atroz carnicería. Los supervivientes salieron cubiertos de sudor, polvo negro y sangre, con la mirada desencajada como si subieran de los infiernos.

Entonces, dispuestas ya las plataformas de tiro, Carlos de Valois decidió utilizar las bocas de fuego.

Eran gruesos tubos de bronce, con cercos de hierro, que descansaban sobre cureñas de madera sin ruedas. Se necesitaban diez caballos para arrastrar cada uno de aquellos monstruos, y veinte hombres para apuntar con ellos, calzarlos y cargarlos. Se los rodeaba con una especie de caja hecha con gruesos maderos destinada a proteger a los sirvientes en caso de que estallara el artefacto. Esas piezas provenían de Pisa. Los sirvientes italianos las llamaban «bombardas» debido al ruido que hacían. Todos los grandes señores y los jefes de mesnada se habían reunido para verlas funcionar. El condestable Gaucher se encogió de hombros y declaró, con aire gruñón, que no creía en las virtudes destructoras de aquellas máquinas. ¿Por qué confiar siempre en las innovaciones, cuando podían utilizar catapultas, trabuquetes y pedreros que desde hacía siglos habían demostrado ser eficaces? ¿Había necesitado él a los fundidores de Lombardía para rendir las ciudades que había conquistado? Las guerras se ganaban con el valor del ánimo y la fuerza de los brazos y no recorriendo a polvos de alquimistas que olían demasiado a azufre de Satanás.

Los sirvientes habían encendido cerca de cada una de las máquinas un brasero en el que se enrojecía una vara de hierro. Después de introducir la pólvora con ayuda de grandes cucharas de hierro batido, cargaron las bombardas con un taco de estopa y luego con una gran bala de piedra de casi cien libras, todo ello por la boca. Depositaron un poco de pólvora en una garganta situada encima de la culata, que comunicaba con la carga interior por un pequeño orificio.

Se invitó a los presentes a apartarse cincuenta pasos. Los sirvientes de las piezas se tumbaron con las manos sobre las orejas. Sólo quedó en pie un sirviente, al lado de cada bombarda, para prender fuego a la pólvora por medio de las varas de hierro enrojecidas al fuego y que, una vez hecho esto, se lanzaron al suelo apretándose contra las cajas de las cureñas.

Surgieron rojas llamas y tembló la tierra. El ruido repercutió en el valle del Garona y se oyó desde Marmande a Langon.

El aire se ennegreció alrededor de las piezas, cuya parte posterior se empotró en el suelo por efecto del retroceso. El condestable tosía, escupía y juraba. Cuando se disipó un poco el humo, se vio que una de las balas había caído en campo francés, y que una techumbre de la ciudad había volado.

—Mucho ruido y pocos daños —dijo el condestable—. Con las viejas catapultas todas las balas hubieran dado en su objetivo sin peligro de ahogarnos como ahora.

Pero en el interior de La Réole nadie comprendía por qué había caído repentinamente a la calle una gran cascada de tejas de la casa del notario Delpuch; tampoco comprendían de dónde procedía el trueno que acababan de oír, ya que el cielo estaba sin nubes. El notario Delpuch salió de su casa dando alaridos: una gran bala de piedra había penetrado en su cocina.

Entonces la población corrió a las murallas y comprobó que en el campamento francés no había ninguna de aquellas grandes máquinas que formaban el equipo habitual de los asedios. Tras la segunda salva, la gente tuvo que admitir que ruido y proyectiles surgían de aquellos largos tubos recostados en la colina y que proyectaban un penacho de humo. Todos quedaron espantados y las mujeres corrieron hacia las iglesias para rogar contra aquella invención del demonio.

Acababan de dispararse los primeros cañonazos de las guerras de Occidente.[3]

El 22 de septiembre por la mañana, le rogaron al conde de Kent que recibiera a los señores Ramón de Labison, Juan de Miral, Imberto Esclau, a los hermanos Doat y Barsan de Pins y al notario Helio de Malenat, todos ellos jurados de La Réole, así como a varios burgueses que los acompañaban. Los jurados presentaron sus quejas al teniente del rey de Inglaterra en tono poco sumiso y nada respetuoso. La ciudad estaba sin víveres, sin agua y sin tejados. Se podía ver el fondo de las cisternas y el suelo de los áticos, y la población estaba harta de aquella lluvia de balas que caía cada cuarto de hora desde hacía tres semanas. El hospital rebosaba de enfermos y heridos. En las criptas de las iglesias se amontonaban los adultos muertos en las calles y los niños destrozados en sus camas. El campanario de la iglesia de San Pedro había sido alcanzado y las campanas habían caído con un estrépito infernal, lo que demostraba que Dios no protegía la causa inglesa. Además, había llegado el tiempo de la vendimia, al menos para los viñedos que no habían devastado los franceses, y no podían dejar pudrir la cosecha en las cepas. La población, alentada por los propietarios y negociantes, estaba dispuesta a rebelarse y a batirse contra los soldados del senescal, si era necesario, para obtener la rendición.

Mientras hablaban los jurados, se oyó el silbido de una bala y el desplome de un armazón. El galgo del conde de Kent se puso a aullar y su dueño lo hizo callar con un gesto tranquilo.

Hacía varios días que Edmundo de Kent sabía que tendría que rendirse. Se obstinaba en resistir sin ningún motivo razonable. Sus menguadas tropas, deprimidas por el asedio, eran incapaces de aguantar un asalto, e intentar una nueva salida contra un adversario sólidamente atrincherado habría sido una locura. Ahora los habitantes de La Réole amenazaban con rebelarse.

Kent se volvió hacia el senescal Basset.

—¿Creéis que llegarán los refuerzos de Burdeos, Raúl? —preguntó.

El mariscal no creía nada. Agotada su resistencia, no vacilaba en acusar al rey Eduardo y a sus Le Despenser de haber dejado a los defensores de La Réole en un abandono que se parecía mucho a una traición.

Los señores de Bergerac, de Budos y de Montpezat tampoco tenían un semblante apacible. Nadie quería morir por un rey que se despreocupaba de sus mejores servidores y pagaba tan mal la fidelidad.

—¿Tenéis una bandera blanca, señor senescal? —dijo el conde de Kent—. Izadla, pues, en lo más alto del castillo.

Minutos después callaron las bombardas y sobre el campamento francés cayó ese silencio que acoge los hechos largo tiempo esperados. Salieron parlamentarios de La Réole que fueron conducidos a las tiendas del mariscal de Trye, quien les comunicó las condiciones generales de la rendición. La ciudad, naturalmente, sería entregada; además, el conde de Kent tendría que firmar y proclamar la entrega del ducado al teniente del rey de Francia. No habría saqueo ni prisioneros, sino solamente rehenes y una indemnización de guerra que ya fijarían. Por otra parte, el conde de Valois rogaba al conde de Kent que aceptara aquel día compartir su mesa.

Se preparó un gran festín en la tienda bordada con las flores de lis francesas, donde vivía Carlos de Valois desde hacía casi un mes. El conde de Kent llegó con sus mejores armas, aunque pálido y esforzándose en ocultar, bajo una máscara de dignidad, su humillación y su desesperación. Iba escoltado por el senescal Basset y varios señores gascones.

Los dos tenientes reales, el vencedor y el vencido, se hablaron con cierta frialdad, llamándose, sin embargo, «mi señor sobrino» y «mi señor tío», como personas para quienes la guerra no rompe los lazos familiares.

El conde de Valois hizo sentar a la mesa, frente a su asiento, al conde de Kent. Los caballeros gascones comenzaron a hartarse, como si no hubieran tenido ocasión de hacerlo desde hacía semanas.

Todos se esforzaban en ser corteses y cumplimentar al adversario por su valentía. El conde de Kent fue felicitado por su fogosa salida, que había costado un mariscal a los franceses, y Kent respondió señalando la gran consideración que le merecía su tío por su dispositivo de asedio y el empleo de la artillería de fuego.

—¿Oís, señor condestable, y vosotros, mis señores, lo que declara mi noble sobrino...? Que sin nuestras bombardas, la ciudad hubiera resistido cuatro meses. ¡Acordaos de esto!

Kent y Mortimer se observaban por encima de platos, copas y jarros.

Cuando terminó el banquete, los principales jefes se encerraron a redactar el acta de tregua, cuyos artículos eran numerosos. Kent estaba dispuesto a ceder en todo, salvo en ciertas fórmulas que ponían en duda la legitimidad del poder del rey de Inglaterra, así como en que el senescal Basset y el señor de Montpezat figuraran a la cabeza de la lista de los rehenes, ya que como estos últimos habían secuestrado y colgado a oficiales del rey de Francia, su suerte estaba bien clara. Pero Carlos de Valois exigía que le entregaran al senescal y al responsable de la revuelta de Saint-Sardos.

Mortimer, que participaba en las negociaciones, sugirió tener una entrevista privada con el conde de Kent, a lo que se opuso el condestable. ¡No se podía permitir que un tránsfuga del campo adversario negociara la tregua! Pero Roberto de Artois y Carlos de Valois tenían confianza en Mortimer. Los dos ingleses se apartaron a un rincón de la tienda.

—¿Tenéis gran interés, señor, en volver enseguida a Inglaterra? —preguntó Mortimer.

Kent no respondió.

—¿Y afrontar a vuestro hermano, el rey Eduardo, cuya injusticia bastante conocéis —continuó Mortimer— y que os reprochará esta derrota que los Le Despenser os han preparado? Porque vos habéis sido traicionado, señor, no lo podéis ignorar. Nosotros sabíamos que os habían prometido refuerzos que no han salido siquiera de Inglaterra. ¿Y no es una traición la orden dada al senescal de Burdeos de que no fuera en vuestra ayuda antes de la llegada de tales refuerzos? No os sorprendáis de verme tan bien informado; se lo debo a los banqueros lombardos... ¿Os habéis preguntado la causa de tan infame negligencia? ¿No veis su objetivo?

Kent seguía callado, con la cabeza ligeramente inclinada y contemplándose las manos.

—Si hubierais vencido aquí, señor, os habríais hecho temible a los Le Despenser —prosiguió Mortimer— por vuestra importancia en el reino. Han preferido que os desacreditarais con una derrota, aun a costa de Aquitania, lo cual importa poco a los hombres que no se preocupan más que por robar las baronías de las Marcas una tras otra. ¿Comprendéis ahora el motivo que me obligó hace tres años a rebelarme por Inglaterra contra su rey, o por el rey contra sí mismo? ¿Quién os asegura que en cuanto regreséis no se os acusará de traición y os encerrarán en un castillo? Todavía sois joven, señor, y no sabéis de lo que es capaz esa mala gente.

Kent se echó hacia atrás los rubios cabellos y respondió:

—Comienzo a conocerla a mi pesar, señor.

—¿Os repugnaría ofreceros como primer rehén, con la garantía, naturalmente, de recibir trato de príncipe? Ahora que se ha perdido Aquitania, y me temo que para siempre, lo que tenemos que salvar es el reino, y desde aquí lo podemos hacer mejor.

El joven miró con sorpresa a Mortimer.

—Hace dos horas todavía era teniente de mi hermano el rey, ¿y me invitáis ya a rebelarme?

—Sin que lo parezca, señor, sin que lo parezca. Las grandes acciones se deciden en unos instantes.

—¿Cuánto tiempo me concedéis?

—No hace ninguna falta, señor, puesto que ya habéis decidido.

No fue pequeño el éxito de Rogelio Mortimer cuando el joven conde de Kent, al sentarse de nuevo a la mesa, anunció que se ofrecía como primer rehén.

Mortimer, inclinándose hacia él, le dijo:

—Ahora tenemos que salvar a vuestra cuñada y prima, la reina. Merece nuestro amor y nos puede ser de mucha ayuda.

NOTAS

1. Se trataba de trompas largas y rectas o ligeramente curvadas con las que se llamaba al combate. La corneta, que empezó a usarse en el siglo XIII, no sustituyó por completo la trompa hasta el siglo XV.

2. Juego de dados y fichas, predecesor del chaquete.

3. Nuestros lectores tal vez se sorprendan por el empleo de piezas de artillería en el asedio de La Réole en 1324. En efecto, la aparición de la artillería de pólvora data tradicionalmente de la batalla de Crécy en 1346. Crécy fue la primera batalla en que se empleó la artillería en campo abierto y en movimiento. No se trataba sin embargo más que de armas de relativamente poco calibre, que no hacían grandes estragos ni causaban demasiada impresión. Ciertos historiadores franceses han exagerado los efectos de esta artillería para explicar una

derrota debida más a la fogosa tontería de Felipe VI y de sus barones que al empleo por parte de sus adversarios de armas nuevas. Pero los «tiros de pólvora» de Crécy eran una aplicación de la artillería pesada empleada en los asedios, desde hacía una veintena de años, junto con la artillería clásica —incluso se puede decir antigua, ya que había variado poco desde César y hasta desde Alejandro Magno—, que lanzaba sobre las ciudades, por sistemas de palanca, balancín, contrapeso o muelles, bolas de piedra o materias ardientes. Las primeras bombardas sólo lanzaban bolas de piedra semejantes a las de las balistas y otras catapultas. La novedad consistía en el medio de lanzamiento. Parece que la artillería de pólvora nació en Italia, ya que el metal que rodeaba a las bombardas se llamaba «hierro lombardo». Los pisanos usaban estos ingenios en los años que nos ocupan. Carlos de Valois fue probablemente el primer estratega de Francia que empleó esa nueva artillería. La había pedido el mes de abril de 1324 y se había entendido con el senescal del Languedoc para que la reuniera en Castelsarrasin. Por lo tanto, a su hijo Felipe VI seguramente no le sorprendieron las bolitas que le dispararon en Crécy.

SEGUNDA PARTE

LOS AMORES DE ISABEL

1

La mesa del papa Juan

La iglesia de Saint-Agricol acababa de ser enteramente reconstruida. La catedral de Doms, la iglesia de los capuchinos, la de los dominicos y la de los agustinos habían sido agrandadas y renovadas. Los hospitalarios de san Juan de Jerusalén se habían construido una magnífica residencia. Más allá de la plaza del Change se levantaba una nueva capilla de San Antonio, y se estaban poniendo los cimientos de la futura iglesia de Saint-Didier.

El conde de Bouville recorría desde hacía una semana Aviñón sin reconocerla, sin encontrar en ella los recuerdos que había dejado. Cada paseo, cada trayecto le causaba sorpresa y maravilla. ¿Cómo había podido cambiar tan enteramente de aspecto una ciudad en ocho años?

Porque no sólo eran nuevos santuarios que habían surgido de la tierra o aquellos antiguos a los que se les había remozado la fachada, que mostraban sus flechas, ojivas, rosetones y sus bordados de piedra blanca, dorados ligeramente por el sol de invierno y por los que silbaba el viento del Ródano. También por todas partes se elevaban palacios principescos, residencias de prelados y de burgueses enriquecidos, casas de compañías lombardas, almacenes y tiendas. Por doquier se oía el ruido incesante, parecido al de la lluvia, del martilleo de los canteros, de millones de golpes dados por el metal contra la roca con los que se edifican las capitales. Por todas partes se veía una inmensa muchedumbre, apartada frecuentemente por el cortejo de algún cardenal, una muchedumbre activa, vivaz, atareada, que marchaba sobre los cascotes, el serrín y el polvo calizo. Es signo de riqueza ver los zapatos bordados de los poderosos ensuciarse con los restos que deja la albañilería.

No, Hugo de Bouville no reconocía nada. El mistral le echaba a los ojos, al mismo tiempo que el polvo de los trabajos, un constante deslumbramiento. Las tiendas, que se preciaban todas de ser proveedoras del Santo Padre o de las eminencias de su sagrado colegio, rebosaban de las más suntuosas mercancías del planeta: tupidos terciopelos, sedas, telas de oro y pesadas pasamanerías. Joyas sacerdotales, cruces pectorales, báculos, anillos, copones, custodias, patenas, además de platos, cucharas, cubiletes y jarros grabados con las armas cardenalicias, se apiñaban en los aparadores del sienés Tauro, del comerciante Corboli y del maestro Cachette, todos ellos plateros.

Se necesitaban pintores para decorar todas aquellas naves y bóvedas, aquellos claustros y salas destinadas a las audiencias. Los tres Pedros, Pedro de Puy, Pedro de Carmelère y Pedro Gaudrac, ayudados por sus numerosos discípulos, extendían el oro, el azul y el carmín, y sembraban los signos del zodíaco alrededor de las escenas de los dos Testamentos. Hacían falta escultores; el maestro Macciolo de Spoletto tallaba en roble o en nogal las esfinges de los santos que después iluminaba o doraba. Y en las calles saludaban con profunda reverencia a un hombre que no era cardenal, pero que iba siempre escoltado por ayudantes y servidores cargados de toesas y grandes piezas de vitela. Este hombre era Guillermo de Coucouron, jefe de todos los arquitectos pontificios, que desde 1317 reconstruía Aviñón por la fabulosa suma de cinco mil florines de oro.

En esta metrópoli religiosa, las mujeres iban mejor vestidas que en cualquier otra parte del mundo. Era un

136

regalo para la mirada verlas salir de los oficios, atravesar las calles, recorrer las tiendas, reunirse en plena calle, frívolas y sonrientes, con sus mantos forrados, entre los señores apresurados y el paso vivo de los clérigos. Algunas de estas damas iban a sus anchas del brazo de un canónigo o de un obispo, y ambas faldas avanzaban al compás, barriendo el blanco polvo de las calles.

El Tesoro de la Iglesia hacía prosperar todas las actividades humanas. Había hecho falta construir nuevos burdeles y ensanchar el barrio de las prostitutas, ya que no todos los frailes y frailecitos, clérigos, diáconos y subdiáconos que frecuentaban Aviñón tenían que ser forzosamente santos. Los cónsules habían hecho colgar en las puertas de las escribanías severas ordenanzas: «Queda prohibido a las mujeres públicas y alcahuetas permanecer en las calles decentes, ataviarse con los adornos de las mujeres honestas, llevar velo en público y tocar en las tiendas el pan y los frutos, bajo pena de verse obligadas a comprar las mercancías que hayan tocado. Las cortesanas casadas serán expulsadas de la ciudad y denunciadas a los jueces, si vuelven.»

Sin embargo, a pesar de las ordenanzas, las cortesanas lucían los mejores vestidos, compraban los frutos más hermosos, caminaban por las calles de más categoría y se casaban sin dificultad, tan prósperas eran y tan solicitadas estaban. Miraban con altanería a las llamadas mujeres honestas, quienes no se portaban mejor que las otras, con la sola diferencia de que la suerte les había proporcionado amantes de más alto rango.

No solamente se transformaba Aviñón, sino toda la región que la rodeaba. Al otro lado del puente de Saint-Bénézet, en la orilla de Villeneuve, el cardenal Arnaldo de Vía, sobrino del Papa, estaba construyendo una enorme colegiata. Y a la torre de Felipe el Hermoso la llamaban «la torre vieja» porque tenía treinta años. ¿Habría existido todo aquello sin Felipe el Hermoso, que había impuesto que el papado residiera en Aviñón?[1] Nuevas iglesias y nuevos castillos surgían de la tierra en Bédarrides, Châteauneuf y Noves.

Hugo de Bouville sentía cierto orgullo personal, no solamente porque, habiendo ocupado durante muchos años el cargo de chambelán de Felipe el Hermoso, se sentía vinculado a todos lo actos de este rey, sino también porque a él se debía en parte el nombramiento del actual Papa. ¿No había sido él quien, hacía nueve años, después de una agotadora carrera en busca de los cardenales diseminados entre Carpentras y Orange, había propuesto al cardenal Duèze como candidato de la corte de Francia? Los embajadores se creen fácilmente únicos promotores de sus misiones cuando éstas tienen éxito. Y el conde de Bouville, mientras iba al banquete que el papa Juan XXII ofrecía en su honor, hinchaba el vientre creyendo hinchar el pecho, se sacudía los blancos cabellos sobre el cuello de su manto de piel, y hablaba en voz bastante alta a sus escuderos por las calles de Aviñón.

Una cosa parecía segura: la Santa Sede no volvería a Italia. Se habían acabado las ilusiones abrigadas durante el pontificado anterior. Era inútil que gritaran los patricios romanos y amenazaran a Juan XXII con crear un cisma y elegir a otro Papa, que ocuparía verdaderamente el trono de san Pedro.[2] El antiguo burgués de Cahors había sabido responder a los príncipes de Roma, concediéndoles sólo cuatro capelos de los dieciséis que había impuesto desde su coronación. Todos los demás habían sido para los franceses.

—Ya veis, señor conde —había dicho el papa Juan a Bouville días antes de la primera audiencia, expresándose con aquel soplo de voz con el que gobernaba a la cristiandad—, que hay que gobernar con los amigos en contra de los enemigos. Los príncipes que gastan tiempo y fuerzas para ganarse a su adversarios descontentan a sus verdaderos partidarios y sólo hacen falsos amigos, dispuestos siempre a traicionarlos.

Para convencerse de la intención del Papa de permanecer en Francia, bastaba ver el castillo que acababa de construir sobre el terreno del antiguo obispado, y que dominaba la ciudad con sus almenas, torres y barbacanas. El interior estaba dividido en espaciosos claustros, salas de recepción y departamentos espléndidamente decorados de azul, tachonados de estrellas como el cielo.[3] Había dos ujieres en la primera puerta, otros dos en la segunda, cinco en la tercera y catorce más en las restantes. El mariscal del palacio mandaba a cuarenta correos y sesenta y tres sargentos de armas.

«Todo esto no parece un establecimiento provisional», se decía Hugo de Bouville, siguiendo al mariscal, que había salido a recibirlo hasta la puerta del palacio y lo guiaba a través de las salas.

Y para saber de quiénes se había rodeado el Papa para gobernar le bastaba al conde de Bouville oír los nombres de los dignatarios que, en la sala de banquetes, llena de tapices de seda, acababan de sentarse a la larga mesa resplandeciente con la vajilla de oro y plata.

El cardenal arzobispo de Aviñón, Arnaldo de Vía, era hijo de una hermana del Papa. El cardenal canciller de la Iglesia romana, es decir, el primer ministro del mundo cristiano, era Gauzelin Duèze, hombre ancho y fuerte, bien enfundado en púrpura, hijo de Pedro Duèze, hermano del Papa, al cual Felipe V había ennoblecido. Sobrino también del Papa era el cardenal Raimundo Le Roux. Otro sobrino, Pedro de Vicy, administraba la casa pontificia, llevaba los gastos y mandaba a los dos paneteros, los cuatro sumilleres, los encargados de las caballerizas y de la herrería, los seis camareros, los treinta capellanes, los dieciséis confesores para los peregrinos de paso, los encargados de las campanas, los barrenderos, los aguadores, las lavanderas, los médicos, los boticarios y los barberos.

No era menos «sobrino», entre los sentados a la mesa pontificia, el cardenal Beltrán du Pouget, legado itinerante en Italia, de quien se murmuraba... —¿de quién no se murmuraba algo allí?— que era hijo natural de Jacobo Duèze, de la época en que, cumplidos los cuarenta, no había salido aún de su Quercy natal.

Todos los parientes del papa Juan, hasta los primos hermanos, vivían en su palacio y compartían su comida, incluso dos de ellos lo hacían en el entresuelo secreto, debajo del comedor. Todos ocupaban cargos, uno entre los cien caballeros nobles, otro como limosnero, otro como maestro de la cámara apostólica que administraba todos los beneficios eclesiásticos: anatas, diezmos, subsidios, donativos, derechos de botín de guerra y tasas de la sagrada penitenciaría. Más de cuatrocientas personas, cuyo gasto anual sobrepasaba los cuatro mil florines, formaban esta corte.

Ocho años antes, cuando el cónclave de Lyon había elevado al trono de san Pedro a un viejo agotado, transparente, de quien se creía que entregaría el alma a la semana siguiente, el Tesoro pontificio estaba vacío.

En ocho años aquel viejo, que avanzaba como si fuera una pluma empujada por el viento, había administrado tan bien las finanzas de la Iglesia; había multado tan bien a los adúlteros, sodomitas, incestuosos, ladrones, criminales, malos sacerdotes u obispos culpables de violencias; había vendido tan caras las abadías y vigilado con tanta precisión los ingresos de todos los bienes eclesiásticos, que había asegurado las mayores rentas del mundo y había conseguido reedificar una ciudad. Podía alimentar con largueza a su familia y reinar por ella. No escatimaba donativos a los pobres ni obsequios a los ricos; ofrecía a sus visitantes joyas y santas medallas de oro que le proporcionaba su proveedor habitual, el judío Boncœur.

Empotrado, más que sentado, en su butaca de inmenso respaldo, con los pies apoyados en dos gruesos cojines de seda dorada, el papa Juan presidía aquella larga mesa que era a la vez consistorio y comida de familia. Hugo de Bouville, a su derecha, lo miraba fascinado. ¡Cómo había cambiado el Santo Padre desde su elección! No en su aspecto físico; el tiempo no había dejado huella en aquel delgado y arrugado rostro, tocado con un bonete forrado de piel, ni en sus pequeños ojos de ratón, sin cejas ni pestañas, ni en su boca extremadamente estrecha, cuyo labio superior cubría ligeramente la encía sin dientes. Juan XXII llevaba sus ochenta años mejor que otros los cincuenta; lo demostraban sus manos lisas, apenas apergaminadas, cuyas articulaciones movía con entera libertad. El cambio se había operado en su actitud, en las frases y el tono de voz. Aquel hombre, que debía su capelo a una falsificación de la firma real y su tiara a dos años de sórdidas intrigas y corrupción electoral, rematados por un mes de simulación de una enfermedad incurable, parecía haber adquirido una nueva alma por la gracia del vicariato supremo. Alcanzada la cima de las ambiciones humanas, sin desear ya nada para él, empleaba todas sus fuerzas, toda la terrible mecánica cerebral que lo había llevado a tan alto puesto, para el bien de la Iglesia, tal como él lo concebía. ¡Y qué actividad desarrollaba! ¡Cuánto se arrepentían de su elección los cardenales, que habían creído que moriría pronto o que dejaría a la curia gobernar en su nombre! Juan XXII les hacía llevar una vida dura. Era un gran soberano de la Iglesia, en verdad.

Se ocupaba de todo, lo resolvía todo. El mes de marzo anterior no había vacilado en excomulgar al emperador de Alemania, Luis de Baviera, destituyéndolo al mismo tiempo, y abriendo el Sacro Imperio a esa sucesión por la que tanto trabajaban el rey de Francia y el conde de Valois. Intervenía en todas las diferencias de los príncipes cristianos, recordándoles, como era su misión de pastor universal, sus deberes de paz. Ahora se preocupaba del conflicto de Aquitania, y en las audiencias concedidas a Bouville había descrito ya las líneas de su actuación.

Rogaría a los soberanos de Francia e Inglaterra que prolongaran la tregua firmada por el conde de Kent en La Réole, que expiraba aquel mes de diciembre. Carlos de Valois no emplearía los cuatrocientos hombres de armas y los mil ballesteros de refresco que el rey Carlos IV le había enviado aquellos últimos días a Bergerac. El rey Eduardo sería invitado de manera imprevista a rendir homenaje al rey de Francia en el más breve plazo. Los dos soberanos deberían dejar en libertad a los señores gascones que tenían respectivamente, sin aplicarles ningún castigo por haber tomado partido por el adversario. Por último, el Papa iba a escribir a la reina Isabel para que hiciera lo posible por restablecer la concordia entre su esposo y el conde de Kent. Ni el papa Juan ni Hugo de Bouville se hacían ilusiones sobre la influencia que la desgraciada reina tuviera sobre el rey. Pero el hecho de que el Santo Padre se dirigiera a ella le concedería cierto crédito, y sus enemigos vacilarían en seguir maltratándola. Luego, Juan XXII aconsejaría que ella fuera a París, siempre en misión conciliatoria, con el fin de presidir la redacción del tratado que no dejaría a Inglaterra, del ducado de Aquitania, más que una pequeña franja costera que abarcaba Saintes, Burdeos, Dax y Bayona. Así, los deseos políticos del conde de Valois, las maquinaciones de Roberto de Artois y los secretos deseos del señor Mortimer iban a recibir una gran ayuda del Papa.

El conde de Bouville, una vez cumplida con éxito la primera parte de su misión, podía comer con buen apetito el delicioso guisado de anguilas, aromático, espeso, que le acababan de servir en la escudilla de plata.

—Las anguilas provienen del estanque de las Martigues —indicó el Papa al señor de Bouville—. ¿Os gustan?

142

El gordinflón de Bouville, que tenía la boca llena, no pudo contestar más que con una mirada de aprobación.

La cocina pontificia era suntuosa, e incluso las comidas del viernes constituían un exquisito regalo. Sobre rutilantes platos desfilaban en procesión atunes frescos, bacalaos de Noruega, lampreas y esturiones aderezados de veinte maneras y acompañados de diferentes salsas. El vino de Arbois corría como el oro en los vasos. Los caldos de Borgoña, del Lot o del Ródano acompañaban las distintas clases de queso.

El Santo Padre se contentaba con una cucharada de paté de lucio y un vaso de leche. Se le había metido en la cabeza que el Papa sólo debía tomar alimentos blancos.

Bouville tenía que tratar un segundo problema, más delicado, por cuenta del conde de Valois. Un embajador debe abordar indirectamente las cuestiones espinosas. Por tanto, creyó que obraba diplomáticamente al decir:

—Santo Padre, la corte de Francia siguió con suma atención el concilio de Valladolid, presidido hace dos años por vuestro legado, donde se ordenó que los clérigos dejaran a sus concubinas...

—Bajo pena, si no lo hacían —prosiguió el papa Juan con voz rápida y ahogada—, de ser privados de la tercera parte de sus beneficios a los dos meses, de otro tercio a los dos meses siguientes, y de quedar desposeídos del todo al cabo de seis. El hombre, señor conde, es pecador aunque sea sacerdote, y sabemos que no conseguiremos suprimir todo pecado. Pero al menos los que se obstinen en pecar llenarán nuestros cofres, que sirven para hacer el bien. Y muchos evitarán hacer públicos su escándalos.

—Y así los obispos dejarán de asistir al bautismo y al matrimonio de su hijos ilegítimos, como tienen la costumbre de hacer ahora. —Dicho esto, Hugo de Bouville enrojeció de pronto. ¿Estaba bien hablar de hijos ilegítimos delante del cardenal Pouget? Acababa de meter la pata; pero nadie parecía haberse dado cuenta. Se apresuró, pues, a continuar—: ¿A qué se debe, Santo Padre, que se haya decretado castigo más fuerte contra los sacerdotes cuyas concubinas no son cristianas?

—La razón es muy sencilla, señor conde —respondió el papa Juan—. El decreto se dirige principalmente a España, donde hay gran cantidad de moros, y donde nuestros clérigos reclutan con mucha facilidad compañeras a las que nada importa fornicar con la tonsura.

Se volvió ligeramente en el gran asiento y en sus labios se dibujó una breve sonrisa. Había comprendido adónde quería llegar el embajador del rey de Francia. Y ahora esperaba, con gesto desafiante y divertido a la vez, que el señor de Bouville hubiera terminado de animarse con un trago y dijera con aire falsamente natural:

—Cierto es, Santo Padre, que ese concilio ha promulgado sabios edictos que nos serán de gran servicio en la Cruzada. Porque en nuestros ejércitos llevaremos muchos clérigos y capellanes que se adentrarán en país moro: sería penoso que dieran ejemplo de mala conducta.

Había pronunciado la palabra «Cruzada». Tras lo cual, Hugo de Bouville respiró mejor.

El papa Juan cerró los ojos y juntó las manos.

—Sería igualmente penoso —respondió con calma— que proliferase la misma licencia en las naciones cristianas mientras sus ejércitos están ocupados en ultramar. Porque es un hecho comprobado, señor conde, que cuando los ejércitos van a luchar lejos y se ha sacado de los pueblos a los guerreros más valientes, florecen toda clase de vicios en esos reinos, como si con la fuerza se hubiera alejado también el respeto debido a las leyes de Dios. Las guerras son grandes ocasiones de pecar... ¿Sigue mi señor de Valois decidido a hacer esa Cruzada con la que quiere honrar nuestro pontificado?

—Santo Padre, los diputados de la pequeña Armenia...

—Ya lo sé, ya lo sé —dijo el Papa apartando y aproximando sus pequeñas manos—. Fui yo quien envié esos diputados a mi señor de Valois.

—De todas partes nos informan que los moros, en las orillas...

—Ya lo sé. Los informes me llegan al mismo tiempo que al conde de Valois.

A lo largo de la gran mesa se habían interrumpido las conversaciones. El obispo Pedro de Mortemart, que acompañaba al señor de Bouville en su misión, y del que se decía que sería nombrado cardenal en el primer consistorio, abría los oídos, y todos los sobrinos, primos, prelados y dignatarios hacían otro tanto. Las cucharas se deslizaban por el fondo de los platos como si lo hicieran por encima de terciopelo. El soplo particularmente seguro, pero sin timbre, que salía del Santo Padre era difícil de entender, y se requería mucha costumbre para captarlo desde lejos.

—Mi señor de Valois, a quien quiero con amor muy paternal, nos ha hecho pagar el diezmo pero, hasta ahora, ese diezmo sólo ha servido para que él se apodere de Aquitania y para sostener su candidatura al Sacro Imperio. Son empresas muy nobles, pero no se llaman Cruzadas. No estoy seguro de pagar el año próximo este diezmo, y menos aún, señor conde, los subsidios suplementarios que se pide para la expedición.

Hugo de Bouville recibió un duro golpe. Si eso era todo lo que debía llevar a París, Carlos de Valois iba a enfurecerse de veras.

—Santo Padre —respondió, esforzándose en mantenerse tranquilo—, el conde de Valois y el rey Carlos creían que erais sensible al honor que la cristiandad pudiera sacar de...

—El honor de la cristiandad, mi querido hijo, es vivir en paz —interrumpió el Papa, dando ligeras palmaditas sobre la mano del conde.

—¿No es nuestro deber llevar a los infieles la verdadera fe y combatir en ellos la herejía?

—¡La herejía! ¡La herejía! —respondió el papa Juan como en un susurro—. Ocupémonos primero de extirpar la que florece en nuestras naciones, sin preocuparnos de apretar los abscesos en la cara del vecino cuando la lepra corroe la nuestra. La herejía es mi mayor preocupación y me cuido bien de perseguirla. Mis tribunales funcionan y, para acosarla, necesito la ayuda de todos mis clérigos y de todos los príncipes cristianos. Si la caballería de Europa toma el camino de Oriente, el diablo tendrá campo libre en Francia, España e Italia. ¿Cuánto hace que están en paz los cátaros, los albigenses y los espirituales? ¿Por qué he fragmentado la gran diócesis de Tolosa, que era su guarida, y he creado dieciséis nuevos obispados en el Languedoc? ¿Y no guiaba la herejía a vuestros «pastorcillos», cuyas bandas llegaron hasta aquí hace pocos años? Un mal como ése no se extirpa en una sola generación. Para acabar con él hay que esperar a los hijos de los nietos.

Todos los prelados presentes podían dar testimonio del rigor con el que Juan XXII perseguía la herejía. Había dado la consigna de mostrarse suave, mediante el consiguiente pago, con los pequeños pecados de la naturaleza humana, pero castigaba con la hoguera los errores del espíritu. Por la cristiandad circulaba un dicho de Bernardo Délicieux, un monje franciscano que, tras luchar contra la Inquisición dominicana, había tenido la audacia de ir a Aviñón a predicar: «Si san Pedro y san Pablo volvieran a este mundo y fueran interrogados por los acusadores, no podrían evitar que se les tachara de herejes.» Délicieux fue condenado a reclusión perpetua.

Pero, al mismo tiempo, el Santo Padre difundía ciertas ideas extrañas, nacidas de su inteligencia vivaz que, difundidas desde el solio pontifico, provocaban gran conmoción entre los doctores de las facultades de Teología. Así, se había pronunciado contra la Inmaculada Concepción de la Virgen María, que aunque no constituía un dogma, era un principio generalmente aceptado. Como máximo admitía que el Señor hubiera purificado a la Virgen antes de su nacimiento, pero en un momento, declaraba, difícil de precisar.

Por otra parte, Juan XXII no creía en la Visión Beatífica, por lo menos hasta el día del Juicio Final, negando, con esto, que hubiera aún ninguna alma en el paraíso y, por consiguiente, tampoco en el infierno.

Para muchos teólogos, tales creencias olían a azufre infernal. Sentado a la mesa se encontraba también un gran cisterciense llamado Jacobo Fournier, antiguo abad de Fontfroide, conocido como el Cardenal Blanco, que empleaba todos los recursos de su ciencia apologética para sostener y justificar las audaces tesis del Santo Padre.[4]

Juan XXII prosiguió:

—No os inquietéis, pues, señor conde, por la herejía de los moros. Protejamos nuestras costas contra sus navíos, pero dejémoslos a juicio del Señor Todopoderoso, que sin duda tiene sus designios acerca de ellos. ¿Quién puede afirmar lo que les sucede a las almas de los que no están tocados por la gracia de la Revelación?

—Van al infierno —dijo inocentemente Hugo de Bouville.

—¡El infierno, el infierno! —susurró el frágil Papa encogiéndose de hombros—. No habléis de lo que ignoráis. Y no queráis hacerme creer (somos viejos amigos, Bouville) que mi señor de Valois pide de mi Tesoro doscientas mil libras para salvar a los infieles. Por otra parte, sé que el conde de Valois ya no tiene tanto interés en su Cruzada.

—A decir verdad, Santo Padre —dijo Bouville vacilando un poco—, sin estar tan informado como vos estáis, me parece, sin embargo...

«¡Oh, qué mal embajador! —pensó el papa Juan—. Si yo estuviera en su lugar, haría creer que Carlos de Valois ha reunido ya sus pendones y no cedería por menos de trescientas mil libras.»

Dejó que Hugo de Bouville se confundiera lo suficiente.

—Diréis a mi señor de Valois —declaró por fin— que el Santo Padre renuncia a la Cruzada, y como mi señor es hijo obediente y respetuoso de las decisiones de la Santa Iglesia, sé que obedecerá.

Hugo de Bouville se sentía muy desgraciado. Cierto es que todo el mundo deseaba renunciar a la Cruzada, pero no de ese modo, en dos frases y sin contrapartida.

—No tengo duda, Santo Padre —respondió—, de que mi señor de Valois os obedecerá, pero ha comprometido, además de su propia autoridad, grandes sumas.

—¿Cuánto necesita mi señor de Valois para no sufrir demasiado por haber comprometido su autoridad personal?

—No lo sé, Santo Padre —respondió el conde, ruborizado—. Mi señor de Valois no me ha encargado que conteste a tal pregunta.

—¡Por favor! Lo conozco bastante como para saber que la ha previsto. ¿Cuánto?

—Ha adelantado mucho a los caballeros de sus propios feudos para equipar a sus mesnadas...

—¿Cuánto?

—Se ha procurado esa nueva artillería de pólvora...

—¿Cuánto, Bouville?

—Ha hecho pedidos grandes de toda clase de armas...

—No soy hombre de guerra, señor, y no os pido la cuenta de las ballestas. Os pido solamente que digáis la cifra que mi señor de Valois desea para resarcirse.

Sonreía al ver en ascuas a un interlocutor, y el propio Hugo no podía evitar una sonrisa al ver agujereadas sus astucias como una espumadera. ¡Había que decir una cifra! Adoptó una voz tan susurrante como la del Papa para decir:

—Cien mil libras...

Juan XXII meneó la cabeza y dijo:

—Es lo que suele pedir el conde Carlos. Hasta me parece que los florentinos tuvieron que darle más en otro tiempo para liberarse de la ayuda que les había prestado. A los sieneses les costó un poco menos que consintiera en abandonar su ciudad. En otra ocasión, el rey de Anjou tuvo que desprenderse de la misma suma para agradecer un auxilio que no le había solicitado. Es un modo de financiarse como otro cualquiera... Sabed, Bouville, que vuestro Valois es un ladrón. Vamos, llevadle la buena noticia... ¡Le daremos sus cien mil libras y nuestra bendición apostólica!

Estaba satisfecho de que sólo le costase esa suma. Y Hugo de Bouville se sentía feliz al ver cumplida su misión. ¡Le era muy penoso discutir con el pontífice como cualquier negociante lombardo! Pero el Santo Padre tenía estas reacciones, que no eran exactamente de generosidad, sino una simple estimación del precio que tenía que pagar por su poder.

—¿Os acordáis, señor conde —continuó el Papa—, de cuando me trajisteis, aquí mismo, cinco mil libras de parte del conde de Valois para asegurar en el cónclave la elección de un cardenal francés? La verdad es que aquel dinero fue colocado a buen interés.

Bouville siempre se enternecía con sus recuerdos. Volvía a ver aquella pradera brumosa al norte de Aviñón, aquel prado del Pontet, y reconstruía mentalmente la curiosa entrevista que habían mantenido los dos, sentados en un murete.

—Sí, me acuerdo Santo Padre —dijo—. ¿Sabéis que cuando os vi acercaros creí que me habían engañado, que no erais cardenal sino un joven clérigo a quien habían disfrazado para enviarlo en vuestro lugar?

El cumplido hizo sonreír al papa Juan. También él se acordaba.

—¿Y qué se ha hecho de aquel joven Guccio Baglioni, aquel italiano que trabajaba en la banca, que os acompañaba entonces y que luego me enviasteis a Lyon, donde tan bien me sirvió durante el cónclave emparedado? Lo hice mi paje. Creía que volvería a verlo. Ha sido el único que me sirvió en otro tiempo y que no ha venido a solicitar una gracia o un cargo.

—No lo sé, Santo Padre, no lo sé. Regresó a su Italia natal, y tampoco yo he tenido noticias suyas.

Hugo de Bouville se había turbado al responder, y esta turbación no pasó inadvertida al Papa.

—Si no recuerdo mal, había tenido un mal asunto de matrimonio o de falso matrimonio, con una hija de la nobleza a la que había hecho madre. Los hermanos de ella lo perseguían. ¿No es así?

Sí, el Santo Padre se acordaba bien. ¡Ah, qué memoria tenía!

—Me sorprende —insistió el papa Juan—, que estando protegido por vos y por mí, y ejerciendo el oficio de banquero, no lo haya aprovechado para hacer fortuna. ¿Nació el hijo que esperaba? ¿Vive?

—Sí, sí, nació —respondió apresuradamente Bouville—. Vive con su madre en el campo.

Su turbación era cada vez mayor.

—Me dijeron... ¿quién me lo dijo?... —prosiguió el Papa— que esa joven había sido nodriza del pequeño rey póstumo que dio a luz la señora Clemencia de Hungría durante la regencia del conde de Poitiers. ¿Es cierto eso?

—Sí, sí, Santo Padre, creo que fue ella.

Se advirtió un estremecimiento en las mil arrugas que surcaban la cara del Papa.

—¡Cómo! ¿Lo creéis solamente? ¿No erais el cuidador del vientre de la señora Clemencia? ¿Y no estabais a su lado cuando tuvo la desgracia de perder a su hijo? Deberíais saber con seguridad quién era la nodriza.

El conde de Bouville notó que se ruborizaba. Debió haber desconfiado cuando el Santo Padre pronunció el nombre de Guccio Baglioni, y debió haber pensado que ocultaba una segunda intención tras aquel recuerdo. La digresión del Papa había sido más hábil que la suya propia, cuando se había referido al concilio de Valladolid y a los moros de España para llegar al tema de las finanzas del conde de Valois. Seguramente el Papa debía de tener noticias de Guccio, pues sus banqueros, los Bardi, trabajaban con los Tolomei de Siena.

Los diminutos ojos grises del Papa no se apartaban de los del conde de Bouville, y las preguntas continuaban:

—¿No tuvo la señora de Artois un juicio en que tuvisteis que testificar? ¿Qué hubo de verdad, querido señor conde, en aquel asunto?

—Nada más, Santo Padre, que lo que aclaró la justicia. Habladurías y malevolencias de las que quiso limpiar su nombre la señora Mahaut.

Terminaba el banquete y los escuderos, pasando los aguamaniles, echaban agua sobre las manos de los invitados. Se acercaron dos caballeros nobles para empujar ligeramente hacia atrás el asiento del Santo Padre.

—Señor conde —dijo el Papa—, me satisface en extremo volveros a ver. Debido a mi avanzada edad, no sé si tendré esta alegría de nuevo... —Hugo de Bouville, que se había levantado, respiró mejor. Parecía llegado el momento de la despedida, que pondría fin a aquel interrogatorio—. Por lo tanto, antes de partir —continuó el Papa—, quiero concederos la mayor gracia que se puede dispensar a un cristiano. Voy a confesaros yo mismo. Acompañadme a mi habitación.

NOTAS

1. Recordemos que el rey de Francia no era en esta época soberano de Aviñón. En efecto, Felipe el Hermoso había puesto gran cuidado en ceder al rey de Nápoles sus títulos de condominio sobre Aviñón para no aparecer a los ojos del mundo como tutor directo del Papa. Pero por la guarnición instalada en Villeneuve, y por la situación geográfica del establecimiento papal, tenía a la Santa Sede y a toda la Iglesia bajo su vigilancia.

2. Eso aconteció, efectivamente, en 1330, cuando los romanos eligieron al antipapa Nicolás V.

3. El palacio de los Papas, tal como lo conocemos, es muy diferente del palacio de Juan XXII, del que sólo quedan algunos elementos en la parte llamada «viejo palacio». El enorme edificio que da celebridad a Aviñón es principalmente obra de Benedicto XII, Clemente VI, Inocencio VI y Urbano V. Las construcciones de Juan XXII fueron completamente restauradas y absorbidas, al punto de desaparecer casi en el nuevo conjunto. Esto no desmerece el hecho de que Juan XXII fuera el verdadero creador del palacio de los Papas.

4. Jacobo [Jacques] Fournier, hijo de un panadero de Foix, en Ariège, confidente del papa Juan XXII, llegó a Papa diez años después con el nombre de Benedicto XII.

2

Penitencia para el Santo Padre

—¿El pecado de la carne? Ciertamente, ya que sois hombre... ¿Pecados de gula? Basta veros. Estáis gordo... ¿Pecados de orgullo? Sois gran señor... Pero vuestro mismo estado os obliga a la frecuencia en vuestras devociones; así, todos estos pecados, en el fondo comunes a la naturaleza humana, los confesáis y se os absuelven regularmente antes de acercaros a la Sagrada Mesa.

¡Extraña confesión en la que el primer vicario de la Iglesia romana pronunciaba a la vez las preguntas y las respuestas! Su voz suave quedaba en ocasiones cubierta por gritos de pájaros, ya que el Papa tenía en su habitación un papagayo encadenado y, revoloteando en una jaula, cotorras, canarios y esos pequeños pájaros rojos de las islas llamados cardenales.

El suelo de la estancia era de baldosas pintadas sobre las que se habían extendido alfombras de España. Las paredes y asientos estaban tapizados de verde, y las cortinas de las ventanas y del lecho eran de lino verde. Sobre este color de follaje, de bosque, los pájaros eran manchas que semejaban flores.[1] En un ángulo se había instalado un gran cuarto de baño, con bañera de mármol incluida. El guardarropa anexo a la habitación estaba abarrotado de colgadores con capas blancas, mucetas granate y ornamentos sacerdotales.

Al entrar, Hugo de Bouville había hecho el gesto de arrodillarse, pero el Santo Padre le hizo sentar a su lado en uno de los sillones verdes. La verdad es que no se podía tratar a un penitente con mayor consideración. El antiguo chambelán de Felipe el Hermoso estaba desconcertado y se sentía tranquilizado al mismo tiempo, ya que tenía miedo de confesar —él, que era un gran dignatario, y al soberano pontífice— todas las manchas de su vida, las pequeñas escorias, los malos deseos, las villanas acciones, el poso que va quedando en el fondo del alma con los días y los años. Ahora bien, el Santo Padre parecía considerar estos pecados como de poca monta; como propios, a lo sumo, de la competencia de humildes sacerdotes. Pero el conde de Bouville no se había dado cuenta, al levantarse de la mesa, de las miradas que habían intercambiado el cardenal Gaucelin Duèze, el cardenal Pouget y el Cardenal Blanco. Éstos conocían bien la treta habitual del papa Juan: la confesión después de la comida, de la que se servía para entrevistarse a solas con un interlocutor importante, y que le permitía informarse de los secretos de Estado. ¿Quién podía negarse a esa inesperada propuesta, tan halagadora como aterradora? Todo se combinaba para ablandar las conciencias: la sorpresa, el temor religioso y los primeros efectos de la digestión.

—Lo esencial para un hombre —prosiguió el Papa— es desempeñar bien el papel que Dios le ha encomendado en este mundo, y en este aspecto sus faltas le son severamente castigadas. Habéis sido, hijo mío, chambelán de un rey, y otros tres os han encargado las más altas misiones. ¿Habéis sido siempre fiel cumplidor de las tareas que os han encomendado?

—Creo, padre..., quiero decir Santo Padre, que me he entregado con celo a mis tareas, y en todo lo posible he sido leal servidor de mis soberanos... —Se interrumpió de pronto al darse cuenta de que no estaba allí para hacer su propio elogio. Cambiando de tono, prosiguió—: Debo acusarme de haber fracasado en ciertas misiones que hubiera podido llevar a buen término... Es decir, Santo Padre: no siempre he tenido la mente despejada y, a veces, me he dado cuenta demasiado tarde de los errores cometidos.

—No es pecado tener poca viveza mental en ocasiones; eso puede ocurrirnos a todos y es exactamente lo contrario del espíritu de malicia. Pero ¿no habéis cometido en vuestras misiones, o incluso por ellas mismas, faltas graves, tales como dar falso testimonio... homicidio...?

Hugo de Bouville negó con la cabeza.

Sin embargo, los pequeños ojos grises brillantes y luminosos en el rostro arrugado y carentes de cejas y pestañas, permanecieron fijos sobre él.

—¿Estáis seguro? Ahora tenéis ocasión de purificar por completo vuestra alma. ¿Nunca habéis dado falso testimonio? —preguntó el Papa.

El conde de Bouville se sintió de nuevo inquieto. ¿Qué significaba esa insistencia? El papagayo lanzó un grito ronco desde el palo de la jaula, y el conde se sobresaltó.

—A decir verdad, Santo Padre, una cosa me inquieta el alma, pero no sé si es pecado, ni qué nombre darle. Os juro que no he cometido homicidio, pero no he sabido impedirlo. Y luego tuve que dar falso testimonio, pero no podía obrar de otra manera.

—Contadme eso, Bouville —dijo el Papa. Ahora fue él quien tuvo que recobrarse—: Confesadme ese secreto que tanto os pesa, hijo mío.

—Cierto es que me pesa —reconoció el conde de Bouville—, y más aún desde la muerte de mi buena esposa, Margarita, con la que lo compartía. Frecuentemente pienso que si me muriera sin haberlo confiado a nadie... —De repente se le saltaron las lágrimas—. ¿Cómo no he pensado antes en confiároslo, Santo Padre? Ya os lo decía: con frecuencia soy lento de pensamiento... Fue después de la muerte del rey Luis X, primogénito de mi señor Felipe el Hermoso...

Bouville miró al Papa y se sintió casi aliviado. Por fin iba a poder descargar su alma de aquel peso que llevaba desde hacía ocho años. Sin ninguna duda, había sido el peor momento de su vida, y desde entonces el remordimiento no le había dado tregua. ¿Por qué no había venido antes a confesar eso al Papa?

Ahora Hugo de Bouville hablaba con facilidad. Contó que, habiendo sido nombrado curador del vientre de la reina Clemencia, después del fallecimiento de Luis el Obstinado, había temido que la condesa Mahaut de Artois cometiera una acción criminal contra la reina y el hijo que ésta llevaba en su seno. En aquel tiempo, Felipe de Poitiers, hermano del rey fallecido, reclamaba la regencia en contra del conde de Valois y del duque de Borgoña.

Ante ese recuerdo, Juan XXII levantó por un instante la mirada hacia las pintadas vigas de madera del techo, y por su estrecha cara pasó una expresión soñadora. Porque había sido él quien había ido a anunciar a Felipe de Poitiers la muerte de su hermano, que conocía por aquel joven lombardo llamado Baglioni.

Hugo de Bouville temió que la condesa cometiera un crimen, un nuevo crimen, ya que eran muchos los que decían que ella había envenenado a Luis el Obstinado. La condesa lo odiaba justamente, puesto que acababa de confiscarle su condado; pero, desaparecido Luis, tenía también buenas razones para desear que el conde de Poitiers, su yerno, ascendiera al trono. El único obstáculo era el hijo que llevaba en su seno la reina; que naciera y que fuera varón.

—Infortunada reina Clemencia... —murmuró el Papa.

Mahaut de Artois, designada madrina, debía llevar al nuevo rey ante los barones en la ceremonia de presentación. Hugo de Bouville y su mujer estaban seguros de que si la terrible Mahaut quería cometer un crimen, no vacilaría en hacerlo durante la ceremonia de la presentación, única ocasión que tendría de sostener al niño. El conde y su mujer decidieron esconder al niño durante esas horas y poner en su lugar, en los brazos de Mahaut, al hijo de una nodriza que sólo tenía unos días más. Bajo los fastuosos pañales nadie se daría cuenta de la sustitución, puesto que nadie había visto al hijo de la reina Clemencia, ni siquiera ésta, ya que estaba con fiebre muy alta y casi moribunda.

—Y luego, efectivamente, Santo Padre —dijo Bouville—, el niño que yo había entregado a la condesa Mahaut, que estaba perfectamente bien unas horas antes, murió en un instante delante de todos los barones. Yo entregué a la muerte a esa criatura inocente, y el crimen se cometió tan rápidamente y yo estaba tan turbado, que no se me ocurrió gritar: «¡No es el verdadero!» Después, fue demasiado tarde. ¡Cómo explicarlo!

El Papa, ligeramente inclinado hacia adelante y con las manos juntas, no perdía palabra.

—Entonces, Bouville, ¿qué se ha hecho del otro niño, el pequeño rey? ¿Qué habéis hecho con él?

—Vive, Santo Padre. Mi difunta mujer y yo lo confiamos a la nodriza. Nos costó gran esfuerzo, ya que la desgraciada nos odiaba y gemía de dolor. A fuerza de súplicas y amenazas le hicimos jurar sobre los Evangelios que guardaría al pequeño rey como si fuera su propio hijo, y que no revelaría nada a nadie, ni siquiera en confesión.

—¡Oh, oh! —murmuró el Santo Padre.

—El pequeño rey Juan, el verdadero rey de Francia, se cría actualmente en una casa solariega de Île-de-France, sin saber quién es, sin que nadie lo sepa, a excepción de esa mujer que pasa por su madre... y yo.

—¿Y esa mujer...?

—Es María de Cressay, la esposa del joven lombardo Guccio Baglioni.

Todo se le aclaró al Papa.

—¿Y Baglioni ignora cuanto decís?

—Estoy seguro de que sí, Santo Padre. A fin de mantener su juramento la dama de Cressay se negó a volver a verlo, tal como nosotros se lo ordenamos, y el joven partió de inmediato hacia Italia. Él cree que su hijo vive. A veces se inquieta en las cartas a su tío, el banquero Tolomei...

—Pero ¿por qué, Bouville, por qué no denunciasteis a la condesa Mahaut, teniendo la prueba del crimen...? Cuando pienso —agregó el papa Juan— que en ese tiempo ella me envió a su canciller para que yo apoyara su causa contra su sobrino Roberto...

El Papa pensó de pronto que aquel Roberto de Artois, aquel alborotador y sembrador de líos, y tal vez asesino —ya que parecía estar complicado en el asesinato de Margarita de Borgoña en Château-Gaillard—, aquel gran barón de Francia quizá fuera mejor que su cruel tía, y en su lucha contra la condesa probablemente no toda la culpa fuera de él. ¡El de las cortes reales era un mundo de lobos! Y en todos los reinos ocurría lo mismo. ¿Era para gobernar, apaciguar y conducir a este rebaño de fieras por lo que le había inspirado Dios, a él, un miserable burgués de Cahors, aquella gran ambición por la tiara que ya empezaba a pesarle?

—Me callé, Santo Padre —prosiguió Hugo de Bouville—, sobre todo por consejo de mi difunta esposa. Como había dejado pasar el momento oportuno para confundir a la asesina, mi esposa me hizo ver que, si revelaba la verdad, Mahaut se encarnizaría con el pequeño rey y con nosotros. Era preciso dejarle creer que su crimen había tenido éxito. Fue, pues, el hijo de la nodriza el que fue inhumado en Saint-Denis entre los reyes.

El Papa reflexionaba.

—Entonces, en el proceso que se instruyó contra la

señora Mahaut, al año siguiente, las acusaciones eran fundadas —dijo.

—Cierto, Santo Padre, lo eran. Mi señor Roberto pudo apresar a una envenenadora, una nigromántica, llamada Isabel de Fériennes, que había entregado a una doncella de la condesa Mahaut el veneno con que mató primero al rey Luis y luego al niño presentado a los barones. Esta Isabel de Fériennes, así como su hijo Juan, fueron conducidos a París para que declararan en contra de Mahaut. ¡Ya podéis imaginar la baza que tenía en las manos mi señor Roberto! Sus declaraciones revelaron claramente que eran los abastecedores de la condesa, ya que en otra ocasión le habían procurado el filtro con que ella se vanagloriaba de haber reconciliado a su hija Juana con su marido el conde de Poitiers...

—¡Magia, brujería! Podríais haber hecho quemar a la condesa —susurró el Papa.

—No en aquel momento, Santo Padre; no en aquel momento. Porque el conde de Poitiers se había convertido en rey y protegía mucho a la señora Mahaut; tanto que estoy seguro de que estaba implicado con ella, al menos en el segundo crimen.

El Papa hizo una mueca de disgusto. Las últimas palabras le habían resultado dolorosas, pues había sentido gran afecto por el rey Felipe V, a quien debía la tiara y con el que siempre se había entendido perfectamente en todas las cuestiones de gobierno.

—Sobre ambos recayó el castigo de Dios —prosiguió Hugo de Bouville—; pues ese año los dos perdieron a su único heredero varón. La condesa vio morir a su hijo, que contaba diecisiete años, y el joven rey Felipe al suyo, de apenas unos meses, y ya no pudo tener más... Pero la condesa supo defenderse de la acusación lanzada contra ella. Denunció la irregularidad del procedimiento seguido ante el Parlamento, la indignidad de sus acusadores, y señaló que por su rango de par de Francia no podía ser juzgada más que por la Cámara de los Barones. Sin embargo, con el fin de que triunfara su inocencia, según dijo, suplicó a su yerno (fue una bonita escena de falsedad pública) que mandara continuar el proceso judicial para tener oportunidad de confundir a sus enemigos. Declararon de nuevo la nigromántica de Fériennes y su hijo, pero después de haber sufrido tormento; su estado era pésimo y la sangre les corría por todo el cuerpo. Se retractaron por entero, afirmaron que sus primeras acusaciones eran mentira y dijeron que habían sido llevados allí por ruegos, promesas y violencias de personas cuyos nombres, según el acta de los escribanos, tenían que callar por el momento. Luego el mismo rey Felipe el Largo se constituyó en juez e hizo comparecer a todos los miembros de su familia y de la de su difunto hermano: el conde de Valois, el conde de Evreux, mi señor de Borbón, mi señor Gaucher el condestable, mi señor de Beaumont y la misma reina Clemencia, y les preguntó bajo juramento si sabían o creían que el rey Luis y su hijo Juan habían muerto de otra causa que no fuera natural. Como no se podía presentar ninguna prueba, la sesión se celebraba delante de todos y la condesa Mahaut estaba sentada al lado del rey, todos declararon que esas muertes habían sido naturales, aunque muchos no lo creían.

—¿Y vos no comparecisteis?

El gordinflón Hugo de Bouville bajó la cabeza.

—Incurrí en falso testimonio, Santo Padre —admitió—. ¿Qué otra cosa podía hacer si toda la corte, los pares, los tíos del rey, los servidores más próximos y la misma reina viuda habían certificado bajo juramento la inocencia de la señora Mahaut? Me habrían acusado de embustero y me habrían colgado en Montfaucon.

Parecía tan desgraciado, abatido y triste, que en su rostro carnoso se adivinaban los rastros del joven que había sido medio siglo antes.

El Papa se apiadó.

—Calmaos, Bouville —dijo inclinándose y poniéndole la mano en el hombro—. Y no os reprochéis haber obrado mal. Dios os puso un problema demasiado difícil para vos. Tomo en cuenta vuestro secreto. El porvenir dirá si hicisteis bien. Quisisteis salvar una vida que habían confiado a vuestro cargo, y la salvasteis. De haber hablado, hubierais expuesto otras muchas vidas.

—Sí, Santo Padre, estoy tranquilo —dijo el antiguo chambelán—. Pero ¿qué va a ser del pequeño rey? ¿Qué se puede hacer?

—Esperar sin hacer ningún cambio. Ya lo pensaré y os lo haré saber. Id en paz, Bouville... En cuanto a mi señor de Valois, esas cien mil libras son para él, pero ni un florín más. Que me deje tranquilo con su Cruzada, y que haga la paz con Inglaterra.

El conde de Bouville se arrodilló, llevó efusivamente la mano del Santo Padre a los labios, se levantó y fue hacia la puerta caminando de espaldas, ya que la audiencia parecía terminada.

El Papa lo llamó con un gesto.

—¿Y vuestra absolución, Bouville? ¿No la queréis?...

Poco después, el Papa, ya solo, recorría con sus pasos escurridizos el gabinete de trabajo. El viento del Ródano pasaba bajo las puertas y gemía a través del hermoso palacio nuevo. Chillaban las cotorras en sus jaulas, los tizones del brasero se habían ennegrecido.

Juan XXII reflexionaba sobre el difícil problema de conciencia y de Estado que se le presentaba. El verdadero heredero de la corona de Francia era un niño desconocido, recluido en una casa solariega.

Solamente lo sabían dos personas en el mundo, ahora tres. El miedo impedía hablar a las dos primeras. ¿Qué debía hacer él, ahora que se habían sucedido dos reyes en el trono de Francia, dos reyes debidamente consagrados, ungidos con el santo óleo, y que en realidad no eran más que usurpadores? ¿Qué partido tomar? ¿Revelar el asunto y lanzar a Francia al más terrible desorden dinástico? ¿Sembrar la guerra de nuevo?

Otro sentimiento lo incitaba también a guardar silencio: el recuerdo del rey Felipe el Largo. Sí, Juan XXII había sentido gran afecto por aquel joven, y le había ayudado en todo lo que pudo. Era el único soberano a quien había admirado y al que estaba agradecido. Para Juan XXII empañar el recuerdo de aquel rey era empañar el suyo propio, porque... ¿Hubiera llegado a ser Papa sin Felipe el Largo? ¡Y he aquí que ese querido Felipe había sido un criminal, por lo menos cómplice de una asesina! Pero ¿podía el papa Juan, podía Jacobo Duèze tirar la primera piedra, él que debía su púrpura y su tiara a tan grandes trapacerías? Y si para asegurar su elección hubiera sido absolutamente necesario cometer un asesinato...

«Señor, Señor, gracias por haberme ahorrado esta tentación... Pero ¿era yo quien debía encargarme del cuidado de vuestras criaturas...? ¿Y qué sucederá si la nodriza habla un día? ¿Puede uno fiarse de boca de mujer? ¡Sería bueno, Señor, que a veces me iluminarais! He absuelto a Hugo de Bouville, pero la penitencia es para mí.»

Se arrodilló en el cojín de su reclinatorio y permaneció así largo tiempo, con la cara escondida entre las manos.

NOTAS

1. Juan XXII, que gustaba de los animales exóticos, tenía en su palacio un zoo formado, entre otros animales, por un león, dos avestruces y un camello.

3

El camino de París

¡Qué claro sonaba, bajo el casco de los caballos, el suelo de los caminos franceses! ¡Qué feliz música producía el rechinar de la gruesa arena! ¡Y qué maravilloso perfume, qué asombroso sabor tenía el aire que respiraba, el ligero aire de la mañana atravesado por el sol! Las yemas comenzaban a abrirse, y las hojas verdes, tiernas y plegadas, se acercaban hasta la mitad del camino para acariciar la frente de los viajeros. En los declives y prados de Île-de-France había menos hierba que en Inglaterra, pero para la reina Isabel era hierba de libertad y de esperanza.

Las crines de la yegua blanca se balanceaban al ritmo de la marcha. A poca distancia seguía una litera, llevada por dos mulas. Sin embargo, la reina, demasiado feliz e impaciente para permanecer encerrada en ella, prefirió montar en su jaca y con gusto la hubiera hecho galopar por la hierba de los prados.

Había hecho paradas en Boulogne, donde se había casado hacía quince años, en Montreuil, Abbeville y Beauvais. Acababa de pasar la noche en Maubuisson, cerca de Pontoise, en la real casa solariega donde había visto por última vez a su padre, Felipe el Hermoso. Su ruta era como un peregrinaje por su propio pasado. Creía remontar las etapas de su existencia para volver al punto de partida. Pero ¿se podían borrar quince años desventurados?

—Sin duda vuestro hermano Carlos la hubiera vuelto a aceptar —decía Roberto de Artois, que caminaba al lado de ella—, y nos la hubiera impuesto como reina, tanto seguía queriéndola y tan poca decisión tenía para encontrar nueva esposa.

¿De qué hablaba Roberto? ¡Ah, sí! De Blanca de Borgoña. Se había acordado de ella en Maubuisson, donde había ido a recibir a la viajera una comitiva compuesta por Enrique de Sully, Juan de Roye, el conde de Kent, lord Mortimer y el propio Roberto de Artois, con una tropa de señores. Isabel había tenido gran placer al verse tratada de nuevo como reina.

—Creo que Carlos obtenía cierto secreto deleite en acariciarse los cuernos que ella le había puesto —continuó Roberto—. Por desgracia, o más bien por fortuna, la dulce Blanca se había dejado embarazar por el carcelero, el año anterior a la coronación de Carlos.

El gigante cabalgaba a la izquierda, del lado del sol y, montado en un enorme percherón tordillo, daba sombra a la reina. Ésta espoleaba la montura para que le tocara el sol. Roberto hablaba sin cesar, entusiasmado con el encuentro, buscando al mismo tiempo, desde las primeras leguas, reanudar los lazos de primos y la antigua amistad.

Isabel no lo había visto desde hacía once años; apenas había cambiado. Tenía la misma voz de siempre y el mismo olor de gran comedor de caza que desprendía su cuerpo al compás de la marcha. Tenía las manos rojizas y velludas, la mirada maligna aun cuando él creía haberla hecho amable, y el vientre dilatado por encima de la cintura, como si se hubiera tragado una campana. Pero la seguridad con que hablaba y se movía era menos fingida y pertenecía definitivamente a su carácter; las arrugas que enmarcaban su boca se habían hundido aún más en la grasa.

—Y la zorra de mi tía Mahaut tuvo que resignarse a la anulación del matrimonio de su hija, no sin protestar ante los obispos. Pero finalmente la fastidiaron. Por una vez, el primo Carlos se mostró inflexible debido al asunto del carcelero y del embarazo. Y cuando este hombre débil se obstina en algo, no hay forma de hacerle cambiar de opinión. En el proceso de la anulación se plantearon no menos de treinta cuestiones. Se desempolvó la dispensa concedida por Clemente V, que permitía a Carlos casarse con una de sus parientes, pero no especificaba el nombre. ¿Quién en nuestra familia se casa con una mujer que no sea su prima o sobrina? Entonces Monseñor Juan de Marigny sacó a relucir, con gran habilidad, el impedimento de parentesco espiritual. Mahaut era la madrina de Carlos. Ella aseguró que no, que había asistido al bautismo sólo en calidad de ayudante y partera.[1] Entonces comparecieron barones, camareros, criados, clérigos y burgueses de Creil, donde se había celebrado el bautismo, y todos respondieron que había tenido en sus brazos al niño y se lo había pasado luego a Carlos de Valois, y que no se engañaban, ya que ella era la mujer más alta que había en la capilla, y que pasaba a todos por una cabeza. ¡Para que veáis lo embustera que es!

Isabel se esforzaba en escuchar, pero en realidad sólo se prestaba atención a sí misma y a un contacto insólito que le había emocionado. ¡Qué sorprendente le había resultado tocar cabellos de hombre!

La reina levantó los ojos hacia Rogelio Mortimer, que se había colocado a su derecha con un movimiento autoritario y natural, como si fuera su protector y guardián. Ella miraba los bucles espesos que surgían del sombrero del jinete. ¡Nunca se hubiera imaginado que aquellos cabellos fueran tan sedosos al tacto!

Había ocurrido por casualidad en el primer momento del encuentro. Isabel se sorprendió al ver aparecer a Mortimer al lado del conde de Kent. Así pues, en Francia, el rebelde, el evadido, el proscrito Mortimer, marchaba al lado del hermano del rey de Inglaterra e incluso parecía tener influencia sobre él.

Mortimer, saltando a tierra, se había abalanzado hacia la reina para besar los bajos de su vestido, pero la jaca había hecho un extraño movimiento y los labios de Rogelio rozaron la rodilla de Isabel, quien maquinalmente puso la mano sobre la cabeza descubierta de aquel amigo reencontrado. Y al cabalgar ahora por la ruta sombreada por las ramas, el contacto sedoso de aquellos cabellos se prolongaba, todavía perceptible y encerrado en el terciopelo del guante.

—Pero el motivo de más peso para declarar la nulidad del matrimonio fue, aparte de que los contrayentes no tenían edad para copular, el hecho de que vuestro hermano, cuando se casó, carecía de discernimiento para buscar esposa, y de voluntad para expresar su elección, ya que era incapaz, simple y débil, y por consiguiente, el contrato carecía de valor. *Inhabilis, simplex et imbecillus...!* Y todos, desde vuestro tío Valois hasta la última camarera, estuvieron de acuerdo en decir que esto era cierto y que la mejor prueba de ello era que su difunta madre, la reina, lo consideraba tan tonto que lo llamaba «ganso». Perdonad, prima, que os hable así de vuestro hermano, pero ése es el rey que tenemos. Gentil compañero por lo demás, y de hermoso rostro, pero de pocas luces. Ya comprendéis que es preciso gobernar en su lugar. No esperéis ayuda de él.

A la izquierda de Isabel rondaba la voz incansable de Roberto de Artois y flotaba su perfume de fiera. A su derecha, Isabel sentía la mirada de Rogelio Mortimer fija en ella con turbadora insistencia. Levantó la mirada hacia aquellas pupilas de color del pedernal, hacia aquel rostro bien formado en el que un profundo surco dividía la barbilla. Le sorprendía no acordarse de la cicatriz blanca que repulgaba el labio inferior del barón inglés.

—¿Y seguís con vuestra castidad, hermosa prima mía? —preguntó de repente Roberto de Artois.

La reina enrojeció y miró furtivamente a Rogelio

Mortimer, como si la pregunta la hiciera culpable, de manera inexplicable, con respecto a él.

—Me veo obligada —respondió.

—¿Os acordáis, prima, de nuestro encuentro en Londres?

Ella enrojeció todavía más. ¿A qué venía ese recuerdo, y qué iba a pensar Mortimer? Un ligero abandono en un momento de adiós... ni siquiera un beso; solamente una frente que se apoya en el pecho de un hombre y busca refugio... ¿Roberto seguía, pues, pensando en aquello después de once años? Se sintió halagada, pero no emocionada. ¿Había considerado él como confesión de un deseo lo que no había sido más que un momento de confusión? Tal vez aquel día, pero sólo aquel día, si no hubiera sido reina, si él no hubiera tenido que regresar apresuradamente para denunciar a las hermanas de Borgoña...

—En fin, si se os ocurre cambiar de costumbre... —insistió Roberto en tono jovial—. Siempre que pienso en vos me asalta un sentimiento como de crédito no cobrado...

Se interrumpió al cruzarse su mirada con la de Mortimer, mirada de hombre dispuesto a sacar la espada si seguía oyendo cosas parecidas. La reina se dio cuenta de las miradas y, para ocultar su emoción, acarició la crin blanca de su yegua. ¡Querido Mortimer! ¡Cuánta nobleza y caballerosidad había en aquel hombre! ¡Y qué agradable era respirar el aire de Francia, y qué hermosa aquella ruta, con sus sombras y claridades!

Roberto de Artois esbozó apenas una sonrisa irónica. Ya no debía seguir pensando en su crédito, según la expresión que había empleado, creyéndola delicada. Estaba seguro de que Mortimer amaba a Isabel y de que Isabel amaba a Mortimer.

«¡Bien —pensó—, mi prima va a divertirse con ese templario!»

NOTAS

1. La cuestión merecía ser planteada, ya que los príncipes de la Edad Media tenían frecuentemente seis e incluso ocho padrinos y madrinas. Sin embargo, en derecho canónico sólo se consideraba como tales a quienes habían tenido al niño sobre la fuente bautismal. El proceso de anulación del matrimonio de Carlos IV y Blanca de Borgoña, conservado en el departamento de manuscritos de la Biblioteca Nacional, es uno de los documentos más ricos en información sobre las ceremonias religiosas de las familias reales. La asistencia era numerosa y variada; el pueblo llano acudía como a un espectáculo, y los oficiantes quedaban casi ahogados por la multitud. La afluencia y la curiosidad eran tan grandes como en los actuales matrimonios de las estrellas de cine, y el recogimiento brillaba igualmente por su ausencia.

4

El rey Carlos

Tardaron casi un cuarto de hora en atravesar la ciudad, desde sus puertas hasta el palacio. Las lágrimas asomaron a los ojos de la reina Isabel cuando se apeó en el patio de la residencia que había visto edificar a su padre y que ya poseía la ligera pátina del tiempo.

Se abrieron las puertas en lo alto de la gran escalera, e Isabel creyó por un momento que iba a aparecer el rostro imponente, glacial y soberano del rey Felipe el Hermoso. ¡Cuántas veces había contemplado a su padre en lo alto de la escalera, dispuesto a descender hacia su ciudad!

El joven que apareció con cota corta, las piernas bien enfundadas en calzas blancas y seguido de sus chambelanes, por su estatura y rasgos se parecía al gran monarca desaparecido, pero de su persona no emanaba ninguna fuerza, ninguna majestad. No era más que una pálida copia, una máscara de yeso de una estatua yaciente. Y sin embargo, como la sombra del Rey de Hierro estaba presente detrás de aquel personaje sin fuerza, como la realeza de Francia se encontraba en él, Isabel intentó por tres o cuatro veces arrodillarse, y otras tantas su hermano la detuvo por la mano diciéndole:

—Bienvenida, mi dulce hermana, bienvenida.

La obligó a levantarse y, sosteniéndola todavía de la mano, la condujo por las galerías hasta el gabinete bastante espacioso que ocupaba habitualmente, y se informó del viaje de la reina. ¿La había recibido bien en Boulogne el capitán de la ciudad?

Se preocupó por saber si los chambelanes vigilaban el equipaje y recomendó que no dejaran caer los cofres.

—Las telas se arrugan —explicó—. En mi último viaje al Languedoc vi lo mucho que se estropearon mis ropas.

¿Concentraba su atención en esta clase de preocupaciones para ocultar su emocionada turbación?

Después de sentarse, Carlos el Hermoso dijo:

—¿Cómo os va, mi querida hermana?

—No muy bien, hermano mío —respondió.

—¿Cuál es el objeto de vuestro viaje?

En el rostro de Isabel se dibujó una expresión de apenada sorpresa. ¿No estaba pues al corriente su hermano? Roberto de Artois, que había entrado en palacio con los jefes de escolta, dirigió a Isabel una mirada que significaba: «¿No os lo había dicho?»

—Hermano, vengo a concertar con vos el tratado que nuestros dos reinos deben firmar si quieren dejar de perjudicarse.

Carlos el Hermoso permaneció callado un momento, como si reflexionara. En realidad no pensaba en nada concreto. Como en las audiencias concedidas a Mortimer y en todas las demás, formulaba las preguntas y no prestaba atención a las respuestas.

—El tratado... —dijo al fin—. Sí, estoy dispuesto a recibir homenaje de vuestro esposo Eduardo. Hablad con nuestro tío Carlos, a quien ya le he dado la orden. ¿No os ha incomodado el mar? ¿Sabéis que nunca he navegado? ¿Qué se siente sobre esa agua movediza?

La reina tuvo que esperar a que su hermano dijera algunas trivialidades más antes de presentarle al obispo de Norwich, que debía llevar las negociaciones, y a lord Cromwell, que mandaba la escolta inglesa. Los saludó con cortesía, pero, visiblemente, sin ningún interés.

Carlos IV no era mucho más tonto que miles de hombres de su misma edad, que en su reino rastrillaban al revés los campos, rompían las lanzaderas en su oficio de tejedores, o vendían pez y sebo equivocándose al hacer las cuentas; la desgracia lo había hecho rey a pesar de tener tan pocas facultades para ello.

—Vengo también, hermano —dijo Isabel—, a solicitar vuestra ayuda y a poner mi persona bajo vuestra protección, ya que me han quitado todos mis bienes y, en último lugar, el condado de Cornualles, inscrito en el tratado de boda.

—Exponed vuestras quejas a nuestro tío Carlos; es un hombre de buen consejo, y yo aprobaré, hermana mía, todo lo que él decida por vuestro bien. Voy a llevaros a vuestras habitaciones.

Carlos IV dejó la reunión para mostrar a su hermana las habitaciones que le había reservado: cinco piezas con una escalera independiente.

—Para vuestras visitas personales —creyó conveniente explicar.

Le hizo observar igualmente el mobiliario, que era nuevo, y los tapices de figuras que cubrían las paredes. Actuaba como una buena ama de casa; tocó la tela de la colcha y rogó a su hermana que no vacilara en solicitar toda la brasa que necesitara para calentar la cama. No podía ser más atento ni más amable.

—Para el alojamiento de vuestro séquito, el señor Rogelio Mortimer lo arreglará con mis chambelanes. Deseo que todos sean bien tratados.

Pronunció el nombre de Mortimer sin intención especial, simplemente porque cuando se trataba asuntos ingleses sonaba siempre ese nombre. Le parecía normal que Mortimer se ocupara de la casa de la reina de Inglaterra. Había olvidado que el rey Eduardo reclama la cabeza de aquel hombre.

Continuó dando vueltas por la habitación, corrigiendo el pliegue de una cortina y comprobando la cerradura de los postigos interiores. Luego, de repente, se detuvo con la cabeza un poco inclinada y las manos a la espalda, y dijo:

—No hemos sido felices en nuestras uniones, hermana. Creí que Dios me haría más dichoso al darme por esposa a mi querida María de Luxemburgo, de lo que había sido con Blanca. —Dirigió una breve mirada a Isabel, en la que ésta adivinó un vago resentimiento contra ella por haber descubierto la mala conducta de su primera esposa—. Pero la muerte se llevó a María, y con ella al heredero del trono. Y ahora me han hecho casar con nuestra prima de Evreux, a la que veréis enseguida. Es una amable compañera, y creo que me quiere. Nos casamos a finales de julio; estamos en marzo y no da señales de estar encinta. Me atrevo a hablaros de cosas que sólo puedo decir a una hermana... Con vuestro mal esposo, que no aprecia vuestro sexo, habéis tenido cuatro hijos. Y yo, con mis tres esposas... Sin embargo, os aseguro que he cumplido mis deberes conyugales con mucha frecuencia y gran placer. ¿Qué pasa entonces, hermana? ¿No creéis en la maldición que mi pueblo dice que pesa sobre nuestra familia y nuestra casa?

Isabel lo contemplaba con tristeza. Se mostraba de golpe muy conmovedor por las dudas que lo asaltaban y que debían de ser su constante preocupación. El más humilde jardinero no se hubiera expresado de otra manera, para llorar sus infortunios o la esterilidad de su mujer. ¿Qué deseaba aquel pobre rey? ¿Un heredero del trono o un hijo para el hogar?

¿Y qué majestad había en Juana de Evreux que entró poco después a saludar a Isabel? La cara un poco blanda, la expresión dócil; llevaba con humildad su condición de tercera esposa, que habían buscado en el seno de la familia porque hacía falta una reina en Francia. Estaba triste; espiaba constantemente en el rostro de su marido la obsesión que conocía bien, y que debía de ser el único tema de sus conversaciones nocturnas.

Isabel encontró al verdadero rey en Carlos de Valois. En cuanto se enteró de la llegada de su sobrina, corrió a palacio, la abrazó y la besó en las mejillas. Isabel comprendió de inmediato que el poder estaba en aquellos brazos y en ninguna otra parte.

La cena fue breve y congregó alrededor de los soberanos a los condes de Valois, de Artois y a sus esposas, al conde de Kent, al obispo de Norwich y a Mortimer. A Carlos el Hermoso le gustaba acostarse pronto.

Todos los ingleses se reunieron luego en el departamento de la reina para conferenciar. Cuando se retiraban, Mortimer fue el último en el umbral de la puerta. Isabel lo retuvo por un instante; según dijo, tenía que entregarle un mensaje.

La cruz de sangre

No tenía ni idea del tiempo transcurrido. El vino, perfumado de romero, rosa y granada, estaba casi agotado en el cántaro de cristal; las brasas se consumían en el hogar.

Ni siquiera habían oído los gritos de la ronda que se elevaban lejanos, de hora en hora, durante la noche. No podían dejar de hablar, sobre todo la reina, quien por primera vez después de tantos años no temía que estuviera escondido un espía tras de los tapices para repetir sus frases más triviales. No creía que un día podría hablar tan libremente; había perdido hasta la memoria de la libertad. No recordaba haberse hallado nunca delante de un hombre que la escuchara con tanto interés, que le respondiera con tanta exactitud y cuya atención estuviera tan llena de generosidad. Aunque tenían ante sí muchos días para hablar, no se decidían a interrumpir aquel torrente de confidencias. Tenían que decirse todo sobre el estado de los reinos, el tratado de paz, las cartas del Papa, y sobre sus enemigos comunes; Mortimer tenía que contar su encarcelamiento, evasión y destierro, y la reina confesar sus tormentos y los ultrajes sufridos.

Isabel tenía intención de permanecer en Francia hasta que Eduardo acudiera a rendir homenaje; ése era el consejo que le había dado Orleton, con quien había mantenido una entrevista secreta entre Londres y Douvres.

—No podéis volver a Inglaterra antes de que sean

expulsados los Le Despenser, señora —dijo Mortimer—. No podéis, ni debéis.

—Estaba clara su finalidad al atormentarme tan cruelmente estos últimos meses. Esperaban que cometiera alguna loca acción de rebeldía para encerrarme en algún convento o castillo lejano, como han hecho con vuestra esposa.

—Pobre amiga Juana —dijo Mortimer—. Ha sufrido mucho por mí.

Y fue a poner un leño en el hogar.

—Fue ella quien me mostró la clase de hombre que erais —prosiguió Isabel—. Debido al miedo que tenía a que me asesinaran, muchas veces la hacía dormir a mi lado. Y ella me hablaba de vos, siempre de vos... Así supe de los preparativos de vuestra fuga, y pude contribuir a ella. Os conozco mejor de lo que creéis, Mortimer.

Hubo un momento como de espera para ambos y también una ligera turbación. Mortimer permanecía inclinado sobre el hogar, cuyo brillo iluminaba su barbilla profundamente hendida y sus espesas cejas.

—Sin esta guerra de Aquitania —continuó la reina—, sin las cartas del Papa, sin esta misión ante mi hermano, estoy segura de que hubiera ocurrido una gran desgracia.

—Sabía, señora, que era el único medio. Creed que no me gustaba la guerra contra el reino. Si acepté participar en esta empresa y hacer el papel de traidor... porque rebelarse para defender el propio derecho es una cosa, pero pasarse al ejército adversario es otra. —Le dolía su campaña de Aquitania y quería disculparse—. Todo fue porque sabía que el único medio de liberaros era debilitar al rey Eduardo. Fui yo quien concibió vuestra venida a Francia, señora, y no he parado hasta conseguirlo.

La voz de Mortimer estaba animada de una vibración grave. Los párpados de Isabel se entrecerraron. Su mano arregló maquinalmente una de sus trenzas rubias que enmarcaban su rostro como asas de ánfora.

—¿Qué herida es esa que tenéis en el labio, que yo no conocía? —preguntó.

—Un regalo de vuestro esposo, señora. Un golpe de manual que me asestaron los de su partido dentro de la armadura cuando me derribaron en Shrewsbury, donde fui muy desgraciado. Desgraciado, señora, menos por mí mismo, menos por haber arriesgado mi vida y por la prisión sufrida, que por haber fracasado en llevaros la cabeza de los Le Despenser después del combate librado por vos.

Ésa no era toda la verdad; salvaguardar sus dominios y prerrogativas había pesado tanto en las decisiones militares del barón de las Marcas como el deseo de servir a la reina. Pero en ese momento estaba sinceramente convencido de haber actuado sólo por defenderla. E Isabel lo creyó. ¡Deseaba tanto creerlo! ¡Había esperado tanto que se levantara un día un campeón de su causa! Y ahora ese campeón estaba allí, ante ella, con su gran mano delgada que había blandido la espada y la cicatriz en el rostro, ligera pero indeleble, de una herida sufrida por ella. Con su negro atuendo parecía sacado de un libro de caballería.

—¿Os acordáis, amigo Mortimer, de la endecha del caballero de Graëlent?

Mortimer frunció las espesas cejas. ¿Graëlent? Le sonaba el nombre, pero no se acordaba del asunto.

—Está en un libro de María de Francia, el cual me robaron, como todo lo demás —prosiguió Isabel—. Ese Graëlent era un caballero tan fuerte y leal, y su fama era tan grande, que la reina de aquel tiempo se enamoró de él sin conocerlo. Lo mandó buscar, y las primeras palabras que le dijo cuanto lo tuvo delante fueron: «Amigo Graëlent, nunca he amado a mi esposo; pero a vos os amo tanto como se puede amar y soy vuestra.» —Se asombró de su audacia y de que su memoria le hubiera traído tan a propósito las palabras que expresaban exactamente sus sentimientos. Durante varios segundos le pareció que el sonido de su voz se prolongaba en sus tímpanos. Esperaba ansiosa y turbada, confusa y ardiente, la respuesta de aquel nuevo Graëlent.

«¿Puedo confesarle ahora que la amo?», se preguntaba Rogelio Mortimer como si no fuera esto lo único que podía decir. Pero hay terrenos en los que hombres más bravos en las batallas se muestran singularmente torpes.

—¿Habéis amado alguna vez al rey Eduardo? —preguntó.

Los dos se sintieron igualmente decepcionados. ¿Era necesario, en aquel momento, nombrar a Eduardo? La reina se incorporó ligeramente en su asiento.

—Creí amarlo —repuso—. Me esforcé en hacerlo, con sentimientos preconcebidos; luego, supe enseguida con qué hombre me había unido. Ahora lo odio, con un odio tan intenso que sólo puede desaparecer con él... o conmigo. ¿Sabéis que durante muchos años creí que el disgusto de Eduardo hacia mí provenía de un defecto de mi naturaleza? ¿Sabéis, amigo Mortimer, y vuestra esposa lo sabe bien, que las últimas veces que se esforzó en frecuentar mi cama, cuando concebí a mi última hija, me impuso que el joven Hugo lo acompañara hasta mi lecho, y para poder cumplir con su acto de esposo tenía que acariciarse antes con él, diciéndome que debía amar a Hugo como a él mismo, puesto que estaban tan unidos que no eran más que uno? Entonces fue cuando lo amenacé con escribir al Papa...

La cara de Mortimer enrojeció de furia. Era un golpe contra su honor e igualmente contra su sentimiento amoroso. Eduardo era verdaderamente indigno de ser rey. ¿Cuándo se podría gritar a todos sus vasallos: «¡Mirad quién es vuestro soberano, ved ante quién os arrodilláis y a quién habéis rendido homenaje! ¡Retractaos de vuestro juramento!»? ¿Y no era injusto, habiendo en el mundo tantas mujeres infieles, que aquel hombre tuviera una esposa tan virtuosa? ¿No merecía que ella se hubiera entregado al primero que llegara, para envilecerlo? Pero ¿había permanecido ella absolutamente fiel? ¿Había llenado algún secreto amor tan desesperada soledad?

—¿Y nunca os habéis abandonado a otros brazos? —preguntó Mortimer con voz ya celosa, esa voz que complace tanto, que emociona tan intensamente a la mujer, al comienzo de un sentimiento, y que cansa tanto al final de una relación.

—Jamás, respondió.

—¿Ni siquiera en los de vuestro primo el conde de Artois, que parecía mostraros esta mañana bien claramente que estaba enamorado de vos?

Ella se encogió de hombros.

—Ya conocéis a mi primo Roberto; para él cualquier caza es buena. No le importa que sea reina o plebeya. Un día lejano, en Westmoustiers, le confié mi desamparo y él se ofreció a consolarme, nada más. Por otra parte, ya le habéis oído decir: «¿Y seguís con vuestra castidad, prima...?» No, gentil Mortimer, mi corazón está desoladamente vacío... y muy cansado de estarlo.

—¡Ah, y yo no me he atrevido a deciros, señora, que desde hace mucho tiempo vos sois la única dama de mis pensamientos! —exclamó Mortimer.

—¿Es verdad eso, mi dulce amigo? ¿Hace mucho tiempo?

—Creo, señora, que desde la primera vez que os vi. Pero me di cuenta claramente un día en Windsor, al ver cómo se os saltaban las lágrimas por alguna afrenta que os había hecho el rey Eduardo. ¿Creéis que en la prisión no había ni día ni noche que no pensara en vos, y que la primera pregunta que hice al escaparme de la Torre...?

—Lo sé, amigo Rogelio, lo sé; me lo dijo el obispo Orleton. Entonces me sentí dichosa de haberos ayudado con mi tesoro particular para que recuperarais la libertad; no por el oro, que nada suponía, sino por el peligro, que era grande. Vuestra evasión acrecentó mis tormentos.

Mortimer se inclinó profundamente, arrodillándose casi, para manifestarle su gratitud.

—¿Sabéis, señora —dijo en tono todavía más grave—, que desde que pisé tierra francesa hice voto de vestirme de negro hasta recobrar Inglaterra, y de no tocar mujer hasta liberaros?

Alteraba ligeramente los términos iniciales de su voto, y confundía a la reina con el reino. Pero a los ojos de Isabel cada vez se parecía más a Graëlent, Parsifal, Lanzarote...

—¿Y habéis mantenido vuestro voto? —preguntó la reina.

—¿Lo dudáis?

Ella le dio las gracias con una sonrisa, con la emoción que subió a sus grandes ojos azules y con la mano tendida, una mano frágil que fue a posarse como un pájaro en la del gran barón. Se entreabrieron los dedos, se enlazaron, se cruzaron...

—¿Creéis que tenemos derecho? —dijo ella tras un silencio—. Prometí fidelidad a mi esposo, por malo que sea. Y vos tenéis una esposa a la que no se le puede hacer ningún reproche. Hemos contraído lazos ante Dios. Y yo he sido dura con los pecados ajenos...

¿Quería defenderse de sí misma o deseaba cargar el pecado sobre él?

Mortimer se levantó.

—Ni vos ni yo, reina mía, nos casamos a gusto nuestro. Pronunciamos el juramento; pero en elecciones que no habíamos hecho nosotros. Obedecimos a decisiones de nuestras familias y no a la voluntad de nuestro corazón. Para almas como las nuestras...

Se interrumpió. El amor que teme ser nombrado empuja a las acciones más extrañas; el deseo da grandes rodeos para exigir sus derechos. Mortimer estaba en pie delante de Isabel, y sus manos seguían enlazadas.

—¿Queréis, reina mía, que nos hermanemos? ¿Aceptáis intercambiar nuestra sangre para que yo sea siempre vuestro apoyo y vos siempre mi dama?

Su voz temblaba por aquella inspiración repentina y desmesurada que había tenido, y los hombros de la reina se estremecieron. Porque había brujería, pasión y fe al mismo tiempo, y una mezcla de todas las cosas divinas y diabólicas, caballerescas y carnales en lo que acababa de proponer. Era el lazo de sangre de los hermanos de armas y el de los amantes legendarios, el lazo de los templarios, traído de Oriente por las Cruzadas, el lazo de amor que unía a la esposa mal casada con el amante elegido, y a veces por el propio marido, a condición de que el amor fuera casto... o que se creyera que lo sería. Era juramento de cuerpos, más poderoso que el de las palabras y que no se podía romper, ni anular. Las dos criaturas humanas que lo pronunciaban quedaban más unidas que los mellizos, debían protegerse en todo y no podían sobrevivir sin la otra. «Deben de estar hermanadas...», se decía de ciertas parejas, con un pequeño estremecimiento de temor y de envidia.[1]

—¿Podría pediros cualquier cosa? —dijo Isabel en voz muy baja.

Mortimer respondió cerrando los párpados.

—Me entrego a vos. Podéis exigirme lo que os plazca, y no darme más que lo que vos queráis. Mi amor será lo que vos deseéis. Puedo acostarme a vuestro lado, desnudos ambos, y no tocaros si me lo habéis prohibido. —Estas palabras no respondían al deseo de los dos, sino a una especie de rito de honor que se debían, conforme a las tradiciones caballerescas. El amante se obligaba a demostrar la grandeza de su alma y la magnitud de su respeto. Se sometía a la «prueba cortés», cuya duración se dejaba a la decisión de la amante; dependía de ella que durara siempre o que fuera superada inmediatamente—. ¿Consentís, reina mía?

Ahora fue ella la que respondió bajando únicamente los párpados.

—¿En el dedo? ¿En la frente? ¿En el corazón? —preguntó Mortimer.

Podían hacerse un corte en el dedo, dejar que la sangre de ambos goteara en un vaso, mezclarla y beber por turno.

Podían hacerse una incisión en la frente, en el nacimiento de los cabellos y, juntando las cabezas, intercambiar mutuamente sus pensamientos...

—En el corazón —respondió Isabel.

Era la respuesta que él deseaba.

Cantó un gallo en los alrededores y su grito rasgó la noche silenciosa. Isabel pensó que el día que iba a levantarse sería el primero de primavera.

Rogelio Mortimer se abrió la cota, la dejó caer al suelo y se arrancó la camisa. Ante la mirada de Isabel se mostró con el torso desnudo.

La reina se quitó el corpiño; con un movimiento flexible de los hombros sacó de las mangas los brazos finos y blancos, y descubrió sus senos, firmes a pesar de sus cuatro embarazos. Se comportaba con decisión, con orgullo, casi con desafío.

Mortimer se sacó la daga de la cintura, e Isabel el largo alfiler, rematado en una perla, que retenía sus trenzas. Las asas de ánfora cayeron con suavidad. Mortimer, sin apartar la mirada de los ojos de la reina, con mano firme, se hirió la piel; la sangre corrió como un minúsculo arroyo rojo entre su vello castaño. Isabel hizo lo mismo con el alfiler en el nacimiento del seno izquierdo, y la sangre brotó como el jugo de un fruto. El miedo al dolor, más que el dolor mismo, crispó por un instante la comisura de sus labios. Luego avanzó un paso hacia Mortimer y apoyó sus senos contra el torso del hombre, de puntillas, para juntar las dos heridas. Ambos sintieron el contacto de la carne que se aproximaba por primera vez, y aquella sangre tibia que a los dos pertenecía.

—Amigo —dijo ella—, os entrego mi corazón y tomo el vuestro, que me hace vivir.

—Amiga —respondió él—, lo retengo con la promesa de guardarlo en lugar del mío.

No se apartaron; prolongaron indefinidamente aquel extraño beso de los labios que se habían abierto voluntariamente en el pecho. Sus corazones palpitaban al unísono, rápidos y violentos. Tres años de castidad de él y quince de espera del amor de ella.

—Apriétame fuerte, amigo —murmuró la reina.

Su boca se elevó hacia la blanca cicatriz que partía el labio de Mortimer, y sus dientes de pequeño carnicero se entreabrieron para morder.

El rebelde de Inglaterra, el evadido de la Torre de Londres, el gran señor de las Marcas galesas, el antiguo juez supremo de Irlanda, Mortimer de Wigmore, amante de la reina Isabel desde hacía dos horas, acababa de salir triunfante, pletórico de sueños, por la escalera privada.

La reina no tenía sueño. Tal vez más tarde el cansancio se apoderaría de ella; por el momento estaba deslumbrada, estupefacta, como si un cometa continuara girando alrededor de ella. Contemplaba con emocionada gratitud el lecho revuelto. Saboreaba la sorpresa de la felicidad hasta entonces desconocida. Nunca había imaginado que se pudiera enterrar la boca en un hombro para ahogar un grito. Permanecía en pie cerca de la ventana, cuyos postigos pintados había abierto. Sobre París surgía el día, brumoso y mágico. ¿Era verdad que había llegado la víspera por la tarde? ¿Había existido hasta esa noche? ¿Era esa misma ciudad la que había conocido en su infancia? El mundo nacía de repente.

El Sena corría, gris, a los pies del palacio, y allá, en la otra orilla, se levantaba la vieja torre de Nesle. Isabel se acordó de pronto de su cuñada Margarita de Borgoña. El pánico se apoderó de ella. «¿Qué hice entonces? —pensó—. ¿Qué hice? ¡Si hubiera sabido!»

Todas las mujeres enamoradas desde el comienzo de los tiempos le parecían criaturas elegidas, hermanas suyas... «¡He tenido el placer, que vale más que todas las coronas del mundo, y no lamento nada...!» Estas palabras, este grito que Margarita, ahora muerta, le había lanzado después del juicio de Maubuisson, ¡cuántas veces se lo había repetido Isabel sin comprenderlo! Y por fin esa mañana de primavera, la fuerza de un hombre, la alegría de tomar y ser tomada, se lo había hecho comprender. «Seguramente, hoy no la denunciaría.» Y de repente, sintió remordimiento y vergüenza de aquel acto que había creído de justicia real y que ahora le parecía el único pecado de su vida.

NOTAS

1. Los hermanamientos por intercambio y mezcla de sangre, practicados desde la más remota antigüedad y por las sociedades llamadas primitivas, se daban todavía a fines de la Edad Media. Se practicaban en el islam y también entre la nobleza de Aquitania, tal vez por herencia de los moros. Se encuentran huellas de ellos en ciertos testimonios del proceso contra los templarios. Al parecer se han mantenido, como acto de contramagia, en algunas tribus de gitanos. El hermanamiento podía sellar un pacto de amistad, de compañerismo y

también de amor, espiritual o no. Los más célebres hermanamientos citados por la literatura medieval caballeresca son los del conde Gerardo [Girart] de Rosellón y la hija del emperador de Bizancio (delante de los respectivos cónyuges), del caballero Gauvain, de la condesa de Die y del famoso Parsifal.

6

Aquel hermoso año de 1325

Para la reina Isabel, la primavera del año 1325 fue encantadora. Se maravillaba de las soleadas mañanas en que los tejados de la ciudad centelleaban, millares de pájaros piaban en los jardines, y las campanas de todas las iglesias, conventos, monasterios, y hasta la de Notre-Dame, parecían dar horas de felicidad. Las lilas perfumaban las noches bajo un cielo estrellado.

Cada jornada aportaba su dosis de placeres: justas, fiestas, torneos, partidas de caza y de campo. La capital tenía aspecto próspero, y en todas partes se notaba un gran deseo de diversión. Se gastaba sin mesura en diversiones públicas, a pesar de que el presupuesto del Tesoro había registrado el año anterior un déficit de trece mil seiscientas libras, cuya causa, según reconocían todos, había sido la guerra de Aquitania. Para conseguir ingresos, multaron con doce, quince y cincuenta mil libras a los obispos de Ruán, Langres y Lisieux, respectivamente, por los actos violentos cometidos contra sus cabildos o la gente del rey. De esa forma, aquellos prelados demasiado autoritarios habían cubierto el déficit militar. Además, una vez más se ordenó a los lombardos que recompraran su derecho de ciudadanía.

Así se alimentaba el lujo de la corte; todos se daban prisa en divertirse y gozaban de ese sumo placer que consiste en darse como espectáculo a los demás. Y lo que ocurría en la nobleza, ocurría también en la burguesía y hasta en el pueblo llano; todos gastaban más allá de sus medios en cosas que sólo concernían a la alegría de vivir. Hay años de esta clase, en los que el destino parece sonreír: son un reposo, un respiro en medio de las dificultades de los tiempos... Se vende y se compra lo que se llama superfluo, como si fuera superfluo adornarse, seducir, conquistar, entregarse a los derechos del amor, probar las cosas raras que son fruto del ingenio humano, aprovechar todo lo que la providencia o la naturaleza ha dado al hombre para que se deleite por su excepcional condición en el universo.

Naturalmente, se quejaban; pero no por miserables, sino por no poder saciar todos sus deseos. Se quejaban de ser menos ricos que los más ricos, de no tener tanto como los que lo tenían todo. La estación era excepcionalmente benigna; los negocios, milagrosamente prósperos. Se había renunciado a la Cruzada, no se hablaba de poner en pie un ejército ni de rebajar el valor de la libra; el consejo privado se ocupaba de impedir el despoblamiento de los ríos, y los pescadores de caña, instalados en hileras en las dos orillas del Sena, se calentaban al suave sol de mayo.

Se respiraba amor en aquella primavera. Y hubo más matrimonios, y también más bastardos, que desde hacía mucho tiempo. Las jóvenes estaban alegres y coquetas; los muchachos eran decididos y jactanciosos. Los viajeros no tenían bastantes ojos para descubrir las maravillas de la ciudad, ni garganta suficientemente amplia para saborear todo el vino de las posadas, ni noches bastante largas para apurar tantos placeres como se les ofrecían.

¡Ah, cuánto se recordaría aquella primavera! Claro está que había enfermedades, duelos, madres que llevaban al cementerio a sus hijos pequeños, paralíticos, maridos engañados debido a la ligereza de las costumbres, tenderos a quienes robaban y que acusaban a la ronda de no vigilar, incendios que dejaban a las familias sin hogar, algunos crímenes; pero todo eso era imputable sólo a la desgracia, no al rey ni a su consejo.

Era una suerte vivir aquel 1325, ser joven o estar en la plenitud de la existencia, o simplemente tener salud. Y era una gran tontería no apreciarlo bastante, y no agradecer a Dios lo que otorgaba. El pueblo de París hubiera saboreado más aquella primavera de 1325 de haber sabido lo que le tocaría en la vejez. Un verdadero cuento de hadas que apenas creerían los niños concebidos durante esos meses exquisitos entre sábanas perfumadas con espliego. 1325 ¡época dorada! Al cabo de muy poco iban a llamarla «los buenos tiempos».

¿Y la reina Isabel? La reina Isabel parecía resumir en su persona todo el prestigio y todas las alegrías. La gente se volvía a su paso, no sólo porque era la soberana de Inglaterra e hija del gran rey cuyas medidas financieras, hogueras y terribles procesos habían sido olvidados y del que sólo se recordaban las sabias ordenanzas, sino también porque era hermosa y parecía satisfecha.

El pueblo decía que hubiera llevado mejor la corona que su hermano Carlos el Hermoso, príncipe muy gentil pero grotesco, y se preguntaba si había sido buena la ley promulgada por Felipe el Largo que prohibía a las mujeres ocupar el trono. ¡Qué necios eran los ingleses al causar molestias a tan gentil reina!

Isabel, a los treinta y tres años, exhibía un esplendor con el que ninguna muchacha, por lozana que fuera, podía rivalizar. Las más famosas bellezas de la juventud francesa quedaban ensombrecidas cuando aparecía. Y todas las jovencitas aspiraban a parecérsele y la tomaban como modelo: copiaban sus vestidos, sus gestos, sus trenzas levantadas, su forma de mirar y sonreír.

Una mujer enamorada se distingue en el andar, incluso de espaldas; los hombros, las caderas y el paso de Isabel expresaban su felicidad. Casi siempre iba acompañada por lord Mortimer, quien había conquistado a la ciudad desde la llegada de la reina. La gente, que el año anterior lo consideraba sombrío, orgulloso, demasiado altivo para ser un desterrado, y que encontraba en su virtud cierto aire de reproche, descubrió de pronto en Mortimer a un hombre de gran carácter y seducción, muy digno de ser admirado. Se dejó de considerar lúgubre su vestimenta negra, realzada solamente por algunos broches de plata; en su manera de vestir no veían ahora más que la elegancia de un hombre que lleva luto por su patria perdida.

Aunque oficialmente no tenía ninguna misión que llevar a cabo junto a la reina, lo que hubiera sido una provocación demasiado clara para el rey Eduardo, en realidad Mortimer dirigía las negociaciones. El obispo de Norwich soportaba su influencia; Juan de Cromwell no tenía ningún reparo en decir que se había hecho una injusticia con el barón de Wigmore, y que había sido una locura del soberano perder la amistad de alguien tan meritorio; el conde de Kent se había hecho muy amigo de Mortimer, y no decidía nada sin su consejo.

Era sabido y admitido que Mortimer se quedaba después de cenar con la reina, quien, según ella, requería «su consejo». Todas las noches, al salir del departamento de Isabel, sacudía por el hombro a Ogle, el antiguo barbero de la Torre de Londres, ascendido a ayuda de cámara, que lo esperaba dormitando sobre un cofre. Pasaban por encima de los servidores dormidos a lo largo de los pasillos, quienes ni siquiera se apartaban el manto de la cara, acostumbrados como estaban a aquellos pasos familiares.

Aspirando con expresión triunfal el fresco de la madrugada, llegaba Mortimer a su alojamiento de Saint-Germain-des-Prés, donde lo recibía el rubio y atento Alspaye, a quien él creía (¡ingenuos amantes!) único confidente de su relación con la reina.

Ahora estaba claro que ésta no regresaría a Inglaterra hasta que pudiera hacerlo Mortimer. El lazo que se habían jurado se hacía, día a día y noche a noche, cada vez más estrecho, más sólido, y la pequeña cicatriz blanca en el pecho de Isabel, donde él posaba los labios antes de dejarla, como un ritual, seguía siendo la huella visible del intercambio de sus voluntades.

Aunque una mujer sea reina, su amante siempre es su dueño; Isabel de Inglaterra, capaz de hacer frente sola a las discordias conyugales, a las traiciones de un rey, al odio de una corte, se estremecía cuando Mortimer posaba la mano sobre su hombro, se sentía desfallecer cuando él salía de su habitación y llevaba cirios a las iglesias para agradecer a Dios haberle permitido un pecado maravilloso. Cuando Mortimer estaba ausente, aunque sólo fuera por una hora, se lo imaginaba sentado a su lado, y le hablaba en voz baja. Todas las mañanas, al despertar, antes de llamar a sus servidoras, se deslizaba en el lecho hacia el lugar donde momentos antes había estado su amante. Una matrona le había enseñado ciertos secretos útiles para las damas que buscan placer fuera del matrimonio. Y en los círculos de la corte se susurraba como lo más natural, sin reproche alguno, puesto que parecía de justicia, que la reina Isabel tenía un romance, como si se hubiera dicho que estaba en el campo, o mejor aún, que se le había ido el santo al cielo.

Los preliminares del tratado, que alguien había prolongado, fueron firmados el 21 de mayo por Isabel y su hermano, con el consentimiento reticente de Eduardo, quien recuperaba su dominio de Aquitania, con la amputación de Agen y Bazadais; es decir, las regiones que las tropas francesas habían ocupado el año anterior y mediante pago, además, de sesenta mil libras. Valois se había mostrado inflexible en esto. Fue necesaria incluso la mediación del Papa para llegar a un acuerdo, supeditado a la expresa condición de que Eduardo fuera a rendir homenaje, lo cual le repugnaba visiblemente, ya no sólo por motivos de prestigio, sino también por razones de seguridad. Se convino entonces un subterfugio que satisfizo a todos. Sería fijada una fecha para el famoso homenaje. Luego, en el último momento, Eduardo fingiría estar enfermo, lo cual, por otra parte, apenas sería mentira, ya que con sólo pensar en poner el pie en Francia se apoderaba de él una gran ansiedad, palidecía, se ahogaba, le fallaba el pulso y debía acostarse jadeante una hora. Entregaría por tanto a su primogénito, el joven Eduardo, los títulos y posesiones de duque de Aquitania y lo enviaría en su lugar a prestar juramento.

Todos creían salir ganando con este acuerdo. Eduardo eludía la obligación de un viaje temido; los Le Despenser no corrían el riesgo de perder su influencia sobre el rey; Isabel recobraba a su hijo preferido, la separación del cual la hacía sufrir, y Mortimer veía el refuerzo que suponía para sus futuros proyectos la presencia del príncipe heredero en el partido de la reina.

Este partido no dejaba de crecer, incluso en Francia. Eduardo se asombraba de que, a fines de aquella primavera, varios de sus barones hubieran tenido necesidad de ir a visitar sus posesiones francesas, y lo inquietaba todavía más que ninguno volviera. Por otra parte, los Le Despenser tenían varios espías en París, que informaban a Eduardo sobre la actitud del conde de Kent, sobre la presencia de Maltravers al lado de Mortimer, y sobre la oposición que se centraba en la corte de Francia alrededor de la reina. La correspondencia oficial entre los dos esposos seguía siendo cortés, e Isabel, en largos mensajes donde explicaba la lentitud de las negociaciones, llamaba a Eduardo «dulce corazón». Pero Eduardo había ordenado a los almirantes y *sherifs* de los puertos que interceptaran a todos los mensajeros de cualquier condición que llevaran cartas enviadas a quienquiera que fuese por la reina, el obispo de Norwich u otros de su entorno. Dichos mensajeros tenían que ser llevados ante el rey bajo escolta. Pero ¿se podía detener a todos los lombardos que circulaban con letras de cambio?

Un día que caminaba por el barrio del Temple, en París, acompañado de Alspaye y Ogle, Rogelio Mortimer estuvo a punto de ser alcanzado por un bloque de piedra caído de un edificio en construcción. Se salvó de morir aplastado por el ruido que hizo el bloque al chocar con una tabla del andamio. Consideró el hecho como un simple accidente pero, tres días después, al salir de casa de Roberto de Artois, una escalera cayó delante de su caballo. Mortimer fue a entrevistarse con Tolomei, que conocía el París secreto mejor que nadie. El sienés llamó a uno de los jefes de los compañeros albañiles del Temple, que habían conservado su inmunidad a pesar de la dispersión de los caballeros de la orden. Los atentados contra Mortimer cesaron. Hasta dirigían desde los andamios, quitándose el gorro, grandes saludos al señor inglés vestido de negro. Sin embargo, Mortimer adoptó la costumbre de ir fuertemente escoltado y de hacer probar su vino con un cuerno de narval, precaución contra el veneno. Se ordenó a los truhanes que vivían a expensas de Roberto de Artois que abrieran bien los ojos y las orejas. Las amenazas que rodeaban a Mortimer no hicieron más que intensificar el amor que la reina Isabel sentía por él.

Y de repente, a comienzos de agosto, poco antes del tiempo señalado para el homenaje inglés, Carlos de Valois, tan sólidamente instalado en el poder que lo llamaban el «segundo rey», murió a los cincuenta y cinco años.

Desde hacía varias semanas estaba muy colérico, se irritaba por todo; tuvo un arrebato particularmente intenso al recibir del rey Eduardo la inesperada proposición de casar a sus dos hijos más jóvenes, Luis de Valois y Juana de Inglaterra, que no tenían todavía los siete años. ¿Había comprendido Eduardo el error cometido dos años antes, al rechazar el matrimonio de su primogénito, y pensaba atraer de esa manera a Carlos de Valois a su juego? El conde de Valois, con una reacción incomprensible, había considerado esta proposición como un segundo insulto, y se encolerizó tanto que empezó a romper los objetos de una mesa. Al mismo tiempo, se mostraba muy activo en los asuntos de gobierno, se impacientaba por la lentitud del Parlamento en aprobar las disposiciones, y discutía con Miles de Noyers las cifras proporcionadas por la Cámara de Cuentas; luego se quejaba de la fatiga que le producían estas tareas.

Una mañana que estaba en consejo e iba a rubricar un acta, dejó caer la pluma de ganso que le tendían y manchó de tinta la cota azul con que iba vestido. La mano le quedó colgando al lado de la pierna y los dedos se le volvieron de piedra. Se sorprendió del silencio que se hacía alrededor de él, y no se dio cuenta de que caía del asiento.

Lo levantaron, fijos los ojos hacia la izquierda, en lo alto de las órbitas, la boca torcida hacia el mismo lado y sin conocimiento. Tenía la cara muy colorada, casi violeta, y se apresuraron a ir en busca de un médico para que lo sangrara. Al igual que le había ocurrido once años antes a su hermano Felipe el Hermoso, Valois acababa de ser golpeado en la cabeza, en los engranajes misteriosos de la voluntad. Creyeron que se moría, y en su palacio, adonde lo llevaron, toda la casa empezó a gimotear como si estuviera ya de duelo.

Sin embargo, después de unos días en que daba muestras de estar vivo más por la respiración que por el pensamiento, recuperó a medias el conocimiento. Recobró la palabra, aunque no articulaba bien los sonidos y había perdido aquella energía y altisonancia que le caracterizaba. La pierna derecha no le obedecía, ni tampoco la mano que había dejado caer la pluma.

Inmóvil en su asiento, ahogado por el calor de las

mantas con las que creían conveniente arroparlo, el antiguo rey de Aragón, antiguo emperador de Constantinopla, conde de Romaña, par francés, perpetuo candidato al Imperio alemán, dominador de Florencia, vencedor de Aquitania y organizador de Cruzadas pensaba de repente que todos los honores que un hombre puede alcanzar no son nada cuando se apodera de él la debilidad del cuerpo. Él, que desde su infancia no había tenido más ansiedad que la de conquistar los bienes de este mundo, descubría de pronto otras angustias. Exigió que lo llevaran a su castillo de Perray, cerca de Rambouillet, al que no iba casi nunca y que de repente se le hizo grato, por esa extraña atracción que sienten los enfermos hacia los lugares donde imaginan que recobrarán la salud.

Su cerebro, cuya energía había disminuido sin perder claridad, estaba obsesionado asociando su enfermedad con la que había atacado a su hermano mayor. Buscaba en sus actos la causa de aquel castigo que le infligía el Todopoderoso. Al debilitarse se hacía piadoso. Pensaba en el Juicio Final. Los actos de orgullo se justificaban fácilmente; Carlos de Valois no encontraba casi nada que reprocharse. En todas sus campañas, en todos los saqueos y matanzas que había ordenado, en todas las extorsiones que había hecho sufrir a las provincias conquistadas y liberadas por él, consideraba que había usado siempre sus poderes de jefe y príncipe. Sólo un recuerdo le causaba remordimiento, una sola acción le parecía el origen de su actual expiación, un solo nombre se detenía en los labios al hacer examen de su carrera: Marigny. Porque en realidad nunca había odiado a nadie, salvo a Marigny. A todos los otros que había atropellado, castigado, atormentado y enviado a la muerte, lo había hecho convencido de un bien general que él confundía con sus propias ambiciones. Pero con Marigny había sido un asunto de odio personal. Había mentido a sabiendas al acusar a Marigny, había prestado falso testimonio contra él y había propiciado falsas declaraciones; no había retrocedido ante ninguna bajeza para enviar al antiguo primer ministro, coadjutor y rector del reino, más joven entonces que él ahora, a balancearse en Montfaucon. Se había dejado llevar por el deseo de venganza, por el rencor que le producía ver, día tras día, que otro tenía en Francia más poder que él.

Y ahora, sentado en el patio de su casa solariega de Perray, mientras observaba el paso de los pájaros y miraba a los escuderos sacar los hermosos caballos que no volvería a montar, el conde de Valois comenzó —¡la palabra le sorprendía, pero no había otra!—, empezó a querer a Marigny, a sentir afecto por su recuerdo. Hubiera deseado que su enemigo estuviera vivo para poderse reconciliar con él, y hablarle de todas las cosas que habían conocido y vivido juntos, y sobre las que tanto habían disputado. Echaba menos en falta a su hermano mayor Felipe el Hermoso, a su hermano Luis de Evreux, incluso a sus dos primeras esposas, que a su rival, y en los momentos en que creía que no lo observaban, lo sorprendían murmurando algunas frases de una conversación tenida con un muerto.

Todos los días enviaba a uno de sus chambelanes, provisto de un saco de monedas, a repartir limosna entre los pobres de un barrio de París, parroquia por parroquia. Los chambelanes, al depositar las monedas en las mugrientas manos, debían decir: «Rogad, buena gente, rogad a Dios por mi señor Enguerrando de Marigny y por mi señor Carlos de Valois.» Creía que si pronunciaban su nombre en una oración junto al de su víctima, se ganaría la clemencia celestial. El pueblo de París se sorprendía de que el poderoso y magnífico conde de Valois se hiciera nombrar junto a quien él había proclamado, en otro tiempo, responsable de todas las desgracias del reino, y había hecho colgar en las cadenas del patíbulo.

En el consejo, el poder había pasado a Roberto de

Artois, quien, por enfermedad de su suegro, se encontraba de repente ascendido al primer rango. El gigante recorría frecuentemente, a todo galope, la ruta de Perray para solicitar la opinión del enfermo. Porque todos se daban cuenta, y Artois el primero, del vacío que había de pronto en la dirección de los asuntos de Francia. Cierto que a Carlos de Valois se lo consideraba bastante embrollón, dispuesto a resolverlo todo sin reflexionar lo suficiente y hecho a gobernar más de capricho que prudentemente; pero tras haber rodado de corte en corte, de París a España y de España a Nápoles; tras haber defendido los intereses del Santo Padre en Toscana; tras haber participado en todas las campañas de Flandes; tras haber intrigado en pos del trono del Sacro Imperio y haberse sentado durante más de treinta años en el consejo de cuatro reyes de Francia, poseía la costumbre de plantear los problemas del reino dentro del conjunto de los asuntos de Europa. Y eso lo hacía de manera casi inconsciente.

Roberto de Artois, conocedor de las costumbres y gran pleiteador, carecía de esta amplia perspectiva. Así, del conde de Valois se decía que era «el último», sin precisar bien lo que se entendía por eso, a no ser el último representante de una gran manera de gobernar el mundo y que, sin duda, iba a desaparecer.

El rey Carlos el Hermoso, indiferente, se paseaba de Orleáns a Saint-Maixent y Châteauneuf-sur-Loire, siempre a la espera de que su tercera esposa le diera la buena noticia de estar encinta.

La reina Isabel se había convertido en dueña, por decirlo así, del palacio de París, y alrededor de ella se creaba una especie de segunda corte inglesa.

La fecha del homenaje se había fijado para el 30 de agosto. Eduardo esperó la última semana del mes para ponerse en camino y, fingir luego estar enfermo en la abadía de Sandown, cerca de Douvres. El obispo de Winchester fue enviado a París para certificar bajo juramento, en caso necesario, aunque nadie se lo pidió, la validez de la excusa y proponer la sustitución del padre por el hijo. El príncipe Eduardo, nombrado duque de Aquitania y conde de Ponthieu, aportaría, por descontado, las sesenta mil libras prometidas.

El joven príncipe llegó el 16 de septiembre, acompañado del obispo de Oxford y, significativamente, de Walterio Stapledon, obispo de Exeter y lord del Tesoro. El rey Eduardo, con la elección de éste, que era uno de los más activos y acérrimos partidarios de los Le Despenser, así como el hombre más hábil y astuto y uno de los más destacados, indicaba claramente su deseo de no cambiar de política. El obispo de Exeter no estaba encargado solamente de una misión de escolta.

El mismo día de la llegada, y casi en el preciso momento en que la reina Isabel apretaba en sus brazos a su hijo, se supo que el conde de Valois había sufrido una recaída y que se esperaba que entregara su alma a Dios de un momento a otro. Enseguida, toda la familia, los grandes dignatarios, los barones que se encontraban en París, los enviados ingleses, todo el mundo se precipitó a Perray, salvo el indiferente Carlos el Hermoso, que inspeccionaba en Vincennes unas reformas de interiores que había ordenado a su arquitecto Painfetiz.

Y el pueblo de Francia continuaba disfrutando de su hermoso año 1325.

7

«Cada príncipe que muere...»

¡Cuánto había cambiado Carlos de Valois para los que no lo habían visto durante las últimas semanas! Antes iba siempre tocado, con una gran corona recargada de pedrería los días de pompa, o bien con una caperuza de terciopelo bordado, cuya inmensa cresta dentada le caía sobre el hombro o con uno de aquellos bonetes con cerco de oro que llevaba en sus habitaciones. Ahora, por primera vez, llevaba la cabeza descubierta y su cabello rubio canoso al que la edad había dado un tono desvaído colgaba sobre sus mejillas y sobre los cojines. Su delgadez, en un hombre antes robusto y sanguíneo, resultaba impresionante, aunque menos que la inmóvil contracción de la mitad de la cara, que la boca ligeramente torcida de la que un sirviente limpiaba la saliva, menos incluso que la apagada fijeza de su mirada. Las sábanas recamadas de oro, las cortinas azules sembradas de flores de lis que, como un dosel, pasaban por encima de la cabecera de la cama, acentuaban la decadencia física del moribundo.

El propio Carlos de Valois, antes de recibir a toda aquella gente que se apretujaba en su habitación, había solicitado un espejo, y durante un momento había estudiado aquel rostro que dos meses antes impresionaba a pueblos y reyes. ¿Qué le importaban ahora el prestigio y el poder? ¿Dónde estaban las ambiciones que tanto había perseguido? ¿Qué significaba aquella satisfacción de caminar siempre con la cabeza levantada entre las frentes inclinadas, desde que en aquella cabeza había estallado y oscilado todo? ¿No estaba muerta aquella mano sobre la que servidores, escuderos y vasallos se abalanzaban para besar? Y la otra mano, que todavía podía mover, y de la que se serviría para firmar el testamento que iba a dictar —en el supuesto de que esa mano izquierda pudiese trazar los signos de la escritura—, ¿era más suya que el sello grabado con el que sellaba sus órdenes, y que le quitarían del dedo después de su muerte? ¿Había poseído verdaderamente algo?

La pierna derecha, totalmente inerte, parecía ya perdida. Dentro de su pecho se producía a veces como un vacío abismal.

El hombre es una unidad pensante que actúa sobre los demás y transforma el mundo. Luego, de repente, la unidad se disgrega, se desliga y entonces, ¿qué es el mundo y qué son los demás? Lo importante en ese momento, para Carlos de Valois, no eran los títulos, las posesiones, las coronas, los reinos, las prerrogativas del poder, la primacía de una persona entre los vivos. Los emblemas de su linaje, las adquisiciones de su fortuna, incluso sus descendientes agrupados a su alrededor: todo había perdido para él su valor esencial. Lo importante era el aire de septiembre, el follaje todavía verde, con vetas de color rojizo, que veía por las ventanas abiertas; pero sobre todo el aire, el aire que respiraba con dificultad y que era tragado por aquel abismo que llevaba en el fondo del pecho. Mientras sintiese entrar el aire por su garganta, el mundo continuaría existiendo con él en su centro, pero un centro frágil, semejante al final de la llama de un cirio. Luego, todo cesaría, o más bien, todo continuaría, pero en la completa oscuridad y en el más espantoso silencio, como subsiste la catedral cuando se apaga el último cirio.

Valois se acordaba de los últimos momentos de miembros de su familia. Volvía a escuchar las palabras de Felipe el Hermoso: «¡Mirad lo que vale el mundo! ¡He aquí al rey de Francia!»

Se acordaba de las palabras de su sobrino Felipe el Largo: «Ved aquí al rey de Francia, vuestro soberano señor; no hay ninguno entre vosotros por pobre que sea, con el que no quisiera cambiar mi suerte.» Había escuchado esas frases sin entenderlas. Eso era lo que habían sentido los príncipes de su familia en el momento de la muerte. No podían decir otras palabras, pero los que gozaban de salud no las comprendían. Todo hombre que muere es el más infeliz del universo.

Y cuando todo se hubiera desligado, apagado, disuelto, cuando la catedral se hubiera llenado de sombras, ¿qué iba a descubrir ese pobre hombre más allá? ¿Encontraría lo que le había enseñado la religión? Pero ¿qué eran esas enseñanzas, sino inmensas, angustiosas incertidumbres? ¿Sería llevado ante un tribunal? ¿Cuál sería la cara del juez? ¿Y en qué balanza se pesarían todos los actos de su vida? ¿Qué pena se puede infligir a quien ya no existe? El castigo... ¿Qué castigo? ¡Tal vez el castigo consistiera en conservar el entendimiento claro en el momento de atravesar el muro de las sombras!

También Enguerrando de Marigny —Carlos de Valois no podía dejar de pensar en él— había tenido el entendimiento claro, el entendimiento más claro aún, del hombre que goza de buena salud, que está en su plenitud física y que va a morir no por la rotura de algún engranaje secreto del ser, sino por la voluntad de otro. Para él la muerte no había sido el último resplandor de un cirio, sino el súbito apagón de todas las llamas.

Los mariscales, los dignatarios y grandes oficiales que habían acompañado a Marigny a la horca, los mismos o sus sucesores en los cargos, estaban en aquel momento allí, a su alrededor, llenando la habitación, desbordándose hasta la pieza contigua, con la mirada de hombres que asisten a la última pulsación de uno de los suyos, extraños al fin que observan teniendo ante sí un porvenir del que queda eliminado el moribundo.

¡Ah! ¡Con qué gusto hubiera dado todas las coronas de Bizancio, todos los tronos de Alemania, todos los cetros y todo el oro de los rescates por una mirada, una sola, en la que no se sintiera eliminado! Pena, compasión, pesar, espanto y emoción del recuerdo, todo eso se leía en los ojos que rodeaban el lecho del príncipe moribundo; pero todos estos sentimientos no eran más que una prueba de eliminación.

Valois observaba a su primogénito, Felipe, mozo gallardo de gran nariz, que estaba en pie a su lado, bajo el dosel, y que mañana o un día muy próximo, tal vez dentro de un minuto, sería el único, el verdadero conde de Valois, el Valois vivo. Estaba triste, de acuerdo con las circunstancias, el gran Felipe, y apretaba la mano de su esposa Juana de Borgoña, la Coja; aunque cuidadoso de su actitud por el porvenir que se le presentaba, parecía decir a los asistentes: «¡Mirad, es mi padre el que muere!» De sus ojos, el conde de Valois había sido también eliminado.

Y los otros hijos... Carlos de Alençon, que evitaba que su mirada se cruzara con la del moribundo, apartándola lentamente hasta que la volvía a encontrar; el pequeño Luis, atemorizado, parecía enfermo de miedo, ya que era la primera agonía que veía... Y las hijas... Había varias presentes: la condesa de Hainaut, que, de vez en cuando, hacía una señal al sirviente encargado de limpiar la boca de Valois; la menor, la condesa de Blois y, más lejos, la condesa de Beaumont junto a su gigantesco esposo Roberto de Artois, ambos formando grupo con la reina Isabel de Inglaterra y el pequeño duque de Aquitania, mozuelo de largas pestañas de comportamiento discreto, como si estuviera en la iglesia, y que sólo conservaría de su tío Carlos de Valois aquel recuerdo.

Al moribundo le pareció que también por aquel lado

se fraguaba algo, un porvenir del que igualmente él quedaba eliminado...

Si inclinaba la cabeza hacia el otro lado de la cama, veía rígida, impertérrita, pero viuda ya, a Mahaut de Châtillon-Saint-Pol, su tercera esposa. Gaucher de Châtillon, el anciano condestable, con su cara de tortuga y sus setenta y siete años, se hallaba a punto de alcanzar otra victoria: estaba viendo morir a un hombre veinte años más joven que él.

Esteban de Mornay y Juan de Cherchemont, ambos antiguos cancilleres de Carlos de Valois antes de serlo de Francia; Miles de Noyers, legista y maestro de la Cámara de Cuentas; Roberto Bertrand, el caballero del Verde León y nuevo mariscal; el hermano Tomás de Bourges, confesor, y Juan de Torpo, médico, estaban allí para ayudarle, cada uno en su función. Pero ¿quién puede ayudar a un hombre a morir? Hugo de Bouville se enjugaba una lágrima. ¿Por qué lloraba el grueso Bouville sino por su juventud pasada, su vejez próxima y su vida consumida?

Ciertamente, un príncipe moribundo es un hombre más pobre que el más pobre siervo de su reino. Porque el siervo no tiene que morir en público; su mujer y sus hijos pueden engañarle sobre la inminencia de su muerte; no se ve rodeado de un aparato que le señala su desaparición; no se le exige que deje, in extremis, constancia de su propio fin. Precisamente eso era lo que esperaban de Carlos de Valois todos los grandes personajes reunidos. ¿No es el testamento la confesión que uno hace de su propia muerte? Una obra destinada al porvenir de los demás... Su notario particular esperaba, con el tintero, la vitela y la pluma preparados. ¡Vamos, había que empezar... o mejor dicho, acabar! Más que el esfuerzo físico, era difícil el esfuerzo de la renuncia... El testamento empezaba como una plegaria...

—En el nombre del Padre y del Hijo y del Espíritu Santo... —Carlos de Valois había hablado. Parecía que rezaba—. Escribid, amigo —dijo al secretario—. Oíd bien lo que os voy a dictar. Yo, Carlos... —Se interrumpió, porque era una sensación dolorosa y aterradora oír su voz pronunciar su nombre por última vez. ¿No es el hombre el símbolo mismo de la existencia del ser y de su unidad? El conde de Valois hubiera deseado acabar aquí, porque nada le interesaba ya. Pero todas las miradas estaban fijas en él. Por última vez tenía que actuar para los demás, de quienes se sentía ya tan profundamente separado. Prosiguió—: Yo, Carlos, hijo del rey de Francia, conde de Valois, de Alençon, de Chartres y de Anjou, hago saber que, sano de espíritu aunque enfermo de cuerpo...

Si bien las frases quedaban parcialmente desfiguradas y la lengua se enredaba en ciertas palabras, a veces las más sencillas, la mecánica cerebral continuaba, aparentemente, funcionando con normalidad. Pero este dictado se efectuaba en una especie de desdoblamiento, como si él fuera su propio oyente; le parecía estar en medio de un brumoso río; su voz se dirigía hacia la orilla de la que se alejaba, y temblaba al pensar lo que ocurriría al tocar la otra orilla.

—Y rogando a Dios clemencia, temeroso del castigo de mi alma en el día del Juicio Final, dispongo aquí de mí y de mis bienes, y hago testamento y mi última voluntad de la manera abajo escrita. En primer lugar entrego mi alma a Nuestro Señor Jesucristo y a su misericordiosa Madre y a todos los Santos...

A una señal de la condesa de Hainaut, el sirviente limpió la saliva que corría por la comisura de los labios de Carlos de Valois. Todas las conversaciones se interrumpieron, e incluso se evitaban los rozamientos de las telas. Los asistentes parecían sorprendidos de que en aquel cuerpo inmóvil, consumido, deformado por la enfermedad, conservara el entendimiento tanta precisión e incluso formulara frases rebuscadas.

Gaucher de Châtillon murmuró a uno de los que estaban a su lado:

—No morirá hoy —dijo.

Juan de Torpo, uno de los médicos, meneó la cabeza. Según él, el conde de Valois no llegaría al amanecer. Pero Gaucher insistió:

—He visto a otros, he visto a otros, y os digo que en ese cuerpo hay vida todavía.

La condesa de Hainaut se llevó un dedo a los labios, rogándole al condestable que callara; Gaucher era sordo y no se daba cuenta del volumen de su susurro.

Valois continuaba su dictado:

—Quiero que depositen mi cuerpo en la iglesia de los Capuchinos de París, entre las sepulturas de mis dos primeras esposas...

Su mirada buscó el rostro de la tercera esposa, bien pronto condesa viuda. Por su vida habían pasado tres mujeres. La segunda, Catalina, había sido la más querida, tal vez debido a su mágica corona de Constantinopla. Una belleza, Catalina de Courtenay, digna de llevar un título de leyenda. Valois se asombraba de que en su desgraciado cuerpo, inerte y a punto de desaparecer quedara un vago y difuso estremecimiento de los antiguos deseos que transmiten la vida. Reposaría, pues, al lado de Catalina, al lado de la emperatriz de Bizancio, y al otro lado tendría a su primera esposa, Margarita, hija del rey de Nápoles, ambas convertidas en polvo desde hacía mucho tiempo. ¡Qué extraño es que pueda persistir el recuerdo de un deseo cuando ya no existe el cuerpo que lo inspiraba! ¿Y la resurrección...? Pero estaba la tercera esposa, la que lo miraba y había sido también una buena compañera. Tendría que dejarle algún fragmento carnal.

—Además, quiero que depositen mi corazón en dicha ciudad, en el lugar donde mi compañera Mahaut de Saint-Pol elija como sepultura, y mis entrañas en la abadía de Chaâlis, ya que se me otorgó el derecho a repartir mi cuerpo por bula de nuestro Santo Padre... —Vaciló, en busca de la fecha que no recordaba, y añadió—: anteriormente.[1]

¡Qué orgulloso se había sentido de esa autorización, que se concedía solamente a los reyes, de poder distribuir su cadáver como se reparten las reliquias! Sería tratado como un rey hasta en la tumba. Pero ahora pensaba en la resurrección, única esperanza que les queda a los que están en la última etapa. Si las enseñanzas de la Iglesia eran ciertas, ¡cómo se las arreglaría él en esta resurrección! Las entrañas en Chaâlis, el corazón donde eligiera Mahaut de Saint-Pol y el cuerpo en la iglesia de París... ¿Se levantaría delante de Catalina y de Margarita con el pecho vacío y el vientre lleno de paja y recosido con cáñamo? ¡Qué gran confusión si resucitaran juntos todos los antepasados y todos los descendientes, y los asesinos frente a sus víctimas, y todas las queridas, y todos los traidores...! ¿Se levantaría ante él Marigny?

—... Además, dejo a la abadía de Chaâlis sesenta libras para que celebren mi aniversario.

El paño limpió de nuevo su barbilla. Durante un cuarto de hora enumeró todas las iglesias, abadías y fundaciones pías situadas en sus feudos para dejarles cien libras, cincuenta, ciento veinte o una flor de lis para embellecer un relicario. Enumeración monótona, salvo para él, pues cada nombre pronunciado le recordaba un campanario, una ciudad, un burgo de los que seguiría siendo señor durante horas o días. El color de una muralla, la silueta de una espada, la sonoridad de los cantos rodados de una calle empinada, los perfumes de un mercado, todas las cosas poseídas, por última vez, nombrándolas. Los asistentes se distraían como en las misas largas. Sólo Juana la Coja, que sufría de estar tanto tiempo sobre sus piernas desiguales, escuchaba con atención. Sumaba, calculaba. A cada cifra, levantaba hacia su marido Felipe de Valois su agraciado rostro, aunque afeado por los malos pensamientos de la avaricia. Todos aquellos legados recortaban la herencia.

Junto a una ventana, Isabel cuchicheaba con Roberto de Artois: pero la inquietud que revelaba el rostro de la reina nada tenía que ver con la fúnebre circunstancia.

—Desconfiad de Stapledon, Roberto —murmuraba—. Ese obispo es la peor criatura del diablo, y Eduardo no lo ha enviado más que para causar molestias, a mí o a los que me apoyan. Nada tenía que hacer él hoy aquí, pero se ha impuesto, porque ha recibido la orden, dice, de escoltar a mi hijo a todas partes. Me espía... La última carta me ha llegado abierta y con el sello vuelto a pegar...

Se oyó la voz de Carlos de Valois:

—Lego a la condesa, mi compañera, el rubí que me regaló mi hija de Blois. Además, le dejo el mantel bordado que fue de mi madre, la reina María.

Los ojos, indiferentes o distraídos durante el enunciado de las pías donaciones, brillaban ahora que se trataba de joyas. La condesa de Blois arqueó las cejas y expresó cierta decepción. Su padre le podía haber devuelto el rubí que le había regalado.

—El relicario que tengo de san Eduardo...

Al oír el nombre de Eduardo, el joven príncipe de Inglaterra levantó sus largas cejas. Pero no, el relicario era también para Mahaut de Châtillon.

—Dejo a Felipe, mi primogénito, un rubí y todos mis arneses y armas, con excepción de una cota de malla, trabajo de Acre, y de la espada con la que combatió el señor de Harcourt, que dejo a Carlos, mi hijo segundo. A mi hija de Borgoña, mujer de mi hijo Felipe, dejo la más hermosa de todas mis esmeraldas.

Las mejillas de la Coja se colorearon ligeramente, y dio las gracias con una inclinación de cabeza que resultó una inconveniencia. Se podía tener la seguridad de que haría examinar las esmeraldas por un joyero para encontrar la más bella.

—A Carlos, mi hijo segundo, todos mis caballos y palafrenes, mi cáliz de oro, una fuente de plata y también un misal.

Carlos de Alençon se echó a llorar, estúpidamente, como si sólo se diera cuenta de la agonía de su padre y de la pena que le causaba cuando lo citaba el moribundo.

—Dejo a Luis, mi tercer hijo, toda mi vajilla de plata...

El niño estaba pegado a las faldas de Mahaut de Châtillon, quien le acarició la frente con un gesto tierno.

—Quiero y ordeno que todo lo que reste de mi capilla sea vendido para hacer rogar por mi alma... que todos los efectos de mi guardarropa sean distribuidos entre mis ayudas de cámara.

Junto a las ventanas abiertas hubo un discreto rumor y las cabezas se asomaron. Tres literas acababan de entrar en el patio de la casa solariega, cubierto de paja para amortiguar el paso de los caballos. De una gran litera con esculturas doradas y las cortinas bordadas con los castillos del Artois, descendió la condesa Mahaut, pesada, monumental, con sus cabellos grises bajo el velo, acompañada de su hija Juana, la reina, viuda de Felipe el Largo. Seguían a la condesa su canciller, el canónigo Thierry de Hirson, y su dama de compañía Beatriz, sobrina de éste. Mahaut llegaba de su castillo de Conflans, próximo a Vincennes, de donde no salía en aquellos tiempos hostiles a ella.

La segunda litera, completamente blanca, era la de la reina Clemencia de Hungría, viuda de Luis el Obstinado.

De la tercera litera, modesta, con sencillos cortinajes de cuero negro, salía con gran dificultad y ayudado sólo por los criados maese Spinello Tolomei, el capitán general de los lombardos de París.

Por los pasillos de la casa solariega avanzaban dos ex

reinas de Francia, que se habían sucedido en el trono, dos mujeres de la misma edad, de treinta y dos años, vestidas enteramente de blanco, según era costumbre en las reinas viudas, rubias y hermosas las dos, que parecían dos hermanas gemelas. Y delante de ellas caminaba, sacándoles una cabeza, la terrible condesa Mahaut, de la que todos sabían, aunque no se habían atrevido a decirlo, que había matado al marido de la una para que reinara la otra. Por último, arrastrando la pierna, esparcidos los blancos cabellos sobre el cuello y marcado el rostro por el paso del tiempo, avanzaba el viejo Tolomei, que había estado mezclado, poco o mucho, en todas las intrigas. Porque la edad lo ennoblece todo y el dinero es el verdadero poder del mundo; porque sin Tolomei, Carlos de Valois no hubiera podido casarse con la emperatriz de Constantinopla; sin Tolomei, la corte de Francia no hubiera podido enviar a Bouville en busca de la reina Clemencia de Nápoles, ni mantener sus procesos Roberto de Artois, ni casarse éste con la hija del conde de Valois; sin Tolomei, la reina de Inglaterra no hubiera podido reunirse con su hijo. Por eso, con el viejo lombardo, que había visto, prestado y callado tanto, se tuvieron consideraciones que sólo se tienen con los príncipes.

Los asistentes se apretaban contra las paredes y se apartaban para dejar libre la puerta. Hugo de Bouville se estremeció cuando le rozaron las faldas de Mahaut.

Isabel y Roberto intercambiaron una muda interrogación. ¿La entrada de Tolomei en compañía de Mahaut significaba que el viejo zorro toscano trabajaba también para el adversario? Pero Tolomei, con una discreta sonrisa, tranquilizó a sus clientes. Esa llegada simultánea no era más que una casualidad del viaje.

La entrada de Mahaut había turbado a los asistentes. Carlos de Valois dejó de dictar al ver aparecer a su antigua gigantesca adversaria, que empujaba ante sí a las dos viudas blancas, como si llevara a pacer dos corderas. Luego vio a Tolomei. Entonces su mano válida, en la que brillaba el rubí que pasaría al dedo de su primogénito, se agitó delante de su cara y dijo:

—Marigny, Marigny...

Creyeron que perdía el sentido, pero no; Tolomei le recordaba a su común enemigo. Sin la ayuda de los lombardos, Carlos de Valois jamás hubiera podido deshacerse del coadjutor.

Entonces, Mahaut de Artois dijo:

—Dios os perdonará, Carlos, ya que vuestro arrepentimiento es sincero.

—¡La muy zorra! —dijo Roberto de Artois en voz lo bastante alta para que lo oyeran los vecinos—. ¡Y se atreve a hablar de remordimientos!

Carlos de Valois, sin hacer caso de la condesa de Artois, hizo señal al lombardo de que se acercara. El viejo sienés llegó hasta el borde de la cama, levantó la mano paralizada del conde y la besó. El conde de Valois no sintió aquel beso.

—Rogamos por su curación, mi señor —dijo Tolomei.

¡Curación! ¡Era la única palabra de consuelo que había oído de toda aquella gente! ¡Nadie ponía en duda su muerte y esperaban su último suspiro como una formalidad necesaria! ¡Curación! ¿Le decía eso el banquero por complacerle o lo pensaba de verdad? Se miraron, y el moribundo vio en el único ojo abierto de Tolomei, en aquel ojo oscuro y astuto, una expresión de amistad. ¡Al fin encontraba una mirada que no lo consideraba eliminado!

—Además —prosiguió Carlos de Valois, apuntando con el dedo al secretario—, quiero y mando que todas mis deudas sean pagadas por mis hijos.

¡Ah! Para Tolomei estas palabras eran un buen regalo, más valioso que todos los rubíes y relicarios. Felipe de Valois, Carlos de Alençon, Juana la Coja y la condesa de Blois pusieron cara de desolación. ¡En buena hora había llegado aquel lombardo!

—A Alberto de Villepion, mi chambelán, una suma de doscientas libras; otro tanto a Juan de Cherchemont, que fue mi canciller antes de serlo de Francia; a Pedro de Montguillon, mi escudero...

El conde de Valois continuaba dando muestras de aquella larqueza que tan cara le había costado a lo largo de su vida. Quería recompensar generosamente a los que le habían servido. Doscientas, trescientas libras... no eran legados enormes, pero, como se trataba de cuarenta o cincuenta, además de las donaciones pías... ¡No iba a bastar el oro del Papa, ya bastante disminuido, ni un año de rentas del patrimonio Valois! ¡Carlos sería pródigo hasta después de muerto!

Mahaut se acercó al grupo inglés. Saludó a Isabel con una mirada de antiguo odio, sonrió al pequeño príncipe como si fuera a morderlo y, por último, miró a Roberto.

—Una desgracia, mi buen sobrino; era un verdadero padre para ti... —dijo en voz baja.

—Y para vos, mi buena tía, es un buen golpe —respondió en el mismo tono—. Tenéis casi la edad de Carlos, edad de morir...

La gente salía y entraba de la sala. Isabel se dio cuenta de pronto de que el obispo Stapledon había desaparecido o, más exactamente, estaba a punto de desaparecer, ya que lo vio atravesar la puerta con ese movimiento untuoso, furtivo y seguro que tienen los eclesiásticos al pasar entre los grupos. Tras él caminaba el canónigo de Hirson, canciller de Mahaut. La giganta siguió también con la mirada aquella salida, y las dos mujeres se sorprendieron de su común observación...

Isabel se hizo enseguida inquietantes preguntas. ¿Qué tendrían que decirse Stapledon, enviado de sus ene-

211

migos, y el canciller de la condesa? ¿Y cómo se conocían si Stapledon había llegado la víspera? Era evidente que los espías de Inglaterra habían trabajado para Mahaut. «Tiene motivos sobrados para quererse vengar y perjudicarme —pensaba Isabel—. En otro tiempo denuncié a sus hijas... ¡Ojalá Rogelio estuviera aquí! ¿Por qué no habré insistido para que viniera?»

Los dos eclesiásticos no habían tenido problemas para reunirse. El canónigo Thierry de Hirson se había hecho nombrar enviado de Eduardo.

—*Reverendissimus sanctissimusque Exeteris episcopus?* —le había preguntado—. *Ego canonicus et comitissæ Artesiensis cancellarius sum.* *

Tenían la misión de encontrarse en cuanto se presentara la primera ocasión. Y acababa de presentarse. Ahora, sentados uno junto al otro en el alféizar de una ventana, en el retiro de la antecámara, con el rosario en la mano, conversaban en latín como si rezaran las plegarias de los agonizantes.

El canónigo Thierry de Hirson poseía la copia de una carta muy interesante de cierto obispo inglés que firmaba «O», dirigida a la reina Isabel, robada a un comerciante italiano mientras dormía en una posada del Artois.

Este obispo «O» aconsejaba a la destinataria que no regresara por el momento, que reuniera el mayor número posible de partidarios en Francia, y que desembarcara con mil caballeros para expulsar a los Le Despenser y al dañino obispo Stapledon. Thierry de Hirson llevaba consigo esa copia. ¿Deseaba leerla Monseñor Stapledon? Pasó un papel de la muceta del canónigo a las manos del obispo, quien le echó una mirada y reconoció el estilo hábil y preciso de Adán Orleton. Si Mortimer,

* ¿Muy reverendo y santo obispo de Exeter? Yo soy canónigo y canciller de la condesa de Artois.

añadía el obispo, se ponía al frente de esa expedición, toda la nobleza inglesa se les unirá en pocos días.

El obispo Stapledon se mordió la punta del pulgar.

—*Ille barro de Mortuo Mari concubinus Isabellae reginae aperte est.**

¿Quería pruebas el obispo? Thierry de Hirson se las proporcionaría cuando quisiera. Bastaba con interrogar a los sirvientes, hacer vigilar las entradas y salidas del palacio de la Cité, preguntar simplemente su opinión a los familiares de la corte.

Stapledon se metió la carta bajo la túnica, debajo de la cruz pectoral.

Entretanto, Carlos de Valois había nombrado a los ejecutores de su testamento. Su gran sello, formado de un semillero de flores de lis rodeado de la inscripción «*Caroli regis Franciae filii, comitis Valesi et Andegaviae*»,** se había impreso en la cera derramada sobre los lazos que pendían por debajo del documento. Los asistentes empezaban a abandonar la habitación.

—Monseñor, ¿puedo presentar a vuestra alta y santa persona a mi sobrina Beatriz, dama de compañía de la condesa? —dijo Thierry de Hirson a Stapledon, mientras señalaba a la hermosa morena de mirada caída y caderas sinuosas, que se les acercaba.

Beatriz de Hirson besó el anillo del obispo; luego, su tío le dijo unas palabras en voz baja. La joven volvió al lado de la condesa Mahaut y le susurró:

—Es cosa hecha, señora.

Y Mahaut, que se encontraba cerca e Isabel, adelantó su gran mano para acariciar la frente del joven príncipe Eduardo.

Luego todos regresaron a París: Roberto de Artois y

---

* Ese barón Mortimer vive en abierto concubinato con la reina Isabel.

** Carlos, hijo del rey de Francia, conde de Valois y de Anjou.

el canciller porque tenían que ocuparse de las tareas del gobierno; Tolomei porque así se lo exigían sus asuntos; Mahaut porque, una vez puesta en marcha su venganza, no tenía nada que hacer allí; Isabel porque deseaba hablar cuanto antes con Mortimer, y las reinas viudas porque no hubieran sabido dónde alojarlas. Incluso Felipe de Valois tuvo que regresar a París para administrar el gran condado cuyo propietario ya era de hecho.

Al lado del moribundo no quedaron más que su tercera esposa y su hija mayor, la condesa de Hainaut, así como sus hijos más jóvenes y sus sirvientes. No mucha más gente que alrededor de un pequeño caballero de provincia; cuando su nombre y sus actos habían agitado el mundo desde el océano hasta las orillas del Bósforo.

Y al día siguiente, y al otro, Carlos de Valois continuaba respirando. El condestable Gaucher lo había visto claro: la vida continuaba revolviéndose en aquel cuerpo fulminado.

Durante aquellos días toda la corte se trasladó a Vincennes para el homenaje que el joven príncipe Eduardo, duque de Aquitania, iba a rendir a su tío Carlos el Hermoso.

Luego, en París, una pieza de una chimenea cayó muy cerca de la cabeza del obispo Stapledon; al día siguiente, se quebró una pasarela bajo los cascos de la mula del clérigo que lo seguía y, una mañana, al salir de su alojamiento a la hora de la primera misa, se encontró frente a frente con Gerardo de Alspaye, el antiguo lugarteniente de la Torre de Londres, y con el barbero Ogle. Los dos hombres parecían pasear despreocupadamente; pero ¿se sale de casa a esa hora simplemente para oír cantar los pájaros? En un rincón había también un pequeño grupo de hombres silenciosos, entre los cuales Stapledon creyó reconocer la larga cara de caballo del barón Maltravers. Un grupo de hortelanos que obstruía el paso en la calle permitió al obispo alcanzar precipitadamente su puerta. Aquella misma tarde, sin despedirse de nadie, emprendió la ruta de Boulogne para embarcarse secretamente.

Además de la copia de la carta de Orleton, llevaba suficientes pruebas para acusar de complot y traición a la reina Isabel, a Mortimer, al conde de Kent y a todos los señores que los rodeaban.

En una casa solariega de la Île-de-France, a una legua de Rambouillet, Carlos de Valois, abandonado por casi todos y recluido en su cuerpo como si estuviera ya en la tumba, seguía viviendo. El que había sido llamado segundo rey de Francia, sólo estaba atento al aire que penetraba en sus pulmones con ritmo irregular, a veces con angustiosas pausas. Y continuaría respirando ese aire del que se nutre toda criatura durante largas semanas todavía, hasta diciembre.

NOTAS

1. Este derecho le fue concedido por Clemente V en 1313. Carlos de Valois contaba entonces cuarenta y tres años.

Tercera parte

EL REY ROBADO

1

Los esposos enemigos

Hacía ocho meses que la reina Isabel vivía en Francia; había conocido la libertad y reencontrado el amor. Y había olvidado a su esposo, el rey Eduardo. Este sólo existía en su pensamiento de manera abstracta, como una mala herencia dejada por una antigua Isabel que había dejado de existir; él había caído en las zonas muertas del recuerdo. No recordaba ya, cuando se esforzaba en avivar su resentimiento, el olor del cuerpo de su marido, ni el color exacto de sus ojos. Sólo entreveía la imagen vaga y confusa de una mandíbula demasiado larga bajo una barba rubia y el ondulado y desagradable movimiento de su espalda. Si el recuerdo se esfumaba, el odio, por lo contrario, permanecía tenaz.

La precipitada vuelta del obispo Stapledon a Londres justificó todos los temores de Eduardo, y le demostró que debía hacer regresar a su mujer con la mayor urgencia. Pero era necesario actuar con habilidad y, como decía Hugo *el Viejo*, adormecer a la loba si querían que volviera a la madriguera. Por lo tanto, las cartas de Eduardo, durante algunas semanas, fueron las de un esposo amante, afligido por la ausencia de su compañera. Los mismos Le Despenser participaron en este ardid, dirigiendo a la reina protestas de devoción y uniéndose a las súplicas del rey para que les concediera la alegría de un pronto regreso. Eduardo había encargado igualmente al obispo de Winchester que usara toda su influencia sobre la reina.

Pero el primero de diciembre todo cambió. Ese día Eduardo fue víctima de uno de aquellos arrebatos de cólera demente, una de aquellas rabias tan poco regias que a él le daban la ilusión de autoridad. El obispo de Winchester acababa de transmitirle la respuesta de la reina: se negaba a volver a Inglaterra por el temor que le inspiraban los manejos del joven Hugo y, además, había hecho partícipe de este temor a su hermano el rey de Francia. No hizo falta más. El mensaje que Eduardo dictó en Westminster, durante cinco horas, de una tirada, iba a sumir en la estupefacción a las cortes de Europa.

En primer lugar escribió a la reina. No era ya cuestión de «dulce corazón».

Señora:
Frecuentes veces os hemos mandado, tanto antes del homenaje como después, que, por el gran deseo de teneros a nuestro lado y la molestia que supone vuestra larga ausencia, regresarais a nos a toda prisa, sin excusa alguna.

Antes del homenaje estabais dispensada por el curso de los trabajos; pero después nos habéis mandado decir por el honorable padre obispo de Winchester que no regresarías por vuestras dudas y el temor a Hugo Le Despenser, lo cual nos ha extrañado grandemente; porque vos le habéis hecho y él os ha hecho elogios en mi presencia, principalmente en el momento de vuestra partida, con promesas especiales y otras pruebas de confiada amistad, y después en vuestras cartas particulares, que él nos ha mostrado.

Sabemos bien, y vos lo sabéis igualmente, señora, que Hugo nos ha concedido siempre todo el honor que ha podido, y vos sabéis también que nunca os ha hecho ninguna villanía desde que sois mi compañera, a no ser una sola vez, casualmente y por culpa vuestra; recordadlo, si os place.

Nos desagradaría mucho, ahora que se ha rendido homenaje a nuestro querido hermano el rey de Francia y con el que estamos en tan buena amistad, que fueseis vos, a quien enviamos en misión de paz, causa de algún distanciamiento entre nosotros, por razones dudosas.

Por eso os mandamos, encargamos y ordenamos que, cesando en vuestras excusas y fingidos pretextos, regreséis a toda prisa a nuestro lado.

En cuanto a vuestros gastos, cuando hayáis vuelto, como debe volver toda mujer a su señor, ordenaremos de tal manera que nada os falte y nada pueda deshonraros.

Queremos también y os mandamos que hagáis venir con la mayor premura a nuestro muy querido hijo Eduardo, ya que tenemos grandes deseos de verlo y hablarle.

El honorable padre en Dios Wautier, obispo de Exeter,[1] nos ha informado de que algunos de nuestros enemigos y desterrados, que estaban junto a vos, lo acecharon para herirlo y que, para escapar de tales peligros, se apresuró a venir a nuestro lado, con la fe y fidelidad que nos debe. Os decimos esto para que sepáis que dicho obispo, al partir tan repentinamente de vuestro lado, no lo hizo por otras razones.

Dado en Westminster el primer día de diciembre de 1325.

EDUARDO

Su furor estallaba al comienzo de la misiva, seguía la mentira, y el veneno estaba sabiamente colocado al final.

Dirigió otra carta, más corta, al joven duque de Aquitania:

Muy querido hijo:

Aunque seáis joven y de tierna edad, recordaréis bien lo que os encargamos y mandamos al despedirnos en Douvres, y lo que nos respondisteis entonces; os lo agradecimos mucho y esperamos que no traspaséis o contravengáis en ningún punto lo que os encargamos entonces.

Y puesto que ya habéis rendido vuestro homenaje, presentaos ante nuestro muy querido hermano el rey de Francia, vuestro tío, despedíos de él y regresad a nuestro lado en compañía de nuestra muy querida compañera la reina vuestra madre, si ella viene enseguida.

Y si ella no viene, regresad a toda prisa sin más demora, porque tenemos muchos deseos de veros y hablaros, y no dejéis de hacerlo en ningún caso, ni por vuestra madre ni por nadie.
Recibid nuestra bendición.

Las cartas mostraban, además de un cierto desorden irritado en las frases, que la redacción no había sido confiada al canciller ni a ningún secretario, sino que era obra del propio rey. Casi se podía oír la voz de Eduardo dictando esos mensajes. No se olvidó de Carlos IV el Hermoso. La carta que le dirigió repetía, casi palabra por palabra, todos los conceptos de la enviada a la reina.

Habéis oído por gente digna de fe que nuestra compañera la reina de Inglaterra no se atreve a venir a nuestro lado por el temor de su vida y por la duda que tiene sobre Hugo Le Despenser. Ciertamente, muy amado hermano, no debe dudar de él ni de ningún otro hombre que viva en nuestro reino; porque, por Dios, no hay Hugo ni ningún otro hombre que viva en nuestro territorio que le desee mal y, si lo supiéramos, lo castigaríamos de tal forma que los demás tomarían ejemplo, cosa que nos permite nuestro poder, gracias a Dios. Por eso, muy querido y muy amado hermano, os rogamos especialmente, en vuestro honor y en el nuestro, y en el de nuestra dicha compañera, que hagáis cuanto os sea posible para que ella venga a nuestro lado lo más deprisa que pueda, porque estamos muy apenados al vernos sin su compañía, y de ninguna manera la hubiéramos dejado partir si no hubiera sido por la gran seguridad y confianza que teníamos en vos y en vuestra buena fe para hacerla volver a voluntad nuestra.

Eduardo exigía igualmente el regreso de su hijo y denunciaba las tentativas de asesinato contra el obispo de Exeter, imputables a los «enemigos y desterrados del otro lado del mar».

Ciertamente, la cólera de ese primer día de diciembre debió de ser fuerte, y las bóvedas de Westminster debieron de devolver durante largo rato vocingleros ecos. Porque, con el mismo motivo y en igual tono, escribió Eduardo a los arzobispos de Reims y de Ruán, a Juan de Marigny, obispo de Beauvais, a los obispos de Langres y de Laon, todos ellos padres eclesiásticos; a los duques de Borgoña y de Bretaña, así como a los condes de Valois y de Flandes, pares laicos; al abad de Saint-Denis, a Luis de Clermont-Borbón, gran camarero; a Roberto de Artois, a Miles de Noyers, presidente de la Cámara de Cuentas, y al condestable Gaucher de Châtillon.

El hecho de que Mahaut fuera la única par de Francia exceptuada de esta correspondencia demostraba claramente su relación con Eduardo, y que éste no había considerado necesario notificárselo de manera oficial.

Roberto, al romper el sello del pliego a él destinado, lleno de alegría, con grandes risotadas y golpeándose los muslos, se presentó en casa de su prima de Inglaterra. ¡Estupenda historia para saborearla! Así que el rey Eduardo enviaba jinetes a todas partes del reino para informar a todo el mundo de sus problemas conyugales, defender a su amigo del corazón y mostrar que no era capaz de hacer regresar a su esposa al hogar. ¡Pobre Inglaterra, y en qué manos de estopa había ido a caer el cetro de Guillermo el Conquistador! ¡No se había oído nada igual desde los embrollos de Luis el Piadoso y de Eleonora de Aquitania!

—Hacedlo bien cornudo, prima mía —dijo Roberto—, y sin ninguna consideración; que vuestro Eduardo se vea obligado a inclinarse para poder pasar por las puertas de sus castillos. ¿No es verdad que merece esto, primo Rogelio? —añadió, dando una palmada a Mortimer en el hombro.

En su arrebato, Eduardo había tomado también medidas de represalia, confiscando los bienes de su hermanastro el conde de Kent y los del señor de Cromwell, jefe de la escolta de Isabel, y había hecho algo peor: acababa de firmar un acta por la que se instituía en «gobernador y administrador» de los feudos de su hijo, duque de Aquitania, y reclamaba en su nombre las posesiones perdidas. Eso equivalía a decir que invalidaba el tratado negociado por su mujer y el homenaje prestado por su hijo.

—Dejadlo, dejadlo —dijo Roberto de Artois—. Iremos a quitarle de nuevo su ducado; al menos lo que queda de él. ¡Las ballestas de la Cruzada empiezan a oxidarse!

Para esto no era necesario poner en pie los ejércitos, ni enviar al condestable, que empezaba a debilitarse por la edad; los dos mariscales, a la cabeza de las tropas permanentes, bastaban para castigar un poco a los señores gascones que habían tenido la debilidad y la necedad de permanecer fieles al rey de Inglaterra. Esto ya se había convertido en costumbre, y cada vez se tenían que enfrentar con menos gente.

La carta de Eduardo fue una de las últimas que leyó

Carlos de Valois, uno de los últimos ecos que le llegaron de los asuntos del mundo.

El conde murió a mediados de ese mes de diciembre; sus funerales fueron tan pomposos como lo había sido su vida. Toda la casa de Valois, cuyo número e importancia se apreciaba mejor al verla en el cortejo, toda la familia de Francia, todos los dignatarios, la mayoría de los pares, las reinas viudas, el Parlamento, la Cámara de Cuentas, el condestable, los doctores de la universidad, las corporaciones de París, los vasallos de los feudos patrimoniales y los clérigos de las iglesias y abadías citadas en el testamento condujeron hasta la iglesia de los Franciscanos, para colocarlo entre sus dos primeras esposas, el cuerpo, aligerado por la enfermedad y el embalsamiento, del hombre más turbulento de su tiempo.

Las entrañas, tal como el conde de Valois había dispuesto, fueron llevadas a la abadía de Chaâlis y su corazón, en una urna, fue entregado a su tercera esposa, en espera del momento en que ella tuviera sepultura.

Después de lo cual, cayó un extremado frío sobre el reino, como si los huesos de aquel príncipe, al ser enterrados, hubieran helado de golpe la tierra de Francia. Para la gente de esa época sería fácil acordarse del año de la muerte de Valois; no tendrían más que decir: «Fue el invierno del gran frío.»

El Sena estaba completamente helado; sus pequeños afluentes, como el arroyo de la Grange Batelière podían cruzarse a pie; los pozos se habían helado y el agua de las cisternas no se sacaba con cubos sino a golpes de hacha. Por los jardines se desparramaban las cortezas de los árboles y los olmos se hendieron hasta el corazón. Las puertas de París sufrieron graves daños, ya que el frío no respetó ni las piedras. Pájaros de todas clases, desconocidos en las ciudades, tales como arrendajos y urracas, buscaban comida en el pavimento de las calles.

La turba para calefacción se vendía al doble de su precio y en las tiendas no se encontraban pieles, ni una piel de marmota, ni de marta, ni siquiera un vellón de lana de cordero. Murieron muchos viejos y niños en las viviendas pobres. A los viajeros se les helaban los pies dentro de las botas; los jinetes entregaban el correo con las manos amoratadas y se interrumpió el tráfico fluvial. A aquellos soldados que cometían la imprudencia de quitarse los guantes, se les quedaba pegada la piel de las manos en el hierro de las armas; los pilluelos se divertían convenciendo a los tontos del pueblo de que pusieran la lengua sobre la hoja del hacha. Pero, sobre todo, lo que quedaría en el recuerdo sería una tremenda impresión de silencio, porque la vida parecía haberse detenido.

En la corte, el año nuevo se celebró de manera bastante discreta, debido al duelo y a la helada. Sin embargo, se ofreció el muérdago y se intercambiaron los regalos de costumbre. Las cuentas del Tesoro permitían prever, para el ejercicio que se cerraría en Pascua,[2] un excedente de ingresos de setenta y tres mil libras —de las que sesenta mil provenían del tratado de Aquitania— y de las que Roberto de Artois se hizo entregar por el rey ocho mil. Era bien justo, ya que desde hacía seis meses Roberto gobernaba el reino en nombre de su primo. Activó la expedición de la Guyena, donde las armas francesas obtuvieron una rápida victoria al no encontrar prácticamente resistencia. Los señores locales, que sufrieron una vez más la cólera del soberano de París contra su vasallo el rey de Londres, comenzaron a lamentar haber nacido gascones.

Eduardo, arruinado, endeudado e incapaz de conseguir crédito, no había podido enviar tropas para defender su feudo; pero envió barcos para devolver a Inglaterra a su mujer. Ésta acababa de escribir una carta al obispo de Winchester para que la diera a conocer a toda la clerecía inglesa:

Ni vos ni nadie de buen entendimiento debe creer que dejamos la compañía de nuestro señor sin causa grave y razonable, y si no fuera por el peligro para nuestra vida que nos hacía correr el dicho Hugo, que tiene el gobierno de nuestro señor y de todo nuestro reino, y nos quería cubrir de deshonor, cosa de la que estamos cierta por haberla experimentado. Mientras Hugo siga, como hasta ahora, siendo dueño de nuestro esposo y del gobierno, no podremos volver a Inglaterra sin ponernos a nos y a nuestro querido hijo en peligro de muerte.

Esta carta se cruzó justamente con las nuevas órdenes que, a comienzos de febrero, dirigió Eduardo a los *sherifs* de los condados costeros. Los ponía al corriente de que la reina y su hijo, el duque de Aquitania, enviados a Francia en misión de paz, se habían aliado, bajo la influencia del traidor y rebelde Mortimer, con los enemigos del rey y del reino; por eso, en caso de que la reina y el duque de Aquitania desembarcaran de las naves que el rey les había enviado a Francia, y solamente si llegaban con buenas intenciones, su voluntad era que fueran recibidos cortésmente; si desembarcaban de naves extranjeras y mostraban deseos distintos a los suyos, la orden era, aparte de la reina y del príncipe Eduardo, tratar como rebeldes a todos cuantos desembarcaran.

Isabel notificó al rey, por medio de su hijo, que estaba enferma e imposibilitada para embarcar.

Pero en el mes de marzo, el rey Eduardo, informado de que su esposa se paseaba alegremente por París, tuvo un nuevo arrebato de furor epistolar. Parecía que esa indignación era como una especie de afección cíclica que le sobrevenía cada tres meses.

Al joven duque de Aquitania escribió lo siguiente:

Con falso pretexto, nuestra compañera vuestra madre se aparta de nosotros, a causa de nuestro querido y fiel Hugo Le Despenser, que siempre nos ha servido bien y lealmente; pero vos veis, y todo el mundo puede verlo, que abierta y notoriamente, apartándose de su deber y en contra del estado de nuestra corona, ha atraído hacia sí a Mortimer, nuestro traidor enemigo mortal, juzgado en pleno por el Parlamento. Y va acompañada de él dentro y fuera de palacio, a pesar de nosotros, de nuestra corona y de los derechos de nuestro reino. Y todavía hace algo peor, si cabe, al teneros en compañía de nuestro dicho enemigo, delante de todo el mundo, con muy gran deshonor y villanía, y en perjuicio de las leyes y usos del reino de Inglaterra, que vos estáis soberanamente obligado a salvar y mantener.

Y al rey Carlos IV le escribió:

Si vuestra hermana nos amase y deseara estar en nuestra compañía, como os ha dicho, mintiendo, no habría partido de nuestro lado con el pretexto de establecer la paz y la amistad entre nosotros, cosa que creí de buena fe al enviarla a vuestro lado. Pero la verdad es, muy querido hermano, que nos damos cuenta de que ella no nos ama, y la causa que da, al hablar de nuestro querido pariente Hugo Le Despenser, es fingida. Pensamos que eso es desordenada voluntad, puesto que abierta y notoriamente retiene en su consejo a nuestro traidor y enemigo mortal Mortimer, y que va acompañada en su palacio y fuera de él por ese malvado. Deberíais, muy querido hermano, hacer que ella se comportara como debe por el honor de todos aquellos a quienes está obligada. Tened a bien hacernos conocer vuestra voluntad acerca de lo que os plazca hacer, según la razón de Dios y la buena fe, sin tomar en consideración impulsos caprichosos de mujeres u otros deseos.

Mensajes similares fueron enviados de nuevo a todos, a pares, dignatarios, prelados y al propio Papa. Los soberanos de Inglaterra denunciaban cada uno públicamente el amante del otro, y aquel asunto de dos parejas formadas por tres hombres y una sola mujer hacía las delicias de las cortes de Europa. Los amantes de París ya no tenían que tomar precauciones. En lugar de fingir, Isabel y Mortimer se presentaban juntos en cualquier ocasión. El conde de Kent y su esposa, que se había reunido con él, vivían en compañía de la pareja ilegítima. ¿Por qué habían de preocuparse en guardar las apariencias, ya que el rey tenía tanto empeño en publicar su infortunio? Las cartas de Eduardo sólo habían conseguido evidenciar una unión que todo el mundo aceptó como cosa hecha e inmutable. Y todas las esposas infieles pensaron que había una dispensa especial para las reinas, y que Isabel había tenido suerte de que su marido fuera un bribón.

Pero el dinero brillaba por su ausencia. Los emigrados no tenían ningún ingreso, ya que les habían confiscado los bienes, y la pequeña corte inglesa de París vivía enteramente de los préstamos de los lombardos.

A fines de marzo hubo que hacer una nueva llamada al viejo Tolomei. El banquero llegó a la residencia de la reina acompañado del señor Boccaccio, que representaba a los Bardi. La reina y Mortimer, con gran afabilidad, le indicaron su necesidad de dinero fresco. Con igual afabilidad y grandes muestras de pesar, Spinello Tolomei se lo negó. Basaba su negativa en sólidos argumentos: abrió un gran libro negro y mostró las sumas. El señor de Alspaye, lord Cromwell, la reina Isabel —sobre esta página Tolomei hizo una profunda inclinación de cabeza—, el conde de Kent y la condesa —nueva reverencia—, Maltravers, Mortimer... Y luego, en cuatro hojas seguidas, las deudas del propio rey Eduardo Plantagenet...

Roger Mortimer protestó: las cuentas del rey Eduardo no le concernían.

—Para nosotros, señor, todo son deudas de Inglaterra —dijo Tolomei—. Me apena tener que negarme, me apena grandemente decepcionar a una dama tan bella como la reina; pero es pedirme demasiado, esperar de mí lo que yo no tengo y tenéis vos. Porque esta fortuna, que dicen que es nuestra, está formada de créditos. Mis bienes, señor, son vuestras deudas. Ved, señora —continuó volviéndose hacia la reina—, ved, señora, lo que somos nosotros, pobres lombardos siempre amenazados, que debemos pagar a cada nuevo rey un regalo de feliz acontecimiento... ¡Y cuánto hemos pagado desde hace doce años! Pues cada rey nos retira el derecho de ciudadanía y nos lo hace comprar con un buen impuesto, incluso dos veces, si el reinado es largo. Ved, sin embargo, lo que hacemos por los reinos. Inglaterra cuesta a nuestras compañías ciento sesenta mil libras, precio de sus consagraciones, de sus guerras, de sus discordias. Señora, ved lo viejo que soy... Hace tiempo que estaría descansando si no tuviera que correr sin cesar para recuperar esos créditos que necesitamos para cubrir otras necesidades. Se nos llama avarientos, ávidos, pero nadie piensa en los riesgos que corremos al prestar a todos y permitir que continúen sus asuntos los príncipes de este mundo. Los sacerdotes se ocupan de los problemas de los humildes, de repartir limosna a los mendigos, de abrir hospitales para los infortunados; nosotros nos ocupamos de las miserias de los grandes.

Su edad le permitía expresarse de esta forma y la suavidad de su tono era tal que nadie podía ofenderse por sus palabras. Mientras hablaba, miraba con su ojo entreabierto una joya que brillaba en el cuello de la reina y que estaba inscrita a crédito, en su libro, en la cuenta de Mortimer.

—¿Cómo comenzó nuestro negocio? ¿Por qué existimos? Nadie lo recuerda —prosiguió—. Nuestros bancos italianos se crearon durante las Cruzadas, porque a los señores y a los viajeros les repugnaba ir cargados de oro por las rutas poco seguras o por los campos que no eran sólo frecuentados por gente honrada. Además, había que pagar los rescates. Entonces, para que lleváramos el oro por su cuenta y a nuestro riesgo, los señores, principalmente los de Inglaterra, nos dieron garantía con los ingresos de sus feudos. Pero cuando nos presentamos en esos feudos con nuestros créditos, pensando que el sello de los grandes barones era suficiente obligación, no nos pagaron. Entonces reclamamos a los reyes, quienes, para garantizar los créditos de sus vasallos, nos exigieron a su vez préstamos; de este modo, nuestro dinero yace en los reinos. No, señora, con gran pesar y disgusto, esta vez no puedo.

El conde de Kent, que asistía a la entrevista, dijo:

—Está bien, maese Tolomei. Tendremos que dirigirnos a otras compañías.

Tolomei sonrió. ¿Qué creía aquel joven rubio que estaba sentado con las piernas cruzadas y que acariciaba negligentemente la cabeza de su galgo? ¿Que iba a llevarse su clientela? En su larga carrera, Tolomei había escuchado esa frase mil veces: ¡bonita amenaza!

—Señor, cuando se trata de tan grandes prestatarios como vuestras personas reales, debéis saber que todas nuestras compañías están informadas, y que el crédito que me veo obligado a negaros no lo concederá ninguna otra compañía; maese Boccaccio, que veis aquí, está conmigo por cuenta de los Bardi. ¡Preguntadle! Porque, señora —Tolomei se dirigía siempre a la reina—, este conjunto de créditos nos resulta penoso debido a que nada lo garantiza. Al extremo al que han llegado vuestros asuntos con el rey de Inglaterra, éste no va a garantizarnos vuestras deudas, ni creo que vos las suyas. A no ser que tengáis la intención de tomarlas a cuenta vuestra. ¡Ah! Si fuera así, tal vez podríamos ayudaros de nuevo.

Cerró completamente el ojo izquierdo, cruzó las manos sobre el vientre y esperó.

Isabel entendía poco de cuestiones financieras y levantó la vista hacia Rogelio Mortimer. ¿Cómo había que interpretar las últimas palabras del banquero? ¿Qué significaba, después de tan largo discurso, esa repentina apertura?

—Aclaradnos, por favor, vuestras palabras, maese Tolomei —dijo ella.

—Señora —prosiguió el banquero—, vuestra causa es hermosa, y la de vuestro esposo, muy fea. La cristiandad sabe los malos tratos que os ha infligido, las costumbres que empañan su vida y el mal gobierno que ha impuesto a sus súbditos por medio de sus detestables consejeros. Por el contrario, señora, vos sois amada porque sois amable, y apuesto a que en Francia y en otras partes no faltan buenos caballeros dispuestos a levantar sus pendones para devolveros vuestro lugar en el reino... aunque sea expulsando del trono a vuestro esposo el rey de Inglaterra.

—Maese Tolomei —exclamó el conde de Kent—, ¿olvidáis que mi hermano, por detestable que sea, ha sido coronado?

—Señor —respondió Tolomei—, los reyes no lo son verdaderamente sino por el consentimiento de sus súbditos. Y vos tenéis otro rey que dar al pueblo de Inglaterra: ese joven duque de Aquitania que, para su corta edad, parece mostrar gran discreción. He visto demasiado las pasiones humanas y sé reconocer bastante bien las que no se curan, y que arrastran a los más poderosos príncipes a su perdición. El rey Eduardo no se separará de Le Despenser; por el contrario, Inglaterra está bien dispuesta a aclamar al soberano que se le ofrezca para reemplazar al pésimo que tiene y a los malos consejeros que lo rodean... Me diréis, señora, que los caballeros que se ofrezcan a combatir por vuestra causa os resultarán caros: tendremos que proporcionarles arneses, medios de vida y placeres. Pero nosotros podríamos sostener vuestro ejército si Mortimer, cuyo valor nadie desconoce, se compromete a ponerse al frente... y si, naturalmente, se nos garantiza que corren a vuestro cargo las deudas de Eduardo, para pagarlas el día de vuestro triunfo.

La proposición no podía quedar más claramente expuesta. Las compañías lombardas se ofrecían a ayudar a la mujer contra el marido; al hijo, contra el padre; al amante, contra el esposo legítimo. Mortimer no se sorprendió tanto como cabía esperar, ni fingió sorpresa cuando respondió:

—La dificultad, maese Tolomei, reside en reunir esas mesnadas. No puede hacerse en una cueva. ¿Dónde reunir mil caballeros a sueldo? ¿En qué país? No podemos pedirle al rey Carlos que nos autorice a convocarlos en Francia, por bien dispuesto que esté hacia su hermana.

Había convivencia entre el viejo sienés y el antiguo prisionero de Eduardo.

—¿No ha recibido en propiedad el joven duque de Aquitania el condado de Ponthieu, heredado de la reina, y no se encuentra el Ponthieu frente a Inglaterra y junto al condado de Artois, donde mi señor Roberto cuenta con numerosos partidarios como vos sabéis, señor?

—El Ponthieu... —repitió la reina, pensativa—. ¿Cuál es vuestro consejo, gentil Mortimer?

El asunto, aunque quedaba arreglado solamente de palabra, no por eso dejaba de ser una oferta en firme. Tolomei estaba dispuesto a conceder un poco de crédito a la reina y su amante para que pudieran hacer frente a las necesidades inmediatas y partieran enseguida al Ponthieu a organizar la expedición. Y en mayo les proporcionaría el grueso de los fondos. ¿Por qué en mayo? ¿No podía adelantar esa fecha?

Tolomei calculaba. Calculaba que tenía, junto con los Bardi, un crédito que recuperar del Papa. Pediría a Guccio, que se encontraba en Siena, que fuera a Aviñón, ya que el Papa le había hecho saber, por un viajante de los Bardi, que le gustaría volver a ver al joven y había que aprovechar la buena disposición del Santo Padre. Era también una ocasión para Tolomei, tal vez la última, de ver a su sobrino, a quien tanto echaba de menos.

El banquero estaba pensando en algo divertido. Al igual que Carlos de Valois para la Cruzada y que Roberto de Artois para Aquitania, el lombardo se decía con respecto a Inglaterra: «El Papa pagará.» Necesitaba tiempo para que Boccaccio, que debía regresar a Italia, pasara por Siena, y para que Guccio fuera de Siena a Aviñón, arreglara allí su asunto, llegara a París y...

—En mayo, señora, en mayo... ¡Que Dios bendiga vuestra empresa!

NOTAS

1. Wautier (o Wauter o Vautier, según las diferentes redacciones) por Walter. Se trataba de Walter Stapledon, lord tesorero. El original de esta carta, al igual que los de las siguientes, está en francés.

2. Recordamos que el año comenzaba tradicionalmente el primero de enero, mientras que el año administrativo comenzaba en Pascua.

2

Regreso a Neauphle

¿Era tan pequeña la casa de banca de Neauphle, tan baja la iglesia situada al otro lado del minúsculo terreno del mercado y tan estrecho el empinado camino que torcía hacia Cressay, Thoiry, Septeuil? El recuerdo y la nostalgia agrandan extrañamente el tamaño real de las cosas.

¡Habían pasado nueve años! Aquella fachada, los árboles, el campanario, lo hacían de pronto nueve años más joven. Mejor dicho, lo envejecían nueve años.

Guccio había hecho instintivamente el mismo gesto de otro tiempo, inclinándose para cruzar la puerta baja que separaba las dos piezas del negocio a ras del suelo. Su mano había buscado instintivamente la cuerda de apoyo a lo largo del madero de encima que servía de eje a la escalera de caracol, para subir a su antigua habitación. ¡Allí era donde había amado tanto, como nunca antes, como nunca después!

La exigua pieza, bajo el entramado del techo, olía a campo y a recuerdos del pasado. ¿Cómo una habitación tan pequeña había podido contener un amor tan grande? Por la ventana, apenas una lumbrera, se veía el mismo paisaje de siempre. Los árboles estaban ya floridos en aquel comienzo de mayo, como en la época de su partida, nueve años antes. ¿Por qué los árboles en flor producen una emoción tan grande? Entre las ramas de los melocotoneros, rosadas y redondas como brazos, aparecía el tejado de la cuadra en el que se había escondido

Guccio la llegada de los hermanos Cressay. ¡Ay, qué miedo había pasado aquella noche!

Se volvió hacia el espejo de estaño, que seguía en el mismo lugar, sobre el cofre de encina. Todo hombre, cuando recuerda sus debilidades, se tranquiliza mirándose, olvidando que los rasgos de energía que lee en su rostro sólo le impresionan a él y que fue débil delante de los demás. El pulido metal devolvía a Guccio la imagen de un muchacho de treinta años, moreno, con una arruga bastante profunda entre las cejas y unos ojos oscuros de los que no estaba descontento, ya que esos ojos habían visto muchos paisajes, la nieve de las montañas, las olas de los mares, habían encendido el deseo en el corazón de las mujeres y habían mantenido la mirada de los príncipes y de los reyes.

«¿Por qué, Guccio Baglioni, amigo mío, no has continuado una carrera tan hermosamente comenzada? Fuiste de Siena a París, de París a Londres, de Londres a Nápoles, a Lyon, a Aviñón; llevaste mensajes para las reinas, tesoros para los prelados y, durante dos largos años, estuviste entre los más grandes personajes de la Tierra, encargado de sus intereses o de sus secretos. Apenas tenías veinte años y de todo saliste airoso. No hay más que ver las atenciones que contigo tienen ahora, al cabo de nueve años de ausencia para comprender los recuerdos que dejaste. Empezando por el mismo Santo Padre. En cuanto sabe que estás de nuevo en Aviñón por un asunto de crédito, él, el soberano pontífice, desde lo alto del trono de san Pedro y en medio de tantas ocupaciones, pide verte, se interesa por tu suerte, se inquieta al saber que estás privado de tu hijo y dedica algunos de sus preciosos minutos a darte consejo. "... Un hijo debe ser educado por su padre", te dice, y te da un salvoconducto de mensajero papal, el mejor que existe.

»¡Y Bouville! Hugo de Bouville, a quien acabas de visitar, como portador de la bendición del papa Juan, te trata como a un amigo esperado desde hace tiempo, con lágrimas en los ojos, y te presta a uno de sus sargentos de armas para acompañarte en tu viaje, y te da una carta, estampada con su sello y dirigida a los hermanos Cressay para que te dejen ver a tu hijo...»

Los más altos personajes le ofrecían ayuda a Guccio, por la amistad que inspiraba su persona, por su agilidad mental y, sin duda, por una cierta manera de comportarse con los grandes de este mundo que era en él un don natural.

¡Ah! ¿Por qué no había perseverado? Se hubiera convertido en uno de esos grandes lombardos, tan poderosos en los Estados como los mismos príncipes, como Macci dei Macci, guardián del Tesoro real de Francia, o bien como Frescobaldi de Inglaterra, que entraba sin hacerse anunciar en casa del canciller del Tesoro.

¿Era demasiado tarde? Guccio se sentía superior a su tío, capaz de mayores triunfos. Porque, juzgando las cosas con imparcialidad, el trabajo que el buen Spinello realizaba al frente de su negocio era bastante corriente. Había llegado a ser, ya viejo, capitán general de los lombardos de París. Desde luego, tenía criterio y astucia, pero no grandes ambiciones ni un extraordinario talento. Guccio consideraba todo esto con imparcialidad, ahora que había pasado la edad de las ilusiones y se sentía hombre de juicio ponderado. Sí, se había equivocado. Y no podía ocultarse a sí mismo que la desgraciada aventura con María de Cressay había sido la causa de sus renuncias.

Porque durante largos meses, su pensamiento no había estado ocupado más que por aquel deplorable acontecimiento y todos sus actos habían estado encaminados a disimular aquel fracaso. Resentimiento, decepción, abatimiento, vergüenza de ver a sus amigos y protectores después de un desenlace tan poco glorioso; sueños de desquite... Su tiempo se había consumido en eso, mientras empezaba una nueva vida en Siena, donde nadie sabía de su triste aventura de Francia más que aquel a quien se lo quisiera contar. ¡Ah, aquella ingrata no sabía el gran destino que había hecho fracasar al negarse a huir con él en otro tiempo! ¡Cuántas veces, en Italia, había pensado en esto amargamente! Pero ahora iba a vengarse...

¿Y si de pronto María le decía que seguía amándolo, que había estado esperándolo y que sólo una equivocación espantosa había sido la causa de su separación? ¿Y si hubiera sido eso? Guccio sabía que en ese caso no resistiría, que olvidaría sus agravios y que se llevaría a María de Cressay a Siena, al palacio familiar, para mostrar su bella esposa a sus conciudadanos. Y para enseñar a María aquella nueva ciudad, más pequeña que París o Londres, pero a las que superaba en magnificencia arquitectónica, con su Municipio, recién acabado, en el que el gran Martini estaba dando los últimos toques a los frescos interiores; con su catedral negra y blanca que sería la más hermosa de Toscana una vez acabada su fachada. ¡Ah, qué placer compartir lo que se quiere con una mujer amada! Pero ¿qué hacía soñando ante un espejo de antaño, en lugar de correr a Cressay y aprovechar la emoción de la sorpresa?

Luego reflexionó. Las amarguras de nueve años no se olvidan de golpe ni tampoco el miedo que lo había alejado un día de aquel mismo jardín. Los furiosos gritos de los hermanos Cressay que querían despanzurrarlo... Sin un buen caballo, estaría muerto. Era preferible enviar al sargento de armas con la carta del conde de Bouville; así la tentativa tendría más peso.

Pero ¿seguiría María tan hermosa como hacía nueve años? ¿Se sentiría orgulloso de llevarla a su lado?

Guccio creía haber alcanzado la edad en que uno obra llevado por la razón. Sin embargo, a pesar de la arruga que se le marcaba entre las cejas, seguía siendo el hombre de siempre, con la misma mezcla de astucia y candidez, de orgullo y de sueños. Cierto es que los años cambian poco nuestro carácter y que no hay edad que nos libre de errores. Los cabellos encanecen más deprisa de lo que disminuyen nuestras debilidades.

Se sueña en algo durante nueve años, se espera y se teme, se ruega a la Virgen cada noche para que se cumpla y se reza a Dios cada mañana para que lo evite; uno se prepara, noche tras noche, mañana tras mañana, para lo que dirá si se produce, murmura todas las respuestas que dará a las preguntas que ha imaginado, prevé las mil maneras en que puede sobrevenir ese hecho... Sobreviene, y se encuentra uno desamparado.

En esta situación se encontraba María de Cressay aquella mañana, porque su sirvienta, confidente en otro tiempo de su felicidad y de su drama, llegó corriendo a susurrarle que había vuelto Guccio Baglioni. Que lo habían visto llegar al pueblo de Neauphle, que tenía aspecto de gran señor, que le servían de escolta varios sargentos del rey, que era mensajero del Papa... Los niños en la plaza habían mirado boquiabiertos el arnés de cuero amarillo bordado con las llaves de san Pedro. Debido a ese arnés, regalo del Papa al sobrino de su banquero, todos los cerebros del pueblo se habían puesto a trabajar.

Y la sirvienta está allí, sofocada, rojas las mejillas, brillantes los ojos de emoción, y María de Cressay no sabe qué hacer.

—¡Mi vestido! —exclama.

Lo ha hecho sin reflexionar, y como María tiene pocos vestidos, la sirvienta ha comprendido que no puede pedir otro que el confeccionado antiguamente con la hermosa tela de seda regalada por Guccio, aquel vestido que saca del cofre todas las semanas, que cepilla cuidadosamente, que ventila, ante el que llora algunas veces y que nunca se pone.

Guccio puede aparecer de un momento a otro. ¿Lo

ha visto la sirvienta? No. Ella sólo trae los rumores que corren de puerta en puerta... Tal vez esté ya en camino. ¡Si María dispusiera al menos de un día para prepararse! Ha esperado nueve años y ahora no tiene un instante.

No importa que esté fría el agua que se echa por el pecho, el vientre y los brazos, delante de la sirvienta, que se vuelve de espaldas sorprendida por el súbito impudor de su dueña y luego mira de reojo aquel hermoso cuerpo que, verdaderamente, es una lástima que lleve tanto tiempo sin hombre, y siente celos al contemplarlo pleno, firme, parecido a una bella planta bajo el sol. Sin embargo, los senos están más pesados que en otro tiempo y se aplastan ligeramente sobre el pecho; los muslos no están tan lisos, y la maternidad ha dejado en el vientre algunas estrías. También se aja el cuero de los jóvenes nobles, menos que el de las sirvientas, cierto, pero se aja de todos modos; es la justicia de Dios que iguala a todas las criaturas.

María casi no cabe en el vestido. ¿Ha encogido la tela de no usarlo o es que María ha engordado? Se diría más bien que la forma de su cuerpo se ha modificado, como si los contornos y redondeces no estuvieran en el mismo lugar. Ha cambiado. Sabe que se ha espesado el rubio vello sobre su labio, que en su rostro se han acentuado las manchas rosáceas y sus cabellos dorados, cuyas trenzas ha de hacer apresuradamente, no tienen el brillo de antaño.

Y ahora, ahí está María, enfundada en su vestido de fiesta que le aprieta un poco en las sisas, con las manos enrojecidas por los trabajos domésticos que surgen de las mangas de seda verde.

¿Qué ha hecho todos aquellos años, que ahora no parecen más que un suspiro del tiempo?

Ha vivido del recuerdo. Diariamente se ha nutrido de sus pocos meses de amor y felicidad, como si se tratase de una provisión de grano rápidamente entrojada. Ha triturado cada instante de ese pasado en el molino de la memoria. Ha visto mil veces llegar al joven lombardo para reclamar su crédito y expulsar al maligno preboste. Mil veces ha sentido su primera mirada y ha rehecho su primer paseo. Ha repetido mil veces su promesa en el silencio y la oscuridad nocturna de la capilla delante del monje desconocido. Mil veces ha descubierto su embarazo. Mil veces ha sido arrancada violentamente del convento de muchachas, situado en el barrio de Saint-Marcel y ha sido llevada en litera cerrada, apretando a su hijo contra su pecho, a Vincennes, al castillo de los reyes. Mil veces ha presenciado cómo envolvían a su hijo en los pañales reales para devolvérselo muerto y sentir como si le apuñalaran el corazón. Sigue odiando a la difunta condesa de Bouville y confía en que sea presa de los tormentos infernales. Mil veces ha jurado ante los Evangelios guardar al pequeño rey de Francia, no revelar, ni siquiera en confesión, los atroces secretos de la corte y no ver nunca más a Guccio. Y mil veces se ha preguntado: «¿Por qué ha tenido que ocurrirme esto a mí?»

Ha preguntado al ancho cielo azul de los días de agosto, a las heladas noches de invierno que ha pasado tiritando sola entre las sábanas tiesas, a las auroras sin esperanza y a los crepúsculos que no han traído nada: «¿Por qué?»

Lo ha preguntado también a la ropa blanca llevada al tendedero, a las salsas removidas sobre el fuego de la cocina, a la carne puesta en el saladero, al arroyo que corre al pie de la casa solariega, en cuya orilla se cortan los juncos y lirios las mañanas de procesión.

Ha habido momentos en que ha odiado furiosamente a Guccio por el solo hecho de existir y de haberse cruzado en su vida, como viento de tormenta que atraviesa una casa con las puertas abiertas, y enseguida se ha reprochado este pensamiento como si fuera una blasfemia. Se ha considerado una gran pecadora a la que el Todopoderoso ha impuesto esta perpetua expiación; una mártir, una especie de santa destinada por la voluntad divina a salvar la corona de Francia, la descendencia de san Luis, todo el reino en la persona del niño a ella confiado... Así, poco a poco, una persona se puede volver loca sin que se den cuenta los que la rodean.

De cuando en cuando, por algunas palabras del empleado de la banca a la sirvienta, María tenía noticias del único hombre que había querido, de su esposo, a quien nadie reconocía como tal. Guccio vivía. Eso era lo único que sabía. ¡Cuánto había sufrido al imaginarlo en un país extranjero, en una ciudad lejana, entre parientes que ella desconocía, seguramente junto a otras mujeres y quizá con otra esposa! ¡Y ahora Guccio estaba a un cuarto de legua! ¿Había vuelto por ella o para arreglar algún asunto de la banca? ¿No sería todavía más horrible si estuviera tan cerca y no fuese por su causa? ¿Y podría reprochárselo, cuando hacía nueve años se había negado a verlo y le había dicho tan duramente que no se acercara más, sin poder revelarle la razón de esta crueldad? Y de repente, grita:

—¡El niño!

Guccio querrá conocer a ese chiquillo que cree su hijo. ¿No habrá vuelto por este motivo?

Juanito está allí, en el prado que se ve desde la ventana situado junto al Mauldre, un arroyo bordeado de lirios y de tan poca profundidad que no hay nada que temer, jugando con el hijo menor del palafrenero, los dos hijos del carretero y la hija del molinero, redonda como una bola. Lleva barro en las rodillas, en la cara y hasta en el remolino de cabellos rubios que le caen sobre la frente. Grita con fuerza. Este hijo a quien se cree bastardo, hijo del pecado, y que como a tal se trata, tiene las pantorrillas firmes y doradas.

¿Cómo no se dan cuenta los hermanos de María, los campesinos de su hacienda, la gente de Neauphle, de que Juanito no tiene el cabello rubio dorado, casi rojizo, de la madre, y menos aún la tez oscura, olivácea, de Guccio? ¿Cómo no ven que es un verdadero Capeto, que tiene la cara ancha, los ojos azul pálido, una fuerte mandíbula y el pelo pajizo? El rey Felipe el Hermoso era su abuelo. ¡Es extraño que la gente tenga los ojos tan poco abiertos y sólo vea en las cosas y en los seres la idea que de ellos se ha forjado!

Cuando María pidió a sus hermanos que enviaran a Juanito al cercano convento de los Agustinos para que aprendiera a leer y a escribir, se encogieron de hombros.

—Nosotros sabemos leer un poco y no nos ha servido de nada; no sabemos escribir y tampoco nos serviría —respondió Juan de Cressay—. ¿Por qué quieres que Juanito aprenda más cosas que nosotros? El estudio es bueno para los clérigos y tu hijo no puede serlo porque es bastardo.

En el prado de los lirios, el niño sigue a regañadientes a la sirvienta que ha ido a buscarlo. Jugaba a hacer de caballero y, en ese momento, con una vara en la mano, tenía que asaltar las defensas del cobertizo, donde los malos mantenían prisionera a la hija del molinero.

Los hermanos de María vuelven de inspeccionar sus campos. Están llenos de polvo, huelen a sudor de caballo y tienen las uñas negras. Juan, el mayor, es ya igual que su padre: tiene el vientre caído, la barba enmarañada, la dentadura estropeada y le faltan los colmillos. Espera que haya guerra para darse a conocer, y cada vez que oye hablar de Inglaterra grita que el rey no tiene más que poner en pie al ejército para que la caballería demuestre lo que es capaz de hacer. No es caballero, pero podría llegar a serlo en su campaña. Sólo ha conocido el embarrado ejército de Luis el Obstinado, y no contaron con él para la expedición de Aquitania. Tuvo un momento de esperanza al conocer las intenciones de Cruzada atribuidas al conde Carlos de Valois. Pero éste había muerto. ¡Ah, qué buen rey habría sido aquel barón!

Pedro de Cressay, el hermano menor, se ha mantenido más delgado y pálido, pero tampoco cuida mucho su aspecto. Su vida es una mezcla de indiferencia y de rutina. Ninguno de los dos se ha casado. Desde la muerte de su madre, la señora Eliabel, su hermana lleva la casa; tienen, pues, a alguien que se ocupe de la cocina y de su basta ropa, contra quien pueden encolerizarse de un modo que no osarían hacer con su propia esposa. Si sus calzas están destrozadas, pueden hacer responsable a María de no haber encontrado una esposa apropiada a su categoría debido a la deshonra que ha acarreado a la familia.

Sin embargo, viven con cierta holgura gracias a la pensión que el conde de Bouville pasa regularmente a la joven con el pretexto de haber sido nodriza real, y gracias también a las provisiones que el banquero Tolomei continúa enviando a quien cree su sobrino. El pecado de María ha sido, pues, provechoso para los dos hermanos.

Pedro conoce en Montfort-l'Amaury a una burguesa viuda a la que visita de vez en cuando, y precisamente esos días se acicala con aire culpable. Juan prefiere dedicarse sólo a su trabajo, y con pocos gastos se considera señor, ya que algunos mozos de las aldeas vecinas adoptan sus maneras.

Pedro y Juan se sorprenden al encontrar a su hermana vestida con su traje de seda, y a Juanito pataleando porque le lavan la cara. ¿Es que se han olvidado de que hoy es fiesta?

—Guccio está en Neauphle —dice María.

Y se aparta, porque Juan sería capaz de darle una bofetada.

Pero no, Juan se calla y mira a María. Lo mismo hace Pedro, con los brazos caídos. No tienen el cerebro preparado para lo imprevisto. Guccio ha vuelto; la noticia es una sorpresa y necesitan varios minutos para asimilarla. ¿Qué problemas les va a plantear? Sentían viva simpatía por Guccio, se veían obligados a reconocerlo, cuando era su compañero de caza y les traía halcones de Milán, y el mozo hacía el amor a su hermana en sus narices sin que ellos se dieran cuenta. Luego quisieron matarlo cuando la señora Eliabel descubrió el pecado en el vientre de su hija. Después, lamentaron su violencia cuando visitaron al banquero Tolomei en su mansión de París y comprendieron, demasiado tarde, que hubiera sido menos deshonroso para su hermana casarse con un lombardo rico que ser madre de un hijo sin padre.

No tienen mucho tiempo para reflexionar, ya que el sargento de armas con librea del conde de Bouville, cabalgando un gran caballo bayo con cota azul dentada, entra en el patio de la casa solariega, que se llena enseguida de rostros atónitos. Los campesinos se quitan el gorro, por las puertas entreabiertas se asoman cabezas de niños y las mujeres se secan las manos en el delantal.

El sargento acaba de entregar dos mensajes al señor Juan: uno de Guccio, otro del conde de Bouville. Juan de Cressay adopta el aire importante y altivo del hombre que recibe una carta; enarca las cejas y ordena a voces que den de comer y beber al mensajero, como si éste acabara de recorrer quince leguas. Luego, en compañía de su hermano, se retira a leer. No bastan los dos, tienen que llamar a María, que sabe descifrar mejor que ellos los signos de la escritura.

Y María se pone a temblar.

—No lo comprendemos, señor. Nuestra hermana se ha puesto de repente a temblar, como si acabara de aparecer ante ella el propio Satán, y hasta se ha negado a veros. La han sacudido los sollozos de repente.

Los dos hermanos Cressay estaban muy turbados.

Se habían hecho lustrar las botas y Pedro se había puesto la cota que sólo llevaba para visitar a la viuda de Montfort. En la segunda pieza de la banca de Neauphle, delante de Guccio, que les ponía mala cara y ni siquiera los había invitado a tomar asiento, los dos hermanos estaban confusos, sacudidos por sentimientos contradictorios.

Al recibir las cartas, dos horas antes, habían creído que podrían negociar la partida de su hermana y el reconocimiento de su matrimonio. Pedirían mil libras. Un lombardo bien podía desembolsar esta cantidad. Pero María, con su extraña actitud y su obstinación en no ver a Guccio, había echado por tierra sus esperanzas.

—Hemos intentado hacerla entrar en razón, en contra de nuestros intereses, ya que si nos dejara nos haría mucha falta puesto que es ella quien lleva la casa. Pero en fin, comprendemos que si después de tanto tiempo venís a solicitarla, es porque verdaderamente es vuestra esposa, aunque el matrimonio se celebrara en secreto. Además, ha pasado tiempo...

Quien hablaba era el barbudo, y al hacerlo se embarullaba un poco. El menor se contentaba con aprobar a su hermano con la cabeza.

—Os lo decimos con toda franqueza —prosiguió Juan de Cressay—, cometimos un error al negaros a nuestra hermana. Pero ello fue debido más a nuestra madre, Dios la tenga en su gloria, que era muy obstinada, que a nosotros. Un caballero debe reconocer sus errores, y si María prescindió de nuestro consentimiento, nuestra es parte de la culpa. Todo eso debería olvidarse. El tiempo nos enseña a todos. Sin embargo, ahora es ella la que se niega; pero juro ante Dios que no piensa en ningún otro hombre. ¡Eso sí que no! Así que no lo comprendo. Tiene rarezas nuestra hermana, ¿verdad Pedro?

Pedro de Cressay asintió con la cabeza.

Para Guccio era un hermoso desquite tener ante él arrepentidos y balbuceando a aquellos dos mozos que en otro tiempo habían llegado en plena noche, espada en mano, para matarlo, y le habían obligado a huir de Francia. Ahora sólo deseaban entregarle a su hermana; poco faltaba para que le suplicaran que apretase las clavijas, fuera a Cressay, impusiese su voluntad e hiciera valer sus derechos de esposo.

Pero eso era conocer poco el orgulloso temperamento de Guccio. Poco caso hacía de aquellos dos benditos; María era lo único que le importaba. Pero ella lo rechazaba cuando estaba tan cerca y había venido dispuesto a olvidar pasadas injurias.

—El conde de Bouville debía suponer que ella obraría así —dijo el barbudo—, ya que en su carta me dice: «Si la señora María se niega a ver a Guccio, como es de creer...» ¿Sabéis la razón que tuvo para escribir eso?

—No, no lo sé —respondió Guccio—; sin embargo, para que el señor de Bouville lo haya visto tan claro, es necesario que ella se lo haya dicho y se haya mostrado firmemente resuelta.

Guccio comenzaba a montar en cólera. Frunció el entrecejo. Esta vez tenía todo el derecho a actuar sin ninguna consideración con María. Pagaría su crueldad con una crueldad mayor.

—¿Y mi hijo? —prosiguió.

—Está aquí. Lo hemos traído.

En la pieza contigua, el niño que estaba inscrito en la lista de los reyes, y a quien todos creían muerto hacía nueve años, miraba cómo hacía las cuentas un empleado y se divertía acariciando las barbas de una pluma de ganso. Juan de Cressay abrió la puerta.

—Juanito, ven —dijo.

Guccio, atento a lo que pasaba en su interior, se forzaba un poco a la emoción. «Mi hijo, voy a ver a mi hijo», se decía. La verdad era que no sentía nada. Sin embargo, ¡cuántas veces había esperado aquel momento! Pero no había previsto el paso pesado, de campesino, que oía acercarse. Entró el niño. Llevaba calzas cortas y una especie de blusa de seda; el rebelde remolino de los cabellos caía sobre su frente. ¡Un verdadero campesino!

Hubo un momento de turbación en los tres hombres, turbación que advirtió el niño. Pedro lo empujó hacia Guccio.

—Juanito, aquí está... —Había que decir algo, decir a Juanito quién era Guccio, y solamente se podía decir la verdad—. Aquí está tu padre.

Guccio, tontamente esperaba emoción, brazos abiertos, lágrimas. El pequeño Juanito levantó hacia Guccio sus ojos azules, asombrados:

—Pero si me habían dicho que estaba muerto —dijo.

—No, no —se apresuró a decir Juan de Cressay—. Estaba de viaje y no podía enviar noticias. ¿No es verdad, amigo Guccio?

«¡Cuántas mentiras le han dicho! —pensó Guccio—. Paciencia, paciencia... ¡Decirle que su padre había muerto! ¡Ah, malvados!» Y, por decir algo, exclamó:

—¡Qué rubio es!

—Sí, se parece mucho al tío Pedro, hermano de nuestro difunto padre —respondió Juan de Cressay.

—Juanito, ven aquí —dijo Guccio.

El niño obedeció, pero su pequeña mano rugosa permaneció extraña en la de Guccio, y se secó la mejilla después de que éste lo besara.

—Quisiera tenerlo algunos días conmigo —dijo Guccio—, para llevarlo a casa de mi tío, que desea conocerlo.

Al decir esto, Guccio cerró maquinalmente el ojo izquierdo, como hacia Tolomei.

Juanito, entreabierta la boca, lo miraba. ¡Cuántos tíos! No oía hablar más que de eso.

—Tengo un tío en París que me envía regalos —dijo con voz clara.

—Precisamente es a él a quien vamos a visitar... Si tus tíos no tienen inconveniente. ¿Ponéis algún impedimento? —preguntó Guccio.

—Ninguno —respondió Juan de Cressay—. Mi señor de Bouville nos lo indica en su carta, y nos dice que accedamos a esta petición.

Decididamente, los Cressay no movían un dedo sin permiso de Hugo de Bouville.

El barbudo pensaba ya en los regalos que el banquero haría a su sobrino. Una bolsa de oro vendría bien, ya que aquel año la enfermedad se había ensañado en el rebaño. ¡Y quién sabe! El banquero era viejo y tal vez se acordara del niño en su testamento.

Guccio saboreaba ya su venganza. Pero ¿la venganza ha compensado alguna vez un amor perdido?

Lo primero que sedujo al niño fueron el cabello de Guccio y los arreos papales. Nunca había visto una montura tan hermosa, y su sorpresa fue enorme al encontrarse sentado en la delantera de la silla. Luego se puso a observar a aquel padre que le había caído del cielo, o mejor, los detalles que de él podía ver doblando o torciendo el cuello. Miraba las calzas ceñidas que no formaban ningún pliegue sobre las rodillas, las flexibles botas de cuero y aquel extraño vestido de viaje, color de hojas rojas, de mangas estrechas y cerrado por delante hasta la barbilla con una serie de minúsculos botones.

El sargento de armas llevaba una vestimenta, más llamativa debido a su color azul más fuerte, que brillaba al sol, a sus festoneados cortes en las mangas y en los riñones y a sus armas señoriales bordadas en el pecho. El niño se dio cuenta enseguida de que Guccio daba órdenes al sargento, y tuvo en alta consideración a aquel padre que hablaba como dueño a un personaje tan elegante.

Habían recorrido ya cerca de cuatro leguas. En la

posada de Saint-Nom-la-Bretèche, donde se detuvieron, Guccio pidió, con voz naturalmente autoritaria, una tortilla, un capón asado, requesón y vino. La premura de los sirvientes aumentó todavía más el respeto de Juanito.

—¿Por qué habláis distinto, señor? —preguntó—. No decís las palabras como nosotros.

Guccio se sintió herido por este comentario acerca de su acento toscano, y hecho por su propio hijo.

—Porque nací en Siena, en Italia, que es mi país —respondió con orgullo—. Y también tú te vas a hacer sienés, ciudadano libre de esta ciudad donde somos poderosos. Además, no me llames «señor», sino padre.

—Padre —repitió dócilmente el niño.

Guccio, el sargento y el pequeño se sentaron a la mesa y, mientras esperaban la tortilla, Guccio comenzó a enseñar a Juanito las palabras de su lengua para designar los objetos.

—*Tavola* —decía tomando el borde de la mesa—; *bottiglia* —mientras levantaba la botella—; *pane*...

Se sentía turbado delante de aquel niño, no podía comportarse con naturalidad. Temía que el niño no lo quisiera o no quererlo. Por más que se repetía: «Es mi hijo», no sentía más que una profunda hostilidad hacia las personas que lo habían criado.

Juanito nunca había probado el vino. En Cressay se contentaba con la sidra, o incluso con la *frênette*, de hojas de fresno, como los campesinos. Bebió unos tragos. Estaba acostumbrado a la tortilla y al requesón; pero el capón asado constituía una fiesta para él. Además, aquella comida tomada al borde del camino, en pleno mediodía, le seducía. No tenía miedo, y la agradable aventura le impedía pensar en su madre. Le habían dicho que la volvería a ver al cabo de unos días... París, Siena, todos esos nombres no evocaban en él ninguna idea precisa de distancia. El sábado siguiente volvería a la orilla del

Mauldre y podría decir a la hija del molinero y a los hijos del cartero: «Soy sienés», sin tener que dar ninguna explicación, ya que ellos sabían menos aún que él.

Comieron el último bocado. Secadas las dagas con miga y colocadas de nuevo en la cintura, montaron a caballo; Guccio se puso al niño delante, de través en la silla.[1] La comilona, y sobre todo el vino que acababa de probar por primera vez, adormecieron al niño. Se durmió antes de haber recorrido media legua, indiferente a las sacudidas del trote. No hay nada más emotivo que el sueño de un niño, sobre todo en pleno día, a la hora en que los adultos velan y actúan. Guccio mantenía en equilibrio aquel pequeño cuerpo que se mecía y daba cabezadas con el mayor abandono. Con la barbilla acarició instintivamente los rubios cabellos anidados junto a él, y apretó más fuertemente el brazo, para obligar a aquella cabecita y a aquel gran sueño a pegarse más estrechamente a su pecho. Del pequeño cuerpo dormido se desprendía un perfume de infancia. Y de repente, Guccio se sintió padre, orgulloso de serlo, y las lágrimas le nublaron los ojos.

—Juanito, mi Juanito, mi Giannino —murmuró con los labios en los tibios y sedosos cabellos.

Había puesto su montura al paso y había ordenado al sargento que hiciera lo mismo, para no despertar al niño y prolongar su propia felicidad. ¡Qué importaba la hora a la que llegaran! Al día siguiente Giannino se despertaría en su casa de la calle de los lombardos, que le parecería un palacio; los sirvientes lo rodearían, lo lavarían, lo vestirían como a un pequeño señor, y comenzaría para él una vida de cuento de hadas.

María de Cressay pliega su ropa inútil en presencia de la sirvienta, muda y despechada. También ella sueña con otra vida mejor, en la que seguiría a su dueña, y en su actitud hay cierta reprobación.

María ha dejado de temblar y sus ojos están secos; ha tomado su decisión. Sólo tiene que esperar unos días, una semana como mucho. Porque esa mañana la sorpresa le ha hecho dar una respuesta absurda, una negativa propia de una demente.

Porque tomada de improviso, sólo ha pensado en el juramento que la señora de Bouville —aquella mala mujer— la había obligado a pronunciar... y en las amenazas: «Si volvéis a ver ese joven lombardo le costará la vida.»

Pero se han sucedido dos reyes, y nadie ha hablado, y la señora de Bouville ha muerto. Por otra parte, ¿estaba de acuerdo con la ley de Dios aquel horrible juramento? ¿No es pecado prohibir a la criatura humana que se descargue de las turbaciones de su alma con un confesor? Hasta las religiosas pueden ser dispensadas de sus votos. Además, nadie tiene derecho a separar al esposo de la esposa; eso no es cristiano. El conde de Bouville no es obispo y, por otra parte, no es tan temible como su mujer.

María hubiera debido pensar todas estas cosas por la mañana, y reconocer que no podía vivir sin Guccio, que su lugar estaba a su lado, que al venirla a buscar, nada en el mundo, ni los antiguos juramentos, ni los secretos de la corona, ni el temor de los hombres, ni el castigo de Dios si le llegara, podían impedir que lo siguiera.

No le mentiría a Guccio. Un hombre que al cabo de nueve años sigue queriendo, un hombre que no se ha vuelto a casar y regresa a buscar a la mujer amada es un hombre de buen corazón, leal, semejante al caballero que supera todas las pruebas. Un hombre así puede compartir un secreto. Y no se le debe mentir, no se le debe hacer creer que su hijo vive, que lo aprieta en sus brazos, cuando no es verdad.

María sabrá explicar a Guccio que su hijo, su primogénito —porque aquel hijo muerto no es ya en su pensamiento más que su primogénito—, por un encadenamiento fatal, fue entregado y cambiado para salvar la vida del verdadero rey de Francia. Pedirá a Guccio que comparta su juramento, y juntos educarán al pequeño Juan el Póstumo, que ha reinado los cinco primeros días de su vida, hasta que los barones vengan a buscarlo para devolverle su corona. Y los otros hijos que tengan serán un día como verdaderos hermanos del rey de Francia. Puesto que todo puede ir mal, debido a las increíbles disposiciones del destino, ¿por qué no puede ocurrir que todo vaya bien?

Eso le explicará María a Guccio dentro de unos días, la semana próxima, cuando traiga a Juanito, tal como ha acordado con sus hermanos.

Entonces podrá comenzar la felicidad, ausente tanto tiempo, y si en este mundo hay que pagar toda felicidad con una dosis equivalente de sufrimiento, tanto el uno como el otro habrán pagado con creces por adelantado las alegrías futuras. ¿Querrá instalarse Guccio en Cressay? Seguramente, no. ¿En París? El lugar sería demasiado peligroso para el pequeño Juan, ya que parecería desafiar de cerca al conde de Bouville. Irán a Italia. Guccio llevará a María a ese país del que sólo conoce las hermosas telas y el hábil trabajo de los orfebres. ¡Cuánto quiere a esa Italia por ser el país de donde ha venido el hombre que Dios le ha destinado! María piensa en el viaje al lado de su esposo reencontrado. Dentro de una semana, le queda una semana de espera... Pero ¡ay!, en el amor no basta tener los mismos deseos; hay que expresarlos también simultáneamente.

NOTAS

1. Esta manera de viajar un niño no era inusual, aunque fuera poco confortable. A fines del siglo XIII y comienzos del XIV, las sillas de viaje llevaban un arzón muy alto o fuste trasero en forma de respaldo sobre el que se apoyaba el caballero, pero no tenían arzón delantero y eran muy lisas sobre la cruz del caballo.

La silla de combate llevaba un fuste delantero muy alto para que el caballero, pesadamente armado y que soportaba choques violentos, estuviera como encajado entre los arzones anterior y posterior.

3

La reina del Temple

Para un niño de nueve años cuyo horizonte ha estado limitado por un arroyo, hoyos llenos de estiércol y tejados campesinos, descubrir París es una maravilla, mucho más cuando este descubrimiento lo hace en compañía de un padre tan orgulloso que lo viste con las mejores galas, lo baña, lo perfuma y lo lleva a las mejores tiendas, lo atiborra de dulces, le compra una bolsa para llevar en la cintura con verdaderas monedas dentro y le pone zapatos bordados. Juanito o Giannino, vivía días deslumbrantes. ¡Y las hermosas casas en que le hacía entrar su padre! Porque Guccio, con diversos pretextos, y muchas veces sin ninguno, visitaba a sus amistades de antaño simplemente para poder decir con orgullo: «Mi hijo», y mostrar aquel milagro, aquel esplendor único en el mundo, un pequeño que lo llamaba «padre» en italiano con acento de Île-de-France.

Si se extrañaban del color rubio de Giannino, Guccio hacía alusión a la madre, una persona de la nobleza. Adoptaba entonces ese tono falsamente discreto que denota indiscreción, ese aire un poco fanfarrón de misterio que tienen los italianos para fingir que se callan sus conquistas. De esta manera puso al corriente a todos los lombardos de París: los Peruzzi, los Boccanegra, los Macci, los Albizzi, los Frescobaldi, los Scamozzi y al propio señor Boccaccio.

Tolomei, con un ojo abierto y otro cerrado, con el vientre caído y arrastrando la pierna, participaba en esa ostentación. ¡Ah, qué felices hubieran sido los últimos años de vida del viejo lombardo si Guccio se hubiera podido instalar en París, en su casa, con el pequeño Giannino!

Pero eso era un sueño imposible. ¿Por qué esa tonta, esa testaruda María de Cressay no quería regularizar el matrimonio y aceptar la vida en común con su marido, ahora que todo el mundo estaba de acuerdo? Tolomei, aunque le molestaba el menor desplazamiento, se ofrecía a ir a Neauphle para intentar un arreglo.

—Soy yo quien no quiere saber nada de ella, tío —declaró Guccio—. No consentiré que se burlen de mi honor. Además, ¿qué placer iba a tener viviendo con una mujer que ya no me quiere?

—¿Estás seguro?

Había un indicio, sólo uno, que permitía a Guccio plantearse la pregunta. Había encontrado en el cuello de Giannino el pequeño relicario que le había dado la reina Clemencia cuando Guccio estaba en el hospital de Marsella; un relicario que regaló a María durante una grave enfermedad de ésta.

—Mi madre se lo quitó del cuello y lo pasó al mío cuando mis tíos me llevaron junto a vos la otra mañana —explicó el niño.

¿Era suficiente ese indicio tan débil, ese gesto que podía no ser más que de religiosidad?

Además, el conde de Bouville fue tajante.

—Si quieres conservar este niño tienes que partir con él hacia Siena y, cuanto antes, mejor —le dijo a Guccio.

La entrevista se celebró en el palacio del antiguo gran chambelán, detrás del Pré-aux-Clercs. A Bouville se le saltaron las lágrimas al ver a Giannino. Besó la mano del niño antes de besar sus mejillas y, mientras lo contemplaba de pies a cabeza, murmuró:

—Un verdadero pequeño príncipe. —Al mismo tiempo se secaba los ojos. Guccio estaba asombrado de esta emoción y la consideró un homenaje a su amistad.

—Un verdadero pequeño príncipe como vos decís, señor —respondió Guccio, feliz—, y es más sorprendente al pensar que no ha conocido más que la vida del campo y que su madre, después de todo, sólo es una campesina.

Bouville movió la cabeza. Sí, sí, todo aquello era asombroso...

—Lleváoslo; es lo mejor que podéis hacer. Además, ¿no tenéis la aprobación augusta de nuestro Santo Padre? Esta vez os daré dos sargentos que os acompañarán hasta las fronteras del reino para que no os sobrevenga ningún mal ni a vos, ni a... este niño.

Al parecer le costaba decir «vuestro hijo».

—Adiós, mi pequeño príncipe —dijo abrazando a Giannino—. ¿Te volveré a ver?

Se alejó deprisa. Las lágrimas comenzaban a acudir de nuevo a sus ojos, porque en realidad aquel niño se parecía demasiado dolorosamente al gran rey Felipe.

—¿Volvemos a Cressay? —preguntó Giannino la mañana del 11 de mayo al ver preparar baúles de albarda y portamantas. No parecía impaciente por volver a su casa.

—No, hijo mío —respondió Guccio—. Primero iremos a Siena.

—¿Vendrá mi madre con nosotros?

—Ahora no, vendrá más adelante.

El niño pareció tranquilizarse. Guccio pensó que después de escuchar durante nueve años mentiras sobre su padre, ahora iba a entrar en una nueva época de mentiras sobre su madre. ¿Se podía hacer otra cosa? Tal vez un día habría que hacerle creer que su madre había muerto...

Antes de ponerse en camino, a Guccio le faltaba hacer una visita, la más prestigiosa, si no la más importante: deseaba saludar a la reina viuda Clemencia de Hungría.

—¿Dónde está Hungría? —preguntó el niño.

—Muy lejos, hacia Levante. Se necesitan muchas semanas de ruta para llegar; poca gente ha estado allí.

—¿Por qué está en París la señora Clemencia si es reina de Hungría?

—Nunca ha sido reina de Hungría, Giannino. Su padre fue rey de allí, y ella fue reina de Francia.

—¿Es la mujer del rey Carlos el Hermoso?

No, la mujer del rey era la señora de Evreux, a la que coronaban ese mismo día. Irían al palacio real enseguida a echar una ojeada a la ceremonia que se celebraría en la Sainte-Chapelle, para que, de esta forma, Giannino partiera con un recuerdo más hermoso aún que los otros. Guccio, el impaciente Guccio, no sentía enojo ni cansancio explicando al pequeño las cosas que parecían evidentes, y que no lo serían si no se las conociera desde siempre. Así se hace el aprendizaje del mundo.

De la calle Lombards al Temple por la calle de la Verrerie había poca distancia. Mientras caminaban, Guccio contó al niño cómo había ido a Nápoles con el conde de Bouville... —«ya sabes, el grueso señor que visitamos el otro día y que te abrazó...»— para solicitar en matrimonio a esa princesa de parte del rey Luis X, ya fallecido. Relató su viaje con la señora Clemencia en el barco que la llevaba a Francia, y cómo estuvo apunto de perecer en una gran tempestad que se abatió sobre ellos antes de llegar a Marsella.

—Ese relicario que llevas al cuello me lo dio ella en agradecimiento por haberla salvado.

Luego, cuando la reina Clemencia tuvo un hijo, eligió por nodriza a la madre de Giannino.

—Mi madre nunca me dijo nada de eso —exclamó el niño con sorpresa—. Entonces, ¿también ella conoce a la señora Clemencia?

Todo aquello era muy complicado. Giannino hubiera deseado saber si Nápoles estaba en Hungría. Además, los transeúntes le empujaban; quedaba en suspenso una frase comenzada, un aguador interrumpía una respuesta con el tintineo de sus cubos. Al niño le resultaba muy difícil poner en orden el relato... «Así, tú eres hermano de leche del rey Juan el Póstumo, que murió a los cinco días...»

Hermano de leche, Giannino comprendía bien lo que significaba. En Cressay lo había oído muchas veces: en el campo hay muchos hermanos de leche. Pero ¿hermano de leche de un rey? Era como para pensárselo; porque un rey es un hombre grande y fuerte, con una corona en la cabeza... Nunca había pensado que los reyes pudieran tener hermanos de leche, ni que alguna vez fueran pequeños. En cuanto a eso de «póstumo»... Otro nombre raro, lejano como Hungría.

—Mi madre nunca me dijo nada de eso —repitió. Empezaba a estar resentido con su madre por las muchas cosas asombrosas que le había ocultado—. ¿Por qué se llama el Temple al sitio al que vamos?

—Debido a los templarios.

—¡Ah, sí, ya sé! Escupían a la Cruz, adoraban una cabeza de gato y envenenaban los pozos para conservar todo el oro del reino.

Sabía eso por el hijo del carretero, que repetía lo que su padre había oído, Dios sabe dónde. A Guccio le era difícil, en medio de la muchedumbre y en tan poco tiempo, explicar a su hijo que la verdad era un poco más sutil. El niño no comprendía que la reina que iban a visitar habitara en casa de gente tan villana.

—Ellos ya no viven allí, *figlio mio*. Ya no existen; es la antigua residencia del gran maestre.

—¿El maestre Jacobo de Molay? ¿Era él?

—¡Haz los cuernos, haz los cuernos con los dedos, hijo mío, cuando pronuncies ese nombre...! Pues los templarios fueron suprimidos, quemados o expulsados y el rey se apoderó del Temple, que era su castillo.

—¿Qué rey?

El pobre Giannino se confundía con tantos soberanos.

—Felipe el Hermoso.

—¿Viste tú al rey Felipe el Hermoso?

El niño había oído hablar de él, de aquel rey aterrador y ahora tan respetado. Pero eso formaba parte de todas las sombras anteriores a su nacimiento. Y Guccio se enterneció.

«Es verdad —pensó—, no había nacido aún. Para él es lo mismo que si le hablaran de san Luis.»

Y como la multitud los hacía caminar aún más despacio, continuó:

—Sí, lo vi. Estuve a punto de atropellarlo en una de estas calles el día de mi llegada a París, hace doce años, cuando me paseaba con mis dos galgos. —Y el tiempo cayó sobre sus hombros como una repentina ola que nos sumerge y luego se disipa. Una ola de años se había abatido sobre él. ¡Era ya un hombre y contaba sus recuerdos!—. La casa de los templarios —continuó— pasó a ser propiedad de Felipe el Hermoso, después del rey Luis, luego del rey Felipe el Largo, antecesor del rey actual. Y el rey Felipe el Largo cedió el Temple a la reina Clemencia a cambio del castillo de Vincennes, que ésta había heredado de su esposo el rey Luis.[1]

—Padre, quiero un barquillo.

Había percibido el buen olor que despedía el canasto de un vendedor ambulante y eso hizo que desapareciera de golpe su interés por todos aquellos reyes que se sucedían tan deprisa y que intercambiaban castillos. Sabía ya que comenzar la frase con «padre» era un medio seguro para obtener lo que deseaba; pero esta vez la treta no tuvo éxito.

—No, cuando volvamos, porque ahora te ensuciarías. Recuerda lo que te he dicho. No hables a la reina si no te dirige la palabra, y arrodíllate para besarle la mano.

—¿Como en la iglesia?

—No, como en la iglesia no. Ven, voy a enseñártelo. Yo no puedo hacerlo muy bien porque tengo la pierna lesionada.

Los transeúntes miraban con curiosidad a aquel extranjero de pequeña estatura y tez morena que, en el hueco de una puerta, enseñaba a hacer la genuflexión.

—Y luego te levantas rápidamente, sin atropellar a la reina.

El palacio del Temple había sufrido muchos cambios desde el tiempo de Jacobo de Molay. En primer lugar, había sido dividido. La residencia de la reina sólo comprendía la gran torre cuadrada con sus cuatro garitas de piedra en las aristas, algunas viviendas secundarias, edificios y cuadras situados alrededor del amplio pavimento, y el jardín, en parte ornamental y en parte huerto. El resto de las habitaciones para los caballeros, y las armerías, aisladas por altos muros, habían sido destinadas a otros usos, y su gigantesco patio, dedicado a las paradas militares, estaba ahora desierto y como muerto. La litera de ceremonia de visillos blancos que esperaba a la reina para conducirla a la coronación parecía un barco que atraca por equivocación o por necesidad en un puerto que no es el suyo, y aunque a su alrededor había varios escuderos y criados, la mansión parecía silenciosa y abandonada.

Guccio y Giannino penetraron en la torre del Temple por la misma puerta por la que Jacobo de Molay había salido doce años antes para ser conducido al suplicio.[2]

Las salas habían sido restauradas; pero, a pesar de las tapicerías, de los objetos de marfil, plata y oro, las pesadas bóvedas, las estrechas ventanas, los espesos muros donde se ahogaban los ruidos y las proporciones mismas de aquella residencia, las salas no constituían una vivienda adecuada para una mujer de treinta y dos años. Todo recordaba a hombres rudos, con espada en la cintura; hombres que habían asegurado la supremacía de la cristiandad en los límites del antiguo Imperio romano. Para una viuda joven, el Temple parecía una prisión.

La señora Clemencia hizo esperar poco a sus visitantes. Apareció, vestida ya para la ceremonia a la que iba, con vestido blanco, gorguera de velo en el nacimiento del pecho, manto real en los hombros y corona de oro en la cabeza. Verdaderamente una reina, como se ve en las pinturas de las vidrieras de las iglesias. Giannino creyó que las reinas vestían así todos los días de su vida. Hermosa, rubia, magnífica, distante, con la mirada un poco ausente, Clemencia de Hungría ofreció la sonrisa que una reina sin poder, sin reino, debe dejar caer sobre el pueblo que se le acerca.

Aquella muerta en vida llenaba sus días demasiado largos con ocupaciones inútiles, coleccionando piezas de orfebrería; ése era todo su interés por el mundo o al menos el que fingía tener.

La entrevista fue decepcionante para Guccio, que esperaba más emoción, pero no para el niño, que veía ante él a una santa del cielo con manto de estrellas.

La señora de Hungría hizo esas preguntas de circunstancias, propias de los soberanos cuando no tienen nada que decir. Guccio intentó llevar la conversación hacia sus recuerdos comunes, hacia Nápoles y la tempestad; pero la reina los eludió. Todo recuerdo le era penoso; rechazaba los recuerdos. Y cuando Guccio, pretendiendo dar categoría a Giannino, dijo: «El hermano de leche de vuestro infortunado hijo, señora», se dibujó en el hermoso rostro una expresión casi dura. Una reina no llora en público; pero era una inconsciente crueldad mostrarle, rubio y fresco, a un niño de la misma edad que tendría el suyo y que había mamado la misma leche.

No hablaba la voz de la sangre, sino la de la desgracia. Además, habían elegido mal día, ya que Clemencia iba a asistir a la coronación de la tercera reina de Francia después de ella. La cortesía la obligó a preguntar:

—¿Qué hará este hermoso niño cuando sea mayor...?

—Será banquero, señora. Como su padre, como todos nosotros; al menos así lo espero.

La reina Clemencia creía que Guccio había ido a reclamarle algún crédito, el pago de una copa de oro o de alguna joya procedente de la tienda de su tío. ¡Tan acostumbrada estaba a las reclamaciones de sus proveedores! Se sorprendió al saber que aquel joven se había molestado tanto sólo para verla. Así pues, ¿había todavía personas que iban a saludarla sin solicitar nada de ella, ni pago ni servicio?

Guccio le dijo al niño que le mostrase a la reina el relicario que llevaba al cuello. La reina no lo recordaba, y Guccio tuvo que hablarle del hospital de Marsella donde ella se lo había regalado. Clemencia pensó: «Este joven me ha amado.»

¡Ilusorio consuelo de las mujeres cuyo destino amoroso se ha detenido demasiado pronto, atentas a los sentimientos que pudieron inspirar en otro tiempo!

Se inclinó para besar al niño. Pero Giannino se arrodilló enseguida y le besó la mano.

La reina, con movimiento maquinal, buscó alrededor de sí un regalo. Vio una caja de plata sobredorada y se la dio al niño, diciendo:

—Seguramente te gustan las almendras garrapiñadas. Conserva esta caja, y que Dios te proteja.

Era hora de ir a la ceremonia. Subió a la litera, ordenó que corrieran los visillos blancos y se sintió enferma de un mal que le venía de todo el cuerpo, del pecho, de las piernas, del vientre, de toda aquella belleza inútil. Al fin pudo llorar.

En la calle del Temple la muchedumbre se dirigía hacia el Sena, hacia la Cité, para ver la coronación.

Guccio, tomando a Giannino de la mano, se puso detrás de la litera blanca, como si formara parte de la escolta de la reina. Así pudo atravesar el Pont-au-Change, entrar en el patio del palacio y detenerse allí para ver pasar a los grandes señores que entraban, en traje de gala, en la Sainte-Chapelle. Guccio reconoció a la mayoría y se los fue nombrando al niño: la condesa Mahaut de Artois, todavía más alta con su corona; el conde Roberto, su sobrino, que la superaba en estatura; Felipe de Valois, ahora par de Francia, al lado de su mujer, que cojeaba, y la señora Juana de Borgoña, la otra reina viuda. ¿Quiénes formaban aquella pareja de unos dieciocho y quince años que venía detrás? Guccio preguntó a los vecinos. Le dijeron que eran la señora Juana de Navarra y su marido, Felipe de Evreux. ¡Ah, sí! La hija de Margarita de Borgoña tenía ahora quince años y se había casado después de todos los dramas originados por su causa.

Había tanta gente que Guccio tuvo que poner a Giannino sobre sus hombros. ¡Y cómo pesaba el diablillo!

Apareció la reina Isabel de Inglaterra, llegaba expresamente del Ponthieu. Guccio la encontró asombrosamente poco cambiada desde que la había visto fugazmente en Westminster, cuando le entregó un mensaje del conde Roberto. Sin embargo, la recordaba mayor... En la misma fila marchaba su hijo, el joven Eduardo de Aquitania, y todas las cabezas se volvían porque la cola del manto ducal del joven la sostenía Mortimer, como si fuera el gran chambelán del príncipe. Un nuevo desafío lanzado al rey Eduardo. El rostro del señor Mortimer era de triunfo, aunque menos que el del rey Carlos el Hermoso, al que nunca se había visto tan radiante, porque la reina de Francia, se susurraba, estaba encinta de dos meses. Y su coronación oficial, aplazada hasta entonces, constituía un agradecimiento.

Giannino se inclinó de pronto hacia Guccio y le dijo al oído:

—Padre, el señor grueso que me abrazó el otro día, a quien fuimos a ver a su jardín, está allí y me mira.

¡Qué confusos y turbadores pensamientos tenía el buen Hugo de Bouville, entre la multitud de dignatarios, al ver al verdadero rey de Francia, a quien todo el mundo creía en la sepultura de Saint-Denis, encaramado en los hombros de un negociante lombardo, mientras coronaban a la esposa de su segundo sucesor!

Aquella misma tarde, por el camino de Dijon, dos sargentos de armas del conde de Bouville escoltaban al viajero sienés y a un niño rubio. Guccio Baglioni creía robar a su hijo; a quien robaba en realidad era al dueño legítimo del trono. Y este secreto sólo era conocido por un augusto anciano que estaba en una habitación de Aviñón llena de gritos de pájaros, por un antiguo chambelán que se paseaba por su jardín del Pré-aux-Clercs y por una joven desesperada para siempre en un prado de Ile-de-France. La reina viuda que vivía en el Temple continuaría ofreciendo misas por un niño muerto.

NOTAS

1. La transacción se había realizado en agosto de 1317 entre Felipe V y Clemencia.

2. Luis XVI saldría por esa misma puerta de la torre del Temple, 467 años después, para ir al cadalso. No deja de asombrar esta coincidencia y el fatídico lazo entre el Temple y la dinastía capetina.

4

El consejo de Chaâlis

La tormenta ha limpiado el cielo de fines de junio. En los aposentos reales de la abadía de Chaâlis, monasterio cisterciense de fundación capetina donde se han depositado hace unos meses las entrañas de Carlos de Valois, los cirios se consumen humeando y el olor de la cera se mezcla con el aire cargado de los perfumes de la tierra húmeda y con el olor del incienso; así sucede en todas las residencias religiosas. Los insectos escapados de la tormenta han entrado por las ojivas de las ventanas y danzan alrededor de las llamas.[1]

Es una tarde triste. Los rostros están pensativos, taciturnos, aburridos en la sala abovedada donde las tapicerías, ya viejas, sembradas de flores de lis del modelo ejecutado en serie para las residencias reales cuelgan a lo largo de la piedra desnuda. Una decena de personas se encuentran reunidas alrededor del rey Carlos IV: el conde Roberto de Artois, llamado también conde de Beaumont-le-Roger; el nuevo conde de Valois, Felipe; el obispo par de Beauvais, Juan de Marigny; el canciller Juan de Cherchemont; el conde Luis de Borbón el Cojo, gran camarero, y el condestable Gaucher de Châtillon. Éste perdió a su hijo el año anterior y, según dice, eso lo ha envejecido de golpe. Aparenta sus setenta y seis años; cada día está más sordo, lo que atribuye a cañonazos que dispararon a un paso de sus orejas durante el asedio de La Réole.

Han sido admitidas algunas mujeres, porque en verdad es un asunto familiar lo que se va a tratar por la noche. Están las tres Juanas: la señora Juana de Evreux, la reina; la señora Juana de Valois, condesa de Beaumont, esposa de Roberto, y Juana de Borgoña, la mala, la avara nieta de san Luis, coja como su primo Borbón y que es la mujer de Felipe de Valois.

Y luego Mahaut, Mahaut con los cabellos grises y vestida de negro y violeta, fuerte de pecho, de hombros, de brazos: colosal.

Generalmente la edad aminora la estatura de las personas, pero no la de Mahaut de Artois. Se ha convertido en una vieja gigantesca, y eso impresiona todavía más que una joven giganta. Es la primera vez, desde hace mucho tiempo, que la condesa de Artois reaparece en la corte sin la corona de ceremonia a la que le obliga su rango; la primera vez, desde la muerte de su yerno Felipe el Largo.

Ha llegado a Chaâlis enlutada, parecida a un catafalco en marcha, tapada como una iglesia durante la semana de la Pasión. Su hija Blanca acaba de morir en la abadía de Maubuisson, donde al fin la habían admitido después de haberla trasladado primero desde Château-Gaillard a una residencia menos cruel cerca de Coutances. Pero Blanca no ha podido aprovechar esta mejora obtenida a cambio de la anulación de su matrimonio. Ha muerto unos meses después de entrar en el convento, agotada por sus largos años de detención y por las terribles noches de invierno en la fortaleza de los Andelys. Ha muerto de delgadez, de tos, de infortunio, casi demente, con velo de religiosa a los treinta años. Y todo ello por unos meses de amor, si se puede llamar amor a su aventura con Gautier de Aunay; todo ello por haber querido imitar los placeres de su cuñada Margarita de Borgoña, a los dieciocho años.

La que en este momento hubiera podido ser reina de Francia, la única mujer a quien de verdad ha querido

Carlos el Hermoso, acaba de extinguirse cuando alcanzaba una relativa paz. Y el rey Carlos el Hermoso, a quien esta muerte trae dolorosos recuerdos, está triste delante de su tercera esposa, que sabe bien lo que él piensa y finge no darse cuenta.

Mahaut ha aprovechado la ocasión de este duelo. Ha venido sin ser llamada y sin hacerse anunciar, como empujada solamente por el impulso de su corazón, a ofrecer, como madre desconsolada, sus condolencias al antiguo y desgraciado marido. Y han caído uno en brazos del otro; Mahaut ha besado con su labio bigotudo las mejillas de su ex yerno; Carlos, en un impulso infantil, ha dejado caer la frente sobre el monumental hombro y ha derramado unas lágrimas entre los paños de coche fúnebre que viste la giganta. ¡Cuánto cambian las relaciones entre los seres humanos cuando la muerte pasa entre ellos y anula los móviles del resentimiento!

La señora Mahaut sabe muy bien lo que hace al precipitarse a Chaâlis, y su sobrino Roberto tasca el freno. Él le sonríe, se sonríen, se llaman «mi buena tía» y «mi buen sobrino», y se manifiestan amor de parientes como se comprometieron a hacer por el tratado de 1318. Se odian. Se matarían si se encontraran solos en la misma habitación. En realidad, Mahaut ha venido... —no lo dice, pero Roberto lo adivina— por una carta que ha recibido. Por otra parte, todos los presentes han recibido la misma carta, con ligeras variaciones: Felipe de Valois, el obispo Marigny, el condestable y el rey..., sobre todo el rey.

La noche, clara y estrellada, se divisa a través de las ventanas. Son diez, once personajes de la mayor importancia, sentados en círculo bajo las bóvedas entre las columnas de capiteles esculpidos, y son muy pocos. No se dan ni a sí mismos una verdadera impresión de fuerza.

El rey, de carácter débil y entendimiento limitado, no tiene además familia directa ni servidores personales.

¿Qué son los príncipes o dignatarios reunidos esta noche en torno a él? Primos o consejeros heredados de su padre o de su tío. Ninguno creado por él, ligado a él. Su padre tenía tres hijos y dos hermanos que se sentaban en su consejo, e incluso los días de barullo, incluso los días en que el difunto Carlos de Valois levantaba tempestades, la tempestad era familiar. Luis el Obstinado tenía dos hermanos y dos tíos que lo apoyaban de forma distinta, y un hermano, el propio Carlos. Este superviviente casi no tiene nada. Su consejo hace pensar irremediablemente en el fin de una dinastía; la única esperanza de continuación de la línea de descendencia directa duerme en el vientre de esa mujer silenciosa, ni bonita ni fea, que está con las manos cruzadas junto a Carlos, y que sabe que es una reina de repuesto.

La carta, la famosa carta de la que van a ocuparse, está fechada el 19 de junio en Westminster. El canciller la tiene en la mano; la cera verde del sello roto se desconcha sobre el pergamino.

—Lo que parece haber encolerizado tanto al rey Eduardo ha sido que lord Mortimer haya llevado la cola del manto del duque de Aquitania durante la coronación de nuestra señora la reina. Nuestro señor Eduardo considera una ofensa personal que su enemigo haya ido detrás de su hijo, en prueba de dignidad.

Quien acaba de hablar es Monseñor Juan de Marigny, con su voz suave, bien timbrada y melodiosa, acompañando a veces la frase con un gesto de sus finas manos en las que brilla la amatista episcopal. Sus tres túnicas superpuestas son de tela ligera, tal como conviene a esta época del año, y la de encima, más corta, cae en pliegues armoniosos. Se advierte cada vez más en el obispo Marigny la autoridad del gran Enguerrando, de quien ahora es el único hermano superviviente.

El rostro del prelado no muestra debilidad, rematado por apretadas cejas horizontales a ambos lados de la altiva nariz. Si el escultor respeta los rasgos, Juan de Marigny tendrá un hermoso rostro yaciente sobre su tumba... aunque dentro de mucho tiempo, ya que todavía es joven. Supo aprovechar la fortuna de su hermano cuando éste estaba en lo más alto de su gloria y apartarse en el momento en que se hundió. Siempre superó con facilidad las vicisitudes que entrañan los cambios de reinado; recientemente todavía se ha beneficiado de los tardíos remordimientos de Carlos de Valois. Es muy influyente en el consejo.

—Cherchemont —dice el rey Carlos a su canciller—, leedme de nuevo ese pasaje en el que nuestro hermano Eduardo se queja de lord Mortimer.

Juan de Cherchemont despliega el pergamino, lo acerca a un cirio, murmura un poco antes de encontrar el párrafo en cuestión, y lee:

... la connivencia de nuestra mujer y nuestro hijo con traidores y enemigos mortales notoriamente conocidos, como el traidor Mortimer, que llevó en París la cola del manto de nuestro hijo, públicamente, en la solemnidad de la coronación de nuestra muy querida hermana, vuestra compañera, la reina de Francia, en la última fiesta de Pentecostés, para gran vergüenza y despecho nuestro...

El obispo Marigny se inclina hacia el condestable Gaucher de Châtillon y le susurra:

—La carta está muy mal redactada.

El condestable no ha entendido bien; se contenta con gruñir:

—¡Un pervertido, un sodomita!

—Cherchemont —prosigue el rey—, ¿qué derecho tenemos a oponernos a la petición de nuestro hermano de Inglaterra, que nos pide que demos por terminada la estancia en Francia de su esposa?

Esta manera de dirigirse Carlos el Hermoso a su canciller, en lugar de volverse como tiene por costumbre hacia Roberto de Artois, que es su primo, tío de su mujer y su primer consejero, demuestra que, por una vez, ha tomado una decisión...

Juan de Cherchemont, antes de responder, ya que no está absolutamente seguro de las intenciones del rey y teme, por otra parte, chocar con Roberto de Artois, se refugia en el final de la carta, como si antes de dar su opinión le fuera preciso meditar las últimas líneas:

... Por eso, muy querido hermano, os rogamos de nuevo todo lo afectuosamente y de corazón que podemos, que, ante eso que deseamos soberanamente, queráis escuchar nuestras solicitudes y resolverlas benignamente, y enseguida, en beneficio y honor de los dos, y para que no quedemos deshonrados...

Juan de Marigny menea la cabeza y suspira. Sufre al oír un estilo tan burdo y torpe. De todas formas, por mal escrita que esté la carta, lo que dice es claro.

La condesa Mahaut se calla; no quiere dar a conocer sus intenciones antes de tiempo y sus ojos grises brillan a la luz de los cirios. Su delación del último otoño y sus maquinaciones con el obispo de Exeter van a dar sus frutos en verano, y ella está dispuesta a recogerlos.

Nadie le ha hecho el favor al canciller de interrumpirlo, por lo que se ve obligado a dar su opinión:

—Cierto es, señor, que según las leyes de la Iglesia y de los reinos hay que apaciguar de alguna manera al rey Eduardo. Reclama a su esposa...

Juan de Cherchemont, que es eclesiástico, como lo requiere su función se vuelve hacia el obispo Marigny, solicitando su apoyo con la mirada.

—Hasta nuestro Santo Padre el Papa nos ha enviado con el obispo Thibaud de Châtillon un mensaje en este sentido —dice Carlos el Hermoso.

Porque Eduardo ha llegado incluso a dirigirse al papa Juan XXII y a enviarle la transcripción de toda la correspondencia en la que detalla su infortunio conyugal. ¿Qué otra cosa podía hacer el papa Juan sino responder que una esposa ha de vivir con su esposo?

—Es preciso, pues, que nuestra señora hermana vuelva hacia el país de su matrimonio —agrega Carlos el Hermoso.

Ha dicho eso sin mirar a nadie, con la vista fija en sus zapatos bordados. Un candelabro que domina su asiento le ilumina la cara, en la que se descubre de golpe algo de la ceñuda expresión de su hermano el Obstinado.

—Señor Carlos —declara Roberto de Artois—, obligar a la señora Isabel a regresar allí es entregarla atada de manos a los Le Despenser. ¿No ha venido a buscar refugio a vuestro lado porque temía que la mataran? ¿Qué será de ella ahora?

—Cierto, señor y primo mío, vos no podéis... —tercia Felipe de Valois, siempre dispuesto a compartir el punto de vista de Roberto.

Pero su mujer, Juana de Borgoña, le tira de la manga y él se interrumpe. Si no fuera de noche, los presentes lo verían ponerse colorado.

Roberto de Artois se ha fijado en el gesto, en el repentino mutismo de Felipe y en la mirada que han intercambiado Mahaut y la joven condesa de Valois. Si pudiera, le retorcería el cuello a aquella coja.

—Tal vez mi hermana ha exagerado el peligro —dice el rey—. Esos Le Despenser no parecen tan malos como ella los pinta. Me han enviado varias cartas muy agradables, que me demuestran que me profesan su amistad...

—Y también regalos de hermosa orfebrería —exclama Roberto levantándose. Y las llamas de los cirios oscilan y las sombras dividen los rostros—. Carlos, mi amado primo, ¿habéis cambiado de opinión sobre esa gente que os ha hecho la guerra y que está con vuestro cuñado como buco sobre cabra, por tres salseras doradas que faltaban en vuestro aparador? Todos hemos recibido regalos de ellos. ¿No es verdad, mi señor de Beauvais, y vos Cherchemont, y tú Felipe? Un corredor de cambio, que se llama Arnoldo, recibió el mes pasado cinco toneladas de plata, valoradas en cinco mil marcos esterlinos, con instrucciones de emplearlas en granjearle amigos al conde de Gloucester en el consejo del rey de Francia. Esos regalos no cuestan nada a los Le Despenser, puesto que los pagan con las rentas del condado de Cornualles que han quitado a vuestra hermana. Eso es, señor, lo que debéis saber y recordar. ¿Y qué lealtad se puede esperar de hombres que se disfrazan de mujer para satisfacer los vicios de su dueño? No olvidéis lo que son y el asiento de su poder. —No puede resistir la tentación de ironizar ni siquiera en el consejo—. Asiento; ésa es la palabra exacta.

Pero su risa no levanta eco más que en el condestable. En otro tiempo Roberto de Artois no había sido del agrado del condestable, y había dado pruebas de ello ayudando a Felipe el Largo, durante la regencia de éste, a derrotar al gigante y encerrarlo en prisión. Pero desde hace algún tiempo, el viejo Gaucher encuentra cualidades en Roberto, debido quizás a su voz, la única que comprende sin hacer ningún esfuerzo...

Los partidarios de la reina Isabel son escasos esa tarde. El canciller es indiferente o, más bien, está sólo atento a conservar el puesto, que depende del favor del rey; su opinión reforzará la tendencia que más pese. También es indiferente la reina Juana, que piensa poco y desea no experimentar ninguna emoción que pueda perjudicar su embarazo. Es sobrina de Roberto de Artois, y no deja de ser sensible a su autoridad, estatura y aplomo;

pero está preocupada por demostrar que es una buena esposa, y dispuesta por lo tanto a condenar, por principio, a las esposas que son objeto de escándalo.

El condestable se inclinaría hacia Isabel, en primer lugar porque detesta a Eduardo de Inglaterra por sus costumbres y sus negativas a rendir homenaje. En general no le gusta nada inglés; pero reconoce que Rogelio Mortimer ha prestado buenos servicios y que sería una cobardía abandonarlo ahora. El viejo condestable no tiene inconveniente en decirlo así, y en declarar igualmente que Isabel tiene todas las excusas.

—Es una mujer, ¡qué diablos!, y su marido no es hombre. ¡Es el primer culpable!

Monseñor de Marigny, levantando un poco la voz, responde que la conducta de la reina Isabel es francamente perdonable y que él mismo, por su parte, está dispuesto a darle la absolución; pero el error, el gran error de la señora Isabel, es haber hecho público su pecado. Una reina no debe dar ejemplo de adulterio.

—¡Ah, eso es verdad, es justo! —dice Gaucher—. No tenían necesidad de ir juntos a todas las ceremonias, ni de compartir el lecho, como se dice que hacen.

En este punto le daba la razón al obispo. El condestable y el prelado se muestran, pues, favorables a Isabel; pero con algunas reservas. Las preocupaciones del condestable sobre este tema acaban aquí. Piensa en el colegio de lengua romance que ha fundado cerca de su castillo de Châtillon-sur-Seine, donde estarían ahora si no fuera por ese asunto. Se consolará yendo enseguida a oír cantar a los monjes el oficio de noche, placer que puede parecer extraño para un hombre sordo; pero Gaucher oye mejor con ruido. Además este militar gusta de las artes. Eso ocurre a veces.

La condesa de Beaumont, hermosa y joven mujer que sonríe siempre con la boca y nunca con los ojos, se divierte infinitamente. ¿Cómo va a salir del asunto en que está metido ese gigante que tiene por marido, y que constituye para ella un perpetuo espectáculo? Saldrá airoso, sabe que lo logrará; Roberto siempre gana. Ella le ayudará a ganar, si puede; pero no con palabras pronunciadas en público.

Felipe de Valois es plenamente favorable a Isabel de Inglaterra, y sin embargo va a traicionarla, porque su mujer, que odia a Isabel, lo ha instruido antes del consejo, y esta noche lo rechazará con gritos y protestas si no actúa como ella ha decidido. Y el narigudo mozo se turba, vacila, tartamudea.

Luis de Borbón no tiene valor. Ya no lo envían a las batallas porque huye. Nada lo liga con la reina Isabel.

Aunque débil, el rey es capaz de obstinarse con una cosa, como cuando se negó durante un mes a conceder a Carlos de Valois su nombramiento de teniente real en Aquitania.

Está disgustado con su hermana porque las ridículas cartas de Eduardo, a fuerza de repetirlas, han hecho mella en él y, sobre todo, porque Blanca ha muerto y piensa en el papel de Isabel hace doce años en el descubrimiento del escándalo. De no ser por ella, nunca lo hubiera sabido y, aun sabiéndolo, hubiera perdonado a Blanca para conservarla a su lado. ¿Valía la pena tanto horror, tanta infamia aireada, tantos días de sufrimiento para acabar con esa muerte?

El clan de los enemigos de Isabel está formado sólo por dos personas, Juana la Coja y Mahaut de Artois, pero sólidamente aliadas por un odio común.

De modo que Roberto de Artois, el hombre más poderoso después del rey, e incluso en muchos aspectos más poderoso que el soberano, cuya opinión prevalece siempre, que decide en todos los asuntos administrativos, que dicta las órdenes a los gobernadores, bailes y senescales, se encuentra de pronto solo para defender la causa de su prima.

Así va la influencia en las cortes; es una extraña y fluctuante suma de estados de ánimo, en la que las situaciones se transforman con la marcha de los acontecimientos y la amalgama de los intereses en juego. Y los favores llevan consigo el germen de las desgracias. No es que se cierna sobre Roberto alguna desgracia; pero Isabel está verdaderamente amenazada. Ella que hace unos meses era compadecida, protegida y admirada, a quien daban la razón en todo, cuyo amor se aplaudía considerándolo un hermoso desquite, no tiene en el consejo del rey más que un solo partidario. Ahora bien, imponerle el regreso a Inglaterra es colocar su cuello sobre el tajo de la Torre de Londres, y esto lo saben todos. Pero de repente, no la quieren; ha triunfado demasiado. Nadie está ya dispuesto a comprometerse por ella, a no ser Roberto, pero sólo porque es una manera de enfrentarse a Mahaut.

Ésta se lanza al ataque preparado desde hace largo tiempo:

—Señor, mi querido hijo, sé el amor que sentís por vuestra hermana, amor que os honra —dice—; pero es necesario ver claramente que Isabel es una mala mujer por cuya causa todos padecemos o hemos padecido. Ved el ejemplo que ha dado a vuestra corte desde que está aquí y pensad que es la misma mujer que llenó de calumnias a mis hijas y a la hermana de Juana, aquí presente. ¿No tenía yo razón cuando le decía a vuestro padre, cuya alma Dios guarde, que se dejaba arrastrar por su hija? Nos ha ensuciado a voluntad con los malos pensamientos que veía en los demás y que no eran más que los suyos, como ha demostrado a las claras. Blanca, que era pura y que os amó hasta sus últimos días, como vos sabéis, acaba de morir esta semana. ¡Era inocente, mis hijas eran inocentes!

Mahaut señala hacia el cielo, tomándolo por testigo, y para complacer a su aliada del momento, añade, volviéndose a Juana la Coja:

—Seguramente tu hermana era inocente, mi pobre Juana, y todos hemos sufrido la desgracia a causa de las calumnias de Isabel, y mi corazón de madre ha sangrado.

Si continúa así, va a hacer llorar a la asamblea; pero Roberto le espeta:

—¿Inocente vuestra Blanca? ¿Fue el Espíritu Santo quien la embarazó en la prisión?

El rey Carlos el Hermoso hace un gesto de contrariedad. Realmente Roberto no tenía necesidad de recordar eso.

—¡La desesperación empujó a mi hijita! —grita Mahaut—. ¿Qué podía perder esa paloma, vilipendiada por la calumnia, encerrada en una fortaleza y medio loca? Quisiera saber quién se hubiera resistido con tal trato.

—También yo estuve en prisión, cuando, por complaceros, me encerró vuestro yerno Felipe —le recuerda Roberto—, pero no por eso embaracé a la mujer del carcelero, ni por desesperación tomé por esposa al llavero, cosa que parece que se hace en nuestra familia inglesa.

El condestable vuelve a interesarse por el debate.

—¿Y quién os dice, sobrino, que tanto os complacéis en ensuciar la memoria de una muerta, que mi Blanca no fue tomada a la fuerza? Igual que estrangularon a su prima en la misma prisión —dice mirando a Roberto a los ojos—, pudieron violar a la otra. No, señor hijo mío —añade, volviéndose al rey—, puesto que me habéis llamado a vuestro consejo...

—Nadie os ha llamado —dice Roberto—, habéis venido por vuestra voluntad.

No se interrumpe fácilmente a la vieja gitana.

—Os aconsejo con el corazón de madre que jamás he dejado de tener hacia vos, a pesar de todo lo que hubiera podido alejarme. Os lo digo, señor Carlos: expulsad de Francia a vuestra hermana, ya que cada vez que ha venido, la corona conoce una desgracia. El año en que fuisteis armado caballero con vuestros hermanos y mi sobrino Roberto, que debe de acordarse, el fuego se apoderó de Maubuisson durante la estancia de Isabel y a punto estuvimos de asarnos. Al año siguiente, nos trajo ese escándalo que nos ha cubierto a todos de barro y de infamia; cuando una buena hija del rey, una buena hermana de sus hermanos, aunque hubiera habido una sombra de verdad, se debería haber callado, en lugar de airearlo por todas partes con ayuda de quien yo sé. Y luego, durante el reinado de vuestro hermano Felipe, cuando ella llegó a Amiens para que Eduardo rindiera homenaje, ¿qué sucedió? ¡Los pastorcillos asolaron el reino! Y ahora tiemblo al pensar que ella está aquí. Porque vos esperáis un hijo, que deseáis varón, para dar un rey a Francia; pues bien, os lo digo, señor hijo mío, mantened a esa portadora de desgracias alejada del vientre de vuestra esposa.

Ha lanzado bien su dardo, pero Roberto responde enseguida:

—Y cuando murió nuestro primo el Obstinado, mi buena tía, ¿dónde estaba Isabel? No en Francia, que yo sepa. Y cuando su hijo, el pequeño Juan el Póstumo, se extinguió de repente en vuestros brazos, mi buena tía, ¿dónde estaba Isabel? ¿En la habitación de Luis? ¿Se encontraba entre los barones reunidos? ¡Quizá me falla la memoria, pero no la recuerdo allí! A menos de que esas dos muertes de reyes no se cuenten, según vos, entre las desgracias del reino.

A bribona, bribón y medio. Si intercambian dos palabras más, van a acusarse claramente de asesinato.

El condestable conoce a esta familia desde hace casi sesenta años. Entorna sus ojos de tortuga y dice:

—No divaguemos y volvamos, mis señores, al tema que requiere una decisión.

Y hay algo en esa voz que recuerda, de golpe, el tono de los consejos del Rey de Hierro.

Carlos el Hermoso se acaricia la frente y propone:

—¿Y si para dar satisfacción a Eduardo hiciéramos salir del reino a lord Mortimer?

Juana la Coja toma la palabra. Su voz es clara, no muy alta; pero después de los mugidos que han soltado los toros de Artois, se la escucha.

—Sería disgusto y tiempo perdido —declara—. ¿Pensáis que nuestra prima va a separarse de ese hombre que es ahora su dueño? Está dedicada a él en cuerpo y alma; no respira más que por él y se negará a que parta, o se irán juntos.

Juana la Coja detesta a la reina de Inglaterra, no sólo por el recuerdo de su hermana Margarita, sino por el hermoso amor del que Isabel hace gala en Francia. Y, sin embargo, Juana de Borgoña no tiene de qué quejarse; su Felipe la quiere de verdad, aunque ella tiene una pierna más corta que la otra. Pero la nieta de san Luis quisiera ser la única amada en todo el universo. Odia los amores ajenos.

—Hay que tomar una decisión —insiste el condestable—, porque la hora avanza y las mujeres hablan demasiado en esta asamblea.

El rey Carlos asiente con la cabeza y anuncia:

—Mañana por la mañana mi hermana será conducida al puerto de Boulogne para embarcarla y entregarla bajo escolta a su legítimo esposo. Así lo quiero. —Ha dicho «así lo quiero», y los asistentes se miran, porque estas palabras raramente salen de la boca del débil Carlos—. Cherchemont —agrega—, vos prepararéis la orden de escolta, que sellaré con mi sello pequeño.

No se puede añadir nada. Carlos el Hermoso es obstinado, es el rey, y a veces se acuerda de ello.

Sólo la condesa Mahaut se permite comentar:

—Es una sabia decisión, hijo mío.

Se separan sin desearse buenas noches, con la sensación de haber participado en una mala acción. Apartan los asientos y se levantan para saludar la salida del rey y de la reina.

La condesa de Beaumont está decepcionada. Había creído que su esposo Roberto triunfaría. Lo mira, y él le hace una seña para que se marche a su habitación. Tiene que decir todavía unas palabras a Monseñor de Marigny.

El condestable con su paso pesado, Juana de Borgoña con su paso cojo y Luis de Borbón, también cojeando, han abandonado la sala. Felipe de Valois sigue a su mujer con aire de galgo que ha ojeado mal la caza.

Roberto de Artois habla un instante al oído del obispo de Beauvais, que cruza y descruza sus blancas manos.

Momentos después, Roberto regresa a sus aposentos por el claustro de la hospedería. Entre dos columnas se advierte la sombra de una mujer que, sentada, contempla la noche.

—Buenos sueños tengáis, mi señor de Artois.

Esta voz irónica pertenece a Beatriz de Hirson, dama de compañía de la condesa Mahaut. ¿Qué está esperando allí?... El paso de Roberto; éste lo sabe muy bien. La joven se incorpora, da un paso y otros dos con movimiento de balanceo, y su vestido se desliza por la piedra.

—¿Qué hacéis aquí? —le pregunta Roberto.

Ella no responde directamente, sino que señala con su perfil las estrellas del cielo y dice:

—Hace una hermosa noche, y es una pena acostarse sola. No se concilia el sueño con este calor.

Roberto de Artois se le acerca e interroga aquellos ojos, grandes y desafiantes, que brillan en la penumbra. Pone su enorme mano en las caderas de la joven y, de repente, las retira sacudiendo los dedos como si se hubiera quemado.

—¡Id corriendo a meter las nalgas en el estanque, hermosa Beatriz —exclama entre risas—, porque si no os vais a inflamar!

La joven gime ante semejante grosería. Hace tiempo que espera la ocasión de conquistar al gigante: ese día

Roberto estará a merced de la condesa Mahaut y Beatriz habrá podido al fin satisfacer su deseo.

Pero no será esta noche.

Roberto tiene algo más importante que hacer. Llega a sus aposentos y entra en la habitación de su mujer la condesa, quien se incorpora en el lecho. Está desnuda. Duerme así todo el verano. Roberto, con la misma mano que acaba de poner en las caderas de Beatriz, acaricia maquinalmente uno de los senos que le pertenecen por matrimonio.

La condesa de Beaumont no siente nada ante la caricia, pero le divierte; siempre le divierte ver aparecer a su gigantesco marido e imaginar sus intenciones. Roberto de Artois se deja caer en un asiento, estira sus inmensas piernas, las levanta de vez en cuando y las vuelve a dejar caer, los dos talones juntos.

—¿No os acostáis, Roberto?

—No, amiga mía, no. Os voy a dejar para ir enseguida a París, en cuanto esos monjes acaben de cantar en su iglesia.

La condesa sonríe.

—¿No creéis que mi hermana de Hainaut podría acoger algún tiempo a Isabel y permitirle reagrupar sus fuerzas?

—En eso pensaba precisamente, mi hermosa condesa.

La señora de Beaumont se tranquiliza; su marido ganará.

No fue ciertamente para servir a Isabel, sino por odio a Mahaut, que aquella noche cabalgó Roberto de Artois. ¿Quería la zorra oponérsele, perjudicar a quienes él protegía y adquirir influencia sobre el rey? Ya se vería quién diría la última palabra.

Fue a despertar a su criado Lormet.

—Haz ensillar tres caballos. Mi escudero, un sargento...

—¿Y yo? —dijo Lormet.

—No, tú no, tú volverás a dormir.

Era una amabilidad por parte de Roberto; los años comenzaban a pesarle a su viejo compañero de fechorías, guardaespaldas, estrangulador y nodriza, todo en una pieza. Lormet se cansaba y soportaba mal las brumas de la madrugada. Refunfuñó. ¿Por qué lo había despertado si no lo necesitaba? Pero hubiera refunfuñado más si le hubiera ordenado partir.

Ensillaron rápidamente los caballos; el escudero bostezaba, el sargento de armas terminaba de acicalarse...

—A caballo —dijo Roberto—. Va a ser un paseo.

Apoyado en el arzón de la silla, salió a paso lento de la abadía por la granja y los talleres. Luego, en cuanto alcanzó el mar de arena que se extendía claro, insólito y nacarado en la noche, entre los blancos abedules, paisaje para una asamblea de hadas, picó el caballo y emprendió el galope. Dammartin, Mitry, Aulnay, Saint-Ouen: un paseo de cuatro horas aminorando el paso de vez en cuando para respirar, y una parada en una posada abierta de noche que servía de beber a los carreteros de las huertas.

Aún no despuntaba el día cuando llegaron al palacio de la Cité. La guardia dejó pasar al primer consejero del rey. Roberto subió directamente a las habitaciones de la reina y, tratando de no pisar a los servidores dormidos en los pasillos, atravesó la habitación de las mujeres que cacarearon como gallinas asustadas: «¡Señora, señora, que entran!»

Una lamparilla brillaba sobre el lecho en que Rogelio Mortimer estaba con la reina.

«De manera que me he derrengado galopando toda la noche para que puedan dormir el uno en brazos del otro», pensó Roberto.

Pasado el primer instante de sorpresa y encendidas

las candelas, se olvidó toda turbación en vista de la urgencia.

Roberto puso rápidamente en conocimiento de los dos amantes lo que se había tramado y decidido en Chaâlis contra ellos. Mientras escuchaba y preguntaba, Mortimer se vistió delante de Roberto, con la mayor naturalidad, como se hace entre guerreros. Tampoco parecía turbarle la presencia de su amante; se veía que estaban muy acostumbrados.

—Tenéis que partir inmediatamente, ése es mi consejo, mis buenos amigos —dijo Roberto—, y dirigíos hacia las tierras del Imperio para buscar allí refugio. Los dos, con el joven Eduardo, y tal vez Cromwell, Alspaye y Maltravers, pero nadie más, ya que necesitáis ir deprisa. Vais a salir volando hacia Hainaut, adonde yo despacharé un jinete que se os adelantará. El buen conde Guillermo y su hermano Juan son dos grandes señores leales, temidos por sus enemigos y amados por sus amigos. Mi esposa la condesa os apoyará, por su parte, ante su hermana. Por ahora es el mejor refugio que podéis encontrar. Nuestro amigo de Kent, a quien voy a avisar, se unirá a vosotros, dando un rodeo por el Ponthieu, para agrupar a los caballeros que tenéis allí. Y luego, ¡que Dios sea con vosotros! Me ocuparé de que Tolomei continúe haciéndoos llegar fondos; por otra parte, no puede hacer otra cosa, está muy comprometido con vosotros. Engrosad vuestras tropas, haced todo lo que podáis, luchad. Si el reino de Francia no fuera un trozo tan grande, en el que no puedo dejar campo libre a las maldades de mi tía, iría de buen grado con vosotros.

—Volveos, primo, que voy a vestirme —dijo Isabel.

—Entonces, prima, ¿no hay recompensa? ¿Lo quiere todo para sí ese bribón de Rogelio? —dijo Roberto—. ¡Ya veo que no se enfada!

Esta vez sus pícaras intenciones no parecieron chocantes: había algo tranquilizador en el deseo de bromear en medio del drama. Aquel hombre que pasaba por ser tan malo, era capaz de tener hermosos gestos, y a veces sus impúdicas palabras no eran más que la máscara que encubría cierto pudor.

—Estoy a punto de deberos la vida, Roberto —dijo Isabel.

—¡Me tomaré el desquite, prima! Nunca se sabe... —le gritó él por encima del hombro.

Sobre una mesa vio un recipiente lleno de fruta, preparado para la noche de los amantes: tomó un melocotón y le clavó los dientes, y el dorado jugo se le escurrió por la barbilla.

Desorden en los pasillos, escuderos que corrían a las cuadras, mensajeros despachados a los señores ingleses que vivían en la ciudad, mujeres que se apresuraban a cerrar los pequeños cofres después de haberlos atiborrado de lo esencial, gran agitación en esa parte del palacio.

—No vayáis por Senlis —dijo Roberto con la boca llena de su duodécimo melocotón—. Nuestro señor Carlos está demasiado cerca y podría echaros el guante. Pasad por Beauvais y Amiens.

La despedida fue breve. La aurora comenzaba a clarear y la escolta ya estaba preparada en el patio. Isabel se acercó a la ventana; una gran emoción la retuvo por un instante al ver aquel jardín, aquel río y aquella cama deshecha en la que había pasado los momentos más felices de su vida. Habían transcurrido quince meses desde aquella mañana en que respiró, en este mismo lugar, el perfume maravilloso que exhala la primavera cuando se ama. Rogelio Mortimer posó la mano sobre el hombro de Isabel, cuyos labios se deslizaron hacia ella.

Enseguida sonaron los cascos de los caballos en las calles de la Cité, sobre el Pont-au-Change, hacia el norte.

Roberto de Artois regresó a su palacio. Cuando informaran al rey de la huida de su hermana, haría tiempo que ésta se encontraría fuera de su alcance, y Mahaut tendría que hacerse sangrar para que no la ahogara el flujo de sangre... ¡Ah, mi buena zorra...! Roberto podía dormir, con pesado sueño de buey, hasta las campanadas de mediodía.

NOTAS

1. Chaâlis, en el bosque de Ermenonville, es uno de los primeros monumentos góticos de la Île-de-France. Sobre este antiguo priorato que dependía de los monjes de Vézelay, el rey Luis el Gordo fundó un año antes de su muerte, en 1136, un gran monasterio del que sólo quedan, desde las demoliciones de la revolución, algunas ruinas imponentes. San Luis pasaba allí con frecuencia temporadas. Carlos IV realizó dos breves estancias, en mayo y junio de 1322, además de la aquí descrita, de junio de 1326. Felipe VI estuvo allí a comienzos de marzo de 1329, y luego Carlos V. En el Renacimiento, cuando Hipólito de Este, cardenal de Ferrare, fue abad comanditario, el poeta Tasso pasó allí dos meses.

Hay que atribuir la frecuencia de las estancias reales en las abadías y monasterios, tanto de Francia como de Inglaterra, menos a las piadosas intenciones de los soberanos que al hecho de que en la Edad Media, los monjes tenían una especie de monopolio de la industria hotelera. No había convento de cierta importancia que no tuviera su hospedería, y más confortable que la mayoría de los castillos próximos. Los soberanos que estaban de viaje se instalaban en ellos con su corte itinerante, al igual que en nuestros días se hacen reservar, para ellos y su séquito, un piso en un hotel de la ciudad o un balneario.

CUARTA PARTE

LA CABALGADA CRUEL

1

Harwich

Las gaviotas, que rodeaban los mástiles de los navíos con su vuelo chillón, acechaban los residuos que caían al mar. En la embocadura donde se unen el Orwell y el Stour, la flota veía acercarse el puerto de Harwich, su muelle de madera y la hilera de casas bajas.

Ya habían atracado dos embarcaciones ligeras, y había desembarcado una compañía de arqueros encargada de asegurar el lugar; no parecía haber guardia en la orilla. Reinaba cierta confusión en el muelle, donde la población, atraída primero por todo aquel velamen, había huido después al ver desembarcar a los soldados y vuelto a agruparse una vez tranquilizada.

El navío de la reina, que llevaba en el asta un largo gallardete bordado con las flores de lis de Francia y los leones de Inglaterra, avanzaba por su impulso seguido de dieciocho barcos de Holanda. Las tripulaciones, bajo las órdenes de los maestros marineros, arriaban el velamen; los largos remos acababan de salir de los costados de las naves, igual que plumas de alas desplegadas de repente, para ayudar a la maniobra.

De pie en el castillo de popa, la reina de Inglaterra, acompañada de su hijo el príncipe Eduardo, el conde de Kent, Mortimer, el señor Juan de Hainaut y de otros señores ingleses y holandeses, asistía a la maniobra y miraba acercarse la orilla de su reino.

Por primera vez desde que se fugara, Rogelio Mortimer no iba vestido de negro. No llevaba la gran coraza de yelmo cerrado, sino el equipo propio para una pequeña batalla: casco sin visera al que iban unidos los gocetes, cota de malla y, encima, la cota de armas de brocado rojo y azul adornada con sus emblemas.

La reina iba vestida de la misma manera, con el rostro encajado en el tejido de acero; debajo de la falda, que arrastraba por el suelo, llevaba canilleras de malla como los hombres.

También el joven príncipe Eduardo iba equipado para la guerra. Había crecido mucho durante los últimos meses y era ya casi un hombre. Miraba las gaviotas, las mismas, le parecía, que habían acompañado la salida de la flota de la embocadura del Mosa, con los mismos roncos chillidos y los mismos picos ávidos.

Estos pájaros le recordaban Holanda. Todo, por otra parte, el mar y el cielo gris, el muelle con las casitas de ladrillo donde iban a desembarcar enseguida, el paisaje verde, ondulado, lagunoso, que se extendía detrás de Harwich; todo le recordaba los paisajes holandeses. Pero habría llegado a un desierto de piedras y arena bajo un sol ardiente y hubiera recordado igualmente por contraste en aquellas tierras de Brabante, de Ostrevant, de Hainaut, que acababa de dejar... y es que Eduardo, duque de Aquitania y heredero de Inglaterra, a sus casi quince años, se había enamorado de Holanda.

Y he aquí cómo había sucedido y qué notables sucesos habían quedado grabados en la memoria del joven príncipe Eduardo.

Después de huir de París al galope aquella madrugada en que Roberto de Artois despertó intempestivamente el palacio, se dirigieron a marchas forzadas a las tierras del Imperio, hasta que llegaron al castillo del señor Eustaquio de Aubercicourt, que recibió con diligencia y alegría al pequeño grupo inglés. En cuanto repartió e instaló en su morada lo mejor que pudo a aquella inesperada comitiva, el señor de Aubercicourt montó a caballo y fue a notificarlo al buen conde Guillermo, cuya mujer era prima hermana de la reina Isabel, a su villa de Valenciennes. Al día siguiente llegó el hermano menor del conde, Juan de Hainaut.

Curioso hombre éste, no por su aspecto, ya que no había nada anormal en él —cara redonda, cuerpo fuerte, nariz corta y redonda y pequeño bigote rubio—, sino por su manera de actuar. Porque en cuanto llegó ante la reina, echó pie a tierra y, con la rodilla sobre las losas y la mano en el corazón, exclamó:

—Señora, ved aquí a vuestro caballero que está dispuesto a morir por vos, aunque todo el mundo os abandone. Usaré todo mi poder, con la ayuda de vuestros amigos, para llevaros, a vos y a mi señor vuestro hijo, al otro lado del mar, a vuestro Estado de Inglaterra. Y todos los que yo pueda reunir expondrán la vida por vos, y si Dios quiere, seremos bastantes guerreros.

La reina, para agradecer esa ayuda tan repentina, esbozó el gesto de arrodillarse ante él, pero el señor Juan de Hainaut se lo impidió agarrándola por ambos brazos; mientras la apretaba, con el aliento en su cara, continuó:

—No quiera Dios que la reina de Inglaterra se incline jamás ante nadie. Tranquilizaos, señora, y también vuestro gentil hijo, porque cumpliré mi promesa.

Mortimer comenzaba a poner cara larga; porque le parecía que Juan de Hainaut ponía demasiado celo en colocar su espada al servicio de las damas. La verdad es que aquel hombre se tenía por un Lanzarote del Lago, ya que había declarado, de pronto, que no se permitiría dormir bajo el mismo techo de la reina por no comprometerla, como si no se hubiera dado cuenta de que la rodeaban por lo menos seis grandes señores. Y se retiró a una abadía vecina, para volver temprano al día siguiente, después de oír misa, a buscar a la reina y llevar a toda la compañía a Valenciennes.

¡Ah, qué excelentes personas eran el conde Guillermo el Bueno, su esposa y sus cuatro hijas, que vivían en un castillo blanco! El conde y la condesa formaban un matrimonio feliz; eso se veía en sus caras y se comprendía por sus palabras. El joven príncipe Eduardo, que había sufrido desde niño el triste espectáculo de la desavenencia conyugal de sus padres, miraba con admiración a aquella pareja unida y benévola en todo. ¡Qué felices eran las cuatro jóvenes princesas de Hainaut por haber nacido en semejante familia!

El buen conde Guillermo se había ofrecido a servir a la reina, de manera menos elocuente que su hermano, y tomando ciertas precauciones para no atraer las iras del rey de Francia ni del Papa.

Juan de Hainaut se prodigaba. Escribió a todos los caballeros que conocía y les rogó por su honor y amistad que se unieran a su empresa por el voto que había hecho. Hizo tanto ruido por Hainaut, Brabante, Zelanda y Holanda, que el buen conde Guillermo se inquietó. El señor Juan estaba a punto de levantar todo el ejército y la caballería de sus estados, así que le rogó moderación; pero su hermano no quiso escucharlo.

—Hermano mío —decía—, sólo he de morir una vez, y será cuando quiera Nuestro Señor, y he prometido a esta gentil dama llevarla hasta su reino. Así lo haré, aunque haya de morir, ya que todo caballero debe ayudar con lealtad a todas las damas y doncellas desamparadas en cuanto se lo pidan.

Guillermo el Bueno temía también por sus arcas, ya que a todos aquellos mesnaderos a quienes se les hacía abrillantar las corazas había que pagarles; pero sobre este punto lo tranquilizó Mortimer, que al parecer contaba con suficiente dinero en las bancas lombardas para mantener mil lanzas.

Permanecieron, pues, tres meses en Valenciennes, haciendo vida cortesana, mientras Juan de Hainaut anunciaba cada día alguna nueva adhesión de importancia, de

Miguel de Ligne o del señor de Sarre, del caballero Oul-fart de Ghistelles, de Parsifal de Semeries o de Sance de Boussoy.

Fueron en peregrinación como en familia a la iglesia de Sebourg, donde estaban las reliquias de san Druon, muy veneradas desde que el abuelo del conde Guillermo, Juan de Avesnes, que sufría un penoso mal de piedra, había logrado allí su curación.

De las cuatro hijas del conde Guillermo, la segunda, Felipa, agradó enseguida al joven príncipe Eduardo. Era pelirroja, rolliza, pecosa, ancha de cara y con el vientre ya abultado: una Valois con tintes de Brabante. Los dos jóvenes eran de la misma edad. Todos quedaron sorprendidos al ver al príncipe Eduardo, que apenas hablaba, en casi perpetua compañía de la gorda Felipa, hablándole durante horas enteras. A nadie se le escapó esa atracción; las personas silenciosas no saben fingir cuando abandonan el silencio.

La reina Isabel y el conde de Hainaut se pusieron enseguida de acuerdo en prometer a sus hijos, que tanto se gustaban. De esta manera la reina Isabel cimentaba una alianza indispensable; por su parte, el conde de Hainaut, desde el momento en que su hija estaba destinada a ser un día reina de Inglaterra, no tuvo ninguna duda en prestar sus caballeros.

A pesar de las expresas órdenes del rey Eduardo II, que había prohibido a su hijo prometerse o dejarse prometer sin su consentimiento,[1] se habían solicitado ya las dispensas al Santo Padre. Parecía escrito en el destino del príncipe Eduardo que se casaría con una Valois. Su padre, tres años antes, había rechazado prometerlo con una de las últimas hijas del conde Carlos; afortunada negativa, ya que ahora el joven podría unirse en matrimonio con la nieta de ese mismo Conde de Valois, a la que, además, amaba.

La expedición había adquirido un nuevo sentido

para el príncipe Eduardo. Si el desembarco tenía éxito, si su tío de Kent y Mortimer, con ayuda del primo de Hainaut, conseguían expulsar a los malvados Le Despenser y gobernar en su lugar junto al rey, éste se vería obligado a aceptar el matrimonio de su hijo.

Por otra parte, nadie se guardaba de hablar delante del joven de las costumbres de su padre; el príncipe estaba horrorizado, asqueado. ¿Cómo un hombre, un caballero, un rey, podía comportarse de tal manera con un señor de su corte? Estaba resuelto, cuando llegara a reinar, a no tolerar semejantes torpezas y, junto a su Felipa, mostraría a todos un verdadero, hermoso y leal amor de hombre y mujer, de reina y rey. Aquella redonda, pelirroja y regordeta persona, ya toda una mujer, y que le parecía la joven más hermosa de la Tierra, tenía sobre el duque de Aquitania un poder tranquilizador.

Era, pues, el derecho al amor lo que el joven iba a conquistar, lo cual apartaba de su mente lo penoso de ir a la guerra contra su propio padre.

Había pasado tres meses feliz; sin duda, los mejores que había conocido el príncipe Eduardo.

La concentración de los *hennuyer*, que así se llamaban los caballeros de Hainaut, tuvo lugar en Dordrecht, junto al Mosa, una bonita ciudad atravesada por canales y llena de estanques, en la que las calles de tierra salvaban otras de agua, y donde los navíos de todos los mares y las barcas planas y sin velas que remontaban los ríos fondeaban ante el atrio de las iglesias. Una ciudad llena de comercios y riquezas, donde los señores caminaban por los muelles entre fardos de lana y cajas de especias, donde el olor a pescado fresco y salado flotaba alrededor de los mercados, donde los marineros y cargadores comían en la calle hermosos lenguados calientes recién fritos que compraban a los vendedores ambulantes, donde el pueblo, al salir de misa de la gran catedral de ladrillo, acudía a ver curioso el gran aparato de guerra, nunca visto hasta entonces, situado al pie de las viviendas. Los mástiles de las naves que se balanceaban sobrepasaban la altura de los tejados.

¡Cuántas horas, esfuerzos y gritos se habían necesitado para cargar los barcos, redondos como los zuecos que calzaban los holandeses, con todos los pertrechos de la caballería: cajas de armamento, cofres de corazas, víveres, cocinas, hornillos, utensilios de herrador con los yunques, fuelles y martillos! Luego habían tenido que embarcar los grandes caballos de Flandes, pesados alazanes enjaezados de rojo con crines pálidas, desteñidas y flotantes, enormes grupas carnosas y sedosas, verdaderas monturas de caballero que portaban sin fatigar las sillas de altos arzones, los caparazones de hierro y un hombre con su armadura; eran casi doscientos kilos que llevar a galope.

Había mas de mil de estos caballos, porque Juan de Hainaut, cumpliendo su palabra, había reunido a mil caballeros, acompañados de sus escuderos, criados y aprendices. Eran en total dos mil setecientos cincuenta y siete hombres a sueldo, según el registro que llevaba Gerardo de Alspaye.

El castillo de popa de cada navío servía de alojamiento a los más importantes señores de la expedición.

Se hicieron a la mar la mañana del 22 de septiembre para aprovechar las corrientes del equinoccio; navegaron todo un día por el Mosa y anclaron ante los diques de Holanda. Las chillonas gaviotas daban vueltas alrededor de las naves. Al día siguiente tomaron rumbo hacia alta mar. El tiempo parecía bueno, pero al declinar el día se levantó un viento contra el que los navíos apenas podían luchar; el mar se agitó y toda la expedición se vio presa de gran angustia y temor. Los caballeros vomitaban por encima de las batayolas cuando les quedaban fuerzas para acercarse a ellas. Incluso la tripulación estaba en apuros, y los caballos, dando bandazos y revueltos en la cuadra del entrepuente, exhalaban un olor nauseabundo. Una tempestad es más temible de noche que de día. Los clérigos se pusieron a rezar.

Juan de Hainaut se comportó con extraordinario valor y se deshizo en palabras de consuelo para la reina Isabel, tal vez en exceso, ya que en ocasiones la solicitud de los hombres importa a las mujeres. La reina sintió un cierto alivio cuando el señor de Hainaut también se indispuso.

Sólo Mortimer parecía resistir el mal tiempo; los hombres celosos no se marean. Eso se dice, al menos. Por el contrario, daba pena ver a Maltravers cuando llegó la aurora: la cara más larga y pálida que de costumbre, los cabellos caídos sobre las orejas y sucia la cota de armas. Estaba sentado, con las piernas separadas, sobre un rollo de jarcias, y gemía a cada ola como si le hubiera de traer la muerte.

Por fin, por la gracia de san Jorge, el mar se calmó y cada uno pudo poner un poco de orden en su persona. Luego, los vigías divisaron tierra inglesa, solamente unas millas más al sur del punto al que querían llegar, y los marineros se dirigieron hacia el puerto de Harwich donde ahora atracaban. La nave real, con los remos levantados, rozaba ya el muelle de madera.

El joven príncipe de Aquitania, a través de las largas y rubias pestañas, contemplaba soñadoramente las cosas que lo rodeaban, ya que todo lo que su mirada encontraba redondo, rojizo o rosado, las nubes que empujaba la brisa de septiembre, las velas bajas e hinchadas de los últimos navíos, las grupas de los alazanes de Flandes, las mejillas de Juan de Hainaut, todo le recordaba la Holanda de sus amores.

Al poner pie en el muelle de Harwich, Rogelio Mortimer se sintió identificado con su antepasado que, doscientos sesenta años antes, había desembarcado en tierra inglesa al lado del Conquistador. Y eso se notó claramente en su actitud, en su tono y en su manera de dirigir todas las cosas.

Compartía la dirección de la expedición, en pie de igualdad, con Juan de Hainaut, algo bastante comprensible, ya que Mortimer sólo contaba con su buena causa, algunos señores ingleses y el dinero de los lombardos, mientras que el otro llevaba los dos mil setecientos cincuenta y siete hombres que iban a combatir. Sin embargo, Mortimer consideraba que Juan de Hainaut no debía dedicarse más que a la vigilancia de sus tropas, mientras que él pretendía tener la entera responsabilidad de las operaciones. El conde de Kent, por su parte, parecía poco dispuesto a figurar en primer término, porque si, a pesar de las informaciones recibidas, parte de la nobleza permanecía fiel al rey, las tropas de éste serían mandadas por el conde de Norfolk, mariscal de Inglaterra; es decir, el propio hermano de Kent. Rebelarse contra su hermanastro, veinte años mayor y mal rey era una cosa; pero era muy distinto desenvainar la espada contra un hermano muy querido del que no le separaba más que un año.

Mortimer, buscando información, había interrogado enseguida al alcalde de Harwich: ¿Sabía dónde se encontraban las tropas reales? ¿Cuál era el castillo más cercano que podía dar cobijo a la reina mientras desembarcaban los hombres y descargaban los navíos?

—Estamos aquí —declaró Mortimer al alcalde—, para ayudar al rey Eduardo a deshacerse de los malos consejeros que arruinan su reino y para poner a la reina en el lugar que merece. No tenemos, pues, otras intenciones que las que nos han inspirado la voluntad de los barones y todo el pueblo de Inglaterra.

Así era de breve y clara la justificación que Rogelio Mortimer repetiría en cada parada a la gente que podía sorprenderse por la llegada de aquel ejército extranjero.

El alcalde, hombre viejo de cabello cano y despeinado, temblaba, no de frío sino de miedo; parecía no tener información alguna.

¿El rey? Se decía que estaba en Londres, a no ser que estuviera en Portsmouth... En todo caso, en Portsmouth debía de haberse concentrado una gran flota, ya que una orden del mes anterior mandaba a todos los barcos que se dirigieran allí en previsión de una invasión francesa. Eso explicaba que hubiera tan pocos navíos en el puerto.

Mortimer no dejó de mostrar, en ese momento, cierto orgullo, sobre todo ante el señor de Hainaut; porque él había hecho propagar, por medio de emisarios, su intención de desembarcar en la costa sur; la argucia había tenido un éxito completo. Juan de Hainaut, por su parte, podía estar orgulloso de sus marinos holandeses, que a pesar de la tempestad no se habían desviado del rumbo.

La región estaba sin vigilancia; el alcalde no tenía conocimiento de movimiento de tropas en los parajes vecinos, ni había recibido otra consigna que la de mantener la vigilancia habitual. ¿Un lugar donde hacerse fuerte? El alcalde sugería la abadía de Walton, a tres leguas al sur, siguiendo la costa. En su fuero interno deseaba descargar sobre los monjes la responsabilidad de alojar a aquella compañía.

Había que formar una escolta de protección para la reina.

—Yo la mandaré —exclamó Juan de Hainaut.

—¿Y quién va a vigilar el desembarco de vuestros *hennuyer*? —dijo Mortimer—. ¿Cuánto tiempo durará la operación?

—Para que estén dispuestos en orden de marcha, tres jornadas. Mi maestro escudero, Felipe de Chasteaux, se encargará de ello.

La principal preocupación de Mortimer eran los mensajeros que había enviado desde Holanda al obispo Orleton y al conde de Lancaster. ¿Habrían llegado hasta ellos los mensajeros? ¿Y dónde se encontrarían éstos ahora? Seguramente lo sabría por los monjes, y podría enviar jinetes que, de monasterio en monasterio, llegaran hasta los jefes de la resistencia interior.

Autoritario, tranquilo en apariencia, caminaba Mortimer a grandes zancadas por la calle mayor de Harwich, bordeada de casas bajas; se volvía, impaciente, al ver la lentitud con que se formaba la escolta; se dirigía de nuevo al puerto para apresurar el desembarco de los caballos, y regresaba a la posada de las Tres Copas, donde la reina y el príncipe Eduardo esperaban sus monturas. Por esa misma calle que ahora recorría pasaría y volvería a pasar durante varios siglos la historia de Inglaterra.[2]

Por fin estuvo lista la escolta, llegaron los caballeros en filas de a cuatro, ocupando toda la anchura de la calle Mayor. Los armeros corrían al lado de los caballeros para asegurar un último nudo del caparazón; las lanzas pasaban delante de las estrechas ventanas y las espadas resonaban al chocar con las rodilleras.

Ayudaron a la reina a montar en su palafrén, y luego comenzó la cabalgada a través de la ondulada campiña de escasos árboles, landas invadidas por la marea y contadas casas con sus tejados de bálago. Detrás de los bajos setos pacían corderos de espesa lana alrededor de charcas salobres. Paisaje triste, en suma, envuelto en la bruma del estuario. Pero Kent, Cromwell, Alspaye, el puñado de ingleses y el mismo Maltravers, por muy descompuesto que estuviera, contemplaban aquel paisaje y se miraban. Y las lágrimas se les saltaban de los ojos. Aquella tierra era la de Inglaterra.

Y de repente, a causa de un caballo que sacó la cabeza por encima de la media puerta de la cuadra y se puso a relinchar al paso de la cabalgada, Rogelio Mortimer sintió caer sobre sí la emoción de su país reencontrado. Esta alegría esperada tanto tiempo, y que no había sentido aún debido a las graves preocupaciones y decisiones que debía tomar, acababa de experimentarla en medio del campo, porque un caballo inglés había relinchado a los caballos de Flandes.

¡Tres años de alejamiento, tres años de destierro, de espera, de ilusiones! Mortimer recordó la noche en que se había evadido de la Torre, empapado, deslizándose en una barca en medio del Támesis para conseguir un caballo en la otra orilla. Y ahora regresaba, bordados sus blasones en el pecho y con mil lanzas para sostener su lucha. Volvía como amante de la reina, con lo que tanto había soñado en la prisión. A veces la vida parece un sueño y solamente entonces puede decirse uno que es feliz.

Dirigió una mirada de gratitud y de connivencia a la reina Isabel, hacia su hermoso perfil encuadrado en el tejido de acero, donde los ojos brillaban como zafiros. Pero Mortimer vio que Juan de Hainaut, que marchaba al otro lado de la reina, también la miraba, y su inmensa alegría desapareció de golpe. Tuvo la impresión de haber vivido ya este instante, de revivirlo ahora. Se sintió turbado, ya que pocos sentimientos son tan inquietantes como el de reconocer un camino por el que nunca hemos pasado. Se acordó del camino de París, el día en que fue a recibir a la reina Isabel, y de Roberto de Artois caminando al lado de la reina como lo hacía ahora Juan de Hainaut.

Y oyó decir a la reina:

—Señor Juan, os debo todo; en primer lugar, estar aquí.

Mortimer puso mala cara y se mostró sombrío, brusco y distante durante el resto del recorrido, incluso cuando llegaron a la abadía de Walton y se instalaron, unos en la vivienda abacial, otros en la hostería, y la mayoría de los guerreros en los hórreos. A tal punto, que por la noche, cuando se retiró a solas con su amante, la reina Isabel le preguntó:

—¿Qué os pasaba, gentil Mortimer, durante el final de la jornada?

—Me pasa, señora, que creía haber servido bien a mi reina y amiga.

—¿Y quién os ha dicho, hermoso señor, que no lo habéis hecho?

—Creía, señora, que era a mí a quien debíais este regreso a vuestro reino.

—¿Quién ha pretendido que no os lo deba?

—Vos misma, señora, lo declarasteis delante de mí al señor de Hainaut, dándole las gracias por todo.

—¡Oh, Mortimer, mi dulce amigo, cómo sospecháis de cualquier palabra! —exclamó la reina—. ¿Qué mal hay en dar las gracias a quien se lo merece?

—Yo sospecho de lo que existe —replicó Mortimer—. Sospecho de las palabras, como sospecho también de ciertas miradas que esperaba, lealmente, que sólo debíais dirigirme a mí. Sois coqueta, señora, cosa que no esperaba. ¡Vos coqueteáis!

La reina estaba cansada, los tres días de mala mar, la inquietud de un desembarco muy aventurado y el recorrido de cuatro leguas la habían puesto a prueba. ¿Había muchas mujeres que hubieran soportado otro tanto sin quejarse ni causar ninguna preocupación? Esperaba un cumplido por su valentía, en lugar de reproches de celos.

—¿Qué coquetería, amigo? —dijo con impaciencia—. La amistad casta que me profesa el señor de Hainaut puede ser cómica, pero proviene de un buen corazón, y no olvidéis, además, que nos ha valido las tropas que tenemos aquí. Resignaos, pues, a que sin alentarlo le corresponda un poco; basta que contéis nuestros ingleses y sus *hennuyer*.

—Para la mala conducta siempre se encuentran buenas razones. El señor de Hainaut os sirve por amor, ya lo veo, pero no hasta el punto de rehusar el oro que le pago por eso. No necesitabais pues, ofrecerle tiernas sonrisas. Me siento humillado al veros caer de la altura de pureza en que yo os había colocado.

—No os hirió que cayera de esa altura de pureza, amigo Mortimer, el día que caí en vuestros brazos.

Se trataba de la primera riña. ¿No era absurdo que se hubiese producido precisamente el día que tanto habían esperado, y por el que, durante tantos meses, habían unido sus esfuerzos?

—Amigo —añadió más suavemente la reina—, esta ira que se ha apoderado de vos, ¿no será debida a que ahora estoy a menos distancia de mi esposo y que el amor nos será más difícil?

Mortimer agachó la cabeza, con el entrecejo fruncido.

—Creo, en efecto, señora, que ahora que estáis en vuestro reino tendremos que acostarnos separados.

—Justamente eso era lo que os iba a suplicar, dulce amigo —respondió Isabel.

Él salió de la habitación y no vio llorar a su amada. ¿Dónde estaban las felices noches de Francia?

En el pasillo de la residencia abacial, Mortimer se encontró de frente con el joven príncipe Eduardo, quien llevaba un cirio en la mano que iluminaba su delgado y blanco rostro. ¿Estaba allí espiando?

—¿No vais a dormir, señor? —le preguntó Mortimer.

—No, os estaba buscando, mi señor, para rogaros que me enviarais a vuestro secretario... Este primer día de mi regreso al reino querría mandar una carta a la señora Felipa...

NOTAS

1. En carta de 19 de junio de 1326: «Y también, hermoso hijo, os encargamos que no os caséis en ninguna parte hasta que hayáis vuelto a nuestro lado, ni sin nuestro consentimien-

to y mando... Y no prestéis oídos a ningún consejo contrario a la voluntad de vuestro padre, según os enseña el sabio rey Salomón...»

2. Harwich había recibido su estatuto de burgo comunal por una carta concedida en 1318 por Eduardo II. Este puerto se iba a convertir rápidamente en pionero del comercio con Holanda y en lugar de los embarques reales para el continente durante la guerra de los Cien Años. Eduardo III, catorce años después de haber desembarcado con su madre, como aquí contamos, partió de él para librar la batalla de L'Ecluse, primera de la larga serie de derrotas infligidas por Inglaterra a la flota francesa. En el siglo XVI, sir Francis Drake y el explorador sir Martin Frobisher se reunieron allí después de haber destruido el primero de ellos la Armada de Felipe II. También fue en Harwich donde embarcaron para América los famosos pasajeros del *Mayflower*, capitaneado por Christopher Jones. El propio Nelson residió allí.

2

La hora de la luz

Al muy bueno y poderoso señor Guillermo, conde de Hainaut, Holanda y Zelanda.

Mi muy querido y muy amado hermano, a quien Dios conserve la salud:

Estábamos todavía desembarcando nuestras gentes en el puerto naval de Harwich, y la reina permanecía en la abadía de Walton, cuando nos llegó la buena nueva de que mi señor Enrique de Lancaster —que es primo del rey Eduardo y a quien llaman aquí Cuello Torcido debido a que tiene la cabeza algo de través—, estaba en marcha para encontrarse con nosotros, con todo un ejército de barones, caballeros y hombres reclutados en sus tierras, y también con los lores obispos de Hereford, Norwich y Lincoln, para ponerse todos al servicio de la reina, mi señora Isabel. Y que mi señor de Norfolk, mariscal de Inglaterra, había anunciado también que, con la misma intención, llegaría con sus valientes tropas.

Nuestros pendones y los de los lores de Lancaster y de Norfolk se reunieron en un lugar denominado Bury-Saint-Edmonds, donde habíamos llegado ese mismo día.

El encuentro se hizo en medio de una alegría que no puedo describiros. Los caballeros se apearon y, al reconocerse, se abrazaron efusivamente; mi señor de Kent y mi señor de Norfolk, abrazados y con

305

lágrimas, como buenos hermanos separados largo tiempo, y lord Mortimer hizo otro tanto con el señor obispo de Hereford, y mi señor Cuello Torcido besó las mejillas del príncipe Eduardo, y todos corrieron hacia el caballo de la reina para festejarla y poner los labios en el ribete de su vestido. Me sentiría pagado de todas las penalidades que he tenido al venir al reino de Inglaterra con sólo haber visto el amor y la alegría que rodean a mi señora Isabel. El pueblo de Saint-Edmonds abandonó las aves de corral y las legumbres que tenía expuestas para unirse a la alegría, y sin cesar llegaba gente de la campiña.

La reina me presentó, con grandes cumplidos y gentileza, a todos los señores ingleses. Además, para darme a conocer, yo tenía detrás de mí nuestras mil lanzas de Holanda y me enorgullezco, mi muy amado hermano, del noble aspecto que nuestros caballeros han mostrado ante estos señores de ultramar.

La reina no ha dejado de declarar a todos los de su parentesco y partida que había regresado, y tan fuertemente apoyada, gracias a lord Mortimer. Ha elogiado mucho los servicios que le ha prestado mi señor Mortimer y ha ordenado que se siga su consejo en todo. Por otra parte, mi señora Isabel no dicta ningún decreto sin haber consultado antes con él. Le quiere, y lo demuestra, pero ese amor no puede ser más que casto, aunque pretendan lo contrario las lenguas dispuestas siempre a murmurar, ya que ella pondría más cuidado en disimular si fuera de otra manera, y lo sé también por los ojos que me pone, puesto que no podría mirarme de tal modo si su fe no estuviera libre. En Walton tuve cierto temor de que su amistad se hubiera enfriado un poco, por motivos que desconozco, pero todo demuestra que no ha sido nada y que permanecen muy unidos, de lo que me alegro, ya que es natural que todo el mundo ame a mi señora Isabel por todas las hermosas y buenas cualidades que tiene, y quisiera que todos le profesaran el mismo amor que yo le profeso.

Los señores obispos han traído fondos suficientes y han dicho que recibirían otros, recogidos en sus diócesis, y esto me tranquiliza en relación a la soldada de nuestros *hennuyer*, ya que temía que se agotaran rápidamente las ayudas lombardas de Mortimer. Lo que cuento ocurrió el día 28 de septiembre.

Luego nos pusimos en marcha: un avance triunfal a través de la ciudad de Newmarket, llena de posadas y alojamientos, y de la noble ciudad de Cambridge, donde todo el mundo hablaba latín y se pueden contar más clérigos en un solo colegio que los que podríais reunir en todo vuestro Hainaut. Por todas partes, tanto la acogida del pueblo como la de los señores, demuestra que el rey no es querido, que sus malos consejeros han hecho que lo odien y desprecien, y nuestros pendones son saludados con el grito de «¡Liberación!»

Nuestros *hennuyer* no se aburren,* como dice Enrique *Cuello Torcido*; como veis, usa la lengua francesa con gracia y su frase me hizo reír un cuarto de hora, y aún se me vuelve la risa cuando pienso en ella. Las muchachas de Inglaterra se muestran acogedoras con nuestros caballeros, lo cual es buena cosa para mantenerlos en buen estado de guerra. En cuanto a mí, si retozara daría mal ejemplo y perdería ese poder que necesita el jefe para llamar al orden a sus tropas cuando hace falta. Además, el voto que he hecho a mi señora Isabel me lo prohíbe y, si faltara a

---

* Juego de palabras por homofonía entre hennuyer y el término francés s'ennuyer, «aburrirse».

él, podía torcerse la fortuna de nuestra expedición. Así que las noches me roen un poco, pero, como las cabalgadas son largas, el sueño no me abandona. Creo que a la vuelta de esta aventura me casaré.

A propósito de matrimonio debo informaros, mi querido hermano, así como a mi querida hermana la condesa vuestra esposa, que mi señor el joven príncipe Eduardo sigue con el pensamiento puesto en vuestra hija Felipa, y que no pasa día sin que me pida noticias, y que todos sus pensamientos son para ella, y que los esponsales que concluisteis son buenos y provechosos, por los que vuestra hija será siempre, estoy seguro, muy dichosa. He hecho una gran amistad con el príncipe Eduardo, que parece admirarme mucho, aunque habla poco; con frecuencia se mantiene en silencio, como vos me habéis descrito al poderoso rey Felipe el Hermoso, su abuelo. Es muy probable que un día se convierta en tan grande soberano como lo fue el Hermoso, y tal vez antes del tiempo que habría debido esperar de Dios su corona, si damos crédito a lo que se dice en el consejo de los barones ingleses.

Porque el rey Eduardo se ha mostrado ruin ante los acontecimientos. Estaba en Westmoustiers cuando desembarcamos, y enseguida se refugió en su Torre de Londres para resguardar su cuerpo; hizo que todos los *sherifs*, que son los gobernadores de los condados de su reino, dieran a conocer en los lugares públicos, plazas, ferias y mercados la siguiente ordenanza:

Visto que Rogelio Mortimer y otros traidores y enemigos del rey y de su reino han desembarcado por la violencia, y a la cabeza de tropas extranjeras que quieren derribar el poder real, el rey ordena a sus súbditos que se opongan a ellos con todos los medios y los destruyan. Sólo deben exceptuarse la reina, su hijo y el conde de Kent. Todos los que tomen las armas contra el invasor recibirán una gran soldada, y a quien traiga al rey el cadáver de Mortimer, o solamente su cabeza, se le promete una recompensa de mil libras esterlinas.

Aunque nadie las ha obedecido, las órdenes del rey han incrementado la autoridad del señor de Mortimer al mostrar a qué precio se valora su vida, y lo han designado como a nuestro jefe más aún de lo que era. La reina ha contestado prometiendo dos mil libras esterlinas a quien le traiga la cabeza del joven Hugo Le Despenser, estimando en este precio los agravios que ese señor le ha hecho en el amor de su esposo.

Los londinenses se han mostrado indiferentes en lo referente a la seguridad de su rey, quien se ha obstinado hasta el final en sus errores. Lo prudente hubiera sido expulsar a su Le Despenser, pero el rey Eduardo se ha empeñado en conservarlo, diciendo que había aprendido bastante con la experiencia pasada, que en otro tiempo habían ocurrido cosas semejantes con el caballero de Gaveston, al que había alejado de sí sin que eso impidiera que lo mataran, y que le impusieran a él, el rey, una carta y un consejo de ordenadores de pagos de los que le había costado mucho desembarazarse.

Le Despenser lo alienta a mantener esta postura y, según se dice, derramaron abundantes lágrimas abrazados el uno al otro, e incluso dijo Le Despenser que prefería morir sobre el pecho de su rey antes que vivir apartado de él. Y estaba en lo cierto al decir esto, ya que este pecho es su único amparo.

Todo el mundo los abandonó entregados a sus villanos amores a excepción de Le Despenser padre, el conde de Arundel, pariente de Le Despenser, el conde de Warenne, cuñado de Arundel y el canciller Baldock, que ha de permanecer fiel al rey ya que es tan unánimemente odiado que en cualquier parte lo harían trizas.

El rey no se sintió seguro en la Torre mucho tiempo y huyó con ese grupito a levar un ejército en Gales, no sin haber hecho publicar antes, el 30 de septiembre, las bulas de excomunión que nuestro Santo Padre el Papa le había entregado contra sus enemigos. No os inquietéis por esta publicación, muy amado hermano, si os llega la noticia, ya que las bulas no nos conciernen; habían sido pedidas por el rey Eduardo contra los escoceses, y nadie se ha llamado a engaño acerca del falso uso que ha hecho de ellas, y a todos nos dan la comunión como antes, los obispos los primeros.

El rey, al huir de Londres tan lastimosamente, ha dejado el gobierno al arzobispo Reynolds, al obispo Juan de Stratford y al obispo Stapledon, diocesano de Exeter y tesorero de la corona. Pero ante la rapidez de nuestro avance, el obispo de Stratford vino a someterse a la reina mientras que el arzobispo Reynolds suplicó su perdón desde Kent, donde se había refugiado. Sólo el obispo Stapledon se quedó en Londres, creyendo que con sus robos se habría ganado suficientes defensores. Pero la cólera de la ciudad cayó sobre él cuando se decidió a huir; la muchedumbre se lanzó en su persecución, lo alcanzó y lo destrozó en el barrio de Cheapside, donde fue pisoteado hasta resultar irreconocible.

Esto aconteció el 15 de octubre, mientras la reina estaba en Wallingford, ciudad rodeada de murallas de tierra, donde liberamos a Tomás de Berkeley, yerno de lord Mortimer. Cuando la reina supo el fin de Stapledon, dijo que no debía llorarse la muerte de un hombre tan malo, y que ella más bien se alegraba, porque le había perjudicado mucho, y Mortimer declaró que así sucedería a todos los que habían querido su perdición.

La antevíspera, en la ciudad de Oxford, en la que todavía hay más clérigos que en la ciudad de Cambridge, el señor Orleton, obispo de Hereford, subió al púlpito delante de mi dama Isabel, el duque de Aquitania, el conde de Kent y todos los señores, para dar un gran sermón sobre el tema *caput meum doleo*, que es una frase sacada de las Escrituras, del santo libro de los Reyes, para ejemplificar que el cuerpo del reino de Inglaterra sufría de la cabeza y que allí era preciso aplicar el remedio.

Este sermón causó una profunda impresión en toda la asamblea, que escuchó describir y enumerar las heridas y dolores del reino. Y aunque ni una sola vez durante su hora de sermón el obispo Orleton pronunció el nombre del rey, todos lo tenían en el pensamiento debido a todos esos males, y el obispo exclamó al fin, que el rey de los cielos, como la espada de los hombres, debía abatirse sobre los orgullosos perturbadores de la paz y los corruptores de los reyes. El mencionado Monseñor de Hereford es un hombre muy espiritual, y yo me honro en hablar frecuentemente con él, aunque siempre tiene prisa cuando habla conmigo; sin embargo, siempre recojo de sus labios alguna buena sentencia. Así, el otro día me dijo: «Cada uno de nosotros tiene su hora de luz en los sucesos de su época. Una vez es mi señor de Kent, otro mi señor de Lancaster, tal otro antes y tal otro después, a quienes iluminan los acontecimientos por la decisiva parte que toman en ellos. Así se hace la historia del mundo. En este momento en que estamos, señor de Hainaut, tal vez sea, precisamente, vuestra hora de luz.»

Dos días después del sermón, y recogiendo la fuerte emoción que nos había producido a todos, la reina lanzó desde Wallingford una proclama contra los Le Despenser, acusándolos de haber despojado a la Iglesia y a la corona, matado injustamente a gran número de súbditos leales, desheredado, encarcelado y desterrado a señores que se contaban entre los más grandes del reino, oprimido a viudas y huérfanos y abrumado al pueblo con tasas y exacciones.

Se supo al mismo tiempo que el rey, que primero se había refugiado en la ciudad de Gloucester, que pertenece a Le Despenser *el Joven*, había pasado a Westbury, y que allí su escolta lo había abandonado. Le Despenser *el Viejo* se hizo fuerte en su ciudad y su castillo de Bristol para entorpecer nuestro avance, mientras que los condes de Arundel y Warenne llegaban a sus dominios de Shropshire; es una manera de guardar las Marcas de Gales al norte y al sur, mientras que el rey, con Le Despenser *el Joven* y su canciller Baldock, partió a reunir un ejército en Gales. A decir verdad, no se sabe lo que ha sido de él. Circulan rumores de que se ha embarcado para Irlanda.

Mientras varios estandartes ingleses, comandados por el conde de Charlton se pusieron en camino hacia Shropshire para enfrentarse al conde de Arundel, ayer, 24 de octubre, un mes justo después de nuestra salida de Dordrecht, entramos con toda facilidad, siendo grandemente aclamados, en la ciudad de Gloucester. Hoy vamos a avanzar sobre Bristol, donde se ha encerrado Le Despenser *el Viejo*. He tomado a mi cargo el asalto a esta fortaleza, y al fin voy a tener la ocasión, que hasta ahora no me ha sido dada por los pocos enemigos que hemos encontrado en nuestro avance, de librar combate por mi señora Isabel y demostrar ante sus ojos mi valentía. Antes de lanzarme al asalto besaré la grímpola de Hainaut que ondea en mi lanza.

Antes de partir os confié, mi muy querido y muy amado hermano, mis voluntades testamentarias, y no veo nada que quiera corregir o añadir. Si debo sufrir la muerte, sabréis que la habré sufrido sin disgusto ni pena, como debe hacer un caballero que defiende noblemente a las damas y a los desgraciados oprimidos, y en honor de vos, de mi querida hermana, vuestra esposa, y de mis sobrinas, que a todos Dios guarde.

Dada en Gloucester el 25 de octubre de 1325.

JUAN

Al día siguiente, Juan de Hainaut no tuvo que demostrar su valentía, y su preparación de ánimo fue en vano.

Cuando se presentó por la mañana, con los yelmos y los estandartes, delante de Bristol, ya la ciudad había decidido rendirse y la hubieran podido tomar con una caña. Los notables se apresuraron a enviar parlamentarios que sólo se preocuparon de saber dónde querían alojarse los caballeros, reclamaron su adhesión a la reina y se ofrecieron a entregar de inmediato a su señor, Hugo Le Despenser *el Viejo*, único culpable de que no hubieran testimoniado antes sus buenas intenciones.

Abiertas inmediatamente las puertas de la ciudad, los caballeros se alojaron en los hermosos palacios de Bristol. Le Despenser *el Viejo* fue encarcelado en su castillo y guardado por cuatro caballeros, mientras que la reina, el príncipe heredero y los principales barones se instalaron en los departamentos. La reina encontró allí a sus otros tres hijos, a los que Eduardo, en su huida, había dejado al cuidado de Le Despenser. Se maravilló al observar lo mucho que habían crecido en veinte meses, y no dejaba de contemplarlos y abrazarlos. De pronto miró a Mortimer y, como si este exceso de alegría la pusiera en mal lugar ante él, murmuró:

—Quisiera, amigo, que Dios me hubiera hecho la gracia de que fueran de vos.

A instancias del conde de Lancaster se reunió inmediatamente un consejo alrededor de la reina. Agrupaba a los obispos de Hereford, Norwich, Lincoln, Ely y Winchester; al arzobispo de Dublín; a los condes de Norfolk y de Kent; a Rogelio Mortimer de Wigmore, Tomás Wake, Guillermo la Zouche de Ashley, Roberto de Montalt, Roberto de Merle, Roberto de Watteville y Enrique de Beaumont.[1]

Este consejo, fundándose jurídicamente en el hecho de que el rey se encontraba fuera de las fronteras —era igual que estuviera en Gales o en Irlanda—, decidió proclamar al joven príncipe Eduardo guardián y mantenedor del reino en ausencia del soberano. Se redistribuyeron enseguida las principales funciones administrativas, y Adán Orleton, que era el cerebro de la rebelión, recibió el cargo del tesorero.

Había llegado la hora de reorganizar la autoridad central. Era asombroso que durante un mes, con el rey en fuga, dispersados su ministros e Inglaterra bajo la gran cabalgata de la reina y de los *hennuyer*, las aduanas hubieran continuado funcionado con normalidad, los recaudadores de impuestos cobrado las tasas, la ronda hubiera vigilado las ciudades y que, en suma, la vida pública hubiera proseguido su curso normal por una especie de costumbre del cuerpo social.

El guardián del reino, el depositario provisional de la soberanía, tenía quince años menos un mes. Las ordenanzas que iban a promulgar serían selladas con un sello privado, ya que el rey y el canciller Baldock se habían llevado los sellos del Estado. El primer acto de gobierno del joven príncipe fue presidir ese mismo día el proceso contra Hugo Le Despenser *el Viejo*.

La acusación fue llevada por sir Tomás Wake, rudo caballero de edad madura, mariscal del ejército,[2] quien presentó a Le Despenser, conde de Winchester, como responsable de la ejecución de Tomás Lancaster y de la muerte en la Torre de Londres de Rogelio Mortimer *el Mayor* (el viejo señor de Chirk no había podido ver el retorno triunfal de su sobrino, ya que había muerto en el calabozo unas semanas antes); responsable también del encarcelamiento, destierro o muerte de muchos otros señores; de la expoliación de los bienes de la reina y del conde de Kent; de la mala gestión de los asuntos del reino y de las derrotas de Escocia y Aquitania, todo ello acaecido por sus exhortaciones y malos consejos. Las mismas acusaciones se harían contra todos los consejeros del rey Eduardo.

Arrugado, encorvado, con voz débil, Hugo Le Despenser *el Viejo*, que había fingido durante tantos años un tembloroso acatamiento de los deseos del rey, mostró la energía de que era capaz. No tenía nada que perder y se defendió palmo a palmo.

¿Las guerras perdidas? Lo habían sido por cobardía de los barones. ¿Las ejecuciones y los encarcelamientos? Habían sido decretados contra los traidores y rebeldes a la autoridad real, sin cuyo respeto se desmoronan los reinos. Las apropiaciones de feudos y rentas se habían decretado para que los enemigos de la corona se quedaran sin hombres y sin fondos. Y si le reprochaban algunos saqueos y expoliaciones, ¿no contaban para nada las veintitrés casas solariegas de su propiedad o de la de su hijo y que Mortimer, Lancaster, Maltravers y Berkeley, todos ellos ahí presentes, habían saqueado e incendiado en el año 1321, antes de ser derrotados unos en Shrewsbury y otros en Bouroughbridge? No había hecho más que cobrarse los daños que le habían causado y que calculaba en cuarenta mil libras, eso sin estimar la violencia y las crueldades de todo orden infligidas a su gente.

Terminó con estas palabras dirigidas a la reina:

—¡Ah señora! ¡Dios nos dé recto juicio, y si no podemos tenerlo en este mundo, que nos lo dé en el otro!

El joven príncipe Eduardo había escuchado con atención. Hugo Le Despenser *el Viejo* había sido condenado a ser arrastrado, decapitado y colgado, lo cual le hizo comentar con cierto desprecio:

—Veo, mis señores, que decapitar y colgar son para vosotros cosas distintas. Pues para mí no son más que una sola muerte.

Su actitud, bien sorprendente para cuantos lo habían conocido en otras circunstancias, explicaba la gran influencia que había ejercido. Aquel obsequio cortesano no era cobarde, aquel detestable ministro no era tonto.

El príncipe Eduardo dio su aprobación a la sentencia; pero reflexionaba y comenzaba a formarse silenciosamente su opinión sobre la conducta de los hombres que ocupaban los altos cargos. Escuchar antes de hablar, informarse antes de juzgar, comprender antes de decidir y tener siempre presente que en todo hombre se encuentra la fuente de las mejores y de las peores acciones: éstas son para un soberano las disposiciones fundamentales de la prudencia.

No es corriente, antes de cumplir los quince años, tener que condenar a muerte a un semejante. Para ser su primer día de gobierno, Eduardo de Aquitania pasaba por una dura prueba.

El viejo Le Despenser fue atado por los pies al arnés de un caballo y arrastrado por las calles de Bristol. Después, con los tendones desgarrados y los huesos descoyuntados, fue llevado a la plaza situada delante del castillo y puesto de rodillas ante el tajo. Le apartaron los cabellos blancos para dejarle libre la nuca, y una ancha espada, empuñada por un verdugo que llevaba una caperuza roja, le cercenó la cabeza. Su cuerpo, chorreando sangre, fue colgado por las axilas en la horca; la cabeza, arrugada y sucia, fue plantada al lado, en el extremo de una pica.

Y todos aquellos caballeros que habían jurado por san Jorge defender damas, doncellas, huérfanos y oprimidos, disfrutaron, con risotadas y comentarios jocosos del espectáculo que ofrecía aquel cadáver de un anciano partido en dos.

NOTAS

1. Juan [Jean] de Hainaut no asistió a este consejo por ser extranjero; pero es interesante observar la presencia de Enrique [Henry] de Beaumont, nieto de Juan [Jean] de Brienne —rey de Jerusalén y emperador de Constantinopla—, que había sido excluido del Parlamento inglés por Eduardo II con el pretexto de su origen extranjero, y que por tal causa se había unido al partido de Mortimer.

2. No hay que confundir la función de mariscal de Inglaterra, desempeñada por el conde de Norfolk, con la de mariscal del Ejército.

El mariscal de Inglaterra equivalía al condestable de Francia (actualmente diríamos general en jefe).

Los mariscales del Ejército (el francés tenía dos, el de Inglaterra uno solo) corresponden aproximadamente a nuestros actuales jefes de Estado Mayor.

3

Hereford

Para Todos los Santos la nueva corte se instaló en Hereford.

Sí, como decía Adán Orleton, obispo de esta ciudad, todos tenían en la historia su hora de luz, esta hora había llegado para él. Tras sorprendentes vicisitudes, después de haber ayudado a escapar a uno de los más grandes señores del reino, de haber sido acusado, llevado ante el Parlamento y salvado por la coalición de sus pares; después de haber predicado y fomentado la rebelión, volvía triunfante a aquel obispado para el que había sido nombrado en el año 1317 contra la voluntad del rey Eduardo y donde había actuado como un gran prelado.

Aquel hombre pequeño, sin atractivo físico pero valeroso, revestido con las insignias sacerdotales, con la mitra en la cabeza y el báculo en la mano, recorría con inmensa alegría las calles de su ciudad reencontrada.

En cuanto la escolta real tomó posesión del castillo situado en el centro de la ciudad, en un recodo del río Wye, Orleton mostró a la soberana las obras fruto de su iniciativa, sobre todo la alta torre cuadrada, de dos pisos, con calados de grandes ojivas, cuyos ángulos terminaban cada uno en tres torrecillas, dos pequeñas y una grande que las dominaba, con doce agujas que ascendían al cielo y que había hecho levantar para embellecer la catedral. La luz de noviembre jugaba en los rosados ladrillos, cuyo color se mantenía vivo gracias a la humedad. Alrededor del monumento se extendía un amplio terreno cubierto de hierba oscura y bien cortada.

—¿No es verdad, señora, que es la más hermosa torre de vuestro reino? —decía Adán Ortelon con cándido orgullo de constructor ante esa gran obra cincelada, sobria, de líneas puras, de la que no cesaba de maravillarse—. Aunque sólo fuera por haberla edificado, estaría contento de haber nacido.

A Orleton, como se decía, la nobleza le venía de Oxford, no de la cuna. Era consciente de ello, y había querido justificar los altos cargos a los que la ambición tanto como la inteligencia y el saber más aún que la intriga lo habían elevado. Se sabía superior a todos los hombres que lo rodeaban. Había reorganizado la biblioteca de la catedral, en la que gruesos volúmenes alineados por el lomo estaban asegurados a las estanterías con una cadena de gruesos eslabones forjados para que no pudieran robarlos. Casi mil manuscritos iluminados, decorados, maravillosos, que abarcaban cinco siglos de pensamiento, de fe y de inventiva, desde la primera traducción de los Evangelios al sajón, con algunas páginas decoradas todavía con caracteres rúnicos, hasta los diccionarios latinos más recientes, pasando por la *Jerarquía Celeste*, las obras de san Jerónimo, de san Juan Crisóstomo, los doce profetas menores...

La reina admiró también los trabajos emprendidos para la sala capitular, y el famoso mapa del mundo pintado por Ricardo de Bello, de inspiración divina sin duda puesto que comenzaba a hacer milagros.[1]

Hereford fue durante un mes la capital improvisada de Inglaterra. Mortimer no se sentía menos feliz que Orleton, ya que acababa de recuperar su castillo de Wigmore, situado a unas millas de distancia.

Durante este tiempo continuaban buscando al rey con el mayor empeño.

Cierto Rhys ap Owell, caballero del país de Gales,

llegó un día a anunciar que Eduardo II se encontraba escondido en una abadía, en las costas del condado de Glamorgan, donde había sido arrojado por vientos contrarios el barco en el que confiaba llegar a Irlanda.

Inmediatamente, Juan de Hainaut, rodilla en tierra, se ofreció a sacar de su guarida galesa al desleal esposo de la señora Isabel. Costó trabajo hacerle comprender que no se podía confiar la captura del rey a un extranjero, que era preferible designar a un miembro de la familia real para que cumpliera tan penosa tarea. Y fue Enrique de Leicester quien, sin demasiado entusiasmo, tuvo que cabalgar acompañado del conde de La Zouche y de Rhys ap Owell.

Casi al mismo tiempo, llegó de Shropshire el conde de Charlton, trayendo encadenado al conde de Arundel. Para Rogelio Mortimer fue un hermoso desquite, ya que Edmundo Fitzalan, conde de Arundel, había recibido del rey gran parte de los bienes arrebatados a la familia Mortimer, y se había arrogado el título de juez supremo de Gales, que había pertenecido al viejo Mortimer de Chirk.

Rogelio Mortimer se contentó con dejar a su enemigo en pie un cuarto de hora sin dirigirle la palabra, mirándolo solamente de pies a cabeza, gozando del satisfactorio espectáculo de tener ante sí un enemigo vivo que pronto sería un enemigo muerto.

El juicio de Arundel, como enemigo del reino, y acusado de los mismos cargos que Le Despenser *el Viejo*, se celebró rápidamente y su decapitación se ofreció al regocijo de la ciudad de Hereford y de las tropas allí estacionadas.

Se observó que, durante el suplicio, la reina y Mortimer estaban tomados de la mano.

El joven príncipe Eduardo había cumplido quince años tres días antes.

Por fin, el 20 de noviembre llegó una noticia señalada. El conde de Lancaster había apresado al rey Eduardo en la abadía cisterciense de Neath, en el valle del Towe.

El rey, su favorito y su canciller estaban escondidos allí, desde hacía varias semanas, bajo los hábitos de monje; Eduardo, a la espera de días mejores, trabajaba en la fragua de la abadía, pasatiempo que le evitaba pensar demasiado en su situación.

Y allí estaba, desnudo el torso, bajado el hábito hasta la cintura, pecho y barba iluminados por el fuego de la fragua, rodeadas las manos de chispas, mientras el canciller soplaba el fuelle y Hugo Le Despenser *el Joven*, con aspecto lamentable, le pasaba las herramientas, cuando Enrique *Cuello Torcido* apareció encuadrado en la puerta, con el casco tocándole casi el hombro, y le dijo:

—Primo, os ha llegado el tiempo de pagar vuestras faltas.

Al rey se le cayó el martillo; la pieza que estaba forjando quedó sobre el yunque y el soberano de Inglaterra, tembloroso su torso pálido, preguntó:

—Primo, primo, ¿qué van a hacer conmigo?

—Lo que decidan los altos señores del reino —respondió Cuello Torcido.

Ahora Eduardo esperaba, en compañía de su favorito y de su canciller, en la pequeña casa solariega fortificada de Monmouth, a unas leguas de Hereford, donde lo había encerrado Lancaster.

Adán Orleton, acompañado de su archidiácono Tomás Chandos y del gran chambelán Guillermo Blount, fue enseguida a Monmouth a reclamar los sellos del reino, que Baldock todavía llevaba consigo.

Cuando Orleton le hizo la petición, Eduardo arrancó de la cintura de Baldock el saquito de cuero que contenía los sellos, ató a su muñeca los lazos del saquito como si fueran un arma y exclamó:

—¡Traidor, mal obispo, si queréis mi sello tendréis

que arrebatármelo por la fuerza y así demostraréis que un eclesiástico ha puesto la mano sobre su rey!

Decididamente, el destino había señalado a Orleton para las más insólitas funciones. No es corriente quitar de las manos de un rey los atributos de su poder. Ante aquel atleta furioso, Orleton, de hombros caídos, manos débiles, y cuya única arma era su frágil báculo de marfil, respondió:

—La entrega ha de hacerse por vuestra voluntad y en presencia de testigos. Eduardo, ¿vais a obligar a vuestro propio hijo, que es ahora mantenedor del reino, a encargarse su propio sello de rey antes de lo que pensaba? De todos modos, puedo detener por la fuerza a Le Despenser y al señor canciller, a quienes tengo orden de conducir ante la reina.

Al oír estas palabras, Eduardo dejó de preocuparse por el sello y no pensó más que en su bienamado favorito. Soltó de su muñeca el saquito de cuero, se lo arrojó al chambelán Blount como si de repente se hubiera convertido en un objeto despreciable y, abrazando a Hugo, exclamó:

—¡Ah, no! ¡No me lo arrebataréis!

Hugo *el Joven*, flaco, tembloroso, se había lanzado al pecho del rey. Le castañeaban los dientes, parecía a punto de desmayarse y gemía:

—¡Ya lo ves, es tu esposa la que quiere esto! ¡Es ella, es esa Loba de Francia la causante de todo! ¡Ah, Eduardo! ¿Por qué te casaste con ella?

Enrique *Cuello Torcido*, Orleton, el archidiácono Chandos y Guillermo Blount miraban a aquellos dos hombres abrazados y, por incomprensible que les fuera el espectáculo de aquella pasión, no podían dejar de reconocer en ella cierta espantosa grandeza.

Por fin, Cuello Torcido se acercó, aferró a Le Despenser por el brazo.

—Vamos, es preciso que os separéis —dijo, y se lo llevó.

—¡Adiós, Hugo, adiós! —gritó Eduardo—. ¡Ya no

le veré más, mi querida vida, mi hermosa alma! ¡Me lo han quitado todo!

Las lágrimas resbalaban por su rubia barba.

Hugo Le Despenser fue confiado a los caballeros de la escolta, que comenzaron por ponerle una caperuza de campesino de tosco paño, sobre la que pintaron, para su escarnio, las armas y blasones de los condados que se había hecho dar por el rey. Luego le subieron, con las manos atadas a la espalda, al caballo más pequeño y enclenque que encontraron; un caballejo enano, delgado y arisco, de los que hay en el campo. Hugo, que tenía las piernas muy largas, se veía obligado a encogerlas o a arrastrar los pies por el barro. Así lo llevaron, de pueblo en pueblo, por todo Monmouthshire y Herefordshire, exhibiéndolo en las plazas, para que el pueblo se divirtiera hasta la saciedad. Las trompetas sonaban delante del prisionero y un heraldo gritaba:

—Ved, buena gente, ved al conde de Gloucester, al lord chambelán; ved al pérfido hombre que tanto mal ha hecho al reino.

El canciller Roberto de Baldock fue llevado más discretamente al obispado de Londres para ser encarcelado, ya que un archidiácono no podía ser condenado a muerte.

Todo el odio se concentró, pues, en Hugo Le Despenser. Su juicio se celebró rápidamente en Hereford, y su condena ni fue discutida ni sorprendió a nadie. Pero, como se le consideraba el primer responsable de todos los errores y desgracias que había sufrido Inglaterra, su suplicio fue objeto de especiales refinamientos.

El 24 de noviembre levantaron tribunas en una explanada delante del castillo, y montaron bastante alta la plataforma del cadalso para que el pueblo no se perdiera ningún detalle de la ejecución. La reina Isabel se situó en la primera fila de la tribuna mayor, entre Rogelio Mortimer y el príncipe Eduardo. Lloviznaba.

Sonaron trompas y trompetas, y los ayudantes del verdugo llevaron a Hugo *el Joven* y lo despojaron de su ropa. Cuando apareció su largo cuerpo de pronunciadas caderas y pecho un poco hundido, blanco y completamente desnudo entre los verdugos vestidos de rojo y sobresaliendo por encima de las picas de los arqueros que rodeaban el cadalso, una oleada de risotadas se elevó de la multitud.

La reina Isabel se inclinó hacia Mortimer y le susurró:

—Deploro que Eduardo no esté aquí para verlo.

Brillantes los ojos, entreabiertos los pequeños dientes de carnívoro, clavadas las uñas en las palmas de su amante, se mantenía atenta para no perderse nada de su venganza.

El príncipe Eduardo pensaba: «Éste es quien tanto ha gustado a mi padre.» Había asistido ya a dos suplicios, y sabía que aguantaría éste hasta el final, sin vomitar.

Las trompetas sonaron de nuevo. Hugo fue extendido y atado a una cruz de san Andrés colocada en posición horizontal. El verdugo afiló lentamente en una piedra una hoja puntiaguda, parecida a un cuchillo de carnicero y, con el pulgar, comprobó el filo. La muchedumbre contenía la respiración. Uno de los ayudantes se acercó con una tenaza, con la que arrancó de cuajo el pene del condenado. Una ola de histeria agitó a la concurrencia. A pesar del alboroto se oyó el alarido de Hugo, un solo grito desgarrador que cesó de golpe mientras saltaba un chorro de sangre. Se repitió la operación con los testículos, ya sobre un cuerpo inconsciente, y los tristes despojos fueron arrojados a un hornillo sobre el que soplaba un ayudante. Se expandió un espantoso olor a carne quemada y un heraldo colocado delante de las trompetas anunció que se hacía así «porque Le Despenser había sido sodomita y había favorecido al rey en sodomía, y por eso había expulsado a la reina del lecho».

El verdugo eligió una hoja más gruesa y larga, la hundió en el pecho y en el vientre del condenado, como hubiera hecho en un cerdo; las tenazas buscaron el corazón que aún latía, lo arrancaron y lo echaron al brasero. Sonaron las trompetas para dar la palabra al heraldo, quien declaró que «Le Despenser había sido falso de corazón y traidor, y por sus infames consejos había deshonrado al reino».

Después le sacaron las entrañas, las desenrollaron y sacudieron, reverberantes, nacaradas, y las presentaron al público, porque «Le Despenser se había nutrido tanto del bien de los grandes como del bien del pobre pueblo». Y las entrañas se transformaron en un humo espeso y acre que se mezclaba con la llovizna de noviembre.

Luego le cortaron la cabeza, no de un golpe de espada, porque colgaba entre los brazos de la cruz, sino con un cuchillo, «porque Le Despenser había hecho degollar a los mayores barones de Inglaterra y de su cabeza habían salido todos los malos consejos». No quemaron la cabeza de Hugo *el Joven*, sino que la pusieron aparte para enviarla a Londres, donde la pondrían en el extremo de una pica a la entrada del puente.

Por fin dividieron en cuatro lo que quedaba del cuerpo: un brazo con el hombro, el otro con el hombro y el cuello, las dos piernas con la mitad del vientre cada una, con el fin de enviarlos a las cuatro ciudades más importantes después de Londres.

La multitud bajó de las tribunas cansada, agotada, liberada. Creían haber alcanzado la cima de la crueldad.

Después de cada ejecución de aquel camino sangriento, Mortimer encontraba a la reina Isabel más ardiente en el placer; pero la noche que siguió a la muerte de Hugo Le Despenser, las exigencias que tuvo, la loca gratitud que le expresó no dejaron de inquietar a su amante. Para odiar tanto al hombre que le había quitado a Eduardo era preciso que la reina hubiera amado en otro tiempo a éste. Y en el desconfiado carácter de Mortimer se formó un proyecto que llevaría a término por mucho tiempo que tardara.

Al día siguiente, Enrique *Cuello Torcido*, guardián del rey, fue encargado de llevar a éste al castillo de Kenilworth y tenerlo encerrado allí sin que la reina lo hubiera visto.

NOTAS

1. El mapa de Ricardo [Richard] de Bello, conservado en la catedral de Hereford, es unos años anterior al nombramiento de Orleton para esta diócesis. Fue sin embargo durante el episcopado de Orleton cuando el mapa se reveló como un objeto milagroso.

Es uno de los documentos más curiosos existentes sobre la concepción medieval del universo y una curiosísima síntesis gráfica de los conocimientos de aquel tiempo. El mapa está dibujado sobre vitela de dimensiones bastante grandes; la Tierra está en un círculo cuyo centro ocupa Jerusalén; Asia está colocada arriba y África abajo; figura señalado el emplazamiento del paraíso terrenal, así como el del río Ganges. El universo parece ordenado alrededor de la cuenca mediterránea, con toda clase de dibujos y menciones sobre su fauna, etnología e historia, según deducciones sacadas de la Biblia, del naturalista Plinio, de los Padres de la Iglesia, de los filósofos paganos, de los bestiarios medievales y de los libros de caballería.

El mapa está rodeado de esta inscripción circular: «La Tierra redonda comenzó a ser medida por Julio César.»

Tampoco le falta magia a este documento, al menos en parte se inspira en ella.

La biblioteca de la catedral de Hereford es la más importante, a nuestro entender, de las bibliotecas con cadenas que todavía existen, ya que cuenta con 1.440 volúmenes.

Es extraño e injusto que el nombre de Adán Orleton sea tan poco mencionado en los estudios sobre Hereford, ya que este prelado hizo construir el principal monumento de la ciudad: la gran y hermosa torre de la catedral, levantada durante su administración.

4

«*Vox populi*»

—¿A quién queréis por rey?

Esta terrible pregunta, de la que depende el porvenir de la nación, la lanza el obispo Adán Orleton el 12 de enero de 1327 en la gran sala de Westminster, y las palabras resuenan en lo alto, en la bóveda de crucería.

—¿A quién queréis por rey?

El Parlamento de Inglaterra está reunido desde hace seis días, con alguna breve interrupción, y Adán Orleton, que desempeña las funciones de canciller, dirige los debates.

En su primera sesión, la semana anterior, el Parlamento ha solicitado la comparecencia del rey. Adán Orleton y Stratford, obispo de Winchester, han ido a Kenilworth a presentar a Eduardo II esta solicitud. Y el rey Eduardo se ha negado.

Se ha negado a rendir cuentas de sus actos ante los lores, los obispos, los diputados de las ciudades y de los condados. Orleton ha comunicado esta respuesta a la asamblea, nacida no se sabe si del temor o del desprecio. Pero Orleton tiene la profunda convicción, que acaba de expresar ante el Parlamento, de que si se obliga a la reina a reconciliarse con su esposo la llevarán a una muerte segura.

Está planteada, pues, la gran cuestión. Monseñor Orleton concluye su discurso aconsejando al Parlamento que aplace la sesión hasta el día siguiente, para que cada cual tome su determinación en conciencia durante el silencio de la noche. Al día siguiente la asamblea dirá si desea que Eduardo II Plantagenêt conserve la corona o bien que ésta pase a su hijo mayor Eduardo, duque de Aquitania.

¡Bonito silencio para las conciencias el alboroto de aquella noche de Londres! Los palacios de los señores, las abadías, las residencias de los grandes comerciantes, las posadas son escenario de acaloradas discusiones que se prolongan hasta el amanecer. Todos aquellos barones, obispos, caballeros y representantes de los burgos elegidos por los *sherifs* no son miembros del Parlamento si no es por designación del rey, y su papel, en principio, debería ser puramente consultivo. Pero he aquí que el soberano está destrozado, incapacitado; es un fugitivo que ha sido apresado fuera de su reino, y no es el rey quien ha convocado el Parlamento sino el Parlamento el que ha querido convocar a su rey, sin que éste se haya dignado a presentarse. El poder supremo se halla, pues, repartido por un momento, por una noche, entre aquellos hombres de diversas regiones, de orígenes dispares, de desigual fortuna.

«¿A quién queréis por rey?» Todos se plantean la cuestión, incluso los que han deseado el pronto fin de Eduardo II, los que han gritado a cada escándalo, a cada nuevo impuesto o a cada guerra perdida: «Que reviente, y que Dios nos libre de él.»

Porque Dios no va a intervenir; todo depende de ellos, y de repente, se percatan de la importancia de su voluntad. Sus deseos y maldiciones se han cumplido, pero aumentados. ¿Hubiera podido la reina, aun apoyada por los *hennuyer*, apoderarse del reino si los barones y el pueblo hubiera respondido a la leva ordenada por Eduardo? Pero deponer a un rey y despojarlo de su autoridad es un acto de extrema gravedad. Muchos miembros del Parlamento están asustados debido al carácter divino que va unido a la consagración y a la majestad real. Además, el príncipe a quien se les propone que voten es muy joven. ¿Qué saben de él sino que está en manos de su madre, quien a su vez está en las de Mortimer? Ahora bien, aunque se respeta y admira al barón de Wigmore, antiguo juez supremo de Irlanda; aunque su evasión, destierro, vuelta e incluso sus amores hacen de él un héroe legendario; aunque para muchos es el libertador, se teme su carácter, su dureza, su inclemencia, y le reprochan ya su rigor en el castigo, cuando, en verdad, todas las ejecuciones de las últimas semanas han sido reclamadas por el pueblo. Los que lo conocen temen sobre todo su ambición. ¿No deseará secretamente convertirse en rey? Por ser amante de la reina está bien cerca del trono. Vacilan en entregarle el poder que va a poseer si destronan a Eduardo II, y los debates continúan alrededor de las lámparas de aceite y de las velas, entre vasos de estaño llenos de cerveza, y los interlocutores se van a acostar muertos de fatiga sin haber decidido nada.

Esta noche el pueblo inglés es soberano; pero, un poco asustado de serlo, no sabe a quién entregar el ejercicio de esta soberanía.

La historia ha dado un paso imprevisto. Se disputa sobre cuestiones cuya misma discusión significa que se han admitido nuevos principios. Un pueblo no olvida un precedente así, ni una asamblea el poder adquirido; una nación no olvida haber sido, por su Parlamento, dueña, un día, de su destino.

Al día siguiente, cuando Monseñor Orleton toma de la mano al joven príncipe Eduardo y lo presenta a los diputados reunidos de nuevo en Westminster, una inmensa ovación se eleva y resuena en los muros, por encima de las cabezas.

—¡Lo queremos, lo queremos...!

Cuatro obispos, entre ellos el de Londres y el de York, protestan y argumentan sobre los juramentos de homenaje y el carácter irrevocable de la consagración. Pero el arzobispo de Canterbury, Reynolds, a quien Eduardo había confiado el gobierno antes de huir, que desea demostrar la sinceridad de su tardía adhesión a la insurrección, exclama:

—*Vox populi, vox Dei!*

Y, como si estuviera en el púlpito, predica sobre este tema durante un largo cuarto de hora.

Juan de Stratford, obispo de Winchester, redacta y lee ante la asamblea los seis artículos que consagran la caída de Eduardo II Plantagenêt.

Primo, el rey es incapaz de gobernar; durante todo su reinado se ha dejado llevar por detestables consejeros.

Secundo, ha dedicado todo su tiempo a trabajos y ocupaciones indignos de él y ha descuidado los asuntos del reino.

Tertio, ha perdido a Escocia, Irlanda y la mitad de la Guyena.

Quarto, ha perjudicado a la Iglesia encarcelando a sus ministros.

Quinto, ha encarcelado, desterrado, desheredado y condenado a muerte vergonzosa a muchos de sus grandes vasallos.

Sexto, ha arruinado el reino; es incorregible e incapaz de enmendarse.

Mientras, los burgueses de Londres, inquietos y divididos —¿no se había manifestado su obispo en contra del destronamiento?— se han reunido en el Guild Hall. Son más difíciles de manejar que los representantes de los condados. ¿Quieren hacer fracasar al Parlamento? Rogelio Mortimer, que por título no es nada y de hecho lo es todo, corre al Guild Hall, da las gracias a los londinenses por su leal actitud y les garantiza el mantenimiento de las libertades consuetudinarias de la ciudad. ¿En nombre de quién da estas garantías? En nombre de un adolescente que todavía no es rey, que apenas acaba de ser designado por aclamación. El prestigio de Mortimer y la autoridad de su persona causan efecto sobre los burgueses londinenses. Se le llama ya lord protector. ¿De quién es protector? ¿Del príncipe, de la reina, del reino? Es protector y basta; es el hombre promovido por la historia y en cuyas manos todos depositan su parte de poder y de juicio.

Y sobreviene lo inesperado. El joven príncipe que desde hace un instante parece que es el rey, el pálido joven de largas cejas que ha seguido en silencio todos esos acontecimientos y que, al parecer, sólo soñaba en los azules ojos de la señora Felipa de Hainaut, declara a su madre, al protector, a Monseñor Orleton, a los señores obispos, a todos cuantos lo rodean que no tomará la corona sin el consentimiento de su padre y sin que éste haya proclamado oficialmente su abdicación.

El estupor se dibuja en los rostros, los brazos caen. ¿Qué? ¿Han sido en vano tantos sacrificios? Algunos sospechan de la reina. ¿No habrá influido secretamente en su hijo, por una de esas imprevisibles sinuosidades del afecto que se dan en las mujeres? ¿Ha habido alguna disputa entre ella y el protector la noche en que todos debían tomar una determinación en conciencia?

Pero no; ha sido este muchacho de quince años, él solo, quien ha reflexionado sobre la importancia de la legitimidad del poder. No quiere presentarse como usurpador, ni tener el cetro por voluntad de una asamblea que podrá quitarle lo que le ha dado. Exige el consentimiento de su antecesor. No es que sienta ternura hacia su padre; simplemente, lo juzga. Pero juzga a todos.

Desde hace años ha visto muchas cosas malas que lo han obligado a juzgar. Sabe que el crimen no está enteramente de un lado y la inocencia del otro. Cierto que su padre ha hecho sufrir a su madre, la ha deshonrado y despojado; pero ¿qué ejemplo da ahora su madre con Mortimer? ¿Y si un día, por alguna falta que pudiera cometer, la señora Felipa obrara de la misma manera? Y esos barones y obispos, que se encarnizan ahora con el rey Eduardo, ¿no ejercieron el gobierno con él? Norfolk y Kent, sus jóvenes tíos, obtuvieron cargos, los obispos de Winchester y de Lincoln negociaron en nombre del rey Eduardo. Los Le Despenser no estaban en todas partes y, aunque mandaban, no ejecutaban ellos mismos sus propias órdenes. ¿Quién se arriesgó a negarse a obedecer? El primo Cuello Torcido, sí, ése tuvo el valor de hacerlo, y Mortimer, que pagó su rebelión con un largo encarcelamiento. Pero por sólo estos dos, ¡cuántos obsequiosos cortesanos empeñados ahora en cargar sobre su antiguo dueño las consecuencias de su servilismo!

A cualquier otro príncipe le hubiera embriagado ver, a su edad, que le brindaban, tendida por tantas manos, una de las grandes coronas del mundo. Eduardo de Aquitania enarca sus largas cejas, mira fijamente, se sonroja un poco por su audacia y se obstina en su decisión. Entonces Orleton llama a los obispos de Winchester y de Lincoln, así como al gran chambelán Guillermo Blount; ordena sacar del Tesoro de la Torre el cetro y la corona, los hace poner en un cofre sobre la albarda de una mula, y llevando consigo su traje de ceremonia, emprende la ruta de Kenilworth para obtener la abdicación del rey.

5

Kenilworth

Las murallas exteriores, que rodeaban una amplia colina, encerraban jardines, prados, cuadras y establos, una forja, hórreos y hornos, el molino, las cisternas, las habitaciones de los servidores y los cuarteles de los soldados. Todo un pueblo casi tan grande como el de fuera, cuyos musgosos tejados se apiñaban a su alrededor. No parecía posible que fueran de la misma raza los hombres que habitaban fuera de los muros en aquellas casuchas y los que vivían en el interior de la formidable fortaleza que proyectaba sus rojas murallas contra el cielo de invierno.

Porque Kenilworth había sido construido con piedra roja color de sangre seca. Era uno de aquellos fabulosos castillos del siglo que siguió a la conquista, cuando un puñado de normandos, compañeros de Guillermo, o sus descendientes inmediatos, supieron mantener a raya a todo un pueblo gracias a los inmensos castillos-fortaleza diseminados por las colinas.

El torreón de Kenilworth, de forma cuadrada y de altura vertiginosa, recordaba a los viajeros de Oriente los pilones de los templos de Egipto.

Las proporciones de esta obra titánica eran tales que en el espesor de los muros había piezas muy amplias. No se podía entrar en la torre más que por una escalera estrecha por la que apenas podían cruzarse dos personas y cuyos escalones rojos conducían a la puerta protegida y rastrillada del primer piso. En el interior había un jardín, más bien un patio con hierba, de veinte metros de lado, sin techo y completamente cerrado.[1]

No había construcción militar mejor concebida para resistir un asedio. Si el invasor lograba franquear la primera muralla, los sitiados se refugiaban en el propio castillo, al abrigo del foso, y si atravesaban el segundo muro, abandonaban al enemigo las dependencias habituales de estancia, la gran sala, las cocinas, las habitaciones señoriales, la capilla, y se atrincheraban en aquel torreón, alrededor del pozo de su patio verde y en los flancos de sus profundos muros.

El rey vivía allí, prisionero. Conocía bien Kenilworth, que había pertenecido a Tomás de Lancaster y había servido de centro de reunión de los barones rebeldes. Decapitado Tomás, Eduardo se apoderó del castillo, y en el que vivió durante el invierno de 1323, antes de entregarlo, al año siguiente, a Enrique *Cuello Torcido*, al mismo tiempo que le devolvía todos los bienes y títulos de los Lancaster.

Enrique III, abuelo de Eduardo, asedió a Kenilworth durante seis meses, para tomarlo al hijo de su cuñado Simón de Montfort, y lo consiguió no por las armas, sino por el hambre, la peste y la excomunión.

A comienzos del reinado de Eduardo I, Rogelio Mortimer de Chirk, que acababa de morir en prisión, fue alcaide del castillo en nombre del primer conde de Lancaster y allí celebró sus famosos torneos. Una de las torres del muro exterior, para desesperación de Eduardo, llevaba el nombre de Mortimer. Allí la tenía, plantada siempre ante sus ojos, como una burla y un desafío.

La región daba al rey otros motivos para el recuerdo. Desde lo alto del torreón rojo de Kenilworth podía ver, seis kilómetros al sur, el blanco del torreón del castillo de Warwick, donde Gaveston, su primer amante, había sido ejecutado por los barones. ¿Había cambiado esta proximidad el curso de los pensamientos reales?

Eduardo parecía haber olvidado completamente a Hugo Le Despenser, pero estaba obsesionado por el recuerdo de Gaveston, de quien hablaba sin cesar a Enrique de Lancaster, su guardián.

Jamás Eduardo II y su primo Cuello Torcido habían vivido tan cerca el uno del otro durante tanto tiempo y en tanta soledad. Nunca se había confiado Eduardo tanto al mayor de su familia. Tenía momentos de gran lucidez y sus juicios, sin concesiones, sobre sí mismo, confundían y emocionaban bastante a Lancaster, que comenzaba a comprender cosas que parecían incomprensibles a todo el pueblo inglés. Era Gaveston, reconocía Eduardo, quien había sido el responsable o, al menos, el origen de sus primeros errores y del mal camino que había seguido su vida.

—Me quería mucho —decía el rey prisionero—, y a la edad que yo tenía, estaba dispuesto a creer todo lo que decía y a confiarme por entero a tan hermoso amor.

Incluso ahora no podía menos de enternecerse al recordar el encanto de aquel caballero gascón salido de la nada, «una seta nacida en una noche», como decían los barones, a quien había hecho conde de Cornualles menospreciando a los grandes señores del reino.

—¡Deseaba tanto ser conde...! —decía Eduardo.

¡Y qué maravillosa insolencia la de Pedro, insolencia que encantaba a Eduardo! Un rey no podía permitirse tratar a sus barones como lo hacía su favorito.

—¿Te acuerdas, Cuello Torcido, cómo llamaba bastardo al conde de Gloucester? Y cómo le gritaba al conde de Warwick: «!Vete a dormir, perro!»

—Y cómo insultaba también a mi hermano llamándole cornudo, cosa que Tomás no le perdonó nunca porque era verdad.

Sin temor a nada, Gaveston robaba las joyas de la reina y repartía ofensas como otros reparten limosnas, porque estaba seguro del amor de su rey. La verdad es que era un desvergonzado sin parangón. Además, tenía inventiva para la diversión; hacía desnudar a sus pajes, cargados los brazos de perlas, acicalada la boca, una rama con hojas sobre el vientre, y organizaba así cazas galantes en los bosques. Y luego las escapadas a los tabernuchos del puerto de Londres, donde se pegaba con los mozos de cuerda porque además era fuerte el mozo. ¡Ah, qué hermosa juventud había hecho pasar al rey!

—Creí que encontraría todo esto en Hugo, pero la imaginación sobrepasa la realidad. Lo que diferenciaba a Hugo de Gaveston era que aquél pertenecía a una familia de grandes barones y no podía olvidarlo. Pero si no hubiera conocido a Gaveston, estoy seguro de que hubiera sido otro rey.

Durante las interminables veladas de invierno, entre partidas de ajedrez, Enrique *Cuello Torcido*, con los cabellos cayéndole sobre el hombro derecho, escuchaba las confesiones de este rey a quien los reveses, la pérdida de su poder y el cautiverio habían envejecido de pronto, y cuyo cuerpo de atleta parecía debilitarse. Se le hinchaba la cara, sobre todo los párpados. Y sin embargo, tal como estaba, aún conservaba cierto poder de seducción. ¡Qué lástima que hubiera tenido tan malos amores y hubiera puesto su confianza en tan odiosos corazones!

Cuello Torcido aconsejó a Eduardo que se presentara en el Parlamento, pero fue en vano. Aquel rey débil se mantenía fuerte en su negativa.

—Sé que he perdido mi trono, Enrique —respondía—, pero no abdicaré.

Llevados en un cojín, la corona y el cetro de Inglaterra ascendían lentamente, escalón a escalón, por la estrecha escalera del torreón de Kenilworth. Detrás oscilaban las mitras y la pedrería de los báculos centelleaba en la penumbra. Los obispos, arremangándose por encima de los tobillos sus tres túnicas bordadas, subían a la torre.

El rey, sentado en un asiento que, por ser el único, parecía el trono, esperaba al fondo de la sala, la mano en la frente y hundido el cuerpo, entre las columnas que sostenían los grandes arcos ojivales como los de las catedrales. Todo allí tenía proporciones sobrehumanas. La pálida luz de enero que entraba por las altas y estrechas ventanas parecía la del crepúsculo.

El conde de Lancaster, inclinada la cabeza, estaba en pie al lado de su primo, en compañía de tres servidores que ya no eran del rey. Y los muros rojos, arcos rojos y rojos pilares formaban un trágico decorado propio para el final de un reinado.

Al ver aparecer por la puerta abierta de par en par y avanzar hacia él, a través de la inmensa sala, aquel cetro y aquella corona que le habían presentado veinte años antes bajo las bóvedas de Westminster, Eduardo se incorporó en el asiento y su barbilla se puso a temblar. Volvió la vista hacia su primo de Lancaster en demanda de ayuda, pero Cuello Torcido apartó la mirada, tan insoportable era aquella muda súplica.

Orleton se plantó delante del soberano. Orleton, cuya aparición desde hacía algunas semanas había supuesto cada vez para Eduardo la pérdida de una parte de su poder. El rey miró a los otros obispos y al gran chambelán; hizo un esfuerzo para conservar la dignidad y preguntó:

—¿Qué tenéis que decirme, señor?

Articulaba mal con sus pálidos labios, entre la barba rubia.

El obispo de Winchester leyó el mensaje por el que el Parlamento requería a su soberano para que firmara su renuncia al trono, así como al homenaje de sus vasallos, diera su consentimiento a la designación de su hijo y entregara a los enviados las insignias de la realeza.

Cuando el obispo de Winchester terminó de hablar, Eduardo permaneció silencioso un buen rato. Toda su atención parecía estar fija en la corona. Sufría, y su dolor físico era tan visible y tan profundamente marcado en sus facciones, que era dudoso que pudiera pensar. Sin embargo, dijo:

—Tenéis la corona en vuestras manos, señor, y me tenéis a vuestra merced. Haced lo que os plazca, pero no con mi consentimiento.

Adán Orleton avanzó un paso y declaró:

—Eduardo, el pueblo de Inglaterra ya no os quiere por rey, y su Parlamento nos envía a comunicároslo. El Parlamento acepta por rey a vuestro primogénito, el duque de Aquitania, a quien yo presenté; pero vuestro hijo no quiere aceptar la corona si no es con vuestro consentimiento. Si os obstináis en vuestra negativa, el pueblo quedará en libertad de elegir soberano a quien le contente más entre los grandes del reino, y este rey puede no ser de vuestro linaje. Habéis trastornado demasiado vuestros estados; después de tantos actos que los han dañado, éste es el único que podéis hacer para devolverles la paz.

Eduardo dirigió de nuevo la mirada hacia Lancaster. A pesar del malestar que experimentaba, había comprendido la advertencia que encerraban las palabras del obispo. Si no abdicaba, el Parlamento, necesitado de encontrar un rey, elegiría al jefe de la rebelión, Rogelio Mortimer, que tenía ya ganado el corazón de la reina. El rey se puso pálido como la cera y la barbilla continuaba temblándole.

—Monseñor Orleton ha hablado con toda justeza —dijo Cuello Torcido—, y debéis renunciar, primo, por la paz de Inglaterra y para que los Plantagenêt continúen reinando.

Eduardo, incapaz, al parecer, de hablar, hizo una seña para que le acercaran la corona e inclinó la cabeza como si quisiera ceñírsela por última vez.

Los obispos se consultaron con la mirada, no sabiendo qué hacer en esta ceremonia imprevista, sin precedentes en la liturgia real. La cabeza del rey seguía inclinándose, gradualmente, hacia las rodillas.

—¡Se muere! —exclamó de repente el archidiácono Chandos, que llevaba el cojín con las insignias.

Cuello Torcido y Orleton se precipitaron para sostener a Eduardo, desvanecido, en el momento en que iba a dar con la cabeza en las losas.

Lo volvieron a sentar, le cachetearon las mejillas y fueron a buscar vinagre. Por fin, respiró profundamente, abrió los ojos y miró alrededor; luego, de pronto, se puso a sollozar. La misteriosa fuerza que la unción y la magia de la consagración infunden a los reyes, y que a veces no sirve más que para funestos destinos, acababa de retirarse de él. Estaba como exorcizado de la realeza.

En medio de sollozos, se le oyó decir:

—Sé, señores, que he caído en tan gran miseria por mi propia culpa, y que debo resignarme a sufrirla. Pero no puedo dejar de sentir un gran pesar por el odio de mi pueblo, al que yo no odiaba. Os he ofendido, no he actuado pensando en el bien. Sois muy buenos por guardar devoción a mi primogénito, por no haber dejado de quererlo y por desearlo como rey. Quiero satisfaceros. Renuncio ante vosotros a mis derechos sobre el reino; libero a mis vasallos del homenaje que me prestaron y les pido perdón. Acercad...

Y de nuevo hizo el gesto de solicitar los emblemas. Tomó el cetro, y su brazo se dobló como si hubiera olvidado el peso de la insignia real. Lo entregó al obispo de Winchester, diciendo:

—Perdonad, señor, perdonad las ofensas que os he infligido.

Avanzó sus largas y blancas manos hacia el cojín, levantó la corona, la besó como se besa la patena y se la dio a Adán Orleton:

—Tomadla, señor, para ceñirla a mi hijo. Y concededme el perdón por los males que os he causado. En la miseria en que me encuentro, que me perdone mi pueblo. Rogad por mí, mis lores, que ya no soy nada.

Todos quedaron impresionados por la nobleza de estas palabras. Eduardo se revelaba rey en el momento en que dejaba de serlo.

Entonces, Guillermo Blount, gran chambelán, salió de la sombra de los pilares, avanzó entre Eduardo II y los obispos, y rompió sobre su rodilla el esculpido bastón como hubiera hecho para indicar que el reinado había terminado, ante el cadáver de un rey bajado a la tumba.

NOTAS

1. Estos castillos normandos, construidos desde el comienzo del siglo XI, cuyo tipo de construcción duró hasta principios del siglo XVI, ya con los torreones cuadrados propios de los monumentos del primer período, ya con los torreones redondos, llamados «en concha», a partir del siglo XII, resistieron a todo, tanto al tiempo como a los ejércitos. Su rendición se debió más a circunstancias políticas que a empresas militares, y actualmente estarían todos en pie, casi intactos, si Cromwell, con excepción de tres o cuatro, no los hubiera hecho desmantelar o arrasar. Kenilworth se encuentra a veinte kilómetros al norte de Stratford-on-Avon.

6

La guerra de las ollas

Puesto que Eduardo, en otro tiempo rey de Inglaterra, por su propia voluntad y con el consejo común y el asentimiento de los prelados, barones y otros nobles, y de toda la comunidad del reino, ha consentido y querido que el gobierno de dicho reino pasara a Eduardo, su primogénito y heredero, y que éste gobierne y sea coronado rey, por cuya razón todos los grandes le han prestado homenaje, proclamamos y procuramos la paz de nuestro dicho Eduardo, hijo, y ordenamos de su parte a todos que nadie debe quebrantar la paz de nuestro dicho rey, porque está y estará dispuesto a hacer justicia a todos los de dicho reino, para todos y contra todos, tanto los pobres como los grandes. Y si alguien reclama a otro sea lo que fuere, que lo haga dentro de la legalidad, sin hacer uso de la fuerza ni de otras violencias.

Esta proclama fue leída el 24 de enero de 1327 ante el Parlamento de Inglaterra y un consejo de regencia. La reina presidía este consejo de doce miembros entre los que se contaban los condes de Kent, Norfolk y Lancaster; el mariscal Tomás Wake y el más importante de todos, Rogelio Mortimer, barón de Wigmore.

El domingo 1 de febrero se celebró en Westminster la coronación de Eduardo III. Enrique *Cuello Torcido* lo había armado caballero la víspera, junto con los tres hijos mayores de Rogelio Mortimer.

Estaba presente lady Mortimer, que había recobrado la libertad y sus bienes, pero había perdido el amor de su esposo. No se atrevía a mirar a la reina, ni ésta a ella. Lady Mortimer sufría por esta traición de los seres a los que más había querido y servido. ¿Eran merecedores de tal pago sus quince años de devoción, intimidad y riesgos compartidos con la reina Isabel? ¿Tenían que acabar de esta manera sus veintitrés años de unión con Mortimer, a quien había dado once hijos? En medio del gran trastorno que cambiaba los destinos del reino y daba el mayor poder a su esposo, ella, siempre tan leal, se encontraba entre los vencidos. Y sin embargo perdonaba, se apartaba con dignidad, porque se trataba de los dos seres que más había admirado, y comprendía que se hubieran unido con un amor inevitable en el momento en que la suerte los había acercado.

A la salida de la coronación se autorizó a la muchedumbre a entrar en el obispado de Londres para apalear al antiguo canciller Roberto de Baldock, y al señor Juan de Hainaut le fue asignada esa semana una renta de mil marcos esterlinos que se sacarían del producto de los impuestos sobre las lanas y los cueros del puerto de Londres.

Juan de Hainaut se hubiera quedado gustosamente más tiempo en la corte de Inglaterra. Pero había prometido participar en un gran torneo, en Condé-sur-l'Escaut, donde se habían dado cita multitud de príncipes, entre ellos el rey de Bohemia. Iba a justar, alardear, encontrar hermosas damas que habían atravesado Europa para ver enfrentarse a los más apuestos caballeros; iba a seducir, danzar y divertirse en fiestas. Juan de Hainaut no podía faltar a esa cita, en la que iba a brillar en las palestras de arena. Consintió en que le acompañaran una quincena de caballeros ingleses que querían participar en el torneo.

En marzo se firmó, por fin, el tratado con Francia que arreglaba la cuestión de Aquitania, en detrimento de Inglaterra; pero Mortimer no podía hacer rechazar a Eduardo III las cláusulas que él mismo había negociado para que le fueran impuestas a Eduardo II. Así se saldaba la herencia de un mal reinado. Además, Mortimer se interesaba poco por la Guyena, donde no tenía posesiones, y dedicaba ahora toda su atención, como antes de su encarcelamiento, a Gales y a las Marcas galesas.

Los enviados que fueron a París a ratificar el tratado encontraron muy triste y hundido al rey Carlos IV, puesto que la hija que había dado a luz Juana de Evreux en noviembre no había vivido más que dos meses.

Cuando Inglaterra, a duras penas, comenzaba a ponerse en orden, el viejo rey de Escocia, Roberto Bruce, aunque de edad avanzada y para el colmo leproso, envió el 1 de abril, doce días antes de Pascua, un desafío al joven Eduardo, advirtiéndole que iba a invadir el país.

La primera reacción de Mortimer fue cambiar de residencia al ex rey Eduardo II. Era una medida de prudencia. En efecto, se necesitaba la presencia de Enrique de Lancaster en el ejército con sus pendones; además, según los informes que llegaban de Kenilworth, Lancaster parecía tratar con demasiada suavidad a su prisionero, descuidando la vigilancia y permitiéndole cierto contacto con el exterior. No todos los partidarios de los Le Despenser habían sido ejecutados, como por ejemplo, el conde de Warenne, que, más afortunado que su cuñado, el conde de Arundel, había podido escapar. Algunos estaban escondidos en sus casas solariegas y en residencias amigas, esperando que pasara el vendaval; otros habían huido del reino. Cabía preguntarse si el desafío del viejo rey de Escocia no estaba inspirado por ellos.

Por otra parte, el gran entusiasmo popular que había acompañado la liberación comenzaba a declinar. Rogelio Mortimer era ya menos amado, menos adulado, después de seis meses de gobierno, pues seguía habiendo impuestos y gente encarcelada por no pagarlos. En los círculos del poder se empezaba a reprochar a Mortimer su autoritarismo, que se acentuaba de día en día, y la gran ambición que demostraba. A sus propios bienes, que había recobrado del conde de Arundel, había añadido el condado de Glamorgan y la mayoría de las posesiones de Hugo *el Joven*. Sus tres yernos —Mortimer tenía ya tres hijas casadas—, lord Berkeley, el conde de Charlton y el conde de Warwick, extendían su poder territorial. Había ocupado el cargo de juez supremo de Gales, anteriormente de su tío de Chirck, al mismo tiempo que las tierras de éste, y pretendía hacerse nombrar conde de las Marcas, lo que le habría proporcionado, al oeste del reino, un fabuloso principado casi independiente.

Había logrado chocar con Adán Orleton, ya que éste, enviado a Aviñón para obtener las necesarias dispensas para el matrimonio del joven rey, había pedido al Papa la gran diócesis de Worcester, que se encontraba vacante. Mortimer se había ofendido porque Orleton no había solicitado previamente su consentimiento, y se opuso a que se la concedieran. Eduardo II no se había portado de otra forma con el mismo Orleton respecto a la sede de Hereford.

La reina, forzosamente, sufría la misma pérdida de popularidad. Y he aquí que la guerra se reavivaba, la guerra de Escocia otra vez. Nada, pues, había cambiado. Se habían hecho demasiadas ilusiones para no quedar decepcionados. Bastaba un revés de los ejércitos, un complot que liberara a Eduardo II, para que los escoceses, aliados circunstanciales del antiguo partido de los Le Despenser, encontraran en él un rey preparado para ser repuesto en su trono, que les entregaría las provincias del norte a cambio de su libertad y de su restauración.[1]

La noche del 3 al 4 de abril arrancaron al rey de su sueño y le rogaron que se vistiera deprisa. Se encontró ante un caballero desgarbado, huesudo, de largos dientes amarillentos, de cabello oscuro e hirsuto que le caía sobre las orejas.

—¿Dónde me llevas, Maltravers? —preguntó Eduardo con espanto al reconocer a aquel barón al que había expoliado y desterrado, y cuyo aspecto era de asesino.

—Te llevo, Plantagenêt, a un lugar donde estarás más seguro, y para que esta seguridad sea completa, no debes saber adónde vas; así tu cabeza no se arriesgará a confiarlo a tu boca.

Maltravers tenía instrucciones de no pasar por las ciudades ni demorarse en el camino. El 5 de abril, después de un recorrido al trote o al galope, interrumpido solamente por una parada en una abadía cercana a Gloucester, el antiguo rey entró en el castillo de Berkeley, donde quedó bajo la custodia de uno de los yernos de Mortimer.[2]

Las tropas inglesas, convocadas en un principio en Newcastle para la Ascensión, se reunieron en Pentecostés en la ciudad de York. El gobierno del reino se había trasladado allí y el Parlamento celebró sesión, como se hacía en la época del rey caído cuando Escocia atacaba.

No tardaron en llegar Juan de Hainaut y sus *hennuyer*, que no faltaron a la petición de ayuda. Se volvió a ver, montados en sus grandes caballos bermejos y febriles aún por los grandes torneos de Condé-sur-l'Escaut, a los señores de Ligne, de Enghien, de Mons y de Sarre, y a Guillermo de Bailleul, Parsifal de Sémeries, Sance de Boussoy y Oulfard de Ghistelles, que habían hecho triunfar en las justas los colores de Hainaut, y a los señores Thierry de Wallecourt, Rasses de Grez, Juan Pilastre, y los tres hermanos de Harelbeke bajo los pendones de Brabante; acudieron además los señores de Flandes, Cambrésis y el Artois, con el hijo del marqués de Juliers.

Juan de Hainaut no había tenido más que reunirlos

en Condé. Pasaban de la guerra al torneo y del torneo a la guerra. ¡Ah! ¡Cuántos placeres y qué nobles aventuras!

En York se celebraron grandes festejos en honor de los *hennuyer*. Les dieron los mejores alojamientos, les ofrecieron fiestas y banquetes con abundancia de carne y volatería. Los vinos de Gascuña y del Rin corrieron a placer.

Este tratamiento dado a los extranjeros irritó a los arqueros ingleses, que eran seis millares largos, entre los que había numerosos antiguos soldados del decapitado conde de Arundel.

Una tarde, como sucede frecuentemente entre las tropas acampadas, se suscita una riña por una partida de dados entre algunos arqueros ingleses y los criados de armas de un caballero de Brabante. Los ingleses, que sólo esperaban la ocasión, llaman en su ayuda a los compañeros. Todos los arqueros se lanzan contra las tropas del continente, y los *hennuyer* corren hacia sus acantonamientos, donde se atrincheran. Los jefes de bandera, que estaban de fiesta, salen a las calles al oír el ruido y son asaltados por los arqueros de Inglaterra. Buscan refugio en sus alojamientos, pero no pueden entrar porque sus propios hombres se han hecho fuertes allí. La flor de la nobleza de Flandes está desarmada, pero está compuesta por fuertes mozos. Parsifal de Sémeries, Fastres de Rues y Sance de Boussoy se apoderan de sólidas palancas de encina que encuentran en casa de un carretero, se apoyan en un muro y a palos despachan a una buena sesentena de arqueros del obispo de Lincoln.

Esta rencilla entre aliados deja algo más de trescientos muertos.

Los seis mil arqueros, olvidándose por completo de la guerra de Escocia, sólo pensaban en exterminar a los *hennuyer*. Juan de Hainaut, ultrajado, furioso, quería regresar a su patria, eso si levantaban el asedio de sus acantonamientos. Finalmente, después de ahorcar a unos cuantos, se fueron apaciguando los ánimos. Las damas de Inglaterra, que habían acompañado a sus maridos con las tropas, con mil ruegos y sonrisas lograron que los caballeros de Hainaut se quedaran. Los *hennuyer* acamparon a una media legua del resto del ejército, y así pasó un mes de perros y gatos.

Por fin se decidió la partida. El joven rey Eduardo III avanzaba en su primera guerra a la cabeza de ocho mil armaduras de hierro y de treinta mil hombres de a pie.

Desgraciadamente, los escoceses no se dejaban ver. Aquellos rudos hombres hacían la guerra sin furgones ni convoy. Sus tropas ligeras sólo llevaban por equipaje una piedra plana atada a la silla y un pequeño saco de harina; con esto podían vivir durante varios días, mojando la harina en el agua de los arroyos y cociéndola en forma de tortas sobre la piedra calentada al fuego. Los escoceses se divertían con el enorme ejército inglés. Tomaban contacto con él, realizaban algunas incursiones, se replegaban enseguida, cruzaban y descruzaban los ríos, atraían al adversario a los pantanos, a los espesos bosques y a los escarpados desfiladeros. El ejército erraba a la ventura entre el Tyne y los montes Cheviot.

Un día los ingleses oyeron un estrépito en un bosque por el que avanzaban. Se dio la alarma. Todo el mundo se puso a correr, escudo en ristre, bajada la visera, lanza en mano, sin esperar a padre, hermano o compañero; para su vergüenza, se encontraron con un rebaño de ciervos que huían despavoridos del ruido de las armaduras.

El avituallamiento se hacía difícil; el país no producía nada y sólo encontraban los artículos que les llevaban algunos mercaderes a precio diez veces superior a su valor. Las monturas carecían de avena y forraje. Estuvo lloviendo durante una semana; las sillas se pudrían, los caballos perdían las herraduras en el fango, todo el ejército se enmohecía. Los caballeros cortaban ramas con el filo de las espadas para hacerse chozas. Y los escoceses seguían invisibles.

El mariscal Tomás Wake estaba desesperado. El conde de Kent casi añoraba La Réole; por lo menos allí el tiempo era bueno. Enrique *Cuello Torcido* sufría dolores reumáticos en la nuca; Mortimer se irritaba y se cansaba de correr sin cesar del campamento a Yorkshire, donde se encontraban la reina y los servicios gubernamentales. La desesperación, que engendra discusiones, hacía mella en la tropa, y se hablaba de traición.

Un día, mientras los jefes de pendón discutían a voz en grito de lo que no se había hecho y de lo que se habría debido hacer, el joven rey Eduardo reunió a algunos escuderos de edad aproximada a la suya y prometió la caballería y una tierra de cien libras de renta a quien descubriera el paradero del ejército escocés. Una veintena de muchachos de entre catorce y dieciocho años salió de batida.

El primero que regresó se llamaba Tomás de Rokesby. Jadeante y agotado, exclamó:

—Señor Eduardo, los escoceses están a cuatro leguas, en una montaña, desde hace una semana, sin saber más dónde estáis vos de lo que vos sabéis dónde están ellos.

El joven Eduardo hizo sonar enseguida las trompas; reunió al ejército en una zona conocida como «la landa blanca», y ordenó atacar a los escoceses. Pero el ruido que hacía todo aquel hierro avanzando por las montañas previno de lejos a los hombres de Roberto Bruce. Los caballeros de Inglaterra y de Hainaut subieron a la cresta de una colina y se disponían a bajar por la otra vertiente cuando vieron de repente ante sí a todo el ejército escocés, a pie, formado en orden de batalla y tensadas las cuerdas de los arcos. Ambos ejércitos se observaron de lejos sin atreverse a enfrentarse, ya que era mal lugar para lanzar al galope los caballos. ¡Así permanecieron veintidós días!

Como los escoceses no parecían dispuestos a abandonar una posición que les era tan favorable, y como los caballeros no querían librar combate sobre un terreno en el que no podían desplegarse, los dos adversarios permanecieron a uno y otro lado de la cresta, esperando que el enemigo se moviera. Se contentaban con algunas escaramuzas, generalmente nocturnas, reservadas a la gente de a pie.

El hecho más señalado de esta extraña guerra entre un octogenario leproso y un rey de quince años tuvo como protagonista al escocés Douglas, quien, con doscientos caballeros de su clan, penetró una noche de luna en el campamento inglés y derribó todo lo que encontró a su paso al grito de «¡Douglas, Douglas!», cortó tres cuerdas de la tienda del rey y huyó. A partir de aquella noche los caballeros ingleses durmieron con la armadura puesta. Luego, una mañana, antes del alba, capturaron a dos espías del ejército escocés que mucho parecía que se dejaban capturar. Llevados ante el rey de Inglaterra, le dijeron.

—¿Qué buscáis aquí? Nuestros escoceses se han vuelto a las montañas y el señor Roberto, nuestro rey, nos ha dicho que os lo hagamos saber, así como que no os combatirá durante este año si vos no lo perseguís.

Los ingleses avanzaron prudentemente, temerosos de caer en una trampa, y encontraron cuatrocientos calderos y ollas para cocer carne colgados en fila y abandonados por los escoceses para evitar peso y no hacer ruido durante la retirada. Igualmente había, en un enorme montón, cinco mil viejos zapatos de cuero; los escoceses habían cambiado de calzado antes de partir. No quedaba en el campo más alma viviente que cinco ingleses desnudos, atados a estacas, con las piernas rotas a palos.

Era una locura perseguir a los escoceses por sus montañas, a través de aquel país difícil en que toda la población era hostil a los ingleses, y donde el ejército, ya muy fatigado, había tenido que soportar una guerra de emboscadas para la que no estaba preparado. Se declaró, pues, terminada la campaña; regresaron a York y el ejército fue disuelto.

Juan de Hainaut contó los caballos muertos o inutilizados y presentó una factura de catorce mil libras. El joven rey Eduardo no tenía en su Tesoro tanto dinero disponible, ya que debía pagar aún la soldada de sus propias tropas. Entonces, el señor de Hainaut, con uno de sus grandes gestos de siempre, avaló a su futuro sobrino ante sus caballeros de todas las sumas que éste les debía.

Durante el verano, Rogelio Mortimer, que no tenía ningún interés en el norte del reino, negoció un tratado de paz. Eduardo III renunciaba a toda soberanía sobre Escocia y reconocía a Roberto Bruce como rey de este país, cosa que Eduardo II no había aceptado nunca a lo largo de su reinado; además, David Bruce, hijo de Roberto, se casaría con Juana de Inglaterra, segunda hija de la reina Isabel.

¿Había valido la pena, para obtener tal resultado, destronar al antiguo rey que vivía recluido en Berkeley?

NOTAS

1. Los cronistas, y posteriormente muchos historiadores, sólo ven en los desplazamientos a los que se veía forzado Eduardo II al final de su vida la expresión de una crueldad gratuita. Parecen no haber establecido la relación entre estos desplazamientos y la guerra de Escocia. El mismo día en que llegó el desafío de Roberto Bruce se dio orden de que Eduardo dejara Kenilworth; en el momento de terminar la guerra lo trasladaron de nuevo de residencia.

2. El castillo de Berkeley, una de las cuatro fortalezas normandas que se salvaron del desmantelamiento general ordenado por Cromwell, es probablemente la más vieja residencia habitada de Inglaterra. Los actuales propietarios siguen siendo los Berkeley, descendientes de Tomás Berkeley y de Margarita Mortimer.

7

La corona de heno

Una aurora casi roja incendiaba el horizonte detrás de las colinas de Costwold.

—El sol va a salir enseguida —dijo Tomás Gournay, uno de los dos caballeros que marchaban a la cabeza de la escolta.

—Sí, el sol va a despuntar, compañero, y todavía no hemos llegado al final de nuestra etapa —respondió Juan Maltravers, que caminaba a su lado, estribo con estribo.

—Cuando llegue el día, la gente podrá reconocer a quién llevamos —dijo el primero.

—Podría ocurrir, compañero, y es justamente lo que debemos evitar.

Estas palabras fueron dichas en voz alta para que las oyera el prisionero que iba detrás.

Tomás Gournay había llegado la víspera a Berkeley, después de atravesar media Inglaterra para llevar a Juan Maltravers las nuevas órdenes de Rogelio Mortimer sobre la custodia del rey caído.

Gournay era hombre de físico poco agradable; tenía la nariz corta y chata, los caninos inferiores más largos que los otros dientes, la piel rosada y con manchas, salpicada de pelos rubios como el cuero de una cerda; sus abundantes cabellos se retorcían, como virutas de cobre, bajo el borde de su capacete.

Para secundar a Tomás Gournay, y un poco también para vigilarlo, Mortimer había asignado a Ogle, antiguo barbero de la Torre de Londres.

Al caer la tarde, a la hora en que los campesinos habían tomado ya su sopa, el grupito salió de Berkeley y se dirigió hacia el sur a través de la silenciosa campiña y de los pueblos dormidos. Maltravers y Gournay cabalgaban en cabeza. El rey iba escoltado por una decena de soldados al mando de un oficial subalterno llamado Towurlee. Este coloso, de frente estrecha e inteligencia desmesuradamente pequeña, era obediente y muy útil para las tareas que exigían a la vez fuerza y que el que las ejecutara se planteara un mínimo de preguntas. Ogle cerraba la marcha, en compañía del monje Guillermo, que no había sido elegido entre los mejores de su convento, pero que podía ser útil para una extremaunción.

Durante toda la noche el antiguo rey había intentado en vano averiguar adónde lo conducían. Ahora se anunciaba el día.

—¿Qué hacer, señor Tomás, para que no se reconozca a un hombre? —preguntó sentenciosamente Maltravers.

—Cambiarle el rostro —respondió Gournay—. No veo otra forma.

—Habría que embadurnarlo con brea u hollín.

—Así los campesinos creerían que acompañamos a un moro.

—Por desgracia, no tenemos brea.

—Entonces le podríamos afeitar —dijo Tomás Gournay apoyando la proposición con guiño.

—¡Ah, eso sí que es una buena idea, compañero! Además, llevamos barbero. El cielo nos ayuda. ¡Ogle, Ogle, acércate! ¿Llevas bacía y navaja?

—Las llevo, Juan, para serviros —respondió Ogle, uniéndose a los dos caballeros.

—Entonces, detengámonos aquí. Veo que corre un poco de agua por ese arroyo.

Todo aquello estaba acordado desde la víspera. La

pequeña columna hizo alto, y Gournay y Ogle echaron pie a tierra. Gournay era ancho de hombros, de piernas muy cortas y arqueadas. Ogle extendió un paño sobre la hierba del talud, depositó los utensilios y se puso a afilar una navaja, despacio, mirando al antiguo rey.

—¿Qué queréis de mí? ¿Qué vais a hacerme? —preguntó Eduardo II en tono de angustia.

—Queremos que bajes de tu caballo, noble señor, para cambiarte la cara. Aquí hay un buen trono para ti —dijo Tomás Gournay aplastando una topera con el tacón de su bota—. ¡Vamos! Siéntate.

Eduardo obedeció. Como vacilaba un poco, Gournay lo puso boca arriba, y los soldados de la escolta se echaron a reír.

—Vosotros, formar un círculo —les dijo Gournay.

Así lo hicieron, y el coloso Towurlee se colocó detrás del rey para sujetarlo por los hombros en caso necesario.

El agua que recogió Ogle en el arroyo estaba helada.

—Mójale bien la cara —dijo Gournay.

El barbero arrojó a la cara del rey todo el contenido de la bacía. Luego le pasó la navaja por las mejillas, sin ningún miramiento. Los mechones rubios caían sobre la hierba.

Maltravers continuaba a caballo. Las manos apoyadas en el pomo y los cabellos cayéndole sobre las orejas, seguía la operación con evidente placer.

Entre dos pasadas de navaja, Eduardo exclamó:

—¡Me hacéis sufrir mucho! ¿No podríais, al menos, mojarme con agua caliente?

—¿Agua caliente? —exclamó Gournay—. ¡Mirad qué delicado!

Y Ogle, acercando su cara redonda y blanquecina a la del rey, le sopló, bien cerca:

—¿Calentaban el agua de su bacía a mi señor Mortimer cuando estaba en la Torre de Londres?

Y reanudó la tarea a grandes pasadas. La sangre perlaba la piel del rey, y Eduardo se puso a llorar de dolor.

—¡Ah, ved lo listo que es! —exclamó Maltravers—. Hasta ha encontrado el medio de tener agua caliente sobre las mejillas.

—¿Le afeito el cabello? —preguntó Ogle.

—Sí, sí, el cabello también —respondió Gournay.

La navaja hizo caer los mechones desde la frente hasta la nuca.

Al cabo de unos diez minutos, Ogle tendió a su cliente un espejo de estaño, y el antiguo soberano de Inglaterra descubrió, estupefacto, su verdadero rostro, infantil y avejentado a la vez, bajo el cráneo rapado, estrecho y alargado. La larga mandíbula no ocultaba ya su debilidad. Eduardo se sintió desnudo, ridículo, como un perro esquilado.

—No me reconozco —dijo.

Los hombres que lo rodeaban se echaron a reír.

—¡Ah, así está bien! —dijo Maltravers desde el caballo—. Si tú no te reconoces, aún te reconocerán menos los que vengan a buscarte. Eso es lo que se gana con querer escaparse.

Porque ésa era la razón de aquel traslado. Algunos señores galeses, dirigidos por un tal Rhys ap Gruffyd, habían organizado, para liberar al rey caído, una conspiración de la que había sido informado Mortimer. Al mismo tiempo, Eduardo, aprovechando una negligencia de Tomás de Berkeley, había huido de su prisión. Maltravers se lanzó en su persecución y lo atrapó en un bosque corriendo hacia el agua como un ciervo acosado. El antiguo rey intentaba llegar a la desembocadura del Severn con la esperanza de encontrar allí una embarcación. Ahora Maltravers se vengaba, pero en aquel momento le había hecho pasar un mal rato.

—De pie, majestad: es hora de volver a montar —dijo.

—¿Dónde nos detendremos? —preguntó Eduardo.

—Donde estemos seguros de que no vas a encontrar amigos. Y tu sueño no será turbado; confía en nuestra vigilancia.

El viaje duró casi una semana. Avanzaban de noche y descansaban de día, ya en una casa solariega de la que estuvieran seguros, ya en algún refugio en el campo, ya en algún hórreo apartado. Al amanecer del quinto día, vio Eduardo perfilarse una inmensa fortaleza gris erguida en una colina. Llegaba a ráfagas el aire del mar, más fresco y húmedo y un poco salado.

—¡Si es Corfe! —exclamó—. ¿Allí me lleváis?

—Cierto, es Corfe —dijo Tomás de Gournay—. Al parecer, conoces bien los castillos de tu reino.

De los labios de Eduardo se escapó un grito de espanto. Su astrólogo le había aconsejado hacía tiempo que no se detuviera nunca en Corfe, porque una estancia en ese lugar le sería fatal. Así, en sus viajes por Dorset y Devonshire, Eduardo se había acercado a Corfe varias veces, pero se había negado obstinadamente a entrar.

El castillo de Corfe era más antiguo, más grande y más siniestro que el de Kenilworth; su torreón dominaba toda la comarca, toda la península de Purbeck. Algunas de sus fortificaciones databan de antes de la conquista normanda. Con frecuencia se había utilizado como prisión, principalmente por Juan Sin Tierra, quien, ciento veinte años antes, había ordenado que dejaran en él a veintidós caballeros franceses hasta que murieran de hambre. Corfe parecía una construcción dedicada al crimen. La trágica superstición que lo rodeaba se remontaba al asesinato, antes del año 1000, de un muchacho de quince años, el rey Eduardo el Mártir, otro Eduardo II, éste de la dinastía sajona.

La leyenda de este asesinato estaba viva en el país.

Eduardo el Sajón, hijo de Edgardo, al que había sucedido, era odiado por su madrastra, la reina Elfrida, segunda esposa de su padre. Un día que volvía a caballo de cazar, y en el momento en que se llevaba a los labios un cuerno de vino, la reina Elfrida le clavó un puñal en la espalda. Aullando de dolor, espoleó el caballo y huyo hacia el bosque; agotado por la pérdida de sangre, cayó de la silla; pero el pie le quedó enganchado en el estribo, y el caballo, desbocado, lo arrastró un buen trecho, golpeándole la cabeza contra los árboles. Los campesinos, que encontraron su cuerpo por las huellas de sangre, lo enterraron a escondidas.

Desde su tumba comenzó a hacer milagros, y el rey fue canonizado más adelante.

El mismo nombre y el mismo número, aunque de otra dinastía; esta semejanza, más inquietante todavía por la predicción del astrólogo, bien podía hacer temblar al rey prisionero. ¿Iba a ver Corfe la muerte del segundo Eduardo II?

—Para hacer tu entrada en esta hermosa ciudadela te va a hacer falta una corona, mi noble señor —dijo Maltravers—. ¡Towurlee, recoge un poco de heno en ese campo!

Con la brazada de hierba seca que llevó el coloso, Maltravers confeccionó una corona que puso sobre la cabeza rapada del rey, y las barbas del heno que hundieron en la piel real.

—¡Adelante, y perdona que no tengamos trompetas!

Un profundo foso, una muralla, un puente levadizo entre dos grandes torres redondas, una colina verde que había que escalar; otro foso, otra puerta, otro rastrillo y, más allá, nuevas pendientes con hierba. Volviéndose, veían las casitas del pueblo, con los tejados de piedras grises y lisas dispuestas a modo de tejas.

—¡Adelante! —gritó Maltravers, propinando a Eduardo un puñetazo en los riñones.

La corona de heno se tambaleó. Los caballos avanzaron por los estrechos y tortuosos corredores pavimentados con guijarros, entre enormes e imponentes murallas, en lo alto de las cuales los cuervos, unos al lado de otros, como un friso negro sobre la piedra gris, miraban pasar la columna a diecisiete metros bajo sus picos.

El rey Eduardo II estaba seguro de que no lo iban a matar; pero hay muchas maneras de hacer que muera un hombre.

Tomás Gournay y Juan Maltravers no tenían orden expresa de asesinarlo, sino más bien de aniquilarlo. Eligieron, pues, la manera lenta. Al antiguo soberano le servían dos veces al día unas espantosas gachas de centeno, mientras sus guardianes se atracaban delante de él de toda clase de manjares. Pero, a pesar de este infecto alimento, de las burlas y de los golpes que recibía, el prisionero seguía resistiendo. Era fuerte de cuerpo e incluso de espíritu. Otros en su lugar habrían perdido la razón; él se contentaba con quejarse, e incluso sus quejas daban fe de su cordura.

—¿Son tan grandes mis pecados que no merecen piedad ni asistencia? ¿Habéis olvidado toda caridad cristiana, toda bondad? —decía a sus carceleros—. Aunque ya no sea soberano, sigo siendo padre y esposo; ¿puedo atemorizar todavía a mi mujer y a mis hijos? ¿No tienen suficiente con haberme quitado todo lo que me pertenecía?

—Sire, no puedes quejarte de tu esposa. ¿No te ha enviado nuestra señora la reina hermosos vestidos y dulces cartas que te hemos leído?

—Bribones —respondía Eduardo—. Me habéis enseñado los vestidos, pero no me los habéis dado, y dejáis que me pudra con estos andrajos. En cuanto a las cartas, ¿para qué me las ha enviado esa mala mujer sino para demostrar que me da testimonio de su compasión? ¡Es ella, ella con el malvado Mortimer, quien os da las órdenes para que me atormentéis! Sin ella y sin ese traidor estoy seguro de que mis hijos correrían a abrazarme.

—Tu esposa, la reina, y tus hijos —respondía Maltravers— tienen demasiado miedo a tu cruel naturaleza. Han sufrido demasiado tus atropellos y tu furor para desear abrazarte.

—Hablad, malvados, hablad —decía el rey—. Tiempo vendrá en que serán vengados los tormentos que me infligís.

Y se ponía a llorar, hundida la cabeza entre sus brazos. Lloraba, pero no moría.

Gournay y Maltravers se aburrían en Corfe, ya que todos los placeres agotan, incluso el de torturar a un rey. Además, Maltravers había dejado a su mujer en Berkeley con su cuñado, y luego, en la región de Corfe se comenzaba a saber que el rey destronado estaba detenido allí. Después de intercambiar mensajes con Mortimer, se decidió devolver a Eduardo a Berkeley.

Cuando el rey Eduardo II, más delgado, más encorvado, volvió a pasar, acompañado siempre por la misma escolta, los rastrillos, los puentes levadizos, las dos murallas, sintió, a pesar de lo desgraciado que se sentía, un inmenso alivio y como un soplo de liberación. Su astrólogo había mentido.

8

«Bonum est»

La reina Isabel ya estaba en la cama, con sus dos trenzas de oro sobre el pecho. Rogelio Mortimer entró sin hacerse anunciar, ya que tenía ese privilegio. Por el gesto de su rostro, supo la reina de qué le iba a hablar, o más bien, volverle a hablar.

—He recibido noticias de Berkeley —dijo en un tono que pretendía ser tranquilo.

Isabel no respondió.

La ventana estaba entreabierta a la noche de septiembre. Mortimer la abrió por completo y permaneció un momento contemplando la ciudad de Lincoln, grande y amontonada, moteada aún de algunas luces, que se extendía a los pies del castillo. Lincoln era la cuarta ciudad en importancia del reino después de Londres, Winchester y York. Uno de los trozos del cuerpo de Hugo Le Despenser *el Joven* había sido llevado allí diez meses antes. La corte, procedente de Yorkshire, se había instalado en Lincoln hacía una semana.

Isabel miraba cómo se recortaban sobre el cielo nocturno, en el hueco de la ventana, los anchos hombros de Mortimer y los rizos de su peinado. En aquel momento no lo quería.

—Vuestro esposo parece obstinarse en vivir —prosiguió Mortimer dándose la vuelta—, y su vida pone en peligro la paz del reino. En Gales continúan conspirando para liberarlo. Los dominicos han tenido la audacia de predicar en su favor incluso en Londres, donde las di-

363

ficultades que tuvimos en junio pueden volverse a repetir. Eduardo no es peligroso, lo reconozco, pero sirve de pretexto para la agitación de nuestros enemigos. Os ruego que aceptéis dar la orden que os aconsejo, sin la cual no habrá seguridad para vos ni para vuestro hijo.

Isabel exhaló un suspiro de profundo cansancio. ¿Por qué no tomaba la decisión por su cuenta, él, que hacía lo que quería en el reino?

—Gentil Mortimer —respondió con calma—, ya os he dicho que no obtendréis de mí esa orden.

Rogelio Mortimer cerró la ventana, temía encolerizarse.

—¿Para qué habéis pasado por tantas pruebas y corrido tan grandes riesgos si os convertís ahora en enemiga de vuestra propia seguridad? —dijo.

La reina movió la cabeza y respondió:

—No puedo. Prefiero correr cualquier peligro antes que dar esa orden. Os ruego, Rogelio, que no ensuciemos nuestras manos con esa sangre.

Mortimer sonrió burlón.

—¿De dónde te viene —replicó— ese súbito respeto por la sangre de tus enemigos? No apartaste la mirada de la sangre del conde de Arundel, de los Le Despenser, de Baldock, de toda aquella sangre que corría por las plazas de las ciudades. Ciertas noches creí que la sangre te gustaba bastante. Y él, el querido rey, ¿no tiene las manos más rojas que las nuestras? ¿No hubiera derramado mi sangre y la tuya si nos hubiéramos dejado apresar? No se puede ser rey, Isabel, ni reina, si se tiene miedo de la sangre; si así es, hay que retirarse a un convento, bajo el velo de la monja, y no tener amor ni poder.

Por un momento se enfrentaron con la mirada. Las pupilas color del pedernal brillaban intensamente a la luz de las velas; la cicatriz blanca formaba un labio de dibujo demasiado cruel. Isabel fue la primera en bajar los ojos.

—Recuerda, Mortimer, que en otro tiempo fue compasivo contigo —dijo—. Ahora debe de pensar que si no hubiera cedido a las súplicas de los barones, de los obispos y a las mías, y os hubiera hecho decapitar como ordenó hacer con Tomás de Lancaster...

—Sí, sí, me acuerdo, y no querría sentir un día pesares semejantes a los suyos. Esta compasión que le tienes la encuentro muy extraña y obstinada. —Hizo una pausa—. ¿Lo quieres aún? —añadió—. No encuentro otra razón.

La reina se encogió de hombros.

—Entonces ¿es por eso? ¡Para que te dé una prueba más! ¿Nunca se extinguirán en ti esos celos? ¿No te he demostrado bastante delante de todo el reino de Francia, del de Inglaterra, y delante de mi propio hijo, que no había en mi corazón otro amor que el tuyo? ¿Qué quieres que haga todavía?

—Lo que te pido, y nada más. Pero ya veo que no quieres. Veo que la cruz que te hiciste en el corazón, delante de mí, y que nos debía aliar en todo, dándonos una sola voluntad, no era para ti más que un simulacro. ¡Veo bien que el inexorable destino me ha hecho depositar la fe en una criatura débil!

Sí, un celoso, eso era. A pesar de ser regente, todopoderoso, el que daba los empleos, gobernaba al joven rey, vivía conyugalmente con la reina, y esto ante los ojos de todos los barones, Mortimer seguía celoso. «Pero ¿está completamente equivocado al serlo?», pensó de pronto Isabel. Porque el peligro de los celos consiste en obligar al que es objeto de ellos a buscar en sí mismo si no hay motivo para los reproches que se le dirigen. Así se aclaran ciertos sentimientos que no se habían tomado en consideración... ¡Qué extraño era eso! Isabel estaba segura de odiar a Eduardo todo lo que podía; no pensaba en él más que con desprecio, disgusto y rencor. Y sin embargo... el recuerdo de los anillos intercambiados, la coronación, las maternidades, los recuerdos que ella conservaba no de él, sino de ella misma, el simple recuerdo de haber creído que lo quería, todo ello la detenía ahora. Le parecía imposible ordenar la muerte del padre de los hijos que ella había puesto en el mundo... «¡Y me llaman la Loba de Francia!» El santo nunca es tan santo, ni el cruel tan cruel como se cree.

Además, Eduardo, aun caído, era rey. Aun desposeído y encarcelado seguía siendo persona real, e Isabel era reina, educada para serlo. Durante su infancia había tenido el ejemplo de la verdadera majestad real encarnada en un hombre que, por la sangre y la consagración, se veía por encima de los demás, y como tal se había hecho reconocer. Atentar contra la vida de un súbdito, aunque fuera el señor más grande del reino, no era nunca un crimen, pero el acto de suprimir una vida real constituía un sacrilegio y la negación del carácter sacro, divino, del que estaban investidos los soberanos.

—Y eso, Mortimer, tú no puedes comprenderlo, porque no eres rey, ni has nacido rey.

Isabel se dio cuenta demasiado tarde de que había expresado su pensamiento en voz alta.

El barón de las Marcas, el compañero de Guillermo el Conquistador, el juez supremo de Gales, recibió duramente el golpe. Retrocedió dos pasos, se inclinó.

—No creo que haya sido un rey, señora, quien os ha devuelto vuestro reino, pero parece que es perder el tiempo esperar que lo reconozcáis; como también que recordéis que desciendo de los reyes de Dinamarca que no se avergonzaron de dar a una de sus hijas a mi abuelo, el primer Rogelio Mortimer. Mis esfuerzos tienen poco mérito para vos. ¡Dejad, pues, a vuestros enemigos liberar a vuestro real esposo, o id vos misma a darle la libertad con vuestras propias manos! Vuestro poderoso hermano de Francia no dejará de protegeros como lo hizo cuando huisteis hacia Hainaut, sostenida por mí en vuestra silla. Mortimer, como no es rey, y su vida no está protegida contra una desventura de la suerte, se va, señora, a buscar refugio en otra parte antes de que sea demasiado tarde, fuera de un reino donde la reina le ama tan poco que ya nada tiene que hacer en él.

Y salió. A pesar de la cólera se dominaba y no dio un portazo. Cerró la puerta suavemente y sus pasos se alejaron.

Isabel conocía bastante al orgulloso Mortimer para saber que no volvería. Saltó de la cama, corrió en camisa por los corredores del castillo, alcanzó a Mortimer, se agarró a su vestido y se colgó de su brazo.

—¡Quedaos, quedaos, gentil Mortimer, os lo suplico! —exclamó sin preocuparse de que la oyeran—. ¡Sólo soy una mujer, y necesito vuestro consejo y apoyo! ¡Quedaos, quedaos, por favor, y haced lo que queráis! —Lloraba apoyada, acurrucada sobre aquel pecho, sobre aquel corazón sin el que no podía vivir—. ¡Yo quiero lo que vos queráis! —repitió.

Los servidores, atraídos por el ruido, fueron apareciendo, pero se ocultaron de inmediato, turbados por ser testigos de aquella riña de amantes.

—¿De veras queréis lo que yo quiero? —preguntó, tomando entre sus manos la cara de la reina—. Entonces, ¡guardias! —gritó—. Que vayan a buscar enseguida a Monseñor Orleton.

La relación entre Mortimer y Orleton se había enfriado desde hacía meses por una razón absurda: el obispado de Worcester, que el prelado se había hecho adjudicar por el Papa, cuando Mortimer lo prometía a otro candidato. ¡Si Mortimer hubiera sabido que su amigo deseaba ese obispado! Pero ahora ya había dado su palabra y no podía desdecirse. El Parlamento, en York, tomando cartas en el asunto, había confiscado las rentas del obispado de Worcester... Orleton, que ya no era obispo de Hereford y tampoco lo era de Worcester, consideraba una gran ingratitud esa conducta de un hombre a quien había ayudado a fugarse de la Torre. El asunto seguía debatiéndose y Orleton acompañaba a la corte en sus desplazamientos.

«Mortimer acabará por necesitarme un día —se decía—, y entonces cederá.»

Ese día, o más bien esa noche, había llegado.

Orleton lo comprendió en cuanto entró en la habitación de la reina. Isabel, que había vuelto a la cama, conservaba en el rostro las huellas de su llanto, y Mortimer caminaba a grandes zancadas alrededor del lecho. Para que se turbaran tan poco delante del prelado era necesario que el asunto fuese grave.

—Nuestra señora la reina —dijo Mortimer—, considera con razón, a causa de las intrigas que sabéis, que la vida de su esposo pone en peligro la paz del reino, y se inquieta de que Dios tarde tanto en llamarlo a su seno.

Adán Orleton miró a Isabel, ésta a Mortimer y luego al obispo, e hizo un signo de asentimiento. Orleton sonrió brevemente, no con crueldad, ni siquiera con ironía, sino más bien con una expresión de púdica tristeza, y dijo:

—Nuestra señora la reina se encuentra ante el grave dilema que se plantea siempre a los que tienen la carga de los estados. ¿Es preciso, para no destruir una sola vida, arriesgar la de muchos?

Mortimer se volvió hacia Isabel.

—¡Ya lo oís!

Estaba muy satisfecho del apoyo que le presentaba el obispo y sólo lamentaba no haber encontrado él mismo aquel argumento.

—Se trata de la salvaguardia de los pueblos —prosiguió Orleton— y a nosotros los obispos se nos llama para que esclarezcamos la voluntad divina. Cierto es que el Evangelio nos prohíbe adelantar el final de nadie. Pero los reyes no son hombres corrientes y ellos mismos se exceptúan de los Mandamientos cuando condenan a muerte a sus súbditos... Creía, sin embargo, señor, que los guardias que habíais puesto alrededor del rey caído os iban a evitar plantearos esta cuestión.

—Parece que los guardias han agotado todos los recursos —respondió Mortimer—. Y no actuarán si no reciben instrucciones por escrito.

Orleton meneó la cabeza pero no respondió.

—Pero una orden escrita —prosiguió Mortimer— puede caer en manos distintas de aquellas a las que va destinada; puede incluso volverse en contra de los que la han dado. ¿Me comprendéis?

Orleton sonrió de nuevo. ¿Lo tomaba por bobo?

—En otras palabras, mi señor —dijo—, vos queréis enviar la orden y al mismo tiempo no enviarla.

—Querría enviar una orden que fuera clara para los que deben entenderla y oscura para los que deben ignorarla. Eso es lo que quiero consultar con vos, que sois hombre de recursos, si es que consentís en prestarme vuestra ayuda.

—¿Y le pedís eso, señor, a un pobre obispo que ni siquiera tiene sede, ni diócesis donde plantar su báculo?

Esta vez le tocó sonreír a Mortimer.

—Vamos, vamos, mi señor Orleton, no hablemos más de esas cosas. Ya sabéis que me habéis hecho enfadar mucho. Con sólo que me hubierais dicho lo que deseabais... Sin embargo, ya que lo ansiáis tanto, no me opondré. Tendréis Worcester, os doy mi palabra... Lo arreglaré con el Parlamento. Ya sabéis que sois siempre mi amigo.

El obispo asintió con la cabeza; sí, lo sabía; a pesar de la querella reciente, su amistad con Mortimer no había cambiado nada, y bastaba que estuvieran juntos para darse cuenta de ello. Estaban ligados por demasiados recuerdos, demasiadas complicidades y una especie de mutua admiración. Esa misma noche, en la dificultad en que se encontraba Mortimer después de haber arrancado a la reina su consentimiento, esperado desde hacía largo tiempo, ¿a quién había recurrido? Al obispo de hombros caídos, de paso de pato, de vista cansada por el estudio. Eran tan amigos que se habían olvidado de la reina, que los observaba con sus grandes ojos azules y se sentía mal.

—Fue vuestro hermoso sermón *Doleo caput meum*, que nadie ha olvidado, lo que permitió derribar al mal rey —dijo Mortimer—, y fuisteis también vos quien obtuvo su abdicación.

¡Volvía la gratitud! Orleton se inclinó ante los cumplidos.

—¿Queréis, pues, que concluya la tarea? —dijo.

En la habitación había un escritorio, plumas y papel. Orleton pidió un cuchillo, ya que sólo podía escribir con una pluma cortada por él mismo. Eso le ayudaba a reflexionar. Mortimer respetó su meditación.

—No hay necesidad de que la orden sea larga —dijo Orleton al cabo de un momento.

Miraba con aire divertido; se veía claro que había olvidado que se trataba de la vida de un hombre; experimentaba un sentimiento de orgullo, la satisfacción del letrado que acaba de resolver un difícil problema de redacción. Acercó los ojos a la mesa, trazó una sola frase, espolvoreó por encima los polvos secantes y entregó la hoja a Mortimer diciendo:

—Incluso acepto sellar esta carta con mi propio sello, si vos o nuestra señora la reina consideráis que no debéis poner los vuestros.

La verdad, parecía contento de sí mismo.

Mortimer acercó una vela. La carta estaba en latín. Leyó lentamente:

—«*Eduardum occidere nolite timere bonum est.*» —Reflexionó un momento; luego volviéndose al obispo, dijo—: *Eduardum occidere*, eso lo entiendo; *nolite:* no hagáis...; *timere:* temer...; *bonum est:* es bueno...

Orleton sonreía y Mortimer preguntó:

—¿Hay que entender: «No hagáis matar a Eduardo, temer es bueno», o bien «No temáis hacer matar a Eduardo, es buena cosa»? ¿Dónde está la coma?

—No hay coma —respondió Orleton—. La voluntad de Dios se manifestará por la comprensión de quien reciba la carta, pero ¿a quién se le puede hacer algún reproche por la carta en sí?

—Lo que ignoro es si Maltravers y Gournay entienden el latín —dijo Mortimer, perplejo.

—El hermano Guillermo, que pusisteis con ellos, lo entiende bastante bien. Además, el mensajero podrá transmitir verbalmente, pero sólo verbalmente, que cualquier acción derivada de esta orden no deberá dejar huella.

—¿Y estáis dispuesto de verdad a poner vuestro sello en la carta? —preguntó Mortimer.

—Lo haré —dijo Orleton.

Verdaderamente era un buen amigo. Mortimer lo acompañó hasta el pie de la escalera, y volvió a subir a la habitación de la reina.

—Gentil Mortimer —le dijo Isabel—, no me dejéis dormir sola esta noche.

No hacía tanto frío esa noche de septiembre para que ella tiritase tanto como lo hacía.

9

El hierro al rojo

Comparado con las desmesuradas fortalezas de Kenilworth o de Corfe, Berkeley es un castillo pequeño. Sus piedras rosadas, sus humanas dimensiones, no lo hacen espantoso en manera alguna. Comunica directamente con el cementerio que rodea la iglesia, cuyas losas se cubren en pocos años de un musgo verde, fino como la seda.

Tomás de Berkeley era un joven valiente, sin intenciones aviesas con respecto a sus semejantes. Sin embargo, no tenía motivos para mostrarse excesivamente amable con el antiguo rey Eduardo II, que lo había tenido cuatro años en prisión en compañía de su padre Mauricio de Berkeley, que murió durante su detención. Por el contrario, tenía todas las razones para ser devoto de su poderoso suegro Rogelio Mortimer, que le había dado en matrimonio a su hija mayor en 1320, a quien había seguido en la rebelión de 1322 y por quien había sido liberado el año anterior. Tomás recibía la considerable suma de cien chelines diarios por la guardia y manutención del rey caído. Ni su mujer Margarita ni su hermana Eva, esposa de Maltravers, eran malas personas.

Eduardo II hubiera encontrado su estancia aceptable si sólo hubiera estado atendido por la familia Berkeley. Para su desgracia, estaban también los tres atormentados: Maltravers, Gournay y el barbero Ogle. Éstos no daban respiro al antiguo rey. Tenían una imaginación enorme para la crueldad, y entre ellos habían establecido una especie de competición acerca de quién haría más refinado el suplicio.

Maltravers tuvo la idea de instalar a Eduardo en el interior de la torre, en un reducto circular de pocos pies de diámetro cuyo centro estaba ocupado por un antiguo pozo, seco ahora y sin brocal. Bastaba un falso movimiento para que el prisionero cayera a este profundo agujero. Eduardo tenía que permanecer constantemente atento. Aquel hombre de cuarenta y cuatro años, que aparentaba más de sesenta, permanecía echado sobre una brazada de paja, pegado el cuerpo a la pared contra la que se desplazaba reptando; si se amodorraba, volvía a despertarse enseguida, bañado en sudor, temiendo haberse acercado al vacío.

A este suplicio del miedo, Gournay había añadido el del olor. Hacía recoger carroña en el campo, tejones atrapados en la madriguera, zorros, pájaros muertos en avanzado estado de descomposición, y los echaba en el pozo para que la pestilencia de su carne infectara el poco aire que tenía el prisionero.

—¡Buena caza para el cretino! —decían los tres verdugos todas las mañanas cuando llegaban con su carga de animales muertos.

También ellos percibían el olor, ya que estaban, por turno, en una pequeña pieza en lo alto de la escalera de la torre, pieza que dominaba el reducto donde iba consumiéndose el rey. Hasta ellos llegaban de vez en cuando asquerosas ráfagas; entonces era la ocasión de hacer groseras bromas.

—¡Lo que puede llegar a oler el viejo chocho! —exclamaban batiendo los cubiletes de los dados y bebiendo vaso tras vaso de cerveza.

El día que les llegó la carta de Orleton conferenciaron largamente. El hermano Guillermo les tradujo la misiva, sin tener la menor duda sobre su verdadero significado, pero haciéndoles apreciar la hábil ambigüedad de la redacción. Los tres hombres se golpearon los muslos durante un buen cuarto de hora, mientras repetían retorciéndose de risa: «*Bonum est... Bonum est.*»

El jinete que les había llevado la carta repitió fielmente su mensaje oral: «Sin huella.»

Sobre esto se consultaban.

—La verdad es que tienen extrañas exigencias esa gente de la corte, obispos y demás lores —dijo Maltravers—. Mandan matar y que no se note.

¿Cómo proceder? El veneno dejaba el cuerpo negro; además, había que obtenerlo de gente que podía hablar. ¿Estrangulación? La señal del lazo quedaba en el cuello y dejaba el rostro azulado.

Fue a Ogle, antiguo barbero de la Torre de Londres, a quien se le ocurrió la genialidad. Tomás Gournay aportó al plan algunas mejoras y Maltravers se rió de buena gana mostrando los dientes hasta las encías.

—¡Será castigado por donde ha pecado! —exclamó. La idea le parecía muy astuta.

—Tendremos que ser cuatro para eso —dijo Gournay—. Berkeley habrá de echarnos una mano.

—¡Ah, ya sabes cómo es mi cuñado Tomás! —respondió Maltravers—. Cobra sus cinco libras diarias, pero tiene el corazón sensible. Nos sería más molesto que útil.

—El gordo Towurlee nos ayudará de buen grado si se le promete una buena bolsa —dijo Ogle—. Además, es tan bestia que, aunque hable, nadie le creerá.

Esperaron a la noche. Gournay hizo preparar en la cocina una excelente cena para el prisionero: aves asadas y rabo de buey en salsa. Eduardo no había comido tan bien desde su estancia en Kenilworth con su primo Cuello Torcido. Se asombró, un poco inquieto al principio y después reconfortado, de aquella desacostumbrada comida. En lugar de echarle la escudilla que él tenía que colocar al borde del pozo maloliente, lo instalaron en una pequeña pieza contigua, sobre un escabel, lo que le parecía un lujo extraordinario. Comió con placer aquellas viandas cuyo gusto casi había olvidado. Le sirvieron también vino, un buen clarete que Tomás de Berkeley hacía traer de Aquitania. Los tres carceleros asistían a esta comida y se hacían pequeños guiños.

—Ni siquiera tendrá tiempo de digerirla —susurró Maltravers a Gournay.

El coloso Towurlee, plantado en la puerta, la obstruía completamente.

—Se encuentra uno mejor ahora, ¿verdad, señor? —dijo Gournay cuando el viejo rey terminó la comida—. Ahora te llevaremos a una buena habitación donde encontrarás un lecho de plumas.

El prisionero de cabeza rapada y larga mandíbula miró a sus guardias con expresión de sorpresa.

—¿Habéis recibido nuevas órdenes? —preguntó en tono de temerosa humildad.

—Sí, claro, hemos recibido órdenes y te vamos a tratar bien, señor —respondió Maltravers—. Hemos encendido fuego donde vas a dormir porque por las noches comienzan a refrescar, ¿verdad, Gournay? Estamos ya a finales de septiembre.

Hicieron bajar al rey por la estrecha escalera, atravesar el patio con hierba y subir al otro lado de la muralla. Sus carceleros no habían mentido; había una habitación, no una habitación de palacio, pero sí una buena pieza, limpia y caliente, con una cama y un grueso colchón de plumas, y una especie de brasero lleno de tizones ardiendo. Casi hacía demasiado calor.

El vino, el calor... El rey caído sentía que le bailaba un poco la cabeza. ¿Bastaba, pues, una buena comida para que volviera la esperanza? Pero ¿cuáles eran las nuevas órdenes y por qué lo trataban con tan repentinas consideraciones? Tal vez una revuelta en el reino, Mortimer caído en desgracia... O simplemente que el joven rey se había inquietado por la suerte de su padre y había mandado que lo trataran de forma más humana... Pero aunque hubiera habido una revuelta, aunque todo el pueblo se hubiera levantado en su favor, Eduardo no aceptaría recuperar el trono, ya que así lo había jurado ante Dios. Porque si fuera rey de nuevo comenzaría a cometer errores otra vez; no estaba hecho para reinar. Lo único que deseaba era un convento tranquilo, pasearse por un hermoso jardín, que le sirvieran platos a su gusto... y rezar también. Y se dejaría crecer la barba y el cabello, a no ser que se hiciera monje. ¡Qué negligencia e ingratitud no agradecer al Creador estas simples cosas que bastan para hacer agradable la vida: sabroso alimento, habitación caliente...! Había un atizador en el brasero...

—¡Túmbate, señor! La cama es buena, ya verás —dijo Gournay.

Y en efecto, el colchón era blando. ¡Qué placer, encontrar de nuevo una buena cama! Pero ¿por qué se quedaban allí los tres hombres? Maltravers estaba sentado en un escabel, el cabello sobre las orejas, las manos entre las rodillas, y miraba al rey. Gournay atizaba el fuego. El barbero Ogle tenía en la mano un cuerno de buey y una pequeña sierra.

—Duerme, Eduardo, no te ocupes de nosotros; vamos a trabajar —insistió Gournay.

—¿Qué haces, Ogle? —preguntó el rey—. ¿Tallas un cuerno para beber?

—No, señor, para beber no. Tallo un cuerno, eso es todo. —Se volvió hacia Gournay, señaló con el pulgar un punto del cuerno y dijo—: Creo que es bastante largo, ¿no os parece?

Gournay miró por encima del hombro y respondió:

—Sí, creo que está bien. *Bonum est.* —Y se puso a soplar el fuego.

La sierra chirriaba sobre el cuerno de buey. Cuando quedó partido, el barbero tendió la parte afilada a Gournay, quien lo examinó y hundió en ella el atizador al rojo. Un olor acre apestó de pronto la estancia. El atizador surgió por la punta quemada del cuerno. Gournay lo volvió a poner en el fuego. ¿Cómo querían que durmiera el rey con todo aquel trajín? ¿Lo habían apartado del pozo de las carroñas para que oliera el cuerno quemado? De repente, Maltravers, que continuaba sentado mirando a Eduardo, le preguntó:

—¿Tenía tu Le Despenser, a quien tanto querías, el miembro sólido?

Los otros dos se morían de risa. Al oír este nombre, Eduardo sintió como si le desgarraran las entrañas y comprendió que lo iban a ejecutar enseguida. ¿Se aprestaban a darle la misma atroz muerte que a Hugo *el Joven*?

—¿Vais a hacer eso? ¿Vais a matarme? —exclamó incorporándose de pronto en la cama.

—¿Matarte nosotros, señor Eduardo? —dijo Gournay sin volverse siquiera—. ¿Quién te ha dicho eso? Nosotros tenemos órdenes. *Bonum est, bonum est...*

—Vamos, acuéstate —dijo Maltravers.

Pero Eduardo no se acostó. Su mirada iba de la nuca de Tomás Gournay al largo rostro de Maltravers y a las sonrosadas mejillas del barbero. Gournay había sacado del fuego el atizador y examinaba su extremo incandescente.

—¡Towurlee! —llamó—. ¡La mesa!

El coloso, que esperaba en la pieza contigua, entró portando una pesada mesa. Maltravers cerró la puerta e hizo girar la llave. ¿Por qué esta mesa, esta gruesa plancha de encina que solían poner sobre caballetes? Pero en la habitación no había ningún caballete. De entre todas las cosas extrañas que pasaban alrededor del rey, aquella tabla sostenida por un gigante era el objeto más insólito y espantoso. ¿Cómo se podía matar con una tabla? Éste fue el último pensamiento claro que tuvo el rey.

—¡Vamos! —dijo Gournay haciendo una seña a Ogle.

Se acercaron, uno por cada lado de la cama, se lanzaron sobre Eduardo y lo pusieron boca abajo.

—¡Ah bribones, bribones! —gritaba—. ¡No, no vais a matarme!

Se agitaba, se revolvía, y Maltravers tuvo que echar una mano; los tres eran poco y el gigante Towurlee no se movía.

—¡Towurlee, la mesa! —gritó Gournay.

Towurlee se acordó de lo que le habían ordenado. Levantó la enorme tabla y la puso atravesada sobre la espalda del rey. Gournay le bajó los calzones al prisionero, que se desgarraron de tan usados como estaban. Era grotesco y miserable descubrir de esta forma el trasero del rey, pero los asesinos no estaban para risas en ese momento.

El rey, medio atontado por el golpe y ahogándose bajo la madera que lo hundía en el colchón, se resistía, pataleaba. ¡Cuánta energía tenía aún!

—¡Towurlee, sujétale los tobillos! ¡No, así no, separados! Ordenó Gournay.

El rey consiguió sacar la nuca de debajo de la plancha y volvió la cara de lado para tomar un poco de aire. Maltravers le apretó la cabeza con ambas manos. Gournay cogió el atizador y exclamó:

—¡Métele el cuerno ahora, Ogle!

El rey Eduardo tuvo una contorsión violenta, desesperada, cuando el hierro al rojo le penetró en las entrañas. El alarido que lanzó atravesó los muros de la torre, pasó por encima de las losas del cementerio y despertó a la gente del burgo. Y los que oyeron aquel largo, lúgubre y espantoso grito tuvieron en el mismo instante la seguridad de que acababan de asesinar al rey.

A la mañana siguiente, los habitantes de Berkeley subieron al castillo para informarse. Les dijeron que, en efecto, el antiguo rey había fallecido repentinamente durante la noche lanzando un estentóreo grito.

—Venid a verlo, sí, acercaos —decían Maltravers y Gournay a los notables y al clero—. Ahora lo vamos a amortajar: entrad, todo el mundo puede entrar.

Y la gente del burgo comprobó que no había ninguna señal de golpe, llaga o herida en aquel cuerpo que iban a lavar y al que nadie intentaba esconder. Tomás Gournay y Juan Maltravers se miraban; había sido una brillante idea la de meter el atizador a través del cuerno de buey. No habían dejado la menor huella. En una época tan fecunda en materia de asesinatos, podían enorgullecerse de haber descubierto un método perfecto.

Únicamente los inquietaba la súbita e inopinada partida de Tomás de Berkeley, antes del alba, con el pretexto, según había hecho decir por su mujer, de atender un asunto en otro castillo. Y luego ese Towurlee, el coloso de cabeza pequeña, que refugiado en el establo y echado en el suelo lloraba desde hacía varias horas.

Gournay partió a caballo aquel mismo día hacia Nottingham, donde se encontraba la reina, para anunciarle la muerte de su esposo.

Tomás de Berkeley estuvo ausente una semana y se dejó ver en varios lugares de los contornos para acreditar que no se hallaba en su castillo en el momento de la muerte. Al regresar, tuvo la desagradable sorpresa de encontrar todavía el cadáver. Ningún monasterio de los alrededores había querido cargar con él, y Berkeley tuvo que guardar el cadáver en el ataúd un mes, durante el cual siguió cobrando sus cien chelines diarios. Todo el reino estaba al corriente de la muerte del antiguo monarca; extraños relatos, que no se apartaban mucho de la verdad, circulaban a este respecto, y se decía que el asesinato no traería felicidad a los que lo habían cometido, ni, por muy nobles que fueran, a los que lo habían ordenado.

Por fin un abad fue a hacerse cargo del cuerpo en nombre del obispo de Gloucester, que aceptó recibirlo en su catedral. Los restos del rey Eduardo II fueron puestos en una carreta cubierta con una tela negra. Tomás de Berkeley y su familia los acompañaron, y la gente de los aledaños los siguió en cortejo. A cada alto que hizo la comitiva, los campesinos plantaron una encina.

Han pasado seiscientos años y algunas de esas encinas continúan en pie y proyectan su negra sombra sobre el camino que va de Berkeley a Gloucester.

Árbol genealógico

Lista biográfica

MARGARITA DE ANJOU-SICILIA (c. 1294-1346)
Condesa de Valois. Hija de Carlos II de Anjou, rey de Nápoles y de Sicilia. Primera esposa de Carlos de Valois. Madre de Felipe VI, rey de Francia.

MAHAUT DE ARTOIS (?-27 de noviembre de 1329)
Hija de Roberto II de Artois. Condesa de Borgoña por su matrimonio en 1291 con el conde palatino Otón IV (fallecido en 1303). Condesa-par de Artois por decisión real en 1309. Madre de Juana de Borgoña, esposa de Felipe de Poitiers, futuro Felipe V, y de Blanca de Borgoña, esposa de Carlos de Francia, futuro Carlos IV.

ROBERTO III DE ARTOIS (1287-1342)
Hijo de Felipe de Artois y nieto de Roberto II de Artois. Conde de Beaumont-le-Roger y señor de Conches (1309). Se casó en 1318 con Juana de Valois, hija de Carlos de Valois y de Catalina de Courtenay. Par del reino por su condado de Beaumont-le-Roger (1328). Desterrado del reino en 1332, se refugió en la corte de Eduardo III de Inglaterra. Fue herido mortalmente en Vannes. Está enterrado en San Pablo de Londres.

BAGLIONI, GUCCIO (c. 1295-1340)
Banquero sienés emparentado con la familia de los Tolomei. En 1315 tenía una sucursal de banca en

Neauphle-le-Vieux. Se casó en secreto con María de Cressay. Tuvieron un hijo, Giannino (1316), cambiado en la cuna con Juan I el Póstumo. Murió en Campania.

ROBERTO DE BALDOK (?-1327)
Archidiácono del Middlesex (1314). Lord del sello privado (1320). Falleció en Londres.

BERKELEY, TOMÁS (1292-1361)
Barón y caballero (1322). Fue hecho prisionero en Shrewsbury y liberado en 1326. Guardián del rey Eduardo II en su castillo de Berkeley (1327). Mariscal de la Armada en 1340, comandó las fuerzas inglesas en la batalla de Crécy. Casado con Margarita, hija de Rogelio Mortimer.

ROBERTO DE BERTRAND (?-1348)
Barón de Briquebec, vizconde de Roncheville. Lugarteniente del rey en la Guyena, Saintonge, Normandía y Flandes. Mariscal de Francia (1325). Se casó con María de Sully, hija de Enrique, copero mayor de Francia.

BOCCACCIO DA CHELLINO
Banquero florentino, viajero de la compañía de los Bardi. De una amante francesa tuvo un hijo ilegítimo (1313) que llegó a ser el ilustre poeta Boccaccio, autor del *Decamerón*.

LUIS DE BORBÓN (c. 1275-1342)
Señor y, posteriormente, duque de Borbón. Era el primogénito del conde Roberto de Clermont (1256-1318) y de Beatriz, hija de Juan, señor de Borbón. Nieto de san Luis. Gran custodio del Tesoro de Francia a partir de 1312. Nombrado duque y par en septiembre de 1327.

BLANCA DE BORGOÑA (c. 1296-1326)

Hija menor de Otón IV, conde palatino de Borgoña, y de Mahaut de Artois. Casada en 1307 con Carlos de Francia, tercer hijo de Felipe el Hermoso. Acusada de adulterio (1314), juntamente con Margarita de Borgoña, fue encerrada en Château-Gaillard, luego en el castillo de Gournay, cerca de Coutances. Tras la anulación de su matrimonio (1322), tomó los hábitos en la abadía de Maubuisson, donde falleció.

EUDES IV DE BORGOÑA (c. 1294-1350)

Hijo de Roberto II, duque de Borgoña, y de Inés de Francia, hija de san Luis. Sucedió en mayo de 1315 a su hermano Hugo V. Hermano de Margarita, esposa de Luis X el Obstinado, de Juana, esposa de Felipe de Valois, futuro Felipe VI, de María, esposa del conde de Bar, y de Blanca, esposa del conde Eduardo de Saboya. Se casó el 18 de junio de 1318 con Juana, la primogénita de Felipe V (que falleció en 1347).

HUGO III DE BOUVILLE (?-1331)

Hijo de Hugo II de Bouville y de María de Chambly. Chambelán de Felipe el Hermoso. Se casó en 1293 con Margarita des Barres, de la cual tuvo un hijo, Carlos, que fue chambelán de Carlos V y gobernador del Delfinado.

JUAN III EL BUENO DE BRETAÑA (1286-1341)

Hijo de Arturo II, duque de Bretaña, al que sucedió en 1312. Se casó tres veces. Murió sin descendencia.

CARLOS IV DE FRANCIA (1294-1 de febrero de 1328)

Tercer hijo de Felipe IV el Hermoso y de Juana de Champaña. Conde de la Marche (1315). Sucedió, con el nombre de Carlos IV, a su hermano Felipe V

(1322). Se casó sucesivamente con Blanca de Borgoña (1307), María de Luxemburgo (1322) y Juana de Evreux (1325). Murió en Vincennes, sin heredero varón. Último rey del linaje de los Capetos.

GAUCHER DE CHÂTILLON (c. 1250-1329)

Conde de Porcien. Condestable de Champaña (1284), luego de Francia y, posteriormente, de Courtrai (1302). Hijo de Gaucher IV y de Isabel de Villehardouin. Aseguró la victoria de Mons-en-Pévèle. Hizo coronar a Luis el Obstinado como rey de Navarra en Pamplona (1307). Ejecutor testamentario de Luis X, Felipe V y Carlos IV. Participó en la batalla de Cassel (1328) y murió al año siguiente, habiendo ocupado el cargo de condestable de Francia durante el reinado de cinco monarcas. Se casó con Isabel de Dreux, Melisenda de Vergy e Isabeau de Rumigny sucesivamente.

MAHAUT DE CHÂTILLON-SAINT-POL (c. 1293-1358)

Condesa de Valois. Hija de Guy de Châtillon-Saint-Pol, gran vinatero de Francia. Tercera esposa de Carlos de Valois.

CLEMENCIA DE HUNGRÍA (c. 1293-12 de octubre de 1328)

Reina de Francia. Hija de Carlos Martel de Anjou, rey titular de Hungría, y de Clemencia de Habsburgo. Sobrina de Carlos de Valois por parte de su primera esposa, Margarita de Anjou-Sicilia. Hermana de Carlos Roberto de Hungría y de Beatriz, esposa del delfín Juan II. Se casó con Luis el Ostinado, rey de Francia y Navarra, el 13 de agosto de 1315, y fue coronada junto a él en Reims. Quedó viuda en junio de 1316 y dio a luz un hijo en noviembre del mismo año, Juan I. Murió en el Temple.

CATALINA DE COURTENAY (?-1307)

Condesa de Valois y emperatriz titular de Constantinopla. Segunda esposa de Carlos de Valois. Nieta y heredera de Balduino, último emperador latino de Constantinopla (1261). A su muerte, sus derechos pasaron a su hija mayor, Catalina, esposa de Felipe de Anjou, príncipe de Acaya y de Tarento.

MARÍA DE CRESSAY (c. 1298-1345)

Hija de Eliabel de Cressay y del caballero Juan de Cressay. Casada en secreto con Guccio Baglioni y madre, en 1316, de un niño cambiado en la cuna por Juan I el Póstumo, del cual era nodriza. Fue enterrada en el convento de los Agustinos, cerca de Cressay.

PEDRO Y JUAN DE CRESSAY

Hermanos de María de Cressay. Los dos fueron armados caballeros por Felipe VI de Valois tras la batalla de Crécy (1346).

DUÈZE, GAUCELIN (?-1348)

Sobrino del papa Juan XXII. Nombrado cardenal en diciembre de 1316. Obispo de Albano y, posteriormente, gran penitenciario.

HUGO LE DESPENSER *EL JOVEN* (c. 1290-24 de noviembre de 1326)

Caballero (1306). Se casó con Eleonora de Clare (hacia 1309). Chambelán y favorito de Eduardo II a partir de 1312. Sus abusos de poder causaron la revuelta de los barones de 1326. Ejecutado en Hereford.

HUGO LE DESPENSER *EL VIEJO* (1262-27 de octubre de 1326)

Hijo de Hugh Le Despenser, gran juez de Inglaterra. Barón, miembro del Parlamento (1295). Princi-

pal consejero de Eduardo II a partir de 1312. Conde
de Winchester (1322). Apartado del poder por la revuelta de los barones de 1326, murió ahorcado en
Bristol.

EDUARDO II PLANTAGENÊT (1284-21 de septiembre
de 1327)

Nació en Caernarvon. Hijo de Eduardo I y de Leo-
nor de Castilla. Primer príncipe de Gales. Duque de
Aquitania y conde de Ponthieu (1303). Fue armado
caballero en Westminster (1306). Rey de Inglaterra en 1307. Se casó en Boulogne-sur-Mer, el 22 de
enero de 1308 con Isabel de Francia, hija de Felipe
el Hermoso. Fue coronado en Westminster el 25
de febrero 1308. Destronado (1326) por una revuelta de los barones dirigida por su esposa, fue
encarcelado y murió asesinado en el castillo de Berkeley.

EDUARDO III PLANTAGENÊT (13 de noviembre de
1312-1377)

Eduardo de Windsor, rey de Inglaterra, hijo de Eduardo II. Conde de Chester (1320). Duque de Aquitania y conde de Ponthieu (1325). Fue proclamado
rey en enero de 1327 tras la abdicación de su padre.
Se casó en 1328 con Felipa, hija de Guillermo, conde de Hainaut, de Holanda y de Zelanda, y de Juana
de Valois. Sus pretensiones al trono de Francia, tras
la muerte de Carlos IV, fueron el origen de la guerra
de los Cien Años.

FELIPE DE EVREUX

Hijo de Luis de Evreux. Hermanastro de Felipe el
Hermosos y de Margarita de Artois. Se casó en 1318
con Juana de Francia, hija de Luis X el Obstinado y
de Margarita de Borgoña, heredera de Navarra, que

falleció en 1349. Padre de Carlos el Malo, rey de Navarra, y de Blanca, segunda esposa de Felipe VI de Valois, rey de Francia.

FELIPE IV EL HERMOSO (1268-29 de noviembre de 1314)
Nació en Fontainebleau. Hijo de Felipe III el Atrevido y de Isabel de Aragón. Se casó (1284) con Juana de Champaña, reina de Navarra. Padre de los reyes Luis X, Felipe V y Carlos IV, y de Isabel de Francia, reina de Inglaterra. Reconocido como rey en Perpiñán (1285) y coronado en Reims (6 de febrero de 1286). Murió en Fontainebleau y fue enterrado en Saint-Denis.

FELIPE V EL LARGO (1291-3 de enero de 1322)
Hijo de Felipe IV el Hermoso y de Juana de Champaña. Hermano de los reyes Luis X y Carlos IV, y de Isabel de Inglaterra. Conde palatino de Borgoña, señor de Salins por su matrimonio (1307) con Juana de Borgoña. Conde usufructuario de Poitiers (1311). Par de Francia (1315). Regente tras la muerte de Luis X y más tarde rey a la muerte del hijo póstumo de éste (noviembre 1316). Muerto en Longchamp sin heredero varón. Enterrado en Saint-Denis.

FELIPE VI (1293-1350)
Primogénito de Carlos de Valois y de su primera esposa, Margarita de Anjou-Sicilia. Sobrino de Felipe IV el Hermoso y primo hermano de Luis X, Felipe V y Carlos IV. Fue regente del reino a la muerte de Carlos IV el Hermoso, y luego rey cuando nació la hija póstuma de este último (abril de 1328). Entronizado en Reims el 29 de mayo de 1328. Su subida al trono, a la que Inglaterra se negaba, fue el origen de la segunda guerra de los Cien Años. Se casó

en primeras nupcias (1313) con Juana de Borgoña la Coja, hermana de Margarita, que falleció en 1348. Tomó por segunda esposa (1349) a Blanca de Navarra, nieta de Luis X y de Margarita.

ISABEL DE FÉRIENNES (?-1317)

Experta en magia. Testificó contra Mahaut durante el proceso instruido contra esta última tras la muerte de Luis X. Fue quemada viva, al igual que su hijo, tras la absolución de Mahaut, el 9 de octubre de 1317.

JUAN DE FIENNES

Barón de Ringry, señor de Ruminghen y castellano de Bourbourg. Cabecilla electo de la nobleza rebelde del Artois, fue uno de los últimos en capitular (1320). Se casó con Isabel, sexta hija de Guy de Dampierre, conde de Flandes, de la que tuvo un hijo, Roberto, condestable de Francia en 1356.

FITZALAN, EDMUNDO (1285-1326)

El conde de Arundel era hijo del también conde de Arundel Ricardo I. Se casó con Alicia, hermana de Juan, conde de Warenne, con quien tuvo un hijo, Ricardo, quien se casó a su vez con la hija de Hugo Le Despenser *el Joven*. Juez supremo de Gales (1323-1326). Murió decapitado en Hereford.

FOURNIER, JACOBO (c. 1285-abril de 1342)

Abad cisterciense de Fontfroide. Obispo de Pamiers (1317) y, posteriormente, de Mirepoix (1326). Nombrado cardenal en diciembre de 1327 por el papa Juan XXII, al cual sucedió en 1334 con el nombre de Benedicto XII.

TOMÁS DE GOURNAY (?-1333)

Uno de los guardianes de Eduardo II en el castillo de Berkeley. Fue declarado responsable en 1330 de la muerte del rey y arrestado en España y luego en Nápoles, país al que huyó. Sus captores lo mataron.

FELIPA DE HAINAUT (1314?-1369)

Reina de Inglaterra. Hija de Guillermo de Hainaut y de Juana de Valois. Se casó el 30 de enero de 1328 con Eduardo III de Inglaterra, con quien tuvo doce hijos.

GUILLERMO DE HAINAUT (?-1337)

Hijo de Juan II de Avesnes, conde de Hainaut, y de Filipina de Luxemburgo. Sucedió a su padre en 1304. Se casó en 1305 con Juana de Valois, hija de Carlos de Valois y de Margarita de Anjou-Sicilia. Padre de Felipa, reina de Inglaterra.

JUAN DE HAINAUT (?-1356)

Señor de Beaumont. Hermano de Guillermo de Hainaut. Participó en diversas expediciones militares en Inglaterra y Francia.

BEATRIZ DE HIRSON

Dama de compañía de la condesa Mahaut de Artois y sobrina de su canciller, Thierry de Hirson.

THIERRY DE HIRSON (c. 1270-17 de noviembre de 1328)

Clérigo de Roberto II de Artois. Felipe el Hermoso le encomendó diversas misiones. Canónigo de Arras (1299). Canciller de Mahaut de Artois (1303). Obispo de Arras (abril de 1328).

ISABEL DE FRANCIA (1292-23 de agosto de 1358)

Reina de Inglaterra. Hija de Felipe IV el Hermoso y de Juana de Champaña. Hermana de los reyes Luis X, Felipe V y Carlos IV. Se casó con Eduardo II de Inglaterra (1308). Dirigió (1325), con Rogelio Mortimer, la revuelta de los barones ingleses que condujo al derrocamiento de su marido. La Loba de Francia gobernó de 1326 a 1328 en nombre de su hijo Eduardo III. Desterrada de la corte (1330). Murió en el castillo de Hereford.

JUAN XXII (1244- diciembre de 1334)

Jacobo Duèze era hijo de un burgués de Cahors. Cursó estudios en esa localidad y en Montpellier. Arcipreste de Saint-André de Cahors. Canónigo de Saint-Front de Périgueux y de Albi. Arcipreste de Sarlat. En 1289 viajó a Nápoles, donde no tardó en ser íntimo del rey Carlos II de Anjou, que lo nombró secretario de los consejos privados y luego canciller. Obispo de Fréjus (1300) y de Aviñón (1310). Secretario del concilio de Vienne (1311). Cardenal obispo de Porto (1312). Elegido Papa en agosto de 1316, adoptó el nombre de Juan XXII. Fue coronado en Lyon en septiembre de 1316. Murió en Aviñón.

JUANA DE BORGOÑA (c. 1293-21 de enero de 1330)

Hija primogénita de Otón IV, conde palatino de Borgoña, y de Mahaut de Artois. Hermana de Blanca, esposa de Carlos de Francia, futuro Carlos IV. Condesa de Poitiers por su matrimonio en 1307 con Felipe, segundo hijo de Felipe el Hermoso. Acusada de complicidad en los adulterios de su hermana y de su cuñada (1314), fue encerrada en Dourdan, luego liberada en 1315. Madre de tres hijas: Juana, Margarita e Isabel, que se casaron respectivamente con el duque de Borgoña, el conde de Flandes y el delfín de Vienne.

JUANA DE BORGOÑA (c. 1296-1348)

Hija de Roberto II, duque de Borgoña, y de Inés de Francia. Hermana de Eudes IV, duque de Borgoña, y de Margarita, esposa de Luis el Obstinado. Se casó en 1313 con Felipe de Valois, futuro Felipe VI. Madre de Juan II, rey de Francia. Murió de la peste.

JUANA DE EVREUX (?-1370)

Hija de Luis de Francia, conde de Evreux, y de Margarita de Artois. Hermana de Felipe, conde de Evreux, futuro rey de Navarra. Tercera esposa de Carlos IV el Hermoso (1325), con quien tuvo tres hijas.

JUANA DE FRANCIA (c. 1311-8 de octubre de 1349)

Reina de Navarra. Hija de Luis X el Obstinado y de Margarita de Borgoña. Presunta bastarda. Eliminada de la sucesión del trono de Francia, heredó el de Navarra. Se casó en 1318 con Felipe de Evreux. Madre de Carlos el Malo, rey de Navarra, y de Blanca, segunda mujer de Felipe VI de Valois, rey de Francia.

EDMUNDO DE KENT (1301-1329)

Edmundo de Woodstock, conde de Kent, era hijo de Eduardo I, rey de Inglaterra, y de su segunda esposa, Margarita de Francia, hermana de Felipe el Hermoso. Hermanastro de Eduardo II, rey de Inglaterra. En 1321 fue nombrado gobernador del castillo de Douvres, guardián de los cinco puertos y conde de Kent. Lugarteniente de Eduardo II en Aquitania en 1324. Fue decapitado en Londres.

ENRIQUE DE LEICESTER (c. 1281-1345)

Conde de Lancaster y de Leicester. Hijo de Edmundo de Lancaster y nieto de Enrique III, rey de Inglaterra. Participó en la rebelión contra Eduardo II. Armó caballero a Eduardo III el día de su coronación y fue nombrado jefe del consejo de regencia. Se unió luego a la oposición a Mortimer.

LE ROUX, RAIMUNDO (?-1325)

Sobrino del papa Juan XXII. Fue nombrado cardenal por su tío en diciembre de 1325.

LUIS X EL OBSTINADO (octubre de 1289-5 de junio de 1316)

Hijo de Felipe IV el Hermoso y de Juana de Champaña. Hermano de los reyes Felipe V y Carlos IV, y de Isabel, reina de Inglaterra. Rey de Navarra (1307). Rey de Francia (1314). Se casó (1305) con Margarita de Borgoña, de la cual tuvo una hija, Juana, nacida hacia 1311. Después del escándalo de la torre de Nesle y de la muerte de Margarita, se volvió a casar (agosto de 1315) con Clemencia de Hungría. Fue coronado en Reims (agosto de 1315). Murió en Vincennes. Su hijo, Juan el Póstumo, nació cinco meses después (noviembre de 1316).

MALTRAVERS, JUAN (1290-1365)

Barón y caballero (1306). Guardián del rey Eduardo II en Berkeley (1327). Senescal (1329). Jefe de la casa real (1330). Tras la caída de Mortimer, fue condenado a muerte como responsable del asesinato de Eduardo II y huyó al continente. Fue autorizado a volver a Inglaterra en 1345 y rehabilitado en 1353.

MARGARITA DE BORGOÑA (c. 1293-1315)

Hija de Roberto II, duque de Borgoña, y de Inés

de Francia. Casada (1305) con Luis, rey de Navarra, primogénito de Felipe el Hermoso, futuro Luis X, del cual tuvo una hija, Juana. Acusada de adulterio (suceso de la torre de Nesle, 1314), fue encerrada en Château-Gaillard, donde murió asesinada.

MARÍA DE LUXEMBURGO (c.1306-marzo de 1324)
Hija de Enrique VII, emperador de Alemania, conde de Luxemburgo, y de Margarita de Brabante. Hermana de Juan de Luxemburgo, rey de Bohemia. Segunda esposa de Carlos IV (1322). Fue coronada en mayo de 1323.

JUAN DE MARIGNY (?-1350)
El pequeño de los tres hermanos Marigny. Canónigo de Notre-Dame y, posteriormente, obispo de Beauvais (1312). Canciller (1329). Lugarteniente del rey en Gascuña (1342). Arzobispo de Rouen (1347).

MORTIMER, JUANA (1286-1356)
Hija de Pedro de Joinville y de Juana de Lusignan. Sobrina nieta del senescal compañero de san Luis. En 1305 se casó con Rogelio Mortimer, barón de Wigmore, con quien tuvo once hijos.

MORTIMER, ROGELIO (c. 1256-1326)
Barón de Chirk. Lugarteniente del rey Eduardo II y juez supremo de Gales (1307-1321). Fue hecho prisionero en Shrewsbury en 1322. Murió en la Torre de Londres.

MORTIMER, ROGELIO (1287-20 de noviembre de 1330)
Octavo barón de Wigmore. Primogénito de Rogelio Mortimer y de Margarita de Fiennes. Lugarteniente del rey Eduardo II y juez supremo de Irlanda (1316-1321). Cabecilla de la rebelión que destronó

a Eduardo II. Gobernó Inglaterra de hecho, con la reina Isabel, hasta la mayoría de edad de Eduardo III. Primer conde de March (1328). Fue detenido por Eduardo III y condenado por el Parlamento. Fue ahorcado en el cadalso de Tyburn, en Londres.

NORFOLK, TOMÁS (1300-1338)

Tomás de Brotherton, conde de Norfolk, primer hijo del segundo matrimonio de Eduardo I com Margarita de Francia. Hermanastro de Eduardo II y hermano de Edmundo de Kent. Nombrado duque de Norfolk en diciembre de 1312 y mariscal de Inglaterra en febrero de 1316. Se unió al partido de Mortimer, una de cuyas hijas se casó con su hijo.

MILES DE NOYERS (?-1350)

Señor de Vandœuvre y mariscal de Francia (1303-1315). Fue, sucesivamente, consejero de Felipe IV, Carlos IV y Felipe V. Tuvo un papel muy importante en estos tres reinados. Encargado de las bodegas de Francia (1336).

ORLETON, ADÁN (?-1345)

Obispo de Hereford (1317), de Worcester (1328) y de Winchester (1334). Uno de los ideólogos de la conspiración contra Eduardo II. Tesorero de Inglaterra (1327). Llevó a cabo numerosas misiones y embajadas en la corte de Francia y en Aviñón.

BELTRÁN DE POUGET (?-1352)

Sobrino de Juan XXII, nombrado cardenal por éste en diciembre de 1316.

REYNOLDS, WALTERIO (?-1327)

Tesorero (1307). Obispo de Worcester (1307). Guardasellos (1310-1314). Uno de los principales consejeros de Eduardo II. Tomó partido por la reina Isabel en 1326. Coronó al rey Eduardo III, de quien era padrino.

SEAGRAVE, ESTEBAN (?-1325)
Condestable de la Torre de Londres. Encarcelado tras la evasión de Mortimer y liberado en junio de 1324.

STAPLEDON, WALTERIO (1261-1326)
Profesor de derecho canónico en Oxford. Obispo de Exeter (1307). Tesorero de Inglaterra (1320). Asesinado en Londres.

TOLOMEI, SPINELLO
Jefe en Francia de la compañía sienesa de los Tolomei, fundada en el siglo XII por Tolomeo Tolomei y que se enriqueció rápidamente con el comercio internacional y el control de las minas de plata de Toscana. Todavía existe en Siena el palacio Tolomei.

MATEO DE TRYE (?-1344)
Sobrino del chambelán de Luis X el Obstinado. Señor de Araines y de Vaumain. Mariscal de Francia hacia 1320. Lugarteniente general en Flandes (1342).

CARLOS DE VALOIS (12 de marzo de 1270-diciembre de 1325)
Hijo de Felipe III el Atrevido y de su primera mujer, Isabel de Aragón. Hermano de Felipe IV el Hermoso. Armado caballero a los catorce años. Investido rey de Aragón por el legado del Papa el mismo año. Jamás pudo ocupar el trono y renunció al título en 1295. Conde de Valois y de Alençon (1285). Conde de Anjou, del Maine y de Perche (marzo 1290) por su primer matrimonio con Margarita de Anjou-Sicilia; emperador titular de Constantinopla por su segundo matrimonio (enero 1301) con Catalina de Courte-

nay; nombrado conde de Romaña por el papa Bonifacio VIII. Se casó en terceras nupcias con Mahaut de Châtillon-Saint-Pol. De sus tres matrimonios tuvo abundante descendencia; su primogénito fue Felipe VI, primer rey de la dinastía Valois. Luchó en Italia por cuenta del Papa en 1301, mandó dos expediciones en Aquitania (1297 y 1324) y fue candidato al Imperio alemán. Falleció en Nogent-le-Roi y fue enterrado en la iglesia de los Jacobinos de París.

JUANA DE VALOIS (c. 1304-1363)

Condesa de Beaumont. Hija de Carlos de Valois y de la segunda esposa de éste, Catalina de Courtenay. Hermanastra de Felipe VI, rey de Francia. Esposa de Roberto de Artois, conde de Beaumont-le-Roger (1318). Estuvo encerrada con sus tres hijos en Château-Gaillard durante el destierro de Roberto y luego fue rehabilitada.

JUANA DE VALOIS (c. 1295-1352)

Hija de Carlos de Valois y de la primera esposa de éste, Margarita de Anjou-Sicilia. Hermana de Felipe VI, rey de Francia. Se casó en 1305 con Guillermo, conde de Hainaut, de Holanda y de Zelanda. Madre de Felipa, reina de Inglaterra.

ARNALDO DE VÍA (?-1335)

Obispo de Aviñón (1317). Fue nombrado cardenal por Juan XXII en junio de 1317.

JUAN DE WARENNE (1286-1344)

Conde de Surrey y de Sussex. Cuñado de Juan Fitzalan, conde de Arundel. Caballero y miembro del Parlamento a partir de 1306. Permaneció fiel a Eduardo II pero, sin embargo, formó parte del consejo de regencia de Eduardo III.

Índice

OTROS TÍTULOS
DE ESTA COLECCIÓN

LOS REYES MALDITOS VI
LA FLOR DE LIS Y EL LEÓN

Maurice Druon

Con la muerte de Carlos IV se extingue la dinastía de los Capetos. El ascenso de los Valois al trono francés desatará la guerra de los Cien Años...

La semilla del descomunal enfrentamiento ha caído en la tierra fértil de las rivalidades económicas, las ambiciones personales, los embrollos jurídicos y los resentimientos históricos. Fatalidades colectivas y trágicos actos individuales se suceden en este sexto volumen de la saga de Los Reyes Malditos. Un personaje domina esos años decisivos para el occidente europeo: el conde Roberto de Artois. Nadie ha puesto más empeño que él en coronar a su primo Felipe de Valois, y ahora espera recibir en pago la devolución de las tierras de sus antepasados...

LOS REYES MALDITOS VII
DE CÓMO UN REY PERDIÓ FRANCIA

Maurice Druon

En el séptimo y último volumen de la saga Los Reyes Malditos, Maurice Druon revive el reinado de Juan II, al promediar el siglo XIV. Este monarca, que pasó a la historia como Juan el Bueno, fue en realidad un hombre vanidoso y cruel, a la par que indeciso e incapaz. Francia se ve amenazada por Inglaterra, desgarrada por luchas entre clanes y facciones. Mientras tanto, los impuestos aplastan a la población, la Iglesia atraviesa por una profunda crisis, la peste asuela el país y el rey acumula error tras error… La apasionante historia de los Reyes Malditos culminará con el desastre de la batalla de Poitiers, donde el rey —tras desdeñar una ventajosa paz que se le ofrecía— caerá prisionero de los ingleses.

EL OLOR DE LAS ESPECIAS

Alfonso Mateo-Sagasta

Tomando como hilo conductor los asombrosos derroteros de un grupo de caballeros, Alfonso Mateo-Sagasta realiza un retrato de gran fuerza y colorido de una Península Ibérica en la que las luchas por el poder estaban a la orden del día.

Más allá de la división entre cristianos, judíos y árabes, el autor muestra las diferencias que existían dentro de esos mismos grupos, a la vez que nos ofrece un vibrante relato.

EL MOZÁRABE

Jesús Sánchez Adalid

En la esplendorosa Córdoba del siglo X, conviven dos personajes de diferente religión y posición social, cuyas vidas se verán unidas por los avatares de la historia. Asbag, un clérigo mozárabe, logra ganarse la confianza del califa Alhaquen y de otros personajes emblemáticos de su época gracias a sus aptitudes. Abuámir, un joven musulmán ambicioso y emprendedor, llegará a convertirse en el segundo hombre más importante del Califato: el legendario Almanzor.

Ambos, a pesar de sus diferencias, entienden la vida como una aventura, y esa filosofía les lleva a viajar hasta el corazón de una Europa inquieta que aguarda la llegada del nuevo milenio.